Gefährliche Küsse

Die Autorin

Amanda Quick ist das Pseudonym der erfolgreichen, vielfach ausgezeichneten Autorin Jayne Ann Krentz. Die Auflagen ihrer historischen und zeitgenössischen Liebesromane haben in den USA die 20-Millionen-Grenze weit überschritten. Auch in Deutschland gehört sie mittlerweile zu den Top-Autorinnen ihres Genres. Amanda Quick lebt im Westen der USA.

AMANDA QUICK

Gefährliche Küsse

Roman

Aus dem Amerikanischen
von Uta Hege

Bechtermünz Verlag

Genehmigte Lizenzausgabe für
Bechtermünz Verlag im
Weltbild Verlag GmbH, Augsburg 1997

Originaltitel: Dangerous
Originalverlag: Bantam Books,
a division of Bantam Doubleday Dell Publishing Group, Inc., New York
Umschlaggestaltung: Imago, Ettlingen
Umschlagbild: Agentur Thomas Schlück, Garbsen
Gesamtherstellung: Clausen & Bosse, Leck
Printed in Germany
ISBN 3-86047-822-2

EINS

Es war die finsterste Stunde der Nacht, fast drei Uhr morgens, und der eisige Nebel hing über der Stadt wie ein Geist. Prudence Merryweather mußte sich eingestehen, daß dies genau die richtige Zeit und das richtige Wetter war, um dem Mann einen Besuch abzustatten, der als der Gefallene Engel bekannt war.

Obgleich sie fest entschlossen war, zitterte sie, als die Droschke vor der nebelverhüllten Tür des Stadthauses hielt. Die neuen Gaslaternen, die in diesem Teil der Stadt aufgestellt worden waren, vermochten nichts gegen den dichten Nebelschleier auszurichten. In der kalten, dunklen Straße herrschte eine unheimliche Stille. Einzig das Rattern der Kutsche sowie das Klappern der Pferdehufe auf dem Pflaster waren zu hören.

Prudence überlegte kurz, ob sie dem Kutscher befehlen sollte umzukehren und sie direkt zu sich nach Hause zu fahren. Doch diesen Gedanken verwarf sie schnell wieder. Sie wußte, sie durfte jetzt nicht zögern. Das Leben ihres Bruders stand auf dem Spiel.

Sie nahm all ihren Mut zusammen, rückte ihre Augengläser zurecht und stieg aus der Kutsche. Mit der Kapuze ihres abgetragenen grauen Wollumhangs verdeckte sie ihr Gesicht, und dann stieg sie entschlossen die Stufen zum Haus hinauf. Hinter ihr setzte sich die Kutsche erneut in Bewegung.

Prudence blieb stehen und drehte sich alarmiert herum. »Wo wollen Sie hin, guter Mann? Ich sagte, daß ich Ihnen ein paar Extramünzen gebe, wenn Sie auf mich warten. Es wird nur wenige Minuten dauern.«

»Regen Sie sich nich' auf, Miss. Ich hab' nur die Zügel geordnet.« Mit seinem schweren Mantel und seinem tief herabgezogenen Hut war der Kutscher eine dunkle Erscheinung ohne Gesicht und ohne Gestalt. Sein undeutliches Nuscheln verriet, daß er den ganzen Abend hindurch versucht hatte, die bittere Kälte mit Gin zu vertreiben. »Ich hab' Ihnen gesacht, daß ich warte.«

Prudence entspannte sich ein wenig. »Sehen Sie zu, daß Sie noch da sind, wenn ich zurückkomme. Andernfalls sitze ich hier fest, nachdem ich die Angelegenheit erledigt habe.«

»Angelegenheit, he? So nennen Sie das also.« Der Kutscher stieß ein wieherndes Gelächter aus, öffnete erneut seine Flasche Gin und setzte sie sich an den Hals. »Komische Angelegenheit, wenn Sie mich fragen. Vielleicht möchte Ihr ehrenwerter Freund ja, daß Sie für den Rest der Nacht sein Bett wärmen. Is' schließlich verdammt kalt heute abend.«

Prudence warf ihm einen bösen Blick zu, doch dann sagte sie sich, daß ein Streit mit einem betrunkenen Kutscher um diese Zeit sinnlos war. Sie hatte keine Zeit für derartigen Unsinn.

Sie schlang ihren Umhang fester um sich und eilte die Treppe zum Haus hinauf. Die oberen Fenster lagen im Dunkeln. Vielleicht war der Besitzer des Hauses bereits zu Bett gegangen.

Nach allem, was sie über ihn wußte, wäre dies jedoch höchst ungewöhnlich. Es wurde erzählt, daß der legendäre Graf von Angelstone selten vor Morgengrauen zu Bett ging. Der Gefallene Engel hatte seinen zweifelhaften Ruf schließlich nicht dadurch erlangt, daß er ein geregeltes Leben führte. Jedermann wußte, daß der Teufel es vorzog, sich im Schutze der Nacht zu bewegen.

Prudence zögerte, ehe sie an die Tür klopfte. Ihr war durchaus bewußt, daß ihr Vorhaben ein gewisses Risiko in sich barg. Sie kam vom Lande und war erst kurze Zeit in London, aber sie war nicht so naiv zu meinen, es sei durchaus schicklich, wenn eine Lady einen Gentleman um drei Uhr morgens besuchen würde.

Prudence klopfte energisch.

Es schien eine Ewigkeit zu dauern, bis die Tür von einem verärgert dreinblickenden, halbbekleideten Butler geöffnet wurde. Mit seinem schütteren Haar und dem kräftigen Kiefer erinnerte dieser Mann an einen riesigen, wilden Jagdhund. Der Schein der Kerze in seiner Hand fiel auf sein düsteres Gesicht, das zunächst von Verärgerung und dann zunehmend von Abscheu gezeichnet war. Mißbilligend betrachtete er Prudence, die in ihrem Umhang und unter der Kapuze kaum sichtbar war.

»Ja, Miss?«

Prudence atmete tief ein. »Ich bin gekommen, um mit seiner Lordschaft zu sprechen.«

»Tatsächlich?« Der Mund des Butlers verzog sich zu einem höhnischen Grinsen, das Zerberus, dem dreiköpfigen Hund, der den Eingang zum Hades bewachte, alle Ehre gemacht hätte. »Es tut mir leid, Ihnen mitteilen zu müssen, daß seine Lordschaft nicht zu Hause ist.«

»Ganz gewiß ist er da.« Prudence wußte, daß sie standhaft bleiben mußte, wenn sie am Höllenhund des Gefallenen Engels vorbeigelangen wollte. »Ich habe es überprüfen lassen, bevor ich beschloß, ihm einen Besuch abzustatten. Bitte setzen Sie ihn umgehend davon in Kenntnis, daß er eine Besucherin hat.«

»Und wen soll ich ihm melden?« fragte der Butler mit Grabesstimme.

»Eine Dame.«

»Das ist wohl eher unwahrscheinlich. Keine *Dame* würde um diese Uhrzeit hier erscheinen. Scher dich davon, elendes kleines Luder. Seine Lordschaft verkehrt nicht mit Mädchen deiner Sorte. Wenn ihm der Sinn nach Weiberröcken steht, findet er allemal bessere Frauen als irgendeine dahergelaufene Dirne von der Straße.«

Prudences Blut geriet in Wallung ob derartiger Beleidigungen. Die ganze Sache würde offensichtlich noch unangenehmer werden, als sie es sich vorgestellt hatte. Sie riß sich zusammen. »Seien Sie so gut, seine Lordschaft davon in Kenntnis zu setzen, daß jemand, der ein gewisses Interesse an seinem bevorstehenden Duell hegt, ihn zu sehen wünscht.«

Der Butler starrte sie überrascht an. »Was, bitte, sollte ein Weibsstück deiner Sorte schon von den persönlichen Angelegenheiten seiner Lordschaft wissen?«

»Offensichtlich weit mehr, als Sie darüber wissen. Und ich schwöre, daß Sie es noch bereuen werden, wenn Sie Angelstone nicht ausrichten, daß er eine Besucherin hat. Ich versichere Ihnen, daß Ihre Stellung in diesem Haushalt davon abhängt, daß Sie ihn darüber informieren, daß ich hier bin.«

Diese Drohung schien den Butler zwar nicht vollends zu überzeugen, doch er begann zu schwanken. »Warten Sie hier.«

Er warf die Tür ins Schloß und ließ Prudence auf der Treppe stehen. Der eisige Nebel kam angekrochen und umfing sie mit seinen Klauen. Sie hüllte sich tiefer in ihren Umhang. Dies würde einer der schlimmsten Abende ihres Lebens werden. Wie einfach waren doch die Dinge auf dem Land gewesen.

Einen Augenblick später wurde die Tür erneut geöffnet. Der Butler sah auf Prudence herab und gab ihr brummend zu verstehen, daß sie eintreten sollte.

»Seine Lordschaft wird Sie in der Bibliothek empfangen.«

»Das habe ich erwartet.« Schnell trat Prudence über die Schwelle. Sie war dankbar, der Umklammerung des Nebels zu entfliehen, auch wenn sie sich dafür direkt in die Hölle begeben mußte.

Der Butler öffnete die Tür zur Bibliothek und hielt sie auf. Prudence fegte an ihm vorbei in einen dunklen, von düsteren

Schatten durchzogenen Raum, der lediglich von einer kleinen Flamme im Kamin erhellt wurde. Während sich die Tür hinter ihr schloß, stellte sie fest, daß sie Angelstone nirgends entdekken konnte.

»Mylord?« Prudence blieb abrupt stehen und blinzelte in der Dunkelheit. »Sir? Sind Sie hier?«

»Guten Abend, Miss Merryweather. Ich hoffe, Sie verzeihen das rüde Benehmen meines Butlers.« Sebastian, Graf von Angelstone, erhob sich langsam aus den Tiefen eines riesigen Sessels gegenüber dem Kamin. Unter einem Arm hatte er eine große schwarze Katze. »Sie müssen wissen, daß Ihr Besuch gewissermaßen unerwartet kommt. Besonders in Anbetracht der Umstände und der Uhrzeit.«

»Ja, Mylord. Das ist mir bewußt.« Sein Anblick verschlug Prudence die Sprache. Sie hatte zwar im Verlauf des Abends mit Sebastian getanzt, doch war dies ihre erste Begegnung mit dem Gefallenen Engel gewesen. Nun wurde ihr klar, daß sie sich an die Wirkung, die er auf ihre Sinne hatte, wohl nur langsam gewöhnen würde.

Angelstone war sowohl seiner äußeren Erscheinung als auch seinem Temperament nach alles andere als engelsgleich. In den Salons der Gesellschaft erzählte man, daß er starke Ähnlichkeit mit dem Herren der Unterwelt aufwies. Und tatsächlich war es schwer, sich diesen Mann mit Engelsflügeln und Heiligenschein vorzustellen.

Das Feuer hinter Sebastians Rücken flackerte heute nacht etwas zu stimmungsvoll. Im Schein der Flammen zeichneten sich seine stolzen, finsteren Züge deutlich ab. Sein schwarzes Haar war kurz geschnitten. In seinen forschenden, bernsteinfarbenen Augen blitzte kalte, durchdringende Intelligenz. Sein Körper war hart und fest. Von der Tanzfläche her wußte Prudence, daß er sich mit einer lässigen, gefährlichen männlichen Anmut bewegte.

Die bequeme Kleidung zeigte eindeutig, daß er nicht darauf eingestellt gewesen war, Besucher zu empfangen. Seine weiße Krawatte hing ihm locker um den Hals, und sein Rüschenhemd war weit genug geöffnet, daß Prudence die krausen schwarzen Haare auf seiner Brust erkennen konnte. Unter seinen lederfarbenen Reithosen zeichneten sich deutlich die sehnigen Linien seiner Schenkel ab. Nach wie vor trug er seine schwarzen, blankpolierten Stiefel.

Prudence kannte sich in Stilfragen nicht besonders aus. Mode war eine Angelegenheit, der sie nur sehr geringes Interesse schenkte. Trotzdem konnte sie feststellen, daß Sebastian eine natürliche männliche Eleganz ausstrahlte, die nur sehr wenig mit seiner Kleidung zu tun hatte. Sie war ein Teil von ihm, genau wie sie ein Teil der Katze war, die er unter seinem Arm hielt.

Als einziges Schmuckstück trug Sebastian an einem seiner langen, schlanken Finger einen goldenen Ring. Dieser verströmte einen matten Glanz. Während Angelstone langsam die Katze streichelte, starrte Prudence auf den Ring. Als sie mit Sebastian getanzt hatte, hatte sie festgestellt, daß ein geschwungenes *F* eingraviert war, und sie hatte angenommen, daß es für *Fleetwood*, den Familiennamen des Grafen, stand.

Als sie schließlich ihren Blick von seiner Hand löste und ihm wieder in die Augen sah, bemerkte sie, daß er lächelte.

Der sinnliche Schauder, der sie überkam, überraschte sie. Sie sagte sich, sie sei es lediglich nicht gewohnt, einen halbnackten Mann zu sehen. Doch unglücklicherweise hatte sie bereits früher am Abend, als Sebastian in ordentlicher Ballkleidung vor ihr stand, genauso reagiert.

Prudence mußte zugeben, daß dieser Mann sie fesselte. Sie fragte sich kurz, ob er wohl wirklich existierte. Während sie ihm gegenüberstand und ihn anstarrte, begann Sebastian, sich wie ein Geist in grauem Nebel aufzulösen.

Einige Sekunden lang war sie so verblüfft darüber, wie er sich vor ihren Augen in einen Geist zu verwandeln schien, daß es ihr unmöglich war, klar zu denken. Doch dann begriff sie.

»Entschuldigen Sie, Graf.« Eilig setzte Prudence ihre beschlagenen Augengläser ab und wischte die Nebeltropfen fort, die ihre Sicht behindert hatten. »Sie müssen wissen, es ist sehr kalt draußen. Als ich dann in diesen warmen Raum kam, bildete sich Kondenswasser auf den Brillengläsern. Das ist eines der lästigen Probleme, die man hat, wenn man eine Brille trägt.«

Sebastian zog eine seiner schwarzen Brauen hoch. »Das tut mir leid, Miss Merryweather.«

»Ja, nun, danke. Da kann man eben nichts machen. Man gewöhnt sich daran.« Prudence setzte ihre Augengläser wieder auf. Sie bedachte Sebastian mit einem Stirnrunzeln. »Ich nehme an, Sie fragen sich, weshalb ich Sie zu dieser späten Stunde aufsuche.«

»Die Frage ging mir tatsächlich durch den Kopf.« Sein Blick wanderte über ihren alten Umhang, der sich leicht geöffnet hatte und das schlichte, unmoderne, rehfarbene Ballkleid darunter freigab. Während eines Augenblicks blitzte Belustigung in seinen Augen auf, doch dann sah er sie fragend an. »Sie sind allein gekommen?«

»Ja, natürlich.« Prudence sah ihn überrascht an.

»Einige Leute würden bestimmt sagen, daß das ziemlich unklug war.«

»Ich mußte Sie allein sprechen. Ich bin wegen einer äußerst persönlichen Angelegenheit gekommen.«

»Ich verstehe. Bitte, nehmen Sie Platz.«

»Danke.« Prudence lächelte etwas unsicher, als sie sich in dem zweiten großen Sessel gegenüber dem Kamin niederließ. Sie erinnerte sich selbst daran, daß sie Angelstone auf den ersten Blick gemocht hatte, obgleich ihre Freundin Hester, Lady

Pembroke, entsetzt gewesen war, als er darauf bestanden hatte, ihr vorgestellt zu werden.

Gewiß war er nicht so schlecht wie alle behaupteten, sagte sich Prudence, während sie beobachtete, wie Sebastian sich in seinem Sessel zurücklehnte. Was Menschen betraf, so konnte sie sich im allgemeinen auf ihr Gefühl verlassen. Nur ein einziges unglückseliges Mal, vor drei Jahren, hatte sie sich in einem Mann getäuscht.

»Dieser Besuch ist mir recht unangenehm, Graf.«

»Ja.« Sebastian streckte seinen Fuß in Richtung des Kamins und begann erneut, die Katze zu streicheln. »Außerdem ist dieser Besuch nicht ungefährlich.«

»Unsinn. Ich habe eine Pistole in der Tasche, und der Kutscher, der mich hierher gefahren hat, wartet draußen auf mich. Ich versichere Ihnen, daß ich mich durchaus sicher fühle.«

»Eine Pistole?« Er betrachtete sie amüsiert. »Sie sind eine höchst ungewöhnliche Frau, Miss Merryweather. Dachten Sie, Sie würden eine Pistole benötigen, um sich vor mir zu schützen?«

»Gütiger Himmel, nein, Graf.« Prudence war ehrlich entsetzt. »Sie sind ein Gentleman, Sir.«

»Bin ich das?«

»Natürlich sind Sie das. Bitte machen Sie sich nicht lustig über mich, Graf. Ich habe die Pistole als Schutz gegen Straßenräuber mitgenommen. Man sagte mir, sie seien sehr zahlreich hier in der Stadt.«

»Ja. Das sind sie.«

Die Katze kauerte sich in Sebastians Schoß zusammen und starrte Prudence unverwandt an. Die Augen des Tieres hatten beinahe den gleichen Goldton wie die seines Herren.

»Hat Ihre Katze einen Namen, Sir?« fragte sie plötzlich.

»Ja.«

»Wie heißt sie?«

Wieder erschien ein flüchtiges Lächeln auf Sebastians Lippen. »Luzifer.«

»Oh.« Prudence räusperte sich leicht. »Ja, nun, wie ich bereits sagte, bin ich keineswegs eine ungewöhnliche, sondern vielmehr eine ganz gewöhnliche Frau, die sich leider noch nicht besonders gut mit dem Leben in der Stadt auskennt.«

»Da muß ich Ihnen widersprechen, Miss Merryweather. Sie sind die ungewöhnlichste Frau, die mir jemals begegnet ist.«

»Es fällt mir schwer, das zu glauben«, sagte sie scharf. »Nun denn, ich scheine heute abend die Ursache für gewisse Unstimmigkeiten zwischen Ihnen und meinem Bruder gewesen zu sein, und ich möchte diese Sache sofort bereinigen.«

»Unstimmigkeiten?« Sebastians Augen verengten sich, während er überlegte. »Ich bin mir keiner Unstimmigkeiten zwischen mir und Trevor Merryweather bewußt.«

»Versuchen Sie nicht, mich abzuwimmeln, indem Sie so tun, als wüßten Sie nicht, wovon ich spreche, Graf.« Prudence ballte die Hände in ihrem Schoß. »Mir ist zu Ohren gekommen, daß Sie und Trevor sich im Morgengrauen duellieren wollen. Das werde ich auf keinen Fall zulassen.«

»Und wie wollen Sie uns davon abhalten?« Sebastian sah sie gelangweilt an.

»Ich habe mich während der letzten Stunden mit dem Thema auseinandergesetzt und bin zu einer Lösung gekommen.«

»Ach, tatsächlich?«

»Ja. Eine Entschuldigung wird dieser idiotischen Sache ein Ende machen. Sobald ich das herausgefunden hatte, suchte ich Trevor auf der Soiree bei den Atkinses auf und sprach mit ihm. Unglücklicherweise erwies er sich als ausgesprochen stur in dieser Angelegenheit, obgleich ihm anzumerken war, daß ihm der Gedanke an das morgige Duell entsetzlich angst macht. Er ist noch sehr jung, wissen Sie?«

»Offensichtlich nicht zu jung, um eine Herausforderung auszusprechen.«

Prudence schüttelte den Kopf. »Er wiederholte immer nur, daß er nicht zurück könne, da sowohl meine als auch seine Ehre auf dem Spiel stünden. *Meine Ehre.* Können Sie sich das vorstellen?«

»Darum geht es meistens. Duelle wären unerträglich langweilig für alle Beteiligten, wenn es nicht um die Ehre einer Frau ginge.«

»Was für ein Blödsinn. Gestatten Sie mir, Ihnen zu sagen, Graf, daß Sie, wenn Sie das tatsächlich glauben, nicht mehr Verstand besitzen als mein Bruder.«

»Ein unerträglicher Gedanke.«

Prudence ignorierte den Sarkasmus. »Es ist vollkommener Unsinn zu denken, ich wäre beleidigt worden, nur weil Sie mit mir gesprochen und mich zum Tanzen aufgefordert haben. Ich fühlte mich dadurch nicht im geringsten beleidigt. Das habe ich auch Trevor gesagt.«

»Danke.«

»Die Sache ist die«, fuhr Prudence ernst fort, »daß Trevor sich seit dem Tod unserer Eltern für mich verantwortlich fühlt. Er meint, daß er als Oberhaupt der Familie bestimmte Verpflichtungen hat. Er meint es gut, doch manchmal übertreibt er seine Sorge um mich. Es war einfach lächerlich, daß er Sie wegen einer so unbedeutenden Kleinigkeit zum Duell herausgefordert hat.«

»Ich bin mir nicht so sicher, daß es sich um eine so unbedeutende Kleinigkeit gehandelt hat.« Gedankenverloren ließ Sebastian seine schlanken Finger über das Fell der Katze gleiten. »Schließlich habe ich mich auf dem Ball lange und ausführlich mit Ihnen unterhalten.«

»Über Angelegenheiten von gemeinsamem wissenschaftlichen Interesse, das war alles«, erwiderte Prudence schnell.

»Und wir haben Walzer getanzt.«

»Das haben auch zahlreiche andere Leute getan. Lady Pembroke sagt, das ist die ganz große Mode. Heutzutage tanzt jedermann Walzer. Wirklich, Trevors Herausforderung ist einfach lächerlich.«

»Nicht in den Augen einiger Leute.«

Prudence biß sich auf die Lippe. »Nun, da er die Herausforderung ausgesprochen hat, und da ich ihn nicht dazu überreden kann, sich bei Ihnen zu entschuldigen, gibt es nur noch eine Möglichkeit, das Duell ordnungsgemäß abzusagen.«

Sebastian sah sie aus seinen goldenen Augen an. »Es wäre höchst interessant für mich zu erfahren, welche Lösung Sie vorschlagen, Miss Merryweather.«

»Es ist wirklich ganz einfach.« Prudence lächelte ihn hoffnungsvoll an. »Sie müssen sich bei ihm entschuldigen.«

Sebastian hörte auf, die Katze zu streicheln. Ebenholzfarbene Wimpern verdeckten seinen Blick. »Wie bitte?«

»Sie haben es gehört. Sie müssen sich bei ihm entschuldigen.« Prudence beugte sich vor. »Es ist die einzige Möglichkeit, Graf. Trevor ist kaum zwanzig Jahre alt, wissen Sie? Er ist nervös, und ich glaube, er weiß, daß er sich in eine ausweglose Situation manövriert hat, aber er ist viel zu jung und hitzköpfig, um zuzugeben, daß die Situation außer Kontrolle geraten ist.«

»Vielleicht hat Ihr Bruder gar nicht das Gefühl, daß die Situation außer Kontrolle geraten ist. Vielleicht ist er ehrlich überzeugt davon, daß unter den gegebenen Umständen eine Herausforderung die einzig angemessene Reaktion war.«

»Lächerlich. Sie müssen versuchen, ihn zu verstehen, Graf. Seit Mama und Papa vor zwei Jahren bei einem Kutschenunglück ums Leben kamen, hat mein Bruder versucht, seiner Verantwortung als Familienoberhaupt gerecht zu werden.«

»Ich verstehe.«

»Er ist in diesem entsetzlichen Alter, in dem junge Männer

alle Dinge äußerst intensiv erleben. Ich nehme an, Sie waren auch einmal jung.«

Sebastian starrte sie an. Er war ehrlich fasziniert. »Jetzt, wo Sie es bemerken, glaube ich, daß ich es einmal war. Natürlich ist das lange, lange her.«

Prudence errötete. »Ich wollte damit keinesfalls sagen, daß Sie jetzt alt sind, Graf.«

»Danke.«

Prudence lächelte ihn ermutigend an. »Himmel, Sie sind wahrscheinlich nicht viel älter als vierzig.«

»Fünfunddreißig.«

Prudence blinzelte. »Bitte?«

»Ich bin fünfunddreißig Jahre alt, Miss Merryweather. Nicht vierzig.«

»Oh. Ich verstehe.« Prudence fragte sich, ob sie ihn wohl beleidigt hatte. Sie versuchte, wieder an Boden zu gewinnen. »Nun, auf jeden Fall weisen Sie die Art gesunder Reife auf, die man bei einem wesentlich älteren Mann erwarten würde, Sir.«

»Nett, daß Sie das sagen. Es gibt Leute, die behaupten, mein Gesicht sei das einer verfluchten Seele und trage die Spuren eines harten Lebens.«

Prudence schluckte. »Die Sache ist die, Graf, ich fürchte, wir müssen uns auf die Weisheit und die Vernunft verlassen, die Sie zweifelsohne während der letzten fünfunddreißig Jahre gewonnen haben, wenn wir den Verrücktheiten eines zwanzigjährigen Jungen ein Ende machen wollen.«

Während eines langen Augenblicks betrachtete Sebastian ihr Gesicht. »Sie meinen es ernst, nicht wahr, Miss Merryweather? Sie erwarten allen Ernstes, daß ich mich bei Ihrem Bruder entschuldige.«

»Ich meine es sehr ernst. Dies ist eine Frage von Leben und Tod, Graf. Wie man mir berichtete, sind Sie ein hervorragender Schütze.« Prudence ballte ihre Fäuste noch stärker. »Ich habe erfahren, daß Sie regelmäßig bei Mantons trainieren und daß dies keineswegs Ihr erstes Duell ist.«

»Sie scheinen erstaunlich gut informiert zu sein.«

»Es liegt mir, Dinge herauszufinden, Graf«, erwiderte Prudence eilig. »Es ist eines meiner Hobbys, wie ich Ihnen bereits auf dem Ball erklärt habe.«

»Das haben Sie. Aber ich hatte den Eindruck, daß Ihr vorrangiges Interesse der Erforschung geisterhafter Erscheinungen gilt.«

Prudence betrachtete die Katze. »Es stimmt, daß ich mich auf dieses Gebiet spezialisiert habe, aber ich versichere Ihnen, daß meine Interessen vielfältiger Art sind. Es macht mir Spaß, rätselhafte Angelegenheiten aller Art zu klären.«

»Glauben Sie an Geister, Miss Merryweather?«

»Ich persönlich bin in dieser Hinsicht äußerst skeptisch«, gestand Prudence. »Doch viele Menschen glauben an Geister. Sie denken oft, sie hätten den Beweis für eine geisterhafte Erscheinung. Mein Hobby umfaßt die Untersuchung des Beweismaterials und den Versuch, eine logische Erklärung dafür zu finden.«

»Ich verstehe.« Sebastian starrte in die Flammen im Kamin. »Ich hatte von Ihrem eher ungewöhnlichen Hobby gehört. Deshalb bat ich darum, Ihnen vorgestellt zu werden.«

Prudence lächelte traurig. »Das ist mir durchaus bewußt, Graf. Ich weiß, daß ich hier in der Stadt als Original gelte. Sie sind nicht der erste Gentleman, der mich nur deshalb kennenlernen wollte, weil er sich für mein Hobby interessiert. Können Sie sich vielleicht vorstellen, wie ärgerlich es ist, nur deshalb zum Tanzen aufgefordert zu werden, weil man als seltsam gilt?«

»Ich glaube, ich kann es mir denken«, erwiderte Sebastian eigenartig trocken. »Die Gesellschaft fühlt sich immer vom Ungewöhnlichen angezogen. Die Leute reagieren wie kleine Kinder, die ein neues Spielzeug bekommen. Und falls dieses Spielzeug zufällig kaputtgeht, wird es beiseite gelegt, und man sucht sich ein anderes schillerndes, glitzerndes Objekt.«

»Ich verstehe.« Prudence verließ der Mut. Hatte sie tatsächlich gehofft, er fände sie auch nur etwas interessanter als ein neues Spielzeug? Schließlich hatte sie es mit dem Gefallenen Engel zu tun. »Sie wollen mir damit also sagen, daß Sie mich zum Tanzen aufgefordert haben, weil ich das Neueste bin, was die Gesellschaft als Unterhaltung zu bieten hat. Sie haben sich also lediglich mit mir amüsiert.«

»Nein.« Sebastian betrachtete sie mit zusammengekniffenen Augen. »Ich habe Sie zum Tanzen aufgefordert, weil Sie mich neugierig gemacht haben, Miss Merryweather. Ich hatte den Eindruck, Sie und ich hätten vielleicht ein paar gemeinsame Interessen.«

Sie starrte ihn überrascht an. »Tatsächlich, Graf? Sie interessieren sich für geisterhafte Erscheinungen?«

»Nicht genau.«

»Wofür dann?«

»Ich glaube, das ist im Augenblick nicht so wichtig. Es gibt im Moment dringendere Probleme, nicht wahr?«

»Ja, natürlich. Ihr Duell mit meinem Bruder.« Prudence wandte sich wieder dem Thema ihres Besuches zu. »Dann werden Sie sich also bei Trevor entschuldigen? Ich weiß, es ist äußerst ärgerlich für Sie, aber Sie sehen sicher ein, daß dieses Duell unbedingt verhindert werden muß.«

»Es ist nicht meine Gewohnheit, mich zu entschuldigen, Miss Merryweather.«

Sie fuhr sich mit der Zunge über die trockenen Lippen. »Die Sache ist die, daß ich Trevor einfach nicht dazu überreden kann, sich bei Ihnen zu entschuldigen.«

»Dann, so fürchte ich, wird Ihr Bruder die Konsequenzen ziehen müssen.«

Prudence spürte, wie ihre Hände vor Kälte erstarrten. »Sir, ich muß leider darauf bestehen, daß Sie die Rolle des reifen, vernünftigen Mannes übernehmen. Trevor kennt sich mit den Gepflogenheiten in der Stadt ebensowenig aus wie ich. Er wußte nicht, was er tat, als er Sie herausforderte.«

»Sie irren sich, Miss Merryweather. Ihr Bruder wußte genau, was er tat. Er wußte, wer ich war, und er kannte meinen Ruf.« Sebastian lächelte schwach. »Weshalb, glauben Sie, war er wohl so empört darüber, daß ich Sie zum Tanzen aufforderte?«

Prudence runzelte die Stirn. »Im Verlauf der letzten drei, vier Stunden habe ich eine Menge über Ihren Ruf gehört, Graf. Mir scheint, als stünde er in keinerlei Verhältnis zu den Tatsachen.«

Einen Moment lang blickte Sebastian sie verblüfft an. »Kennen Sie denn die Tatsachen, Miss Merryweather?«

»Den Großteil.« Sie begann mit ihrer Aufzählung. »Vor Jahren verließ Ihr Vater seine Familie, um mit einer Schauspielerin zusammenzuleben. Die Fleetwoods waren außer sich. Ihre Eltern waren gezwungen, das Land nach diesem Skandal zu verlassen. Es gab niemals eine offizielle Hochzeitsanzeige, so daß jedermann, einschließlich Ihrer Verwandten, annahm, Ihr Vater habe Ihre Mutter niemals geehelicht.«

»Das wären so ziemlich alle wichtigen Ereignisse aus meiner Vergangenheit.«

»Nicht ganz. Als Sie vor zwei Jahren nach England zurückkamen, fand die Gesellschaft größten Gefallen daran, Sie als Bastard abzustempeln.«

»Tatsächlich.« Sebastian blickte sie amüsiert an.

»Es war sehr grausam von den Leuten, so etwas zu sagen. Sie waren gewiß nicht verantwortlich für die Umstände Ihrer Geburt.«

»Sie sind äußerst verständnisvoll, Miss Merryweather.«

»Das ist einzig eine Frage des gesunden Menschenverstandes. Weshalb sollte ein Kind für die Taten seiner Eltern verantwortlich gemacht werden? Nun denn, aber tatsächlich wurden Sie keinesfalls unehelich geboren.«

»Nein.«

Prudence betrachtete ihn nachdenklich. »Aus nur Ihnen bekannten Gründen, wahrscheinlich, weil Sie es amüsant fanden, ließen Sie jedermann in dem Glauben, Sie seien ein uneheliches Kind.«

»Sagen wir, ich machte mir nicht die Mühe, diesen Eindruck zu korrigieren«, gestand Sebastian.

»Bis Ihr Onkel, der damalige Graf, letztes Jahr starb. Er hatte nie geheiratet, also hatte er keinen Sohn, der den Titel erben konnte. Ihr Vater war der nächste in der Linie, doch unglücklicherweise starb er vor vier Jahren, und Sie galten als Bastard. Demnach dachten alle, Ihr Cousin Jeremy, dessen Vater ebenfalls vor einiger Zeit starb, würde der nächste Graf von Angelstone.«

Sebastian lächelte und schwieg.

»Aber«, fuhr Prudence fort, »sie stifteten größte Verwirrung, indem Sie den unwiderlegbaren Beweis erbrachten, daß Ihre Eltern tatsächlich rechtmäßig verheiratet waren, als Sie geboren wurden. Wie mir berichtet wurde, haben Ihre Verwandten Ihnen niemals verziehen.«

»Ein Umstand, der mich nicht sonderlich stört.«

»Darüber hinaus hatten Sie zu der Zeit, als Sie den Titel erlangten, bereits ein beträchtliches Vermögen erworben, das das Angelstone-Erbe noch um einiges übertraf«, sagte Prudence. »Auch darüber sind Ihre Verwandten nicht gerade glücklich.«

Sebastian nickte kurz. »Ich gratuliere Ihnen zu Ihren Nachforschungen, Miss Merryweather. Sie haben in relativ kurzer Zeit eine Menge über mich in Erfahrung gebracht.«

»Es mangelt nicht gerade an Leuten, die nur allzu gern über Sie tratschen, Graf.«

»An diesen Menschen mangelt es nie.«

»Ihr Ruf grenzt ans Legendäre.«

»Vielleicht mit gutem Grund«, bemerkte Sebastian leise.

»Tatsächlich stehen Sie in dem Ruf, derart gefährlich zu sein«, fuhr Prudence fort, »daß er gewiß nicht unter den paar unwichtigen Bemerkungen litte, die fallen würden, wenn Sie sich bei meinem Bruder entschuldigten.«

Sebastians Kiefer spannte sich. Dann leuchtete zögernde Bewunderung in seinen Augen auf. »Ein guter Treffer, Miss Merryweather. Und sauber ausgeführt, wenn ich so sagen darf.«

»Danke sehr, Graf. Ich habe lediglich die Wahrheit gesagt. Sie könnten sich bei meinem Bruder entschuldigen, ohne daß Ihr außerordentlicher Ruf dadurch geschmälert würde. Jeder, der von Ihrer großmütigen Geste Trevor gegenüber erfährt, wird sie als freundlichen Akt verstehen.«

»Ich bin nicht gerade für meine Freundlichkeit berühmt, Miss Merryweather.«

Prudence schenkte ihm ein ermutigendes Lächeln. »Das werden Sie aber sein, nachdem es sich herumgesprochen haben wird, daß Sie sich geweigert haben, sich mit meinem Bruder zu duellieren. Jedermann weiß, daß Sie ihn problemlos niederstrecken könnten.«

»Das ist ein interessanter und durchaus amüsanter Gesichtspunkt.«

»Es freut mich, daß Sie mich verstehen, Graf. Ich glaube, mein kleiner Plan wird hervorragend funktionieren. Sie müssen sich lediglich bei Trevor entschuldigen.«

Sebastian dachte einen Augenblick darüber nach. »Ich muß gestehen, daß ich keinen echten Vorteil für mich in der ganzen Sache entdecke.«

»Ihnen wird die Unannehmlichkeit eines Duells im Morgengrauen erspart«, bemerkte Prudence. »Das ist gewiß ein nicht zu verachtender Vorteil.«

»Zufällig bin ich sowieso immer im Morgengrauen wach.« Kälte flackerte in Sebastians Augen auf. »Ein Duell wäre da keine besondere Unannehmlichkeit.«

Prudence sah ihn entsetzt an. Dann meinte sie, ein teuflisches Vergnügen in seinen bernsteinfarbenen Augen aufblitzen zu sehen. »Graf, Sie scherzen.«

»Glauben Sie?«

»Ja, das tue ich. Sie können einfach nicht den Wunsch verspüren, sich mit einem unerfahrenen Jungen zu duellieren. Sie müssen sich nichts beweisen. Versprechen Sie mir, daß Sie die ganze Sache durch eine Entschuldigung beenden, ehe Blut fließt.«

»Sie bitten mich, auf die Verteidigung meiner eigenen Ehre zu verzichten.«

»Ich bitte Sie, vernünftig zu sein.«

»Weshalb sollte ich vernünftig sein wollen?«

Prudence war am Ende ihrer Geduld. »Graf, ich muß darauf bestehen, daß Sie endlich aufhören, sich wie ein hirnverbrannter Idiot zu benehmen. Wir wissen beide, daß Sie zu intelligent sind, um so etwas Verrücktes wie ein Duell einzugehen.«

»Ein hirnverbrannter Idiot?«

Prudence errötete. »Entschuldigen Sie, Sir, aber so erscheint mir Ihr Benehmen. Ich hätte anderes von Ihnen erwartet.«

»Ich bin untröstlich, daß ich Ihren Erwartungen nicht entsprochen habe. Ich entspreche nur selten den Erwartungen von irgend jemandem. Es überrascht mich, daß Sie das im Verlauf Ihrer Nachforschungen nicht herausgefunden haben.«

»Es bereitet Ihnen offensichtlich Vergnügen, andere Menschen zu verwirren«, sagte Prudence. »Mir ist bewußt, daß Sie zweifellos der Auffassung sind, es sei nur recht und billig, wenn Sie sich derart benehmen. Das ist zweifelsohne Ihre Art, sich an der Gesellschaft für die Behandlung zu rächen, die sie Ihnen zuteil werden ließ, bevor Sie den Titel erbten.«

»Sie sind wirklich verständnisvoll.«

»Wie dem auch sei«, sagte Prudence bedächtig. »Ich bitte Sie, Ihre Rachegelüste in dieser Angelegenheit außer acht zu lassen, und wie der großmütige, verantwortungsbewußte, freundliche Gentleman zu handeln, der Sie sein können.«

In Sebastians Augen flackerte kurz ein böses Lachen auf. »Was, zum Teufel, läßt Sie annehmen, daß ich in der Lage bin, so zu handeln?«

Prudence wurde ärgerlich. »Sie sind ein belesener, wißbegieriger Mann, Sir. Soviel habe ich auf der Tanzfläche über Sie in Erfahrung gebracht, als wir über meine Nachforschungen bezüglich geisterhafter Erscheinungen sprachen. Sie stellten scharfsinnige Fragen und zeigten einen wachen Geist. Ich weigere mich zu glauben, daß Sie nicht in der Lage sein sollen, mit einer gewissen Geistesgröße zu handeln.«

Sebastian strich über Luzifers Ohren, während er über das Gesagte nachdachte. »Ich nehme an, es könnte eine neue Erfahrung sein.«

»Genau das Richtige, um Ihre Langeweile zu vertreiben.« Prudence zögerte und fügte dann freundlich hinzu: »Mir wurde berichtet, daß Sie unter Langeweile leiden.«

»Wer hat Ihnen das gesagt?«

»Fast jeder«, gab sie zu. »Stimmt das?«

Sebastian lehnte seinen Kopf gegen die Rückenlehne des Sessels und blickte ins Feuer. »Ich weiß nicht«, sagte er ruhig.

Prudence starrte ihn an. »Sie wissen nicht, was Sie fühlen?«

Er bedachte sie mit einem seltsamen Blick. »Die meiste Zeit bin ich mir noch nicht einmal sicher, daß ich überhaupt etwas fühle, Miss Merryweather.«

»In einer ähnlichen Lage befand ich mich, als meine Eltern starben«, sagte Prudence leise.

»Tatsächlich?«

»Ja. Aber ich hatte meinen Bruder, Trevor. Und Lady Pembroke war sehr nett. So konnten wir uns gegenseitig trösten, und schließlich begann ich, wieder aufzuleben.«

»Das glaube ich.« Sebastians Ton enthielt eine Spur Ironie. »Zweifelsohne sind Sie alles andere als leblos, Miss Merryweather. Aber die Frage, ob ich unter Langeweile leide, spielt im Augenblick keine Rolle. Lassen Sie uns lieber wieder zum Anlaß Ihres Besuches zurückkehren.«

»Ja, natürlich.« Sie lächelte zögernd. »Mir ist bewußt, daß ich Sie um einen großen Gefallen bitte, Mylord.«

»Stimmt. Es liegt nicht gerade in meiner Natur, mich zu entschuldigen. Ebensowenig, wie es mir liegt, anderen Menschen Gefallen zu erweisen.«

»Ich bin sicher, daß Sie diese Erfahrung überleben werden.«

»Das bleibt abzuwarten«, sagte Sebastian. »Vielleicht sollte ich Sie daran erinnern, daß man im allgemeinen irgendwann einen Gegenlohn erwartet, wenn man jemandem einen Gefallen erweist.«

Prudence blickte ihn alarmiert an. »Was genau schlagen Sie vor, Graf?«

»Lediglich, daß Sie sich bereit erklären, mir, wenn ich Ihnen heute abend diesen Gefallen tue, auch einen Gefallen zu tun, wenn ich Sie irgendwann einmal darum bitten sollte.«

Prudence verharrte reglos. »Welche Art von Gefallen würden Sie denn dafür erwarten, wenn ich fragen darf?«

»Wer weiß? Niemand kann in die Zukunft blicken, Miss Merryweather. Ich habe keinerlei Vorstellung, um welche Art von Gefallen ich Sie eines Tages bitten könnte.«

»Ich verstehe.« Nachdenklich zog sie die Brauen zusammen. »Aber Sie haben die Absicht, diesen Gefallen irgendwann einzufordern?«

Sebastian lächelte bedächtig. In seinen Augen und in denen der Katze spiegelte sich der Schein des Feuers wider. »Ja, Miss

Merryweather. Eines Tages werde ich bestimmt fordern, was Sie mir schulden. Wollen Sie dieses Geschäft also eingehen?«

Gefährliche Stille senkte sich über den dunklen Raum. Sie wurde nur unterbrochen vom Knistern der Flammen im Kamin. Prudence war gefangen von Sebastians ruhigem, undurchdringlichem Blick.

Sie mußte einfach hoffen, daß sie ihr Gefühl bezüglich dieses Mannes nicht täuschte. Er mochte gefährlich sein, aber sie glaubte nicht, daß er böse war.

»Sehr gut, Graf«, entgegnete Prudence ruhig. »Ich bin einverstanden mit diesem Geschäft.«

Sebastian betrachtete sie lange, als wolle er in sie hineinsehen, ebenso wie sie zuvor versucht hatte, seine Geheimnisse zu ergründen. »Ich glaube, Sie sind eine Frau, die Abmachungen einhält, Miss Merryweather.«

Prudence runzelte die Stirn. »Natürlich.«

»Seien Sie nicht gekränkt. Wahre Ehre ist selten genug, sowohl bei Männern als auch bei Frauen.«

»Wenn Sie meinen. Heißt das, Sie werden sich bei meinem Bruder entschuldigen?«

»Ja. Ich werde dafür sorgen, daß das Duell abgesagt wird.«

Erleichterung durchströmte sie. »Danke, Graf. Ich bin Ihnen so dankbar. Sie sind wirklich sehr großmütig.«

»Genug, Miss Merryweather. Sie werden mich früh genug für diesen Gefallen bezahlen.« Sebastian setzte die Katze auf den Teppich.

Luzifer blinzelte Prudence böse an, als würde er ihr die Schuld daran geben, daß er seinen bequemen Platz verloren hatte. Dann reckte er seinen Schwanz in die Luft und stolzierte in Richtung eines rotgoldenen Seidenkissens, wo er sich erneut niederließ.

Sebastian erhob sich aus seinem Sessel und griff nach Prudences Händen. Er zog sie auf die Füße.

»Mylord?«

Er antwortete nicht, aber seine Augen loderten, als er sich ihr näherte. Er beugte den Kopf und preßte seinen Mund auf ihre Lippen.

Sebastians Kuß war ein bewußtes, wohlberechnetes Zeichen sinnlichen Verlangens. Einen solchen Kuß hatte Prudence noch nie zuvor bekommen, doch sie wußte sofort, was er bedeutete. Schreck und Aufregung durchfuhren sie, als sie erkannte, daß Sebastian sie wortlos für sich forderte.

Prudence war überwältigt.

Sie zitterte. Sie konnte kaum atmen. In ihrem Innersten verspürte sie eine heftige Erregung. Ihr ganzer Körper war plötzlich von einer neuen, pulsierenden Energie erfüllt.

Das Ganze war jedoch vorbei, noch ehe Prudence sich auf diesen sinnlichen Angriff einstellen konnte. Sie rang nach Luft, als Sebastians Mund sich von dem ihren löste.

»Nun, da wir unser Abkommen besiegelt haben, Miss Merryweather, ist es wohl an der Zeit, daß Sie sich nach Hause begeben.«

»Oh ja. Ja, natürlich.« Mit zitternden Händen versuchte Prudence, die Kapuze ihres Umhangs zurechtzurücken. Sie sagte sich, sie müsse so ungezwungen sein wie zuvor. Schließlich war sie fünfundzwanzig Jahre alt und kein kleines Mädchen mehr. »Zumindest wird mich niemand vermißt haben. Lady Pembrokes Haushalt ist außerordentlich gut geführt, und als ich mich auf mein Zimmer zurückzog, habe ich Anweisung erteilt, daß ich nicht gestört werden möchte.«

»Und wie sind Sie aus dem Haus gelangt?«

»Durch die Küche. Es war etwas schwierig, eine Kutsche zu finden, aber schließlich ist es mir gelungen. Der Kutscher hat gesagt, er würde warten.«

»Die Droschke, mit der Sie gekommen sind, wurde bereits fortgeschickt.«

Prudence sah ihn scharf an. »Tatsächlich?«

»Machen Sie sich keine Sorgen. Ich werde Sie nach Hause begleiten, Miss Merryweather.«

»Das ist wirklich nicht nötig«, beeilte sie sich zu sagen.

»Ich habe bereits meine Kutsche bestellt.«

»Ich verstehe.« Etwas anderes fiel ihr nicht ein.

Sebastian führte Prudence aus der Bibliothek in die Halle, wo der hundegesichtige Butler bereits wartete.

»Meinen Mantel, Flowers.« Sebastian lächelte sein seltsames, humorloses Lächeln. »Im übrigen scheint es, als habe ich doch keine Verabredung im Morgengrauen. Bitte sorgen Sie dafür, daß das Frühstück wie gewohnt serviert wird.«

»Ja, Mylord.« Flowers bedachte Prudence mit einem verblüfften, fragenden Blick, während er Sebastian in einen schwarzen Mantel half. Doch als wohlerzogener Diener sagte er nichts. Ohne ein Wort öffnete er die Haustür.

Im Nebel wartete eine schwarze Kutsche mit zwei schwarzen Hengsten. Sebastian half Prudence hinein. Dann stieg auch er ein und nahm ihr gegenüber Platz. Die Lampen der Kutsche warfen einen feurigen Glanz auf sein starres, bedrohliches Gesicht. In diesem Moment verstand Prudence, weshalb die Menschen ihn den Gefallenen Engel nannten.

»Ich weiß Ihre Begleitung zu schätzen, Graf, aber sie ist wirklich nicht erforderlich.« Prudence hüllte sich fester in ihren Umhang, als sich die Kutsche in Bewegung setzte.

»Oh doch, sie ist erforderlich, Miss Merryweather. Sie und ich sind jetzt durch ein Abkommen aneinander gebunden. Und bis Sie mir den schuldigen Gefallen erwiesen haben, ist es in meinem eigenen Interesse, wenn ich für Ihre Sicherheit sorge.« Er lächelte erneut. »Sie wissen doch, daß der Teufel sich um die Seinen kümmert.«

ZWEI

Sebastian wartete schweigend im Dunkeln, während Prudence die Hintertür zu Lady Pembrokes elegantem Stadthaus öffnete. Als sie kurz innehielt, um ihm zum Abschied zuzuwinken, lächelte er unsichtbar. Es mochte der Lady nicht gefallen, als Original zu gelten, doch sicher war sie eines.

Nie zuvor war er jemandem wie Miss Prudence Merryweather begegnet. Außer ihm war sie wohl der einzige Mensch, der aus wissenschaftlicher Neugier heraus ein ungewöhnliches Hobby entwickelt hatte.

Eine höchst faszinierende Person. Und nun schuldete sie ihm einen Gefallen. Sebastian zog es vor, wenn andere ihm verpflichtet waren. Das verschaffte ihm einen gewissen Vorteil.

Er wandte sich um und ging langsam zurück zur Kutsche. Aus der Entfernung glichen die Lampen des Fahrzeugs schwachen Leuchtsignalen, die den dichten Nebel nur mit Mühe zu durchdringen vermochten.

Sebastian haßte den Nebel, doch er wußte, daß dieser sein Element war. *Oder sein Schicksal.*

Vom Pflaster drang das hohle Echo seiner Absätze. Kalte Nebelschwaden umrankten ihn, drohten, ihn auf ewig in einer endlosen, grauen Leere gefangenzunehmen. Er wußte, was ihn dort erwartete. Ein Ort ohne Gefühle, an dem er noch nicht einmal die unerbittliche Kälte verspüren würde.

In letzter Zeit hatte er gelegentlich gedacht, er habe einen flüchtigen Blick erhascht von der Leere, die hinter dem eisigen Schutzwall wartete, den er errichtet hatte.

Es war dasselbe graue Nichts, das ihn vor vier Jahren im Morgengrauen in den Bergen von Saragstan erwartet hatte.

Ein leises Geräusch in der Gasse brachte Sebastians Gedanken umgehend zurück in die Gegenwart. Er hielt inne und lauschte angestrengt. Seine Finger legten sich um den Griff der Pistole in seiner Tasche. Wie er mit einer gewissen Bitterkeit feststellte, war sein Überlebenswille nach wie vor stark, trotz der seltsamen Stimmung, die ihn in letzter Zeit immer häufiger plagte.

Das leise Huschen verschwand schnell. Eine Ratte oder vielleicht eine Katze, dachte Sebastian. Er ging weiter in Richtung der wartenden Kutsche.

Es war eine gefährliche Nacht, um sich draußen herumzutreiben. Doch welche Nacht war nicht gefährlich?

Miss Prudence Merryweather hatte der Gefahr und der Dunkelheit getrotzt, um ihn zu sehen, überlegte Sebastian. Er lächelte schwach. Sie war tatsächlich aus hartem Holz geschnitzt.

Sebastian öffnete selbst die Tür seiner Kutsche. »Zum Club«, befahl er dem Kutscher.

»In Ordnung, M'lord.«

Das Fahrzeug setzte sich in Bewegung. Sebastian lehnte sich in die Kissen zurück, starrte hinaus in den Nebel und dachte über Prudence nach.

Sie war nicht nur mutig, sie war auch eigensinnig. Ein wahrlich unpraktischer Wesenszug bei einer Frau. Er nahm an, daß nicht allzu viele Männer mit ihr fertig wurden. Sie war zu intelligent, zu furchtlos, zu anmaßend für die Mehrheit der Männer. Außerdem hatte sie einen lebendigen Geist und einen unerschütterlichen, nahezu naiven Glauben an das Gute im Menschen.

Die Tatsache, daß Prudence fünfundzwanzig Jahre alt und nach wie vor unverheiratet war, zeigte, daß die Männer, denen sie bisher begegnet war, die subtile weibliche Herausforderung, die sie bot, entweder nicht verstanden oder ignoriert hatten. Diese Männer müssen blind gewesen sein, beschloß Sebastian.

Entweder das, oder sie waren durch die Augengläser abgeschreckt worden, die Prudence wie einen Schutzschild trug. Sebastian blickte hinaus in die dunklen Straßen und dachte über die Augen hinter den Brillengläsern nach. Fantastische Augen. Tiefe, klare Seen von unbeschreiblichem Grün. Intelligente Augen. Die Augen einer ehrlichen Frau, einer Frau von umfassender, unerschütterlicher Integrität. Diese Augen machten Prudence zu einer Neuheit in Sebastians Welt.

Prudence, so stellte er fest, hatte etwas Ernsthaftes, durch und durch Natürliches an sich, das ihn auf unerklärliche Weise bezauberte. Es dürstete ihn nach ihrer erfrischenden, belebenden Güte, auch wenn er sich zugleich darüber lustig machte.

Als sie in seiner Bibliothek gesessen und ihn über seine Verantwortung aufgeklärt hatte, hatte er die Dunkelheit, die auf seiner Seele lastete, doppelt verspürt. Prudence war ein Geschöpf der Sonne, und sie brachte ihm die Tatsache zu Bewußtsein, daß er ein Mann war, der in der tiefsten Dunkelheit der Nacht gefangen war.

Sie waren Gegensätze, doch hatte er sie von Anfang an begehrt. Sebastian fragte sich, weshalb er von Prudence so gefangen war. Denn gefangen war er. Obgleich sie keine ausgesprochene Schönheit war, war sie doch recht hübsch. Was sie an körperlichen Reizen aufzuweisen hatte, ließ sich aufgrund ihres mangelnden Geschmacks nur erahnen.

Über das rehfarbene Kleid, das sie auf dem Ball getragen hatte, hatte Sebastian lächeln müssen. Der matte Braunton hatte Prudence nicht gerade geschmeichelt. Er hatte den Glanz ihrer smaragdfarbenen Augen und das Leuchten ihres honigfarbenen Haars nicht zur Geltung gebracht. Der züchtige, hochgeschlossene Kragen und das braune Rosenmuster des Rockes hatten deutlich gemacht, daß das Kleid auf dem Lande genäht worden war. Keine modische Londoner Schneiderin hätte einer Kundin zu einer derart ländlichen Aufmachung geraten.

Ihren Fächer hatte Prudence offensichtlich als lästiges Accessoire empfunden. Statt sich aufreizend Luft mit ihm zuzufächeln, hatte sie ihn achtlos an ihrem Handgelenk baumeln lassen. Und ihre Brille hatte natürlich den plumpen Eindruck, den zu erwecken ihr gelungen war, nur noch verstärkt.

Doch Sebastian hatte Prudences altmodische Fassade durchschaut. Sein Vater war Forscher gewesen, ein geübter Beobachter der Bräuche fremder Völker und der Eigenarten fremder Länder. Er hatte seine Familie auf seine Reisen mitgenommen, und er hatte Sebastian die Kunst der Beobachtung gelehrt.

In den Kleinigkeiten liegt die Wahrheit, hatte Jonathan Fleetwood seinem Sohn erklärt. *Lerne, auf die Nebensächlichkeiten zu achten.*

Heute abend hatte Sebastian gesehen, daß Prudences Haar einen reichen Goldton hatte. Er hatte beobachtet, daß sie einen freundlichen, lachenden Mund und eine nette kleine Stupsnase hatte. Die Festigkeit und das Selbstbewußtsein, das ihr katzengleiches Kinn verriet, hatten ihn angezogen. Und er hatte tief in die bodenlosen, grünen Seen ihrer Augen geblickt.

Er wußte, daß ihr Aussehen verglichen mit dem der Ballschönheiten, eher passabel war. Sie war nicht gerade ein Diamant, doch war sie die einzige Frau gewesen, derer er sich heute abend auf dem Fest bewußt gewesen war.

Sebastian gestattete seinen Gedanken, von Prudences Gesicht hinabzuwandern, wobei er im Geiste mit seiner Hand über ihren Körper strich, als wäre er dabei, sie zu entkleiden und ins Bett zu tragen. Sie war schlank, doch an allen wichtigen Stellen wohlgerundet. Er hatte genug von ihr in dem bescheidenen Ballkleid gesehen, um zu wissen, daß ihre Brüste die Form kleiner, reifer, exotischer Früchte hatten, gerade richtig für seine Hand oder seinen Mund. Ihr Geruch, eine Mischung aus frischen Blumen und natürlichem, weiblichem Duft, hing noch in der Kutsche und berauschte ihn.

Bald würde er sie erneut küssen. Besäße er ein wenig Anstand, so würde er dem Drang widerstehen, doch niemand erwartete Anstand vom Gefallenen Engel. Auch gut. Er war sich selbst nicht sicher, wieviel Anstand er besaß.

Was er im Übermaß besaß, war ein immer stärker werdendes Gefühl grauer, formloser Kälte, die drohte, ihn von innen heraus aufzufressen. Die einzige Möglichkeit, diese Kälte auch nur für einen Augenblick zu vergessen, war, sich mit seinem amüsanten kleinen Hobby zu beschäftigen. Er müßte bald wieder damit anfangen.

Zuerst jedoch war da noch die Sache mit Prudences Bruder.

Die Kutsche hielt vor der Tür zu Sebastians Lieblingsclub. Er war Mitglied in den besten Etablissements, doch in diesem Club fühlte er sich am wohlsten. Wahrscheinlich, weil sein Cousin nur selten hier erschien.

Er stieg aus, ging die Treppe hinauf und trat ein in die Wärme des luxuriös eingerichteten männlichen Refugiums. Mehrere Köpfe wandten sich um, als er den Spielsalon betrat. Die Männer an den Spieltischen begannen zu murmeln. Sebastian wußte, daß man inzwischen wahrscheinlich in allen Clubs in St. James von dem bevorstehenden Duell gehört hatte.

Ein großer, schlanker, blonder Mann legte seine Würfel auf den Tisch und schlenderte durch den Raum hinüber zu Sebastian.

Sebastian betrachtete ihn genau und war erleichtert, als er feststellte, daß Garrick Suttons Blick heute nacht wieder ungetrübt war. Sutton schien die Angewohnheit, sich sinnlos zu betrinken, die er aus dem Krieg mitgebracht hatte, allmählich zu überwinden.

»Was machst du denn hier, Angelstone? Ich dachte, du würdest den Rest der Nacht zu Hause verbringen, da du ja noch Vorbereitungen für deine Verabredung im Morgengrauen treffen mußt.«

»Ich habe meine Meinung geändert, Sutton. Es wird keine Verabredung im Morgengrauen geben. Ich möchte, daß du als einer meiner Sekundanten Mister Trevor Merryweather meine höfliche Entschuldigung übermittelst.«

Vor Verwunderung klappte Garrick der Mund nach unten. Sebastian lächelte. Allein die Überraschung der Leute war Grund genug, sich bei dem jungen Merryweather zu entschuldigen.

Garrick war einer der wenigen Menschen, die Sebastian zu seinen Freunden zählte. Er zählte zu der Handvoll Auserwählter, weil er einer derjenigen gewesen war, die Sebastian vor zwei Jahren ohne Vorbehalt akzeptiert hatten.

Nachdem er sein Leben lang im Ausland gewesen war, hatte Sebastian schließlich doch nach England kommen müssen. Seine sich immer weiter ausdehnenden Investitionen hatten es erforderlich gemacht, daß er seinen Firmensitz nach London verlegte, in das Zentrum der Welt.

Seine Finanzkraft hatte ihm Kontakt beschert zu einer Reihe von Leuten, die versessen darauf waren, seine Freundschaft zu gewinnen. Doch er wußte, daß sie ihn hinter seinem Rücken den Fleetwood-Bastard nannten. Mit dem größten Vergnügen hatten sie über die skandalöse Affäre seines Vaters mit einer Schauspielerin getratscht, die nun bereits so viele Jahre zurücklag. Sie hatten darüber gesprochen, daß der Titel am Ende Sebastians Cousin Jeremy zufallen würde wegen Jonathan Fleetwoods unglückseliger und unverantwortlicher Liaison mit einem billigen Flittchen.

Während dieser Zeit war Garrick einer der wenigen Menschen gewesen, die nichts von Sebastian wollten außer Freundschaft. Auch hatte er keinerlei Interesse an dem alten Skandal bezüglich der Legitimität von Sebastians Geburt gezeigt.

Garrick hatte im Krieg tiefe, unsichtbare Wunden davongetragen. Instinktiv hatte er sich mit Sebastian verbunden gefühlt, von dem er spürte, daß auch er innere Narben trug. Keiner der beiden Männer sprach viel von der Vergangenheit. Es war nicht nötig.

»Ist das dein Ernst?« fragte Garrick. »Der Merryweather-Junge hat dich wegen einer Nichtigkeit herausgefordert. Schließlich hast du lediglich mit seiner Schwester getanzt.«

»Das ist mir bewußt«, entgegnete Sebastian ruhig.

»Willst du damit etwa sagen, daß du ihn einfach so davonkommen lassen willst?«

»Mir wurde aus zuverlässiger Quelle berichtet, daß der junge Mann ein Hitzkopf ist, der sich mit den Gepflogenheiten der Welt noch nicht besonders gut auskennt.«

Garrick schnaubte. »Dann kannst du ihm ebensogut seine erste Lektion erteilen.«

»Ich neige eher dazu, jemand anderem diese Aufgabe zu überlassen.«

»Das verstehe ich einfach nicht.« Garrick griff nach einer Flasche Portwein und goß sich etwas in ein Glas. »Das sieht dir wirklich nicht ähnlich, so einen jungen Gernegroß einfach so davonkommen zu lassen. Was ist los, Angelstone?«

»Ich habe meine Meinung geändert, das ist alles. Mehr ist an der Sache nicht dran. Sag Mister Merryweather, daß ich kein Interesse daran habe, ihn im Morgengrauen zu treffen.«

Garrick betrachtete den Portwein, den er sich eben erst eingeschenkt hatte, als sei er überrascht, ihn in seiner Hand zu entdecken. Vorsichtig stellte er das Glas ab, ohne auch nur daran zu nippen. Er sah Sebastian an. »Ich weiß verdammt gut, daß du dich nicht vor einer Begegnung mit ihm fürchtest. Es ist klar, daß du ihm haushoch überlegen bist. Der Junge hat keinerlei Erfahrung in solchen Dingen.«

Sebastian lächelte dünn. »Was die ganze Angelegenheit recht langweilig macht, meinst du nicht?«

Garrick zog die Brauen hoch. »Ohne Zweifel. Aber was geschieht beim nächsten Mal, wenn du mit seiner Schwester, dem Original, tanzen willst? Und ich weiß, daß du wieder mit ihr tanzen wirst. Ich habe den Glanz in deinen Augen gesehen, als du sie in der Menge entdecktest. Nie zuvor habe ich eine solche Reaktion von dir angesichts einer Frau erlebt.«

»Wenn Merryweather es für richtig hält, mich erneut herauszufordern…«

»Was er bestimmt tun wird, besonders, wenn er sieht, wie schnell du bereit bist, dich bei ihm zu entschuldigen.«

»Dann werde ich mich einfach erneut bei ihm entschuldigen«, schloß Sebastian leichthin.

Garrick riß seine blauen Augen auf. »Verdammt, Mann. Du würdest dich ein zweites Mal bei ihm entschuldigen?«

»Und ein drittes Mal, wenn nötig. Zu meiner Überraschung habe ich festgestellt, daß ich offensichtlich über einen unerschöpflichen Vorrat an Reue verfüge, Sutton. Ich glaube, ich kann mich ebenso oft bei Merryweather entschuldigen, wie er mich herausfordert.«

»Gütiger Gott.« Verständnis blitzte in Garricks Augen auf. Er begann zu grinsen. »Mit anderen Worten, du wirst dich solange mit seiner Schwester amüsieren, wie es dir gefällt, und Merryweather wird mit seinen Herausforderungen nichts ausrichten können, da du dich einfach jedesmal bei ihm entschuldigst.«

»Genauso wird es sein.«

»Unglaublich.« Garrick schüttelte bewundernd den Kopf. »Niemand wird natürlich auch nur eine Sekunde lang glauben, daß du tatsächlich Angst vor einer Begegnung mit dem Jungen hast. Dafür sorgt allein dein Ruf. Die Leute werden sagen, daß du dich mal wieder einfach nur amüsierst. Merryweather wird sich zum Narren machen.«

»Vielleicht. Aber das ist nicht mein Problem.«

»Die Wettbücher der Clubs werden sich mit Wetten füllen,

wann du das Spiel leid sein wirst, um ihm eine Kugel in den Kopf zu jagen«, sagte Garrick.

»Was in den Wettbüchern steht, ist ebenfalls nicht mein Problem.« Sebastian genehmigte sich einen kleinen Schluck von Garricks Portwein. »In der Zwischenzeit übermittelst du bitte meinem ehrenwerten Gegner meine Entschuldigung, ja?«

»Wenn du darauf bestehst. Das ist eine echte Neuheit, Angelstone. Und es entspricht nicht gerade deinem Stil.«

»Wer weiß? Vielleicht ändere ich mich ja. Es wäre ja immerhin möglich, daß ich mit zunehmendem Alter mehr Verantwortungsgefühl entwickele.«

Garrick sah ihn besorgt an. »Du bist heute abend wirklich seltsamer Laune, mein Freund. Vielleicht solltest du dich erneut deinem kleinen Hobby widmen. Ich glaube, es ist inzwischen eine ganze Weile her, daß du dich darum gekümmert hast.«

»Vielleicht hast du recht. Vielleicht bin ich aber auch nur in einer seltsamen Stimmung, weil es eine seltsame Nacht ist.«

»Und sie wird immer seltsamer«, murmelte Garrick. Sein Blick fiel auf einen Punkt hinter Sebastians linker Schulter. »Dein Cousin ist gerade gekommen. Eigenartig. Normalerweise besucht er diesen Club so gut wie nie.«

»Nur, weil er weiß, daß ich oft hier bin.«

»Genau. Man darf sich also fragen, was Fleetwood heute hier treibt.«

»Ich nehme an, das ist ganz einfach.« Sebastian stellte sein Glas ab. »Zweifellos ist er gekommen, um mir Glück auf dem Feld der Ehre zu wünschen.«

»Das ist wohl eher unwahrscheinlich.« Garrick runzelte die Stirn. »Ohne Frage eher das Gegenteil. Fleetwood würde keine Träne vergießen, wenn dir jemand eine Kugel in den Leib jagen würde, Angelstone, das weiß jeder. Was ihn betrifft, so hast du dir den Titel widerrechtlich angeeignet, und das hat er dir nie verziehen. Er und seine tyrannische Mutter nahmen schließlich beide jahrelang an, daß er der Nächste in der Linie sei.«

Sebastian zuckte mit den Schultern. »Ebenso wie alle anderen Verwandten.«

Garrick verstummte, als Jeremy Fleetwood hinter Sebastian auftauchte.

»Angelstone.« Jeremys Stimme hatte den rohen, reizbaren Ton eines jungen Mannes, der weiß, daß er einem älteren, mächtigeren Mann gegenübersteht. Der Ton traf genau die Mitte zwischen Furcht und Wagemut.

Sebastian ignorierte das Schweigen, das sich über die nächststehenden Spieltische senkte. Er wußte, daß jedermann im Raum versuchte, die Unterhaltung möglichst unauffällig zu verfolgen. Die gesamte bessere Gesellschaft wußte von der Fehde zwischen Sebastian und seinen Verwandten.

Es war höchst ungewöhnlich, wenn eine der Seiten mit der anderen auch nur sprach. Die Tatsache, daß der junge Fleetwood sich hier in Sebastians Lieblingsclub aufhielt und dann auch noch seinen Cousin mit Namen ansprach, war mindestens ebenso interessant für die Lästermäuler wie das Gerücht von dem bevorstehenden Duell.

»Willst du etwas bestimmtes, Fleetwood?« Langsam wandte sich Sebastian zu Jeremy um. »Abgesehen von meinem Titel? Oder bist du gekommen, um mir für morgen früh viel Glück zu wünschen?«

Jeremys hübsches Gesicht wurde von Röte überzogen. Seine Augen waren wesentlich dunkler als die von Sebastian, eher braun als gold. Sein Haar war heller, ein dunkles Mahagony anstelle von mitternachtsschwarz. Trotzdem wußte Sebastian, daß die Ähnlichkeit zwischen ihnen beiden unverkennbar war. Er wußte auch, daß der Rest der Fleetwoods darüber höchst verärgert war. Sie hätten es lieber gesehen, wenn er nach seiner blonden Mutter geschlagen wäre.

»Du Bastard.« Jeremy ballte die Faust. »Eines Tages wird dir jemand eine Kugel in dein kaltes Herz jagen, und es wird dir recht geschehen.«

»Danke.« Sebastian nickte höflich. »Es ist immer nett zu wissen, daß die Familie in Krisenzeiten hinter einem steht.«

»Dann stimmt es also?« fragte Jeremy entsetzt. »Du wirst die Ehre der Familie erneut beschmutzen, indem du dich mit irgendeinem Trottel vom Land duellierst?«

»Es wird dich freuen zu hören, daß die Gerüchte über ein Duell falsch sind.«

»Das glaube ich nicht.«

»Es stimmt, Cousin.« Sebastian lächelte. »Sag deiner treusorgenden Mutter, daß sie die Trauerkleider wieder abbestellen kann. Ich nehme an, sie hat bereits etwas angemessen Schwarzes ausgesucht für den Fall, daß sich ihr Herzenswunsch morgen früh erfüllen sollte. Unglücklicherweise beabsichtige ich, noch eine Weile zu leben.«

Jeremy blickte ihn finster an. »Ich habe gehört, daß dich der Bruder von der Merryweather herausgefordert hat.«

»Tatsächlich? Erstaunlich, wie schnell Gerüchte die Runde machen. Schade, daß so viele sich als falsch erweisen.«

»Verdammt, Mann, was hast du nun schon wieder vor?«

»Nichts, was dich etwas anginge, Fleetwood.«

»Du bist ein arroganter Bastard, Cousin.«

»Arrogant vielleicht, aber auf keinen Fall ein Bastard.« Sebastian lächelte erneut. »Und das, mein lieber Cousin, macht den Unterschied, nicht wahr?«

Jeremy kochte, doch schien er keine Worte zu finden. Er machte auf dem Absatz kehrt und stolzierte aus dem Raum.

An den Spieltischen begannen die Männer erneut sich zu unterhalten. Sebastian wandte sich um, um sich ein weiteres Glas Portwein einzuschenken, er hielt jedoch inne, als er den gedankenverlorenen Ausdruck in Garricks Augen wahrnahm.

»Mach dir keine Sorgen, mein Freund«, sagte Sebastian. »Fleetwood und ich haben eine Abmachung. Vor langer Zeit sind wir übereingekommen, daß wir uns gegenseitig verabscheuen.«

Garricks Blick haftete nach wie vor an der Tür. »Ich glaube, er haßt dich wirklich.«

»Was wohl nicht allein seine Schuld ist, nehme ich an. Seine Mutter hat ihm von der Wiege an beigebracht, mich zu hassen. Sie hat meinem Vater niemals verziehen, daß er mit meiner Mutter davongelaufen ist und dadurch den Familiennamen bis in alle Ewigkeit beschmutzt hat. Als ich letztes Jahr den Titel erbte und nicht ihr heißgeliebter Jeremy, hätte sie beinahe der Schlag getroffen.«

»Ich kenne die Geschichte deiner Familie. Sei vorsichtig, Angelstone. Ich schwöre, in Fleetwoods Augen standen Mordgedanken geschrieben.«

»Beruhige dich, Sutton. Deine Fantasie geht mit dir durch.«

»Da bin ich mir nicht so sicher. Ich habe das Gefühl, daß Jeremy Fleetwood nicht eine Sekunde zögern würde, dich um die Ecke zu bringen, wenn er eine Möglichkeit dazu hätte, ohne daß man ihm seine Schuld nachweisen könnte.« Plötzlich lächelte Garrick. »Es gäbe eine Lösung für dein Dilemma.«

»Und die wäre?«

»Erfülle deine Pflicht gegenüber deinem Titel, Mann. Such dir eine Frau und sieh zu, daß du so schnell wie möglich einen Erben bekommst. Ist die Erbfolge auf deiner Seite erst einmal gesichert, werden die Fleetwoods aufhören, den lieben Gott um dein Ableben zu bitten. Wenn du einen Erben hast, macht es keinen Sinn mehr, darauf zu hoffen, daß du endlich ins Gras beißt.«

»Ich gratuliere dir zu deiner pragmatischen Sichtweise«, sagte Sebastian. »Vielleicht sollte ich deinen Ratschlag einmal überdenken.«

Garrick bedachte ihn mit einem forschenden Blick. »Was soll das nun wieder heißen? Du willst doch wohl nicht behaupten, du seist plötzlich vernünftig geworden.«

»Mir wurde erklärt, ein Mann meines Alters sollte allmählich beginnen, sich weise und verantwortungsbewußt zu zeigen, Sutton.«

Erneut schüttelte Garrick den Kopf. »Du bist heute abend wirklich in einer eigenartigen Stimmung.«

»Ja. Aber vielleicht übermittelst du jetzt erst einmal dem jungen Merryweather meine Entschuldigung, bevor ich es mir wieder anders überlege.«

Sebastian ignorierte den Tratsch, der am folgenden Nachmittag die Runde machte, als die Gesellschaft erfuhr, daß er sich bei Trevor Merryweather entschuldigt hatte. Anstatt sich den neugierigen Fragen der anderen Clubmitglieder zu stellen oder sich in seine Bibliothek zurückzuziehen, machte er sich auf den Weg in ein bestimmtes Kaffeehaus im Hafen, wo er eine Verabredung hatte.

Whistlecrofts Nachricht hatte ihn erreicht, gerade als er sich zu Hause zu einem gemütlichen Frühstück an den Tisch gesetzt hatte. Sie war kurz und präzise. Whistlecrofts Nachrichten waren meistens knapp gehalten, da der Spitzel weder besondere Kenntnisse im Schreiben noch im Lesen aufzuweisen hatte.

SIR,
da ist eine interessante Sache, die ich mit Ihnen besprechen möchte. Wenn es Ihnen paßt, schlage ich vor, daß wir uns am gewohnten Ort um drei Uhr treffen.

Ihr
W.

Um drei Uhr betrat Sebastian das Kaffeehaus, wo er von Whistlecroft in der gewohnten Ecke erwartet wurde. Zum Gruß erhob der Spitzel seinen Becher. Sebastian ging zu ihm hinüber.

Whistlecroft war ein schwergewichtiger Mann mit einem roten, bärtigen Gesicht und klugen, kleinen Augen. Die violetten Äderchen auf seiner Nase verrieten seine Liebe zum Gin, und während der Wintermonate schien er unter einem Dauerschnupfen zu leiden. Er trug allzeit einen schmutzigen Schal um den Hals und schniefte ununterbrochen.

»Guten Tag, Euer Lordschaft. Sehe, Sie haben meine Nachricht erhalten.«

»Ich hoffe, diese Angelegenheit ist amüsanter als die letzte, Whistlecroft.« Sebastian nahm dem Spitzel gegenüber Platz. »Ich bin in der Stimmung für etwas mehr Aufregung.«

»Sie sinn' einfach zu gut, das is' Ihr Problem.« Whistlecroft grinste und entblößte dabei zahlreiche Zahnlücken. »Nun, ich hab' 'n neuen Fall, der Sie interessieren sollte. Machen wir's wie immer? Ich krieg die Belohnung von der dankbaren Person, die mich angeheuert hat?«

»Die Belohnung und das Lob für die Arbeit, Whistlecroft.«

»Is' bestimmt angenehm, wenn man reich is'«, sagte Whistlecroft mit einem Seufzer. »Und dann auch noch 'n netten kleinen Titel hat. Ich versteh immer noch nich', weshalb Sie überhaupt Interesse an diesen Sachen haben.«

Sebastian bestellte einen Kaffee. »Das habe ich Ihnen doch bereits erklärt, Whistlecroft. Es ist ein amüsantes, kleines Hobby. Jeder Mensch braucht ein Hobby, nicht wahr?«

»Keine Ahnung, Euer Lordschaft. Hatte nie Zeit für so was. War immer zu beschäftigt damit, für mich und meine Familie genuch zu Essen auf'n Tisch zu kriegen.«

Sebastian lächelte kühl. »Ich nehme an, Sie und Ihre Familie haben damit keine Probleme mehr, seit wir beide zusammenarbeiten.«

Whistlecroft kicherte. »Stimmt, M'lord. Tatsächlich. Meine Frau is' inzwischen ganz schön fett geworden, und die fünf Kleinen nagen auch nich' mehr am Hungertuch. Erst letzte Woche sin' wir in 'n kleines Häuschen umgezogen. Wirklich nett.«

»Hervorragend. Dann lassen Sie mich hören, was Sie dieses Mal für mich haben.«

Whistlecroft beugte sich vor und senkte die Stimme. »Eine kleine Erpressung und ein bißchen Schmuck, M'lord. Ich nehme an, das is' amüsant genuch für Sie.«

DREI

»Was ich über Angelstone weiß?« Hester, Lady Pembroke, hatte ihre Teetasse gerade halb zum Mund geführt, als sie innehielt und Prudence ansah. »Nur, daß er nicht mit seinen Verwandten spricht und daß er in dem Ruf steht, äußerst gefährlich zu sein. Was ihn natürlich zu einem sehr interessanten Mann macht. Weshalb fragst du?«

Prudence lächelte. Hester war eine ehrfurchtgebietende Frau undefinierbaren Alters, deren Statur nur noch durch die Größe ihres Herzens und ihr lebhaftes Interesse an sämtlichen die bessere Gesellschaft betreffenden Angelegenheiten überboten wurde. Wie sie Prudence einmal erklärt hatte, hatte sie aufgrund des unerklärlichen Verschwindens der berühmten Pembroke-Juwelen vor über einer Generation lange Zeit auf ihren rechtmäßigen Platz in der Gesellschaft verzichten müssen. Ohne Geld war es unmöglich, sich in den besseren Kreisen zu bewegen, ungeachtet der Abstammung, die man vorzuweisen hatte.

Nun, da sie das Geld hatte, gab Hester sich mit dem größten Vergnügen dem ihr bis dahin vorenthaltenen Amüsement des gesellschaftlichen Lebens hin. Sie hatte beschlossen, daß sie einen angeborenen Sinn für Stil hatte, und als die *Morgenpost* berichtete, daß lavendelfarbene und violette Kleider in dieser Saison der letzte Schrei seien, hatte sie ihre Garderobe dementsprechend umgestellt. Heute war ihre mächtige Gestalt in ein mit zahlreichen Volants und Rüschen besetztes und mit rosafarbenen Bändern verziertes lavendelfarbenes Kleid gehüllt.

Hester war eine alte Freundin von Prudences Familie. Sie hatte mit ihrem verstorbenen Gatten in einem alten, baufälligen Gutshaus in der Nähe der Farm der Merryweathers gelebt. Der Pembroke-Geist, fast ebenso berühmt wie die Pembroke-Juwelen, hatte Prudence die Gelegenheit zu ihren allerersten Nachforschungen gegeben.

»Ich frage nach Angelstone, weil Trevor es sich lächerlicherweise in den Kopf gesetzt hat, daß ich gegenüber dem Grafen äußerste Vorsicht walten lassen soll«, erläuterte Prudence. »Er scheint zu denken, daß der Mann darauf aus ist, mich zu verführen. Vollkommener Unsinn natürlich, aber Trevor ist äußerst erregt wegen dieser Sache.«

»Zu Recht, wie ich annehme. Der Graf ist ein höchst interessanter Mann, aber es gibt bisher keinerlei Anzeichen dafür, daß er auf der Suche nach einer Ehefrau ist. Aus diesem Grund müssen wir annehmen, daß er auf andere Dinge aus ist, wenn er eine junge Dame hofiert.«

»Vielleicht wünscht er lediglich, sich mit ihr über Angelegenheiten von gemeinsamem wissenschaftlichen Interesse zu unterhalten«, war Prudences hoffnungsvoller Vorschlag.

»Das ist wohl eher unwahrscheinlich.« Hester setzte ihre Teetasse ab und machte ein nachdenkliches Gesicht. »Einer der Gründe, weshalb Angelstone so faszinierend ist, ist der, daß er die Spielregeln der Gesellschaft einfach mißachtet. Er verachtet die meisten Mitglieder der Oberschicht ebenso, wie sie einst seine Eltern verachtet haben.«

»Aber du sagtest, daß er zu den besten Bällen und Soireen eingeladen wird.«

»Gewiß. Die Mitglieder der besseren Gesellschaft finden nichts aufregender als von einem Adligen, der im Geld schwimmt und noch dazu etwas Gefährliches ausstrahlt, herablassend oder gar verächtlich behandelt zu werden.«

»Ich verstehe. Wie eigenartig.«

»Nicht im geringsten. Erinnere dich nur daran, wie die Leute Byron umschwärmt haben. Angelstone ist äußerst gewieft. Er weiß ganz genau, wie er sich noch gerade im Rahmen dessen, was akzeptabel ist, zu bewegen hat. Und seit er den Titel übernommen hat, ist jede Gastgeberin in der Stadt versessen darauf, ihn auf eines ihrer Feste zu locken.«

»Auf jeden Fall ist er ein interessanter Mann«, sagte Prudence.

»In der Tat.« Hester machte ein nachdenkliches Gesicht. »Und eine der interessantesten Fragen, die sich stellt, ist die, weshalb er die Macht, die er mit dem Titel erlangt hat, nicht nutzt, um seine Verwandten zu ruinieren.«

Prudence runzelte die Stirn. »Zu ruinieren?«

»Es wäre ihm ein leichtes. Schließlich verfügt er über ein beträchtliches Vermögen. Und er hat eine bedeutende Stellung innerhalb der Gesellschaft. Es wird angenommen, daß er seinen Verwandten einfach deshalb nicht den gesellschaftlichen Garaus gemacht hat, weil es ihn amüsiert, mit ihnen Katz und Maus zu spielen.«

»Ich kann nicht glauben, daß er seine Familie absichtlich verletzen würde. Ich mochte ihn eigentlich sehr gern«, erklärte Prudence mutig.

»Ich bin sicher, daß er charmant sein kann, wenn es ihm beliebt. Und zweifelsohne war er äußerst charmant, als er dich zum Tanzen aufforderte. Die Sache ist die, Prue, Trevor hat vollkommen recht, wenn er sich Sorgen macht wegen deiner

Beziehung zum Grafen. Es wird gesagt, daß sich Angelstone manchmal auf recht eigenartige Weise amüsiert. Er mag es unterhaltsam finden, die interessanteste Person dieser Saison gesellschaftlich bloßzustellen.«

Prudence biß sich auf die Lippe. »Ich bitte dich. Immerhin bin ich fündundzwanzig. Etwas alt, um von einem Mann bloßgestellt zu werden.«

»Noch nicht, meine Liebe. Noch nicht. Und wenn es etwas gibt, das die Gesellschaft noch mehr liebt als einen Gefallenen Engel, dann ist das ein schöner, saftiger Skandal. Du stehst momentan im Mittelpunkt des allgemeinen Interesses. Aller Augen sind auf dich gerichtet. Wenn dein Name mit dem von Angelstone in Verbindung gebracht wird, werden die Gerüchte kein Ende mehr nehmen.«

Prudence nippte erneut an ihrem Tee. »Der einzige Grund, weswegen ich die Aufmerksamkeit der Leute errege, ist die Sache mit dem Familienschatz der Pembrokes.«

»Natürlich, meine Liebe.« Hester strahlte vor Freude und tätschelte zufrieden die Diamantkette, die um ihren Hals hing. Sie war Teil des versteckten Schatzes gewesen, den Prudence entdeckt hatte. »Alle Welt weiß, daß du meine Juwelen gefunden hast, als du Nachforschungen über den Pembroke-Geist angestellt hast. Die Menschen sind ganz hingerissen von der Geschichte.«

Prudence rümpfte die Nase. »Zu schade, daß ich nicht den Geist entdeckt habe. Der Beweis für eine echte geisterhafte Erscheinung wäre weit interessanter gewesen als die Entdeckung eines Haufens Juwelen.«

»Aber nicht halb so nützlich, Prue. Bei weitem nicht so nützlich. Du hast mein Leben verändert, meine Liebe, und ich weiß nicht, wie ich mich dafür jemals erkenntlich zeigen soll.«

»Du weißt sehr wohl, daß du mehr als genug getan hast, als du Trevor und mich mit hierher nach London genommen hast.

Seit dem Tod unserer Eltern fand Trevor zu Hause keine Ruhe mehr. Hier in der Stadt macht er zahlreiche neue Erfahrungen, und obendrein amüsiert er sich prächtig.«

»Das war das mindeste, was ich tun konnte, um dir zu danken«, sagte Hester. »Ich weiß, welche Sorgen du dir um Trevor gemacht hast. Aber ich würde gern viel mehr für dich tun, meine Liebe.« Sie runzelte die Stirn angesichts des farblosen, unmodernen Musselinkleids, das Prudence trug. »Ich wünschte, du würdest mir gestatten, dich neu einzukleiden.«

»Also, Hester, darüber haben wir bereits gesprochen. Ich werde dir nicht gestatten, mir einen Koffer voller Kleider zu kaufen, die ich zu Hause in Dorset niemals werde tragen können. Es wäre die reinste Verschwendung.«

Hester seufzte. »Die Sache ist die, Prue, jetzt, da dir die Aufmerksamkeit der Gesellschaft sicher ist, wäre es nur angemessen, wenn du dich der gängigen Mode entsprechend kleiden würdest. Ich kann nicht verstehen, weshalb du nicht ein wenig mehr Interesse für deine Garderobe zeigst. Lavendel würde dir hervorragend stehen.«

Noch ehe Prudence eine passende Antwort geben konnte, öffnete sich die Tür zum Salon.

»Guten Tag, die Damen.«

Prudence blickte auf, als ihr Bruder den Raum in dem stolzierenden, betont lässigen Gang betrat, den er von seinen neugewonnenen Freunden kopiert hatte.

Alles, was Trevor in letzter Zeit tat, tat er auf diese legere Art und Weise. Allmählich wurde es etwas langweilig, fand Prudence.

Über Nacht hatte sich ihr jüngerer Bruder in einen jungen Dandy verwandelt. Von der kompliziert gebundenen Krawatte über den wattierten Mantel und die gestreifte Weste bis hin zur knappsitzenden Hose entsprach Trevor durch und durch der neuesten Mode. Er hatte sich angewöhnt, einen Spazierstock zu benutzen, und von der Kette seiner Uhr hing eine riesige Anzahl dekorativer Orden herab.

Doch auch wenn einige von Trevors neuen Angewohnheiten sie ärgerten, hing Prudence von ganzem Herzen an ihrem Bruder. Sie sagte sich, er sei eben ein temperamentvoller junger Mann, der, wenn er erst einmal zur Ruhe gekommen und gereift sei, sehr gut zurechtkommen würde.

Außerdem war er ein gutaussehender junger Mann, wie sie stolz feststellte. Er brauchte eigentlich keine Polster in seiner Jacke. Sein Haar hatte die gleiche Honigfarbe wie das ihre. Trevor hatte die leuchtend blauen Augen ihrer Mutter geerbt statt der grünen Augen ihres Vaters. Er brauchte keine Brille. Zwar hatte er letzte Woche kurz mit einem Monokel herumexperimentiert, als er jedoch feststellte, wie schwierig es war, das Glas nicht zu verlieren, hatte er die Versuche aufgegeben.

Manchmal fürchtete sie, daß Trevor nicht mehr würde aufs Land zurückkehren wollen, jetzt, da er die Annehmlichkeiten des Stadtlebens kennengelernt hatte. Und wenn sie ehrlich zu sich selbst war, so mußte Prudence zugeben, daß Trevor nicht der einzige war, der sich auf dem Land ein wenig langweilen würde. Das Leben in der Stadt war wesentlich aufregender und anziehender, als sie es sich vorgestellt hatte.

Es waren nicht die zahllosen Bälle und Soireen, die sie faszinierten, sondern die vielen Buchläden, Museen und anderen Dinge. Hier in der Stadt konnte sie sich wesentlich ausgiebiger mit geisterhaften Erscheinungen befassen als zu Hause. Auch waren die Chancen wesentlich größer, Leuten zu begegnen, die ihre besonderen detektivischen Fähigkeiten benötigten.

»Hallo, Trevor«, sagte Prudence.

»Guten Tag.« Hester griff nach der Kanne. »Möchtest du etwas Tee?«

»Mit Vergnügen.« Trevor kam aufgeregt näher. »Wartet, bis ich euch die neuesten Neuigkeiten erzähle.«

»Wir sind ganz Ohr, mein Lieber«, murmelte Hester.

»Ihr werdet es nicht glauben.« Trevor zupfte an seiner Aufmachung herum, bevor er Tasse und Untertasse entgegennahm. »Aber bei Gott, ich, Trevor Merryweather, habe dem Teufel höchstpersönlich eine Entschuldigung abgerungen.«

Hester blinzelte. »Tatsächlich?«

»Jawohl.« Trevor wandte sich stolz an Prudence. »Angelstone wird dich nicht mehr belästigen, Prue. Darauf kannst du dich verlassen. Ich habe den Bastard dazu gebracht, sich bei mir dafür zu entschuldigen, daß er dich beleidigt hat. Und alle Welt weiß es. Er hat mir in meinem Club vor all meinen Freunden seine Entschuldigung durch einen seiner Sekundanten übermitteln lassen.«

Prudence funkelte Trevor böse an, während er sich in einen von Hesters eleganten Sesseln aus indischem Atlasholz setzte. »Zum letzten Mal, Trevor, Angelstone hat mich nicht beleidigt. Er hat sich vollkommen korrekt verhalten. An seinem Benehmen auf der Tanzfläche war nichts auszusetzen.«

»Der Mann hat schließlich nicht umsonst einen schlechten Ruf.« Trevor nahm sich ein Törtchen vom Tablett. »Natürlich weißt du nichts davon. Das ist nicht die Art von Dingen, von denen eine Lady etwas wissen sollte. Die Sache ist die, daß er gewiß nicht die Art von Mann ist, die du in deiner Nähe haben möchtest. Alle sind sich darin einig, daß er keine ehrenwerten Absichten hegt, wenn er beginnt, eine Frau zu hofieren.«

»Um Gottes willen«, sagte Prudence. »Nenne mir nur eine Frau, die Angelstone ins Verderben gestürzt hat. Nur eine.«

Trevor bedachte sie mit einem grimmigen Blick. »Gütiger Himmel. Du erwartest doch wohl nicht allen Ernstes, daß ich mit dir über solche Dinge spreche.«

»Doch, das tue ich. Wenn du mich schon warnst, dann möchte ich auch genau wissen, weshalb. Wer war sein letztes unschuldiges Opfer?«

»Wenn er in dieser Saison noch kein Opfer hatte, dann nur deshalb, weil die respektablen Familien ihre Töchter außerhalb seiner Reichweite halten.«

»Ich will einen Namen«, sagte Prudence ruhig.

Trevor blickte sie finster an und suchte dann Unterstützung bei Hester. »Ich nehme an, daß du mit diesen Dingen vertrauter bist als ich. Nenne Prue einen Namen. Vielleicht kann sie das überzeugen.

»Einen Namen?« Hester tippte mit dem Zeigefinger an ihr Kinn und betrachtete einen Augenblick die Decke. »Nun, ich glaube, sein Name wurde einmal mit dem von Lady Charlesworthy in Verbindung gebracht, aber das war in der letzten Saison, und die Dame ist eine recht lebenslustige Witwe. Ich bin mir nicht sicher, ob sie als unschuldiges Opfer gesehen werden kann, wenn ihr versteht, was ich meine. Auf jeden Fall erzählte man mir, daß die Affaire bereits vor einiger Zeit geendet habe.«

»Weswegen?« fragte Prudence, die ihre Neugierde nicht bezwingen konnte.

»Gerüchten zufolge soll Lady Charlesworthy den Fehler begangen und versucht haben, den Gefallenen Engel eifersüchtig zu machen«, sagte Hester. »Sie gewährte ihre Gunst jemand anderem. Es wurde erzählt, es sei sogar zu einem Duell gekommen.«

Trevor runzelte die Stirn. »Zum Duell?«

Hester nickte. »Offensichtlich verwundete Angelstone seinen Gegner, ohne ihn jedoch zu töten. Angeblich verließ der Gefallene Engel die Stätte des Duells stehenden Fußes und begab sich direkt zum Haus der Dame. Dort soll er in ihr Schlafzimmer gegangen und sie geweckt haben, um ihr persönlich mitzuteilen, daß ihre Affaire beendet sei.«

Prudence erschauderte. Sie konnte sich nur allzugut vorstellen, daß Angelstone ob der Taktiken von Lady Charlesworthy in kalte Wut ausgebrochen war. »Du hast vollkommen recht,

Hester. Lady Charlesworthy zählt nicht als unschuldiges Opfer. Es war nicht nett von ihr zu versuchen, Angelstone eifersüchtig zu machen.«

»Nicht nett?« Hester bedachte Prudence mit einem amüsierten Blick. »Ich nehme an, die arme Frau versuchte verzweifelt, etwas Wärme von Angelstone zu bekommen. Es wird gesagt, er sei aus Eis.«

»Unsinn. Zurück zu der Frage nach einem Namen. Wir suchen schließlich nach einem echten unschuldigen Opfer«, sagte Prudence. »Fällt dir auch nur eine einzige junge Frau ein, die von Angelstone ruiniert wurde?«

Hester zog eine Braue hoch. »Eigentlich nicht. Nein. Jetzt, wo ich darüber nachdenke, scheint Angelstone den Gerüchten zufolge die jungen Dinger aus unseren Kreisen nicht weiter zu beachten und sich lieber einer anderen Sorte von Frauen zuzuwenden.«

Trevor war gereizt. »Ich sage euch, der Mann hat einen schlechten Ruf. Das weiß jeder.«

»Zumindest jedoch scheint er keine unschuldigen jungen Frauen ins Verderben zu stürzen«, sagte Prudence. »Demnach wirst du es in Zukunft bitte freundlichst unterlassen, dich in meine Angelegenheiten einzumischen. Hast du mich verstanden, Trevor?«

»Ganz gewiß nicht«, donnerte Trevor. »Ich bin dein Bruder. Ich habe schließlich die Verantwortung für dich.«

»Ich bin durchaus in der Lage, selbst auf mich aufzupassen.«

»Da wäre ich mir an deiner Stelle weniger sicher. Die Wahrheit ist, daß du dich mit Männern nicht sonderlich gut auskennst, Prue. Du kannst sie einfach nicht richtig beurteilen. Denk bloß daran, was vor drei Jahren passiert ist.«

Hester klatschte in die Hände. »Genug, meine Lieben. Wenn ihr euch streiten wollt, dann bitte nicht hier in meinem Salon. Wir haben andere Dinge zu besprechen.«

»Was für andere Dinge?« fragte Prudence, nur allzu bereit, das Thema zu wechseln.

Hester kicherte vergnügt. »Nun, die Frage, welche Einladungen wir diese Woche annehmen werden. Prudence, meine Liebe, du bist äußerst gefragt. Wir werden viel zu tun haben, fürchte ich.« Hester griff nach einem Silbertablett, auf dem sich Karten über Karten auftürmten. »Nun denn, laßt uns zunächst diesen Stapel durchsehen. Könnt ihr euch vorstellen, daß die alle heute angekommen sind? Ich glaube kaum, daß es uns gelingen wird, überall unsere Aufwartung zu machen.«

»Triff du die Auswahl«, sagte Prudence. »Mir ist es im Grunde egal, auf welche Feste wir gehen. Irgendwie sind sie doch alle gleich. In den Sälen ist es zu voll und zu heiß, und es herrscht ein derartiger Lärm, daß es schwierig ist, sich zu unterhalten.«

»Das gesellschaftliche Leben erfordert eben gewisse Opfer.« Hester nahm eine Karte. »Ah ja, auf jeden Fall sollten wir bei den Thornbridges hereinschauen. Über die neue Lady Thornbridge wird allerorts gesprochen.«

Trevor schluckte ein Stück Törtchen hinunter und blickte interessiert auf. »Weswegen?«

Hester bedachte ihn mit einem wissenden Lächeln. »Sie ist um einiges jünger als der Lord. Und sehr hübsch. Es heißt, Thornbridge sei verrückt vor Eifersucht. Wäre interessant zu sehen, ob es auf ihrem Ball zu ein, zwei kleinen Szenen kommt.«

»Klingt für mich eher unangenehm«, bemerkte Prudence. »Wer will schon einen eifersüchtigen Ehemann sehen, der sich wegen einer jungen Frau zum Narren macht?«

»Fast alle, meine Liebe«, versicherte ihr Hester fröhlich.

In diesem Augenblick öffnete sich erneut die Tür zum Salon, und Hesters Butler, der wegen seiner imposanten Gestalt eingestellt worden war, erschien.

»Eine Mrs. Leacock wünscht Sie zu sprechen, Madam.«

»Wie schön«, erwiderte Hester. »Führen Sie sie herein, Crandall.«

Eine zierliche, kleine Frau mit silbrigweißem Haar und in einem teuren Trauerkleid aus schwarzem Crêpe de Chine wurde in den Salon geleitet.

»Wie nett von dir, vorbeizuschauen, Lydia«, sagte Hester. »Nimm Platz. Du kennst meine Freunde Trevor und Prudence Merryweather?«

»Selbstverständlich.« Mrs. Leacocks Augen flatterten nervös von Hester zu Prudence. »In der Tat ist dies kein reiner Höflichkeitsbesuch, Hester. Ich bin gekommen, um mit Miss Merryweather zu sprechen.«

»Tatsächlich?« Hester griff nach der Teekanne. »Sag nicht, daß du Nachforschungen wegen eines Geistes anstellen lassen möchtest.«

Mrs. Leacock setzte sich auf einen Stuhl mit einem Seidenkissen. »Ich bin mir nicht sicher. Aber in letzter Zeit geschehen seltsame Dinge im Westflügel meines Hauses. Die Zwischenfälle beginnen meine Nerven anzugreifen, und ich fürchte mich wegen der möglichen Konsequenzen. Mein Arzt hat mich gewarnt, daß ich ein schwaches Herz habe.«

Prudence war sofort hellwach. »Das klingt wesentlich interessanter als die Überlegungen, auf welche Feste wir gehen sollen. Erzählen Sie mir alles ganz genau, Mrs. Leacock. Ich wäre nur allzu gerne bereit, ein paar Nachforschungen anzustellen.«

»Dafür wäre ich Ihnen äußerst dankbar, Miss Merryweather.« Mrs. Leacocks Tasse klapperte auf der Untertasse. »Ich fürchte, ich bin wirklich verzweifelt. Ich habe nie an Geister geglaubt, aber in letzter Zeit bin ich mir da nicht mehr so sicher.«

»Ich hole schnell mein Notizbuch«, sagte Prudence eifrig.

Eine Stunde später verließ Mrs. Leacock das Haus, höchst erleichtert, nun eine professionelle Geisterjägerin engagiert zu haben. Prudence freute sich, endlich wieder ein Rätsel zu haben, das sie versuchen wollte zu lösen.

»Wenn du mich bitte entschuldigen willst, Hester. Ich werde mich direkt nach oben begeben, um das neue Buch zu lesen, das ich heute morgen gekauft habe. Es handelt von der Nützlichkeit von Elektrizitätsmaschinen bei der Entdeckung von nebelhaften Substanzen in der Atmosphäre. Vielleicht steht dort etwas über eine Technik, die ich auf meinen neuen Fall anwenden kann.«

Trevor blickte kurz interessiert auf. »Mein Freund Matthew Hornsby hat eine Elektrizitätsmaschine. Selbst gebaut.«

»Tatsächlich?« fragte Prudence begeistert.

»Ja, aber ich bezweifle, daß du sie wirklich brauchen wirst.« Trevor machte ein langes Gesicht. »Dein neuer Fall existiert ja wohl nur in der Fantasie einer nervösen alten Dame.«

»Da bin ich mir nicht so sicher.« Prudence schritt zur Tür. »Es klingt für mich eher so, als hätte es tatsächlich einige Zwischenfälle gegeben, die einer Erklärung bedürfen.«

Hester sah auf. »Willst du damit sagen, du glaubst, Lydia könnte tatsächlich einen Geist in ihrem Haus haben?«

»Ich werde euch wissen lassen, was ich darüber denke, sobald ich die Gelegenheit hatte, meine Notizen durchzulesen. In der Zwischenzeit möchte ich, daß ihr mir beide euer Wort gebt, daß ihr mit niemandem über die Angelegenheit sprecht.«

»Ich werde kein Wort sagen, meine Liebe«, versicherte ihr Hester.

Trevor zog eine Grimasse, als er sich erhob. »Darüber brauchst du dir überhaupt keine Sorgen zu machen. Es ist auch so peinlich genug, eine Schwester zu haben, die sich für geisterhafte Erscheinungen interessiert. Ich wünschte, du würdest die ganze Sache endlich aufgeben, Prue.«

»Ich habe nicht die Absicht, mein Hobby aufzugeben.« Prudence ging hinaus in die Eingangshalle.

»Prue, warte, ich möchte noch etwas mit dir besprechen.« Trevor eilte ihr nach.

Am Fuß der Treppe wartete Prudence auf ihn. »Versuche nicht, mir diese Sache auszureden, Trevor. Die Bälle und Soireen langweilen mich zutiefst. Wenn wir bis zum Ende der Saison in London bleiben wollen, wie du es möchtest, muß ich etwas Interessantes finden, womit ich mir die Zeit vertreiben kann.«

»Nein, nein, es geht nicht um deine dämlichen Nachforschungen.« Trevor blickte sich um, um sicherzugehen, daß keiner der Bediensteten in Hörweite herumstand. Dann beugte er sich vor.

»Da du irgendwie von dem Duell erfahren hast, zu dem ich Angelstone herausgefordert hatte, kann ich dir ebensogut eine recht interessante Neuigkeit berichten, die ich in bezug auf den Gefallenen Engel in Erfahrung gebracht habe.«

»Als da wäre?« fragte Prudence alarmiert.

»Er mag den Ruf eines Draufgängers haben, aber der Mann ist ein verdammter Feigling.«

Prudence war entsetzt. »Trevor, wie kannst du so etwas sagen?«

»Es stimmt.« Trevor nickte zufrieden. »Der Mann ist durch und durch ein Feigling.«

»Das ist nicht wahr.«

»Er war derjenige, der das Duell abgesagt hat. Er zog es vor, sich bei mir zu entschuldigen, statt mich heute morgen auf dem Feld der Ehre zu treffen.«

Prudence war außer sich angesichts Trevors Interpretation der Dinge. »Wenn du meine Meinung wissen willst, hat Angelstone lediglich die Reife und das Verantwortungsbewußtsein gezeigt, das man von einem wohlerzogenen Gentleman erwarten kann. Wenn du wirklich glaubst, daß er ein Feigling ist, dann bist du ein Narr, Trevor.«

»Nun, Prue, beruhige dich. Die Wahrheit ist, daß der Mann ein Feigling ist. Das ist eine Tatsache. Heute abend wird alle Welt es wissen.«

»Unsinn. Vollkommener Unsinn.« Prudence raffte ihre Röcke und fegte die Treppe hinauf.

Angelstone hatte sein Wort gehalten. Er hatte Trevors Leben verschont. Prudence betete, daß der Gefallene Engel den Preis für den Schaden, den sie seinem legendären Ruf offensichtlich zugefügt hatte, nicht zu hoch ansetzen würde.

VIER

Vier Tage später, auf dem Ball bei den Thornbridges, beschloß Prudence, daß es nun genug war. Sie war wirklich böse auf Sebastian, was sie ihm in dem Augenblick, als er sie endlich in der Menge entdeckte, deutlich zu verstehen gab.

»Mylord, Sie machen meinen Bruder zur Zielscheibe des allgemeinen Gespötts.«

Neben Sebastian, der in seiner schwarz-weißen Abendgarderobe an einen dunklen Raubvogel erinnerte, wirkten alle anderen Männer im Raum wie eitle Gecken. Prudences Anschuldigung schien ihn weder zu überraschen noch sonderlich zu erschüttern. Sein Mund verzog sich zu dem vertrauten humorlosen Lächeln.

»Zumindest ist er eine lebende Zielscheibe und keine tote«, sagte er. »Ist es nicht das, was Sie wollten, Miss Merryweather?«

Durch ihre Augengläser blickte sie ihn finster an. Er zeigte sich wieder einmal nicht sonderlich umgänglich. »Nein, es ist nicht das, was ich wollte. Zumindest nicht genau das.«

Sebastian zog fragend die Braue hoch. »Es wäre Ihnen demnach lieber gewesen, ich hätte ein oder zwei der zahlreichen Herausforderungen angenommen, die er in den letzten Tagen ausgesprochen hat?«

»Natürlich nicht. Sie wissen sehr wohl, daß ein Duell zwischen Ihnen und ihm das letzte ist, was ich mir wünsche. Genau das hatte ich ja vermeiden wollen.«

»Ihr Wunsch wurde Ihnen erfüllt.« Sebastians Bernsteinaugen funkelten. »Ich habe meinen Teil der Abmachung erfüllt. Weshalb also schimpfen Sie mit mir, Miss Merryweather?«

Prudence spürte, wie sie bei der Erinnerung an das Abkommen, das sie in seiner Bibliothek getroffen und besiegelt hatten, errötete. »Sie wissen nur allzugut, daß ich erwartet habe, Sie würden die gesamte Angelegenheit mit etwas mehr Diskretion erledigen, Sir. Ich hatte nicht angenommen, daß Sie das Ganze ins Lächerliche ziehen würden.«

Erst an diesem Nachmittag hatte Prudence vollends begriffen, auf welche Weise Sebastian die Empörung ihres Bruders abwiegelte. Hester, hin- und hergerissen zwischen Amüsement und ihrer Zuneigung zu Trevor, hatte Prudence erst vor ein paar Stunden den neuesten Klatsch berichtet.

»Es ist allgemein bekannt, daß Trevor jedesmal, wenn er hört, daß Angelstone mit dir gesprochen oder getanzt hat, eine Herausforderung ausspricht«, hatte Hester beim Tee erklärt.

»Oh, nein.« Prudence hatte ihre Freundin entsetzt angeblickt. »Weshalb lernt Trevor nicht endlich, seinen Mund zu halten?«

Hester hatte mit den Schultern gezuckt. »Er ist noch sehr jung, meine Liebe. Und wild entschlossen, dich zu beschützen. Auf jeden Fall scheint Angelstone die ganze Affaire als Spiel zu betrachten. Jedesmal, wenn Trevor ihn herausfordert, läßt er ihm umgehend eine blumige Entschuldigung übermitteln.«

»Und Trevor nimmt sie an?«

»Der Junge hat keine andere Wahl. Angelstones Ruf ist durch die ganze Sache nicht im geringsten geschädigt, da es niemandem auch nur im Traum einfallen würde, ihn für feige zu halten. Dafür gilt er als viel zu gefährlich. Nicht ein Mensch glaubt ernsthaft, daß er sich wirklich vor einem Duell mit Trevor fürchtet.«

Prudence hatte hoffnungsvoll gelächelt. »Ich nehme an, alle Welt weiß, daß Angelstone Mitgefühl und Reife zeigt, wenn er sich weigert, sich mit meinem Bruder zu duellieren.«

»Nicht ganz, meine Liebe«, hatte Hester erwidert. »Es wird vielmehr allgemein angenommen, daß Angelstone zögert, dem armen Trevor eine Kugel in den Leib zu jagen, weil er dich nicht unglücklich machen will.«

»Das verstehe ich nicht.«

Hester hatte geseufzt. »Das ist doch wohl offensichtlich, Prue. Jedermann glaubt, daß Angelstone sich im Augenblick deinen Wünschen beugt, weil du als das nächste Opfer des Gefallenen Engels auserkoren bist.«

»Unsinn.« Doch Prudence hatte gespürt, wie sie von Aufregung erfüllt wurde. Es war verrückt anzunehmen, Angelstone könnte mehr als ein amüsiertes Interesse an ihrer wissenschaftlichen Tätigkeit haben. Aber dennoch konnte sie die Erinnerung an seinen Kuß nicht verdrängen.

Sie war fest entschlossen, ihn heute abend wegen ihres Bruders zur Rede zu stellen. Und sie würde standhaft bleiben.

Im Augenblick betrachtete Sebastian Prudences resoluten Gesichtsausdruck. »Wenn Sie sich an die Bedingungen unseres Abkommens erinnern, Miss Merryweather, dann werden Sie sich sicher auch daran erinnern, daß Sie nicht genau festgelegt haben, auf welche Weise ich zukünftige Duelle mit Ihrem Bruder vermeiden soll.«

»Es kam mir einfach nicht in den Sinn, daß Trevor sich selbst zum Narren machen würde, indem er Sie erneut herausfordert.

Er war so aufgeregt, nachdem er Sie das erste Mal herausgefordert hatte, daß ich annahm, er wäre dankbar, unbeschadet davongekommen zu sein. Ich hatte gehofft, er würde eine erneute Konfrontation mit Ihnen vermeiden.«

»Entschuldigen Sie, Miss Merryweather, aber ich fürchte, Sie haben keine Ahnung davon, wie das männliche Hirn funktioniert.«

»Wie das *unreife* männliche Hirn funktioniert«, sagte sie. »Soviel gebe ich zu. Und mir scheint, Sir, daß Ihre Art, mit meinem Bruder umzugehen, nicht viel mehr Reife beweist als seine Art, mit Ihnen umzugehen. Ich werde es nicht zulassen, daß Sie sich auf Kosten meines Bruders amüsieren.«

»Tatsächlich?«

»Ja. Und da wir gerade davon sprechen, möchte ich Sie darüber hinaus davon in Kenntnis setzen, daß ich Ihnen ebensowenig gestatten werde, sich auf meine Kosten zu amüsieren.« Sie spürte, wie sie erneut errötete, doch sie blieb standhaft. »Nur für den Fall, daß Ihnen ein derartiger Gedanke kommen sollte.«

»Und wie wollen Sie mich davon abhalten?« fragte Sebastian mit ernsthaftem Interesse.

»Nötigenfalls werde ich diesem Unsinn ein für alle Mal ein Ende machen, indem ich Ihre Aufforderungen zum Tanzen ablehne.« Herausfordernd hob sie das Kinn. »Vielleicht sollte ich ganz aufhören, mit Ihnen zu sprechen.«

»Aber, aber, Miss Merryweather. Sprechen Sie keine Drohungen aus, die Sie nicht wahr machen können. Sie wissen, daß Sie sich auf diesen Festen bald ebenso langweilen würden wie ich, wenn Sie nicht mehr mit mir sprechen würden.«

»Ich bin sicher, daß ich durchaus ein oder zwei andere interessante Menschen finden würde, mit denen ich mich unterhalten könnte«, entgegnete sie. Doch diese Worte sprach sie aus reinem Trotz, und sie fürchtete, daß Angelstone das wußte.

Es war Sebastian, der die endlose Reihe von Soireen und Bällen erträglich machte. Tatsächlich war Prudence an einem Punkt angelangt, an dem sie sich darauf freute, abends auszugehen, da sie wußte, daß er auf mindestens einem der Feste, die sie besuchte, auftauchen würde.

Sebastians Augen blitzten wissend. Er ergriff ihre Hand und führte sie auf die Tanzfläche. »Sehen Sie sich doch einmal um, Miss Merryweather. Hier ist niemand sonst, der Ihre Interessen teilt. Niemand sonst, mit dem Sie Untersuchungstechniken besprechen könnten. Was die Gesellschaft betrifft, so sind Sie nichts weiter als ein neues und recht amüsantes Spielzeug.«

Sie blickte ihm ins Gesicht. »Ich nehme doch an, daß ich auch für Sie nichts anderes bin, Mylord.«

Sebastian ging in den Walzerschritt über. »Im Gegensatz zu vielen anderen Menschen hier pflege ich mein Spielzeug äußerst gewissenhaft. Es bereitet mir kein Vergnügen, es zu zerbrechen und dann beiseite zu legen.«

Prudence stockte der Atem. »Was soll das nun wieder heißen, Sir?«

»Es heißt, daß Sie bei mir ziemlich sicher sind, Prue«, sagte er sanft. »Genau wie ihr lästiger kleiner Bruder.«

Da sie nicht wußte, wie sie auf den ersten Teil dieses Versprechens reagieren sollte, hielt Prudence sich an den letzten Teil. »Dann werden Sie also aufhören, Trevor zu quälen?«

»Keine Sorge. Früher oder später wird er herausfinden, daß ich mich, wenn ich etwas will, durch nichts davon abhalten lasse. Am Ende wird er aufhören, mich herauszufordern. Nun denn, ich habe über unsere letzte Unterhaltung nachgedacht, und ich möchte Ihnen diesbezüglich eine Frage stellen.«

Prudence blickte ihn unsicher an. »Worum geht es?«

»Sie sagten, Sie hätten die Pembroke-Juwelen unter einer Holzdiele gefunden, als Sie nach Anzeichen von geisterhaften

Erscheinungen suchten. Ich bezweifle jedoch, daß Sie auf Ihrer Suche nach dem Geist sämtliche Dielenbretter angehoben haben.«

»Nein, natürlich nicht«, pflichtete sie ihm bei.

»Woher wußten Sie dann, welche Bretter Sie anheben mußten?«

»Oh, das war ganz einfach, Mylord«, sagte sie. »Ich habe zunächst einfach draufgeklopft.«

»Draufgeklopft?«

Prudence kicherte. »Mit einem Stock. Wissen Sie, die Legende von den Pembroke-Juwelen war eng verknüpft mit der vom Pembroke-Geist. Ich wußte, wenn ich die Juwelen finden würde, wäre es möglich, die Geschichten bezüglich des Geistes zu beweisen oder zu widerlegen.«

»Also haben Sie die Juwelen gesucht in der Hoffnung, dann auch den Geist zu entdecken. Natürlich haben Sie angenommen, daß die Juwelen, wenn sie sich noch irgendwo im Haus befanden, irgendwo in einem geheimen Versteck lagen.«

»Und ein Versteck unter dem Fußboden oder in der Wand mußte ein hohles Geräusch verursachen, wenn ich mit einem Stock auf das darüberliegende Holz klopfte«, schloß Prudence fröhlich.

»Ganz logisch.« Sebastians Blick verriet Bewunderung.

»Ich bin durch das ganze Haus gegangen und habe mit einem dicken Stock gegen jede Wand und auf jede Bodendiele geklopft. Als ich endlich eine Stelle entdeckte, die hohl klang, erteilte ich Anweisung, die Holzdielen zu entfernen. Die Juwelen waren in einer geheimen Öffnung unter einer der Dielen versteckt. Lady Pembrokes Großvater hatte vergessen, das Geheimnis von dem Versteck an seine Nachkommen weiterzugeben, so daß die Juwelen als verloren galten.«

»Äußerst clever.« Zustimmend blickte Sebastian auf sie herab. »Ich bin beeindruckt.«

Vor Stolz über dieses Lob errötete Prudence. »Natürlich freue ich mich für Lady Pembroke, aber ich muß gestehen, daß ich ziemlich enttäuscht war, keinen Beweis für eine geisterhafte Erscheinung zu finden.«

Sebastian lächelte ironisch. »Ich bin überzeugt, daß Lady Pembroke die Juwelen einem Geist vorzog.«

»Zumindest sagt sie das.«

»Wie sind Sie zu einem so ungewöhnlichen Hobby gekommen?« fragte Sebastian.

»Ich nehme an, durch meine Eltern.« Prudence lächelte in der Erinnerung. »Sie interessierten sich beide für Naturphilosophie. Mein Vater beschäftigte sich mit meteorologischen Phänomenen, und meine Mutter stellte eingehende Beobachtungen sämtlicher Tiere und Vögel an, die in der Umgebung unserer Farm lebten.«

Sebastian betrachtete sie eingehend. »Und sie haben Ihnen beigebracht, wie man beobachtet?«

»Ja. Und wie man eine vernünftige Untersuchung zur Lösung eines Problems durchführt. Sie waren beide sehr erfahren in derartigen Dingen.« Prudence lächelte stolz. »Beide haben Artikel in den Journalen bedeutender wissenschaftlicher Gesellschaften veröffentlicht.«

»Teile der Tagebücher meines Vaters wurden ebenfalls veröffentlicht«, sagte Sebastian nachdenklich.

»Tatsächlich? Was für eine Art von Studien hat er denn durchgeführt?«

»Er führte ein ausführliches Tagebuch über seine Reisen und seine Forschungstätigkeit. Vieles davon war von Interesse für die wissenschaftlichen Gesellschaften.«

»Wie aufregend.« Prudence war fasziniert. »Ich nehme an, Sie hatten die Möglichkeit, ihn auf seinen Reisen zu begleiten?«

Sebastian lächelte kurz. »Als ich älter wurde, nahm mein

Vater uns alle – meine Mutter, mich und meinen kleinen Bruder – auf fast alle seine Reisen mit. Mutter hatte ein ausgesprochenes Talent dafür, mitten in der Wüste oder auch auf einer Südseeinsel ein Zuhause zu schaffen.«

»Was geschah, als Sie älter wurden?«

»Meine Mutter und mein Bruder reisten weiterhin mit meinem Vater umher. Aber ich ging alleine fort. Ich suchte nach interessanten Investitionsmöglichkeiten in fremden Häfen. Außerdem arbeitete ich während des Krieges als Kundschafter für das Militär. Solche Sachen eben.«

»Ich beneide Sie. Sie müssen viel von der Welt gesehen und viele Dinge gelernt haben«, sagte Prudence.

»Es stimmt. Ich habe viel über die Welt gelernt.« Sebastians Augen waren so hart, glänzend und kalt wie geschliffene Edelsteine. »Aber der Preis für meine Erziehung war zu hoch.«

»Das verstehe ich nicht«, flüsterte Prudence.

»Vor vier Jahren kamen meine Eltern und mein Bruder durch einen Steinschlag ums Leben, als sie über einen Bergpaß in einer gottverlassenen Gegend im Osten mit Namen Saragstan ritten.«

Prudence blieb abrupt stehen. »Wie schrecklich für Sie, Mylord. Ich weiß, wie Sie sich gefühlt haben müssen. Ich erinnere mich nur allzu gut daran, was ich in dem Moment empfand, als mich die Nachricht erreichte, daß meine Eltern bei einem Kutschenunglück ums Leben gekommen seien.«

Sebastian schien sie nicht zu hören. Sein Blick war nach innen gerichtet, während er sie von der Tanzfläche führte. Prudence spürte, daß vor seinem inneren Auge eine entfernte Landschaft vorbeizog, die nur er allein sehen konnte. Neben der Tür zum Garten blieb er stehen und sah hinaus in die Nacht.

»Ich sollte sie in einer kleinen Stadt am Fuß der Berge treffen. Ich hatte dort geschäftlich zu tun. Die einheimischen Weber produzierten einen ganz feinen Stoff, den ich kaufte und nach England und Amerika verschiffte. Meine Eltern und mein Bruder kamen niemals dort an.«

»Es tut mir so leid, Mylord.« Prudence suchte nach Worten, um ihn zu trösten. »Solch tragische Unfälle sind nur sehr schwer zu begreifen.«

Einen Moment lang waren Sebastians Augen hinter seinen langen, dunklen Wimpern verborgen. Als er Prudence wieder anblickte, wußte sie, daß er in die Gegenwart zurückgekehrt war. »Sie mißverstehen mich. Meine Eltern und mein Bruder kamen nicht durch einen Unfall ums Leben.«

Prudence starrte ihn an. »Was sagen Sie da?«

»Der Steinschlag, der sie tötete, war absichtlich von Banditen verursacht worden, die in den Bergen Reisenden auflauerten. Ich wußte nicht, daß es in dem Gebiet Banditen gab, als ich meinem Vater die Nachricht zukommen ließ, daß sie mich in der verdammten Stadt treffen sollten.«

»Großer Gott.« Prudence riß die Augen auf, als ihr aufging, was er da sagte. »Sie geben doch nicht sich die Schuld an dem, was geschehen ist, Sir?«

»Ich weiß es nicht.« Er lehnte sich mit einer Schulter gegen den Türrahmen und blickte erneut hinaus in die Dunkelheit. »Tatsache ist, daß sie alle heute noch leben würden, wenn ich sie nicht gebeten hätte, mich dort in Saragstan zu treffen.«

Sie berührte ihn am Ärmel. »Sie dürfen nicht die Verantwortung für das übernehmen, was geschehen ist. Nicht Sie haben Ihre Familie zerstört. Die Banditen waren es. Wurden sie jemals gefaßt und bestraft?«

»Ja.« Sebastian sah zu ihr herab. »Sie wurden bestraft.« Sein Mund verzog sich zu einem eisigen Lächeln. »Nun, Miss Merryweather, ich schlage vor, daß wir das Thema wechseln. Solch unangenehme Dinge möchte ich lieber nicht mit Ihnen besprechen.«

»Ich verstehe, Mylord«, erwiderte Prudence ernst. »Ich glaube nicht, daß es gut ist, wenn man zu sehr in der Vergangenheit lebt. Die Gegenwart und die Zukunft sind von größerer Bedeutung. Meinen Sie nicht?«

»Ich weiß nicht.« Sebastian reagierte, als würde ihn die Frage langweilen. »Derart philosophische Betrachtungen überlasse ich lieber Ihnen.«

Der Teufel führte heute abend Böses im Schilde. Davon war Prudence eine Stunde später überzeugt, als Sebastian sie verließ und sich in Richtung der Tür begab.

Während der letzten paar Tage hatte sie den Eindruck gewonnen, daß sie diesen rätselhaften Mann inzwischen recht gut kannte. Tief in ihrem Inneren spürte sie, daß ihr sein Wesen vertraut war. Sie verstand zwar nicht genau, weshalb, aber sie wußte, daß es so war.

Sie meinte, durch die kühle Fassade hindurchblicken zu können, die er der Welt zeigte. Sie glaubte gar, die kleinen Zeichen deuten zu können, die seine subtilen Stimmungsschwankungen anzeigten.

Heute abend, so beschloß Prudence, wirkte er ungewöhnlich wachsam. Sie spürte bei ihm die kaum unterdrückte Erwartungshaltung des Raubvogels kurz vor dem Beutezug. Das machte ihr angst. Bereits an den vergangenen drei Abenden war Sebastian in dieser seltsamen Stimmung gewesen.

Sie beobachtete, wie er den glitzernden Raum durchquerte. Bald würde sie ihn im Gewimmel der Gäste im Haus der Thornbridges aus den Augen verlieren.

Es war nicht das erste Mal in dieser Woche, daß sie bemerkte, wie er sich unauffällig aus einem überfüllten Ballsaal stahl. Gestern abend war er aus drei verschiedenen Sälen verschwunden, vorgestern aus zweien und am Abend davor ebenfalls aus zweien. Jedesmal war er kurze Zeit später wieder aufgetaucht und hatte so getan, als sei er gar nicht fort gewesen. Niemandem außer Prudence schien sein Verschwinden aufzufallen. Schließlich waren die Räume immer so voller Menschen, daß es nicht ungewöhnlich war, jemanden für kurze Zeit aus den Augen zu verlieren.

Doch Prudence war sich der Anwesenheit Sebastians immer deutlich bewußt, und sie spürte es sofort, wenn er aus dem Raum ging.

Sollte heute abend jemand sein Fortgehen bemerken, so würde er annehmen, Sebastian verließe das Fest. Schließlich war es nach Mitternacht, und Sebastian hatte bereits mehr als eine Stunde auf dem Ball der Thornbridges verbracht. Der Graf war bekannt dafür, sich schnell zu langweilen.

Allmählich hegte Prudence den Verdacht, daß Sebastians Ruhelosigkeit ihn veranlaßte, sich auf eine eher unglückliche Weise zu unterhalten. Sie wußte, daß er Rätsel liebte, und sie hatte sein lebhaftes Interesse an ihrer Suche nach den Pembroke-Juwelen nicht vergessen. Seine Fragen bezüglich ihrer Nachforschungen waren äußerst präzise gewesen.

Prudence zählte eins und eins zusammen und kam zu dem unangenehmen Schluß, daß Sebastian eventuell aus lauter Langeweile eine Vorliebe für das Öffnen verschlossener Türen und verriegelter Safes in überfüllten Häusern entwickelt hatte. Vielleicht gefiel ihm einfach die Aufregung, versteckte Juwelen zu finden, auch wenn er um einiges reicher war als die meisten seiner Gastgeber.

Auf keinen Fall würde Sebastian die Wertgegenstände, die er möglicherweise fand, stehlen, beruhigte sich Prudence. Aber vielleicht reizte ihn einfach die Gefahr, die mit der Suche verbunden war.

Das Spiel, das er da spielte, war viel zu risikoreich. Er mußte aufgehalten werden, bevor er sich selbst in Schwierigkeiten brachte.

Sie nahm einen letzten Schluck von ihrem Punsch und stellte entschlossen das Glas ab. Heute abend würde sie herausfinden, welch unglückseligen Geschäften der Gefallene Engel nachging, wenn er sich aus einem überfüllten Ballsaal stahl. Hätte sie erst einmal die Art seines Zeitvertreibs herausgefunden, so würde sie ihm einen gesalzenen Vortrag halten. Schließlich war Langeweile keine Entschuldigung dafür, wenn jemand Unheil anrichtete.

Es war ganz einfach. Sie mußte Sebastian nur unauffällig durch die Menge folgen. Die Leute, die sie bemerkten, nickten ihr freundlich zu. Sie nahmen zweifellos an, sie ginge nach oben in einen der Ruheräume, die den Damen zur Verfügung gestellt wurden.

Prudence lächelte und unterhielt sich kurz mit ein oder zwei von Hesters Bekannten, wobei sie sich immer weiter in Richtung der Eingangshalle bewegte, in der Sebastian verschwunden war.

Ein paar Minuten später fand sie sich allein in einem leeren Korridor wieder. Schnell sah sie sich um, raffte ihren senffarbenen Musselinrock und eilte zur Hintertreppe.

Dort angelangt, hielt sie erneut inne, um zu sehen, ob einer der Bediensteten in der Nähe war. Doch sie entdeckte keinen der hübsch livrierten Thornbridgeschen Angestellten. Um diese Zeit waren sie alle in der Küche beschäftigt oder machten mit Tabletts voller Punsch und Champagner die Runde.

Nervös versuchte Prudence, sich in der Dunkelheit zurechtzufinden. Vielleicht hatte sie unrecht gehabt, als sie annahm, Sebastian habe diesen Weg genommen. Das Letzte, was sie von ihm gesehen hatte, war, daß er hier in diesem Flur verschwunden war.

Sie stieg die Treppe hinauf, wobei ihre Tanzpantoffeln keinerlei Geräusch auf den Holzstufen verursachten. Als sie im zweiten Stock ankam, hielt sie erneut inne und versuchte, herauszufinden, wo sie sich befand. Zwei der Fackeln im Flur brannten, doch der Großteil dieses Gebäudetraktes lag im Dunkeln.

Ein leises Seufzen am anderen Ende des finsteren Ganges erregte Prudences Aufmerksamkeit. Irgend jemand hatte gerade leise eine der Schlafzimmertüren geschlossen.

Sie ging den mit Teppichen ausgelegten Korridor entlang, bis sie vor der Tür angelangt war. Während sie unschlüssig davor stand und nicht wußte, wie sie weiter vorgehen sollte, bemerkte sie, daß das Licht einer Kerze unter der Tür hervordrang. Es war also tatsächlich jemand in dem Zimmer.

Mit zitternden Händen griff Prudence nach der Klinke. Wenn sie sich geirrt hatte und jemand anderes als Sebastian in diesem Schlafzimmer war, dann würde ihr Eintreten höchst peinlich. Also legte sie sich zwei, drei plausible Entschuldigungen zurecht, während sie vorsichtig die Tür öffnete.

Als sie eintrat, verschwand der Lichtschein, den sie einen Moment zuvor gesehen hatte. Der Raum lag in vollkommener Dunkelheit.

Einige Sekunden blieb Prudence im Eingang stehen, bis sich ihre Augen an die Finsternis gewöhnt hatten. Als sie zumindest die klobigen Umrisse eines riesigen, überdachten Bettes ausmachen konnte, schloß sie leise die Tür hinter sich.

»Sebastian?« flüsterte sie. »Wo sind Sie? Ich weiß, daß Sie hier sind.«

Hinter ihr bewegte sich jemand beinahe geräuschlos. Eine Männerhand legte sich über ihren Mund. Prudence erstarrte vor Angst, als sie sich an einen mächtigen, harten Körper gepreßt wiederfand. Doch dann begann sie, sich wild zur Wehr zu setzen. Heftig biß sie in die Hand, die ihren Mund verschlossen hielt.

»Verdammt«, murmelte Sebastian in ihr Ohr. »Ich hätte wissen sollen, daß Sie es sind. Geben Sie mir Ihr Wort, daß Sie nicht schreien werden, wenn ich Sie loslasse. Nicken Sie, wenn Sie mich verstanden haben.«

Prudence nickte eifrig. Sebastian löste die Hand von ihrem Mund, packte sie bei den Schultern und wirbelte sie zu sich herum. In der Dunkelheit konnte sie zwar sein Gesicht nicht erkennen, aber sein Ton und die Art, in der er seine Finger in ihre Schultern grub, verrieten ihr, daß er erbost war.

»Was, zum Teufel, haben Sie hier oben zu suchen?« fragte er.

»Ich bin Ihnen gefolgt.«

»Kleine Närrin.« Er schüttelte sie wütend. »Meinen Sie etwa, dies hier sei ein Spiel?«

Prudence nahm all ihren Mut zusammen. »Nein, aber offensichtlich sind Sie dieser Auffassung. Was hat dieses Herumgeschleiche zu bedeuten, Sir? Sie sind eindeutig darauf aus, Unheil zu stiften. Sie sollten sich schämen. Was für ein Benehmen für einen Mann Ihres Standes.«

»Das hatte mir gerade noch gefehlt. Eine Strafpredigt.«

Zu spät kam Prudence ein ganz neuer, entsetzlicher Gedanke. Es verschlug ihr beinahe den Atem. »Sie planen doch nicht etwa zufällig, hier oben jemanden zu treffen, Mylord?«

»Nein, ich habe verdammt noch mal nicht vor, jemanden zu treffen. Ich habe hier oben zu tun, wenn Sie es unbedingt wissen müssen.«

Erstaunt stellte Prudence fest, daß sie äußerst erleichtert war. »Was haben Sie denn hier zu tun?«

»Es geht um eine Kette, obgleich Sie das eigentlich gar nichts angeht.«

»Das habe ich befürchtet.« Prudence wünschte, sie könnte sein Gesicht besser erkennen. »Sir, ich weigere mich zu glauben, daß Sie sich mit dem Diebstahl von Halsketten vergnügen. So langweilig kann das Leben in der Stadt doch gar nicht für Sie sein.«

»Verdammt, ich bin kein Dieb.« Er klang ehrlich getroffen.

»Natürlich nicht. Das habe ich auch nicht angenommen. Aber Sie sind ein Mann, der die Aufregung liebt, nicht wahr? Erzählen Sie mir genau, was Sie hier in diesem Schlafzimmer zu suchen haben.«

»Ich sagte Ihnen bereits, daß ich nach einer Kette suche. Auf jeden Fall werde ich nicht länger hier herumstehen und Erklärungen abgeben. Wir müssen sehen, daß wir hier herauskommen, bevor uns jemand entdeckt. Man kann schließlich nicht wissen, wie viele Leute Sie haben heraufkommen sehen.«

»Niemand«, versicherte sie ihm.

»Wie wollen Sie das bitte wissen? Sie sind wohl kaum eine Expertin auf diesem Gebiet.«

»Und Sie?«

»Ich habe bestimmt etwas mehr Erfahrung als Sie in diesen Dingen.« Er ergriff ihren Arm und wandte sich zur Tür. Gerade als er sie öffnen wollte, ließ ihn das Knarren einer Diele auf dem Korridor innehalten. »Verdammt.«

»Was ist?« flüsterte Prudence. »Was ist los?«

»Jemand kommt den Gang entlang. Wir können jetzt nicht raus.«

»Was ist, wenn er hereinkommt?«

»Dann kommen wir in Teufels Küche. Und es ist alles Ihre Schuld, Prue. Das werde ich kaum so schnell vergessen.« Sebastian stieß sie vor sich her in Richtung des massiven Mahagonischranks.

»Wohin gehen wir?«

»Sehen wir zu, daß man Sie hier nicht entdeckt.« Er öffnete eine der Schranktüren. »Schnell, rein. Beeilen Sie sich.«

»Warten Sie. Ich halte es für keine besonders gute Idee. Hier drin ist alles voller Garderobe. Frauenkleider. Gütiger Himmel, das muß Lady Thornbridges Schlafzimmer sein.«

»Rein da jetzt. Um Gottes willen.« Er faßte sie um die Taille, als wäre sie ein Sack Kartoffeln, und schob sie in den Schrank.

»Großer Gott.« Prudence erstickte fast inmitten eines Stapels teurer Seiden-, Satin- und Musselinstoffe. Wild gestikulierend versuchte sie, ihr Gleichgewicht wiederzufinden.

»Rücken Sie an die Seite«, murmelte Sebastian. Seine Hände umfaßten ihr Hinterteil, als er versuchte, sie tiefer in den Schrank zu schieben.

»Es ist kein Platz mehr.« Prudence spürte allzu deutlich seine Hände und zerrte verzweifelt an den Kleidern in dem Versuch, sie an die Seite zu schieben. Doch der Schrank war zum Bersten mit teurer Garderobe gefüllt. »Weshalb verstecken Sie sich nicht unter dem Bett?«

»Himmel. Vielleicht haben Sie recht.« Sebastian ließ sie los und kroch aus dem Schrank.

Er schloß die Mahagonitür und ließ Prudence in grabesähnlicher Finsternis zurück. In diesem Augenblick wurde die Schlafzimmertür krachend aufgestoßen.

Prudence mußte nicht erst Lord Thornbridges empörtes Brüllen hören, um zu wissen, daß Sebastian keine Gelegenheit mehr gehabt hatte, unter das große Bett zu kriechen.

»Angelstone. Sie? Weshalb..., Sie seelenloser Hurensohn, also ich hätte niemals erwartet, Sie hier zu entdecken, Mann. Ich war sicher, sie würde heute abend jemand anderen treffen. Zum Teufel..., ich dachte... ich glaubte... das heißt, man berichtete mir... Wie können Sie es wagen, Sir?«

»Guten Abend, Thornbridge.« Sebastians Stimme war erstaunlich gelassen, ja sie enthielt sogar eine Spur des ihm eigenen zynischen Amüsements. Er klang, als habe er Thornbridge soeben in seinem Club getroffen und nicht in Lady Thornbridges Schlafzimmer.

»Dafür schicke ich Sie in die Hölle, Angelstone. Das können Sie mir glauben.«

»Beruhigen Sie sich, Thornbridge. Ich bin nicht wegen einer Verabredung mit Ihrer Gattin hier.«

»Welchen anderen Grund könnten Sie wohl sonst dafür haben, sich hier in ihrem Schlafzimmer herumzutreiben? Meinen Sie etwa, ich wüßte nicht, daß sie den Ballsaal verlassen hat? Sie ist auf dem Weg hierher, um Sie zu treffen, nicht wahr?«

»Nein.«

»Versuchen Sie nicht, es zu leugnen, Sie Bastard«, tobte Thornbridge. »Sie sind hier, um meine Frau zu verführen. In meinem eigenen Haus. Bei Gott, haben Sie denn keinerlei Ehrgefühl, Mann? Keinerlei Sinn für Anstand?«

»Ich habe keine Ahnung, wo Lady Thornbridge sich aufhalten könnte, Sir. Aber ich versichere Ihnen, daß ich nicht die Absicht hege, sie hier oben zu treffen. Sehen Sie sich um, sie ist nicht hier.«

»Ich nehme an, Sie haben eine vernünftige Erklärung dafür, daß Sie sich hier oben in ihrem Schlafzimmer aufhalten?« fragte Thornbridge immer noch erbost.

»Ich war auf der Suche nach dem neuen Wasserklosett, das Sie installiert haben.«

»Glauben Sie ja nicht, Sie könnten mich mit einem derartigen Märchen abspeisen.« Thornbridge war ehrlich wütend. »Das Wasserklosett ist unter der Hintertreppe, wie in jedem anderen respektablen Haus.«

»Dann habe ich mich wohl geirrt, Sir«, entgegnete Sebastian höflich. »Offensichtlich habe ich ein wenig die Orientierung verloren, als ich den Ballsaal verließ. Ich hätte schwören können, daß einer der Bediensteten mir sagte, es sei in dieser Etage. Vielleicht habe ich heute abend etwas zuviel von Ihrem hervorragenden Champagner getrunken, Thornbridge.«

»So kommen Sie mir nicht davon, Angelstone.« Thornbridges Stimme zitterte vor Erregung. »Es ist mir gleich, daß Sie ein guter Schütze sind.«

»Wenn Sie mich herausfordern wollen, Thornbridge, dann

schlage ich vor, daß Sie sich den Atem sparen. Falls Sie es noch nicht gehört haben sollten, ich habe derlei Dinge aufgegeben.«

»Sie denken, ich würde eine Ihrer lächerlichen Entschuldigungen annehmen?« Thornbridges Stimme überschlug sich fast. »Ich bin kein dummer Trottel vom Land, der sich von Ihnen verhöhnen läßt, wie es der junge Merryweather tut.«

»Thornbridge, hören Sie mir einen Augenblick zu. Ich kann Ihnen alles erklären.«

»Ihre Erklärungen interessieren mich nicht im geringsten. Und Sie können sich die Mühe sparen, mir Ihre Sekundanten mit einer Entschuldigung zu schicken. Ich habe nicht die Absicht, mich mit Ihnen zu duellieren.«

»Was haben Sie dann vor?« fragte Sebastian ruhig.

»Was meinen Sie wohl, was ich tun werde? Ich werde Ihnen jetzt und hier eine Kugel in den Leib jagen, Sie Teufel. Genau an die passende Stelle. Sie können sich schon einmal von Ihren Eiern verabschieden, Sir. Nach dem heutigen Abend werden sie Ihnen nicht mehr viel nützen. Wollen wir mal sehen, wie Sie in Zukunft die Frauen anderer Männer beglücken.«

»Um Gottes willen«, sagte Sebastian. »Legen Sie die Pistole weg, Mann. Ich schwöre Ihnen, daß ich bezüglich Ihrer Frau keinerlei Absichten hege. Meine Aufmerksamkeit geht momentan in gänzlich andere Richtung.«

Prudence erstarrte. Sie erkannte an der Wendung, die die Unterhaltung nahm, daß Thornbridge eine Pistole hatte. Er redete sich dermaßen in Rage, daß er durchaus in der Lage sein würde, den Abzug zu ziehen.

»Erwarten Sie nicht, daß ich Ihnen glaube, Sie hätten ernsthaftes Interesse an der kleinen Merryweather«, polterte Thornbridge. »Sie sind schwerlich der Typ, der sich langfristig mit einer so seltsamen Kreatur amüsiert.«

»Thornbridge, würden Sie mir freundlicherweise einen Moment zuhören?«

»Sie tun so, als würden Sie ihr den Hof machen, doch in Wirklichkeit benutzen Sie sie nur, um von Ihrem wahren Ziel abzulenken. Sie benutzen die Merryweather, damit niemand merkt, daß Sie in Wirklichkeit hinter meiner Frau her sind.«

»Ich habe keinerlei Interesse an Lady Thornbridge«, wiederholte Sebastian. Er klang, als habe er plötzlich die Geduld verloren. »Ich gebe Ihnen mein Wort, Thornbridge, ich bin nicht in diesem Schlafzimmer, um Ihre Gattin zu treffen.«

»Es gibt keine andere Erklärung«, sagte Thornbridge. »Sie ist so schön. Gott weiß, daß jeder Mann, der sie nur ansieht, sie begehrt. Sie denken, Sie können sich einfach alles nehmen, was Sie wollen, nicht wahr, Angelstone? Verdammter, arroganter Bastard.«

»Thornbridge, ich bitte Sie inständig, sich zu beruhigen. Sie verlieren die Kontrolle über sich.«

Prudence wußte, daß sie keine Minute mehr zögern durfte. Es war offensichtlich, daß Sebastian nicht in der Lage war, Thornbridges Wut ein Ende zu machen. Es war an der Zeit, dem Gefallenen Engel den Gefallen zu erweisen, den sie ihm schuldete.

Sie holte tief Luft und öffnete die Tür des Schrankes.

»Entschuldigen Sie, meine Herren«, sagte sie heiser, als die Tür aufschwang. »Ich glaube, es ist an der Zeit, diesem Unsinn ein Ende zu machen, bevor jemand zu Schaden kommt.«

»Was, zum Teufel?« Thornbridge wirbelte zu ihr herum. Im Licht der Kerze, die er mitgebracht hatte, konnte sie den Schock auf seinem schwammigen Gesicht erkennen. Die Pistole in seiner Hand schwankte gefährlich. »Gütiger Himmel, Miss Merryweather. Was tun Sie denn hier?«

»Sie müssen Miss Merryweather entschuldigen, Thornbridge.« Sebastian machte einen Schritt vorwärts und entwand ihm die Pistole. »Sie kommt vom Land und hat die hohe Kunst des zeitlich passenden Auftritts noch nicht gelernt.«

Thornbridge ignorierte ihn. Sein erstaunter Blick haftete auf Prudence, wobei sich seine Verärgerung rasch in Verwirrung wandelte. »Was geht hier vor sich?«

Prudence errötete unter dem anklagenden Blick, doch sie schenkte ihrem verblüfften Gegenüber ein aufmunterndes Lächeln. »Ist das nicht offensichtlich, Mylord? Angelstone und ich haben einen Ort gesucht, an dem wir uns ungestört über bestimmte Angelegenheiten bezüglich geisterhafter Erscheinungen unterhalten konnten, und ich fürchte, dabei sind wir zufällig in diesen Raum geraten.«

»Geisterhafte Erscheinungen?« Thornbridge sah sie noch verblüffter an als zuvor. Zugleich blickte er zweifelnd.

Sebastian zog eine Braue hoch. »Außerdem hat sie es noch nicht gelernt, eine höfliche Lüge zu erzählen. Obgleich es nicht viele mögliche Erklärungen für unsere Anwesenheit in diesem Raum gibt. Ich glaube, wir sollten es lieber mit der Wahrheit versuchen.«

Thornbridge funkelte ihn böse an. »Sieht die Wahrheit etwa so aus, daß Sie diese unschuldige junge Frau hierher gebracht haben in der Absicht, sie zu verführen?«

»Nicht ganz«, erwiderte Sebastian.

»Er hatte keinerlei derartige Absichten«, sagte Prudence heftig.

Thornbridge blickte weiterhin unfreundlich in Richtung von Sebastian. »Sie sollten sich schämen, Sir.«

»Sie sind nicht der erste, der mir das heute abend sagt.«

»Mylord, Sie verstehen nicht.« Prudence sprang aus dem Schrank. »Angelstone hat mich keineswegs hierher gebracht in der Absicht, mich zu verführen.«

Thornbridge bedachte sie mit einem mitleidigen Blick. »Meine arme, liebe Miss Merryweather. Diese Angelegenheit wird der guten Lady Pembroke das Herz brechen. Sie sind ja so naiv.«

Sebastian kreuzte die Arme vor der Brust und lehnte sich gegen den Schrank. Nachdenklich blickte er Prudence an. »Naiv ist nicht ganz das richtige Wort, um Miss Merryweather zu beschreiben. Verrückt wäre passender. Leichtsinnig. Schwer zu bändigen. Unvorsichtig. Ja, mir fällt eine Reihe von Begriffen ein, die Miss Merryweather wesentlich besser beschreiben als naiv.«

Sie schob ihre Augengläser höher und blitzte ihn an. »Das ist unfair, Mylord. Ich versuche lediglich, Lord Thornbridge diese äußerst unangenehme Situation zu erklären. Er hat durchaus das Recht zu erfahren, wie wir in das Schlafzimmer seiner Frau gelangt sind.«

»Wenn es unbedingt sein muß«, erwiderte Sebastian mit einem teuflischen Lachen in seinen goldenen Augen. »Erklären Sie es ihm.«

Verärgerung stieg in ihr auf, als ihr bewußt wurde, daß er ihr nicht helfen würde. Dieser verdammte Mensch amüsierte sich wieder einmal, und dieses Mal auf ihre Kosten. In Anbetracht der Tatsache, daß sie sich wegen seines Tuns in dieser Situation befanden, und daß sie lediglich versuchte, seinen verdammten Hals zu retten, wäre es das mindeste, daß er ihr half. Prudence wandte sich erneut an Thornbridge.

»Die Sache ist die, Mylord, das Ganze ist ein entsetzliches Mißverständnis«, sagte sie ernsthaft.

Thornbridge winkte ab. Nun, da er nicht länger gezwungen war, den empörten Ehemann zu spielen, hatte er offensichtlich beschlossen, eine andere Rolle zu übernehmen, und zwar die des empörten Gastgebers. Er reckte sich und bedachte Sebastian mit einem finsteren Blick.

»Geben Sie sich keine Mühe, Miss Merryweather. Die Fakten sprechen für sich. Sie befinden sich allein in einem Schlafzimmer mit einem der verrufensten Männer der Gesellschaft. Da erübrigen sich weitere Erklärungen.«

Prudence zögerte. Sie begann zu begreifen, welche Richtung das Ganze nahm. Vorsichtig räusperte sie sich. »Sir, ich glaube, Sie unterliegen da einem gewaltigen Irrtum.«

Thornbridge schenkte ihr keinerlei Beachtung. Nach wie vor bedachte er Sebastian selbstgerecht mit einem bösen Blick. »Nun, Sir? Beabsichtigen Sie, sich gegenüber dieser jungen Frau in der angemessenen Art und Weise zu verhalten?«

Nach wie vor halb gegen den Schrank gelehnt, nickte Sebastian mit ironischer Galanterie. »Tatsächlich befinden Miss Merryweather und ich uns in diesem Schlafzimmer, Thornbridge, weil wir ungestört über unsere Zukunft sprechen wollten. Ich habe beschlossen, daß es an der Zeit ist zu heiraten, und Miss Merryweather hat ihrerseits vernünftigerweise eingesehen, daß sie aufgrund ihres fortgeschrittenen Alters wohl kaum noch ein besseres Angebot bekommen wird. Also haben wir eine Übereinkunft getroffen.«

»Angelstone«, stieß Prudence erstickt hervor.

Sebastian zögerte noch nicht einmal. »Gestatten Sie mir, Ihnen meine Verlobte vorzustellen, Sir. Miss Merryweather und ich haben die Absicht zu heiraten.«

FÜNF

»Es tut mir leid, Mylord, aber ich muß sagen, daß die entsetzliche Situation, in der wir uns nun befinden, einzig und allein Ihre Schuld ist«, verkündete Prudence, während Sebastian den eleganten schwarzen Zweispänner in den überfüllten Park lenkte.

»Du bist einfach zu großzügig, meine Liebe.« Sebastian führte die beiden herrlichen schwarzen Pferde auf den Hauptweg. »Ich glaube eher, dir gebührt ein Großteil des Lobes für den erfolgreichen Verlauf des gestrigen Abends.«

Prudence zog sich unter den Rand ihres schlichten, geflochtenen Strohhutes zurück. Sie zupfte ihre schieferfarbenen Röcke über ihren festen, halbhohen Stiefeln zurecht und suchte nach einem Weg, sich zu verteidigen. »Ich habe lediglich versucht, Ihnen zu helfen.«

»Ach, tatsächlich?«

»Wenn Sie mir gestattet hätten, Lord Thornbridge die Sache zu erklären, dann hätte alles ein glückliches Ende genommen.« Prudence blickte starr geradeaus. Sie war sich der neugierigen Blicke nur allzu deutlich bewußt, mit denen sie und Sebastian gemustert wurden.

So war es bereits seit dem Augenblick gestern abend, an dem Thornbridge sie zurück in den Ballsaal begleitet und die Neuigkeit von der Verlobung des Gefallenen Engels verkündet hatte.

Zunächst waren alle Gäste überrascht, dann angenehm erregt und schließlich hingerissen gewesen. Das war entschieden das interessanteste Ereignis der ganzen Saison. Die Idee von einer Heirat zwischen dem Gefallenen Engel und dem amüsanten Original überstieg offensichtlich die Vorstellungskraft der meisten Anwesenden.

Und die Reaktion der Gesellschaft war von Hesters und Trevors noch übertroffen worden. Sie waren einfach sprachlos gewesen. Sebastian hatte Prudence gewarnt, sie solle gar nicht erst versuchen, ihnen die Situation zu erklären, da das die Dinge nur noch komplizierter machen würde. Und Prudence hatte ihm recht geben müssen.

Interessanterweise war es Hester, die sich als erste von der Überraschung erholt hatte. Nachdem sie die Nachricht erst einmal verdaut hatte, war in ihre Augen ein seltsam nachdenklicher Ausdruck getreten.

»Nicht unbedingt, was man erwartet hätte«, hatte sie bedächtig erklärt. »Aber schließlich tut der Gefallene Engel selten das, was man von ihm erwartet. Und es paßt zu ihm, sich als seine zukünftige Gräfin jemand Außergewöhnlichen zu suchen.«

»Er spielt doch wieder nur eines seiner verdammten Spiele«, hatte Trevor geknurrt.

»Da bin ich mir nicht sicher«, hatte Hester erwidert. »Eine Verlobung ist eine ehrenwerte Angelegenheit. Was auch immer man über Angelstone sagen kann, er hat noch nie sein Wort gebrochen. Auf jeden Fall können wir jetzt nichts mehr dagegen unternehmen. Prue ist mit dem Gefallenen Engel verlobt, das ist eine Tatsache. Wir werden so tun müssen, als ob das alles vollkommen normal sei.«

Was die bessere Gesellschaft betraf, so war die Verlobung alles andere als ein normales Ereignis. Ganz London war aus dem Häuschen. Sebastian hatte die Spazierfahrt im Park angeordnet, da es seiner Meinung nach besser war, sich offen zu zeigen, als zu versuchen, sich vor der ungewollten Aufmerksamkeit, die sie erregten, zu verstecken. Prudence war sich da nicht so sicher.

»Ich will dich nicht kränken, Prue«, sagte er nun. »Die Wahrheit ist, daß deine Erklärungsversuche gegenüber Thornbridge mehr Schaden als Gutes angerichtet haben.«

Prudence blickte ihn böse an. »Ich frage mich, wie sie mehr Schaden angerichtet haben sollen als Ihre lächerlichen Erklärungen, Mylord. Im übrigen erinnere ich mich nicht, Ihnen gestattet zu haben, mich bei meinem Vornamen zu nennen.«

Sebastian verzog leicht den Mund. »Ich dachte nicht, daß es dir etwas ausmachen würde. Schließlich sind wir verlobt.«

»Ohne mein Zutun.«

»Ach?« Sebastian hob ironisch die schwarzen Brauen. »Was dachtest du denn, was passieren würde, als du aus dem Schrank gesprungen kamst?«

Prudence umklammerte ihre große, praktische Handtasche. »Ich habe lediglich versucht, Ihr Leben zu retten, Sir. Falls Sie es bemerkt haben sollten, Sie befanden sich in dem Augenblick in einer ziemlich unangenehmen Situation.«

»Ja, nicht wahr?« Sebastian wirkte ungerührt. »Aber du kamst mir zu Hilfe, und ich wurde gerettet.«

»Es freut mich, daß Sie zumindest so viel zugeben.« Sein amüsierter Sarkasmus ärgerte sie. »Gemäß unserem Abkommen stand ich in Ihrer Schuld. Ich habe also lediglich versucht, mich meiner Verpflichtung Ihnen gegenüber zu entledigen.«

»Ach ja, unser Abkommen.«

»Ich dachte, ich könnte Ihren Gefallen erwidern, indem ich Sie vor Lord Thornbridge rette.«

»Ich verstehe.«

Prudence verfiel erneut in die schuldbewußte Trübsinnigkeit, die sie seit der letzten Nacht empfand. »Ich nehme an, Sie sind ziemlich verärgert, Mylord.«

Sebastian zuckte mit den Schultern. »Nicht sonderlich.«

Prudence warf ihm einen erstaunten Seitenblick zu. »Und weshalb nicht?«

»Ich glaube nicht, daß unsere Verlobung ein besonderes Problem darstellt.«

Prudences Gesicht leuchtete auf. »Sie haben einen Plan, wie wir aus dieser mißlichen Lage herauskommen können?«

»So könnte man wohl sagen.«

Mit wachsendem Respekt und voller Erleichterung starrte Prudence ihn an. »Mylord, das sind ausgezeichnete Neuigkeiten. Was genau beabsichtigen Sie zu tun?«

Sebastian lächelte, doch sein Blick war undurchdringlich. »Es ist ganz einfach, meine Liebe. Ich beabsichtige, die Vorteile, die sich mir durch eine Verlobung bieten, voll und ganz auszukosten.«

Prudence blieb der Mund offen stehen. »Wie bitte?«

»Du hast es gehört.« Mit kalter Höflichkeit nickte Sebastian einer älteren Dame in einer vorbeifahrenden Kutsche zu, die den schwarzen Zweispänner ungeniert anstarrte. Schnell blickte die Frau in eine andere Richtung.

»Sie beabsichtigen, die Verlobung nicht aufzulösen?« fragte Prudence ungläubig. »Weshalb nicht?«

»Ich nehme an, wir haben keine andere Wahl, oder? Wenn wir öffentlich bekanntgeben, daß unsere Verlobung nur ein Scherz war, ist dein Ruf ruiniert.«

»Das würde mir nicht sonderlich viel ausmachen, Mylord. Ich werde mich dann einfach etwas früher aufs Land zurückziehen. Die Leute werden mich schnell vergessen.«

»Und was ist mit mir, Prue?« fragte Sebastian freundlich. »Die Menschen werden meine Rolle in der Angelegenheit nicht so schnell vergessen, das versichere ich dir. Thornbridge zum Beispiel wird zweifelsohne annehmen, daß sein erster Verdacht bezüglich meiner Anwesenheit im Schlafzimmer seiner Frau richtig war. Sehr wahrscheinlich wird er dann erneut mit der Pistole Jagd auf mich machen.«

Prudence biß sich auf die Lippen und blickte Sebastian an. »Glauben Sie wirklich, daß er das tun würde?«

»Ich würde sagen, es ist zumindest sehr wahrscheinlich.«

»Daran habe ich nicht gedacht. Was sollen wir bloß tun, Sir?«

»Wir werden die Saison als verlobtes Paar beenden«, erläuterte Sebastian ruhig. »Im Juni kannst du dann nach Dorset zurückkehren, und ich werde weiterhin hier meinen Geschäften nachgehen. Allmählich werden die Gerüchte dann verstummen.«

»Ich verstehe«, sagte Prudence nach sorgfältiger Überlegung. »Irgendwann im Sommer werde ich dann erklären, daß ich die Verlobung aufzulösen wünsche. Und bis zum Herbst werden alle die Angelegenheit vergessen haben.«

»Das ist anzunehmen.«

»Ja, das könnte klappen.« Prudence runzelte nachdenklich

die Stirn. »Das heißt, daß wir während der kommenden zweieinhalb Monate gezwungen sein werden, weiterhin die Rolle des verlobten Paares zu spielen.«

»Meinst du, du kannst so lange die glückliche Verlobte mimen, Prue?«

»Ich weiß nicht«, sagte sie ehrlich. »Ich habe noch nie versucht, Theater zu spielen.«

»Ich bin überzeugt, daß du es mit ein bißchen Übung sehr schnell heraushaben wirst.«

»Glauben Sie?« Prudence legte ihren Kopf schräg und bedachte ihn mit einem prüfenden Blick. »Und wie steht's mit Ihnen, Sir?«

Sebastian verzog den Mund zu einem leichten Lächeln. »Deswegen brauchst du dir keine Sorgen zu machen, meine Liebe. Ich versichere dir, daß ich meiner Rolle durchaus gewachsen bin. Ein gewisses schauspielerisches Talent liegt mir im Blut.«

»Ja, das stimmt, nicht wahr? Sie haben großes Glück, daß Ihre Mutter eine so gute Schauspielerin war.« Prudence seufzte. »Das Ganze tut mir wirklich furchtbar leid.«

»Betrachte es von der positiven Seite her«, schlug Sebastian vor. »Vielleicht hört dein lästiger kleiner Bruder ja nun endlich auf, mich jedesmal, wenn ich mit dir tanze, herauszufordern.«

»Das ist wohl anzunehmen.« Prudence räusperte sich diskret. »Da ist nur eine Kleinigkeit bezüglich der gestrigen Ereignisse, die ich gern klären würde, bevor wir weiter die Rolle der Verlobten spielen.«

Sebastian lächelte. »Gestatte, daß ich rate, um welche Kleinigkeit es sich handelt. Wahrscheinlich wirst du genau wissen wollen, was ich in Lady Thornbridges Schlafzimmer zu suchen hatte.«

»Ja, tatsächlich, dafür hätte ich gerne eine Erklärung. Ich glaube nicht eine Sekunde, daß Sie ein Rendezvous mit ihr hatten. Ich habe Sie in letzter Zeit beobachtet, Mylord, und gestern abend war nicht das erste Mal, daß Sie heimlich aus einem Ballsaal verschwunden sind. Soweit ich erkennen konnte, haben Sie bei diesen Gelegenheiten niemals jemanden getroffen.«

Sebastian sah sie mit dem Ausdruck ehrlicher Bewunderung an. »Sehr gut beobachtet. Aber ich kann nicht behaupten, daß mich diese Tatsache überrascht. Du bist einfach eine höchst erstaunliche Frau.«

»Ich bin mir nicht so sicher, daß das ein Kompliment ist. Nun, werden Sie mir erzählen, was in der letzten Nacht vor sich ging?«

Sebastians Bernsteinaugen blitzten kurz auf, während er über die Frage nachdachte. »Hattest du tatsächlich angenommen, ich sei zum Einbrecher geworden?«

Prudence sah ihn hinter ihren Brillengläsern hervor nachdenklich an. »Mir kam der Gedanke, Mylord, daß Sie eventuell, um Ihre Langeweile zu durchbrechen, ein etwas unglückseliges Hobby entwickelt haben könnten.«

»Mit anderen Worten, du dachtest, ich könnte zum Juwelendieb geworden sein. Es betrübt mich, daß du mich so verkennst.«

»Nun, ich war mir nicht ganz sicher, daß es das war, was Sie vorhatten«, sagte Prudence eilig. »Schließlich ist es ja nicht so, daß Sie das Geld brauchen würden. Alle Welt sagt, Sie seien schrecklich reich. Was also haben Sie in Lady Thornbridges Schlafzimmer gesucht?«

»Du hast teilweise richtig gelegen mit deiner Vermutung. Wie ich dir bereits versucht habe zu erklären, war ich auf der Suche nach einer Halskette. Einer ganz bestimmten Halskette.«

»Was?« Prudence starrte ihn überrascht an. »Das glaube ich einfach nicht.«

»Es stimmt. Die Kette gehört jedoch jemand anderem als Lady Thornbridge.«

Prudence war sofort hellwach. »Wessen Kette war es dann?«

»Sie gehört einer gewissen Dame der besseren Gesellschaft, die Lady Thornbridge die Kette gegeben hat.«

»Aber weshalb hat sie sie ihr gegeben?« fragte Prudence.

»Sie hatte gehofft, sich dadurch Lady Thornbridges Schweigen zu erkaufen«, sagte Sebastian leise.

»Ihr Schweigen?« Prudence zog sofort den richtigen Schluß. »Lady Thornbridge hat diese Frau erpreßt?«

»Genau. Als Lady Thornbridge für ihr fortgeführtes Schweigen ein weiteres Schmuckstück verlangte, wurde dem Opfer jedoch klar, daß die Forderungen nie ein Ende haben würden. Es entschloß sich also zu sehen, ob Lady Thornbridges Treiben nicht irgendwie Einhalt geboten werden konnte.«

Prudence runzelte die Stirn. »Das Opfer hat sich in dieser Angelegenheit an Sie gewandt?«

»Nein, die Dame hat einen Spitzel mit Namen Whistlecroft engagiert. Whistlecroft beschloß dann, mich zu kontaktieren. Er und ich haben eine Art Abmachung, mußt du wissen. Er hat Anweisung, sich mit einigen seiner interessanteren Fälle an mich zu wenden.«

Prudence war hingerissen. »Und er kam mit diesem Fall zu Ihnen?«

»Ja.«

»Wie aufregend«, stieß Prudence atemlos hervor. »Haben Sie die Kette gestern abend gefunden?«

Sebastians arrogantes Lächeln enthielt mehr als eine Spur von Selbstzufriedenheit. »Ja, zufällig habe ich sie gefunden.«

»Wo ist sie? Was haben Sie damit gemacht?«

»Sie wurde heute morgen der rechtmäßigen Eigentümerin zurückgegeben. Whistlecroft hat das erledigt. Ich ziehe es vor, bei solchen Dingen anonym zu bleiben. Niemand außer dir,

Whistlecroft und einem Freund von mir namens Garrick Sutton weiß von meinem kleinen Hobby.«

»Ich verstehe. Kein Wunder, daß Sie aus Ihrem Hobby ein Geheimnis machen. Aber was ist mit Lady Thornbridge? Wird sie ihre Drohungen nicht wahrmachen, wenn ihr klar wird, daß ihr Opfer nicht länger mitspielt?«

»Das wage ich zu bezweifeln.«

»Weshalb?«

»Weil ich vor der abrupten Störung durch dich und Thornbridge noch genug Zeit hatte, um anstelle der Kette eine kleine Nachricht in Lady Thornbridges Safe zu hinterlegen, die sie schnell genug entdecken wird.«

»Eine Nachricht?« fragte Prudence. »Was für eine Nachricht?«

»Nur, daß ein anonymer Freund Bescheid weiß über Lady Thornbridges Herkunft, die nicht ganz so nobel ist, wie die Gesellschaft und Lord Thornbridge annimmt. Um es ganz offen zu sagen, Prue, Lady Thornbridge kommt aus der Gosse, und sie wäre erledigt, wenn die Leute jemals etwas davon erfahren würden.«

»Aus der Gosse?«

»Sie ist eine äußerst clevere, ehrgeizige Person, die sich ihren Platz in der Gesellschaft erkämpft hat. Ich werfe ihr nicht im mindesten vor, daß sie sich eine respektable Fassade zugelegt hat, mit der sie die ganze Gesellschaft täuscht, und aufgrund derer es ihr gelungen ist, sich einen reichen Ehemann zu angeln.«

Prudence kicherte. »Mit anderen Worten, sie hat sich das Erreichte schwer erarbeitet, und dafür respektieren Sie sie, aber Sie können es nicht gutheißen, daß sie sich wieder der alten Methoden bedient. Ist es so?«

»Nicht, wenn sie sich ein Opfer sucht, das sich ebenfalls aus der Gosse in die gehobeneren Kreise hinaufgekämpft hat. Lady

Thornbridge hat jetzt alles, was sie will, so daß keinerlei Notwendigkeit besteht, eine andere Dame der Gesellschaft zu erpressen, weil diese einen ähnlichen Hintergrund aufzuweisen hat.«

»Da haben Sie vollkommen recht.« Prudence nickte zustimmend. »Und das haben Sie ihr durch Ihre Nachricht zu verstehen gegeben?«

»Ja.«

»Aber wie sind Sie hinter Lady Thornbridges Geheimnis gekommen?« fragte Prudence.

»Ich habe da so meine Methoden.«

Prudence war tief beeindruckt. »Ihre Methoden müssen wirklich ausgefeilt sein, Mylord. Obgleich es Lady Thornbridge gelungen ist, die gesamte Gesellschaft zu täuschen, sind Sie ihr auf die Schliche gekommen. Brillant, Angelstone.«

»Ich hatte so ein Gefühl, daß dir meine Versuche gefallen würden.«

»Und ob.« Prudence lachte fröhlich. »Sie haben die ganze Angelegenheit hervorragend gemeistert, Mylord.«

»Vielen Dank.«

»Aber wird Lady Thornbridge sich nicht denken können, daß Sie derjenige waren, der ihr die Nachricht hinterlassen hat?«

»Das bezweifle ich. Selbst wenn Thornbridge ihr erzählen sollte, daß er uns in ihrem Schlafzimmer entdeckt hat, so wird sie mich trotzdem wahrscheinlich nicht mit der Nachricht in ihrem Safe in Verbindung bringen.«

»Und warum nicht?«

»Sie wird die Nachricht wohl erst in einigen Tagen entdekken, und sie wird keine Ahnung haben, wann sie dort hinterlegt wurde. Und außerdem wird sie sich, selbst wenn es ihr einfallen sollte, daß man mich in ihrem Schlafzimmer entdeckt hat, daran erinnern, daß ich nicht allein, sondern mit dir dort war«, erläuterte Sebastian.

Prudence legte den Kopf schief und lugte unter dem Rand ihres Hutes hervor. »Das verstehe ich nicht.«

»Wie alle anderen Gäste wird sie denken, daß wir beide oben verschwunden sind, damit ich dich im ersten freien Schlafzimmer verführen konnte.«

»Mylord.« Prudence war entsetzt. Sie spürte, wie sich ihre Wangen mit einer heftigen Röte überzogen.

»Eine reizende Vorstellung, nicht wahr?«

»Ich nehme an, das ist es, was heute alle denken«, sagte Prudence verdrießlich.

»Zweifellos.«

Prudence schwieg einen Augenblick, während sie das von Sebastian Gesagte überdachte. »Diese Informationen erklären natürlich alles. Sie haben ein wenn auch gefährliches, so doch außerordentlich interessantes Hobby, Graf.«

»Manchmal bereitet es mir ein gewisses Vergnügen«, gestand Sebastian.

»Es ist meinem kleinen Hobby nicht unähnlich.«

»Das ist mir bewußt.« Sebastian schnalzte leicht mit den Zügeln. »So haben wir etwas gemeinsam, meinst du nicht?«

»Ja, ja, tatsächlich.« Prudence wandte sich ihm zu. Sie sprudelte über vor plötzlicher Begeisterung. »Sir, mir kam soeben der Gedanke, daß wir unsere Interessen doch gut verbinden könnten.«

Sebastian warf ihr einen argwöhnischen Blick zu. »Wovon, zum Teufel, sprichst du?«

»Ich wüßte nicht, weshalb wir unsere Nachforschungen nicht gemeinsam betreiben sollten, Mylord. Wir wären ein hervorragendes Gespann.«

»So wie gestern?« fragte Sebastian. »Darf ich dich daran erinnern, daß ich um ein Haar von einem eifersüchtigen Ehemann erschossen worden wäre und wegen deiner hilfreichen Einmischung?«

»Das ist unfair, Sir. Was hätten Sie denn ohne mich gemacht?«

»Ich hätte mich selbst in dem Kleiderschrank versteckt und wäre Thornbridge gar nicht erst begegnet«, sagte Sebastian barsch. »Er hätte mich gar nicht zu Gesicht bekommen.«

»Oh.« Prudence suchte nach einem Gegenargument, konnte aber keines finden. Sie beschloß, es mit einer anderen Taktik zu versuchen. »Denken Sie doch nur, wie interessant es wäre, wenn wir zusammenarbeiten würden, Graf. Was für anregende Gespräche wir führen könnten.«

»Darüber habe ich bereits nachgedacht. Weshalb, meinst du wohl, habe ich dir von Lady Thornbridges Erpressungsversuch erzählt? Ich habe nicht gesagt, daß ich etwas dagegen einzuwenden habe, meine Fälle mit dir zu besprechen.«

In Prudence erwachte neue Hoffnung. »Dann meinen Sie also, wir könnten zusammenarbeiten?«

»Nur auf einer beratenden Ebene«, sagte Sebastian ruhig. »Ich bin bereit, meine Fälle mit dir zu besprechen, aber ich werde dir nicht gestatten, mich bei meinen Nachforschungen zu begleiten. Ich möchte nicht noch einmal eine Szene wie gestern abend erleben.«

»Und warum nicht?« entgegnete Prudence. »Das Kind ist doch bereits in den Brunnen gefallen. Wir müssen für den Rest der Saison diese Verlobungsfarce aufrechterhalten. Was sollte bitte sonst noch geschehen?«

Sebastians Mund verdünnte sich zu einem grimmigen Strich. »Meine Nachforschungen bergen immer gewisse Risiken in sich. Ich will nicht, daß du noch öfter mit irgendwelchen Pistolen konfrontiert wirst.«

Prudence riß die Augen auf. »Geraten Sie bei Ihren Nachforschungen häufiger in solche Situationen?«

»Natürlich nicht. Aber ich gehe kein Risiko ein. Wie ich bereits sagte, ich werde meine Fälle mit dir besprechen, aber weiter geht unsere Zusammenarbeit nicht.« Er bedachte sie mit einem nachsichtigen Blick. »Schließlich bist du Expertin im Bereich von geisterhaften Erscheinungen, meine Liebe, und nicht im Umgang mit Erpressern und anderen Kriminellen.«

»Aber ich bin sicher, daß sich zahlreiche der Methoden, die ich auf die Erforschung geisterhafter Erscheinungen anwende, auch hervorragend für die Ermittlungen in Kriminalfällen eignen«, versicherte ihm Prudence ernst.

»Vertraue mir, meine Liebe, zwischen diesen beiden Arten von Nachforschungen liegen Welten.«

Prudence sah ihn böse an. »Woher wollen Sie das denn wissen?«

»Das ist ganz offensichtlich.« Sebastians Hände bewegten fast unmerklich die Zügel, und die Pferde fielen in einen schnellen Trab.

»Mylord, ich muß sagen, Sie sind ungewöhnlich stur. Da wir gezwungen sein werden, während der nächsten zweieinhalb Monate viel Zeit miteinander zu verbringen, wüßte ich nicht, weshalb wir uns diese Zeit nicht dadurch vertreiben sollten, daß wir uns gegenseitig bei unseren Nachforschungen helfen.«

»Die Antwort ist nein, Prue, und das ist endgültig.«

Die stählerne Härte in Sebastians Ton war nicht zu überhören. Prudence reckte ihr Kinn in die Luft. »Nun gut, Sir. Wenn Sie es vorziehen, in dieser Angelegenheit arrogant und dickschädelig zu sein, dann kann ich wohl nichts machen.«

Er lächelte zustimmend. »Ich bin froh, daß du nicht zu der Sorte Frauen gehörst, die anfangen zu jammern, wenn sie nicht ihren Willen bekommen. Ich finde diese Art Frauen äußerst ermüdend.«

»Jammern? Ich? Bestimmt nicht, Graf.« Prudence versuchte, sein kühles Lächeln zu imitieren. »Ich würde Sie keinesfalls langweilen wollen. Außerdem nehme ich an, daß ich mit meinen eigenen Nachforschungen genug zu tun haben werde.«

Sebastian nickte höflich. »Ich freue mich darauf, von diesen Untersuchungen zu hören.«

Prudence ignorierte den leicht herablassenden Ton, den sie in seiner Stimme auszumachen meinte. »Vielleicht werde ich bereits morgen früh in der Lage sein, Ihnen einen ausführlichen Bericht über meine jüngsten Nachforschungen zu geben.«

»So schnell?« Sebastian sah sie neugierig an. »Hast du einen Auftraggeber hier in der Stadt gefunden?«

»Eine Freundin von Lady Pembroke hat mich mit einem höchst faszinierenden Fall betraut.« Prudence beugte sich vor. »Kennen Sie Mrs. Leacock?«

Sebastian überlegte kurz. »Ich habe von ihr gehört. Ja, ich erinnere mich. Ihr Mann starb vor kurzem und hinterließ ihr sein gesamtes Vermögen.«

»Nun, in letzter Zeit hatte sie erhebliche Schwierigkeiten mit einem Geist im Westflügel ihres Hauses. Ich hatte gehofft, einige meiner neuesten Theorien anwenden zu können und diesen Geist mit Hilfe einer Elektrizitätsmaschine aufzustöbern, aber ich fürchte, daß das in diesem Fall reine Zeitverschwendung wäre.«

»Und wie willst du deinen Geist fangen?«

Prudence bedachte ihn mit einem hochmütigen Lächeln. »Lady Pembroke und ich werden heute nacht bei ihr bleiben, und ich werde in Mrs. Leacocks Schlafzimmer im Westflügel nächtigen.«

Sebastian sah sie neugierig an. »Du wirst also in die Rolle von Mrs. Leacock schlüpfen?«

»Genau. Aber wir werden niemandem davon erzählen.«

Er war amüsiert. »Weshalb nicht? Denkst du, es würde den Geist interessieren?«

»Ich nehme an, daß es ihn ungeheuer interessieren würde.«

Sebastian blickte sie scharf an. »Und weshalb bist du dir da so sicher?«

»Ich habe die Ergebnisse meiner anfänglichen Nachforschungen genau überdacht. Dieser besondere Fall einer geisterhaften Erscheinung weist einige durchaus interessante Seiten auf«, vertraute Prudence ihm an. »Zunächst einmal begannen die Erscheinungen erst in jüngster Zeit.«

»Wann genau?«

»Die ersten Zwischenfälle gab es kurz nach Mr. Leacocks Tod«, erläuterte Prudence. »Da begegnete Mrs. Leacock zum allerersten Mal einem Geist im Westflügel ihres Hauses. Und auch niemand anders hatte vorher je dort mit einem Gespenst zu tun. Bis dahin gab es keinerlei Anlaß zu der Vermutung, das Haus könnte von einem Geist heimgesucht sein.«

»Die Frau hat eben den Verlust ihres Gatten nicht verkraftet«, warf Sebastian ein. »Wahrscheinlich leidet sie schlicht und einfach unter Alpträumen.«

»Davon bin ich nicht überzeugt. Sehen Sie, der zweite interessante Punkt ist der, daß Mrs. Leacock keine eigenen Kinder hat. Aber nach Aussage von Lady Pembroke hat sie drei habgierige Neffen. Und alle drei wissen, daß ihre Tante kürzlich von ihrem Arzt gewarnt wurde, daß sie ein schwaches Herz hat.«

»Verdammt.« Sebastian starrte sie an. »Willst du damit etwa sagen, du denkst, die Neffen könnten versuchen, ihre Tante so zu erschrecken, daß sie einen Herzanfall erleidet?«

»Ich halte es durchaus für möglich. Heute nacht werde ich es herausfinden.«

»Indem du den Geist zur Rede stellst?« Sebastians Gesichtsausdruck verhärtete sich. »Das wirst du auf keinen Fall tun.«

»Sie, Sir«, sagte Prudence zuckersüß, »haben mir in dieser Angelegenheit nicht das geringste zu sagen.«

»Zum Teufel. Immerhin bin ich dein Verlobter, Prue.«

»Nur nach außen hin.«

»Trotzdem«, knurrte er, »du hörst, was ich sage.«

»Ich höre sehr gut, Mylord.« Prudence lächelte gelassen.

»Und Sie haben mir deutlich zu verstehen gegeben, daß wir unsere Nachforschungen getrennt durchführen. Wie ich es sehe, haben Sie kein Interesse an einer Zusammenarbeit. Oder habe ich Sie da falsch verstanden?«

»Du brauchst mich nicht daran zu erinnern, was ich gesagt habe, du kleines Luder. Du weißt verdammt gut, was ich damit gemeint habe.«

Prudence bedachte ihn mit einem kühlen Lächeln. »Ich habe Sie durchaus verstanden. Wir besprechen unsere Fälle zwar miteinander, aber wir helfen uns nicht gegenseitig bei unseren Nachforschungen. Keine Sorge, ich werde Ihnen morgen ausführlich über das berichten, was ich heute nacht herausfinde.«

Sebastians Augen funkelten. »Prue, du mußt noch viel darüber lernen, wie sich eine verlobte Frau zu verhalten hat.«

»Meinen Sie, Graf? Das tut mir leid. Und ich dachte, ich würde meine neue Rolle recht gut spielen.«

»Prue, ich werde dir keinesfalls gestatten –«

»*Prudence.* Großer Gott, du bist es. Ich kann es nicht glauben.«

Beim Klang der vertrauten männlichen Stimme fuhr Prudence herum. Nach beinahe drei Jahren hatte sie sie nicht vergessen. Sie wandte ihren Kopf und sah direkt in die sanften grauen Augen des Mannes, der sie gelehrt hatte, daß auch sie sich in Menschen täuschen konnte.

»Guten Tag, Lord Underbrink«, sagte sie ruhig, als er seinen hübschen grauen Hengst näher an den Zweispänner heranführte.

Prudence atmete tief ein und zwang sich, Edward, Lord Underbrink, näher zu betrachten. Zu ihrer Überraschung und Erleichterung verspürte sie nichts außer tiefer Traurigkeit bei der Erinnerung an ihre eigene Leichtgläubigkeit. Wie einfältig sie damals gewesen war, als sie dachte, Underbrink meine es wirklich ernst, als er ihr einen Antrag machte.

Es kam keinesfalls in Frage, daß der Erbe des Underbrink-Titels die Tochter eines kleinen Landedelmannes heiraten würde. Edward hatte sich in jenem Sommer einfach nur mit ihr amüsiert.

Wie Prudence feststellte, hatte er sich in den drei Jahren nicht sonderlich verändert. Sein Haar war noch ebenso blond und sein Blick noch genauso offen und treuherzig, wie sie es in Erinnerung hatte. Seine angenehmen Gesichtszüge waren nach wie vor anziehend, obgleich sich Anzeichen einer beginnenden Plumpheit bemerkbar machten. Er trug einen gutsitzenden Mantel von demselben Perlgrau wie seine Augen und sein teures Pferd.

»Was für eine Überraschung«, sagte Underbrink. »Ich bin erst gestern in die Stadt zurückgekommen. Ich hörte gestern abend, Du seist für die Saison hier in London, aber ich wollte es einfach nicht glauben.« Unsicher sah er Sebastian an. »Ich hörte Gerüchte, daß du jetzt verlobt bist?«

Sebastian bedachte Underbrink mit einem kurzen, abweisenden Blick. »Das stimmt.«

Schnell wandte Edward sich wieder an Prudence. »Ich verstehe nicht ganz –«

»In diesem Fall schlage ich Ihnen vor«, sagte Sebastian freundlich, »daß Sie versuchen, die Bekanntmachung in der Zeitung zu lesen. Vielleicht verstehen Sie dann.«

Edward runzelte die Stirn. »Hören Sie Angelstone, Prudence und ich sind alte Freunde. Ich habe durchaus das Recht, mich für ihre Verlobung zu interessieren. Sie können mir nicht ankreiden, daß mich diese Neuigkeit überrascht.«

Prudence sah, wie Sebastians Blick kalt wurde. Sie wußte nicht, weshalb er sich offensichtlich von Edward belästigt fühlte, aber sie beschloß, daß es das beste sei, eine Konfrontation zu vermeiden.

»Wie geht es Lady Underbrink?« fragte Prudence freundlich.

Sie war der Frau, die Edward geheiratet hatte, niemals begegnet, aber sie nahm an, es sei eine unverfängliche Frage.

Eine tiefe, ärgerliche Röte überzog Edwards Wangen. »Es geht ihr gut«, erwiderte er brüsk. »Ich werde heute abend auf dem Fest bei den Handleys sein. Wirst du auch kommen?«

»Sie wird nicht bei den Handleys sein«, sagte Sebastian. »Und in Zukunft, Underbrink, werden Sie meine Verlobte mit Miss Merryweather ansprechen. Ist das klar?«

Schnell richtete Edward sich in seinem Sattel auf. Die Röte in seinem Gesicht verstärkte sich noch. »Selbstverständlich.«

»Es freut mich zu sehen, daß Sie in der Lage sind, ein paar einfache Dinge zu verstehen. Das ist auch besser für Sie.« Sebastian beschleunigte das Tempo seines Gefährts. »Wenn Sie uns jetzt entschuldigen wollen, Underbrink.«

Die beiden Pferde vor dem Zweispänner trabten eilig den Weg hinunter, und Edward blieb zurück.

Prudence atmete tief ein. Sie wußte, sie sollte Sebastian wegen seiner Unfreundlichkeit Vorwürfe machen, aber sie konnte sich nicht dazu überwinden. Plötzlich wurde ihr klar, wie angespannt sie während der Begegnung gewesen war.

Sie wußte nicht, welche Gefühle sie erwartet hatte im Fall einer erneuten Begegnung mit Lord Underbrink, aber alles, was sie verspürte, war Erleichterung. *Erleichterung, daß er sie am Ende nicht geheiratet hatte.* Sie konnte sich nur schwer vorstellen, daß sie einmal gemeint hatte, in ihn verliebt zu sein.

Während einiger Minuten sagte Sebastian kein Wort. Er schien sich vollständig auf das Lenken der Kutsche zu konzentrieren. Schließlich verlangsamte er das Tempo.

»Woher kennst du Underbrink?« fragte er tonlos.

Prudence rückte ihre Augengläser zurecht. »Vor drei Jahren verbrachte er den Großteil des Sommers in Dorset. Er wohnte bei Freunden in der Nähe. Wir sind uns ein paar Mal begegnet. Versammlungen, Spielabende, solche Dinge.«

»Und was geschah dann?«

Prudence warf ihm einen kurzen Blick zu und starrte dann wieder auf die Ohren der Pferde. »Nicht viel. Am Ende des Sommers kehrte er nach London zurück, um sich mit der Frau zu verloben, die seine Familie für ihn ausgesucht hatte.«

»Lucinda Montclair.«

»Ja, ich glaube, so hieß sie«, sagte Prudence ruhig. »Es heißt, ihr Vater sei äußerst wohlhabend.«

»Das ist er. Und außerdem ist auch Lucinda eine sehr reiche junge Frau.«

»Das wurde mir berichtet«, murmelte Prudence.

»Und sehr eifersüchtig«, fügte Sebastian hinzu. »Gerüchten zufolge steht Underbrink ziemlich unter dem Pantoffel. Offensichtlich hält ihn seine Frau an der kurzen Leine. Hat er dich während des Sommers in Dorset verführt?«

Prudence wäre beinahe die Brille von der Nase gefallen. »Gütiger Himmel, Graf. Wie können Sie so etwas fragen?«

»Die Frage erscheint mir durchaus vernünftig.«

»Sie ist vollkommen verrückt«, erwiderte Prudence. »Aber zu Ihrer Information, Lord Underbrink hat sich die ganze Zeit über wie ein vollkommener Gentleman verhalten.«

Es bestand keine Notwendigkeit zu erklären, daß Edward sie wiederholt geküßt hatte. Schließlich hatte eine Lady das Recht auf ein Mindestmaß an Privatleben. Außerdem erschienen ihr Edwards Küsse inzwischen wie etwas vollkommen Harmloses im Vergleich zu dem brennenden Kuß, mit dem Sebastian sie vor kurzem noch in Flammen gesetzt hatte, als sie ihn in seinem Haus aufgesucht hatte.

»Also waren du und Underbrink vor drei Jahren nichts anderes als gute Freunde?«

»Genau«, sagte Prudence fest. »Zwischen uns hat sich nie etwas Ernsthaftes abgespielt. Lord Underbrink hat sich in jenem Sommer ganz einfach auf dem Land vergnügt.«

Sie durfte nicht vergessen, daß Underbrink nicht der einzige Mann war, der sich auf eine Art und Weise amüsierte, die für andere schmerzlich sein konnte.

Kurz nach Mitternacht setzte Prudence eine weiße Musselinhaube auf und kletterte in das massive, überdachte Bett, das in der Mitte von Mrs. Leacocks Schlafzimmer thronte. Anstelle eines Nachthemdes trug sie ein praktisches Wollkleid, und außerdem hatte sie ihre Augengläser auf. Schließlich hegte sie nicht die Absicht, heute nacht zu schlafen.

Sie mußte sich eingestehen, daß ihre Nachforschungen sie ein wenig beunruhigten. Der Westflügel des Leacockschen Hauses war unheimlich ruhig. Unleugbar passende Umgebung für einen echten Geist. Prudence hörte noch nicht einmal den normalen Straßenlärm der Kutschen, der Nachtwächter und der Betrunkenen, da das Schlafzimmer auf den riesigen, grabesstillen Garten hinausging.

Zunächst hatte sie die Idee, die Nacht in Mrs. Leacocks Schlafzimmer zu verbringen, für hervorragend gehalten. Wenn tatsächlich einer von Mrs. Leacocks habgierigen Neffen hinter der Sache steckte, war dies der einzige Weg, ihm auf die Schliche zu kommen. Die arme Mrs. Leacock hatte inzwischen genug gelitten.

Prudence lehnte sich über das Bett und öffnete die Schublade des Nachtschränkchens. Sie griff hinein und fühlte das kalte Metall der kleinen Pistole, die sie dort deponiert hatte.

Etwas beruhigt lehnte sie sich zurück in die Kissen und starrte gegen den schweren Baldachin. Es würde eine äußerst lange Nacht werden.

Aber es gab ja genug Dinge, über die sie nachzudenken hatte, sagte sie sich. In letzter Zeit hatte ihr Leben eine durchaus interessante Wendung genommen. Sie konnte es immer noch nicht ganz glauben, daß sie mit Sebastian verlobt war. Die Tatsache, daß diese Verlobung nicht von Dauer sein würde, vermochte ihre Aufregung nicht zu schmälern.

Sie durfte nicht vergessen, daß ihre Beziehung zu Sebastian rein freundschaftlicher Natur war. Schließlich war er ein Graf, und er konnte zweifellos eine wesentlich bessere Partie machen, wenn er tatsächlich beschlösse, heiraten zu wollen. Er würde seine Pflicht gegenüber seinem Titel und seiner Familie erfüllen, ebenso wie Edward es vor drei Jahren getan hatte.

Aber in ihrem Innersten wußte sie, daß sie sich wirklich angezogen fühlte von dem Gefallenen Engel. Das Gefühl enger Verbundenheit, das sie verspürte, wenn sie mit ihm zusammen war, war beinahe erschreckend. Auch fühlte sie sich körperlich wesentlich stärker von ihm angezogen, als es jemals bei Edward der Fall gewesen war.

Sie könnte sich ohne Probleme in Sebastian verlieben, dachte Prudence. In Wahrheit war sie wahrscheinlich bereits in ihn verliebt.

Prudence runzelte die Stirn und rückte die schwere Bettdecke zurecht. Es war sinnlos, sich irgendwelchen verrückten, hoffnungslosen, romantischen Träumen hinzugeben.

Statt dessen würde sie sich damit begnügen, die geistige Auseinandersetzung mit dem einzigen Mann zu genießen, der sie verstand und ihre Interessen teilte.

Wenn sie großes Glück hatte, dachte sie plötzlich optimistisch, dann bliebe diese Art der Beziehung ja vielleicht bestehen, auch wenn sie nach Dorset zurückkehren mußte. Vielleicht könnten sie sich schreiben. Er könnte sie über seine Nachforschungen auf dem laufenden halten, und eventuell würde er sie gar um Rat fragen in bestimmten Angelegenheiten. Und sie würde ihm von ihren Forschungen in bezug auf geisterhafte Erscheinungen berichten.

Ja, eine Brieffreundschaft wäre durchaus möglich. Zumindest bis er eine Frau hätte. Plötzlich war Prudence zutiefst niedergeschlagen. Es war nur allzu wahrscheinlich, daß Sebastian in naher Zukunft eine Frau fände. Schließlich hatte er eine gewisse Verantwortung.

Ein leiser, dumpfer Aufschlag ließ Prudence aus ihren Träumen aufschrecken. Das Geräusch versetzte sie in einen Zustand höchsten Alarms. Sie richtete sich auf und lauschte angestrengt.

Auf einmal erschien ihr die Vorstellung, dem Geist ganz allein gegenüberzustehen, alles andere als verlockend. Wenn ihre Vermutungen in bezug auf Mrs. Leacocks Neffen richtig waren, befände sie sich vielleicht sogar in Gefahr. Prudence wünschte, Sebastian wäre hier bei ihr. In dieser Phase der Nachforschungen wäre er bestimmt äußerst hilfreich.

Sie blickte angestrengt in die Dunkelheit und suchte nach einem Lichtschimmer, der unter der Verbindungstür zum Nebenzimmer hindurchdringen mußte. Mrs. Leacock hatte gesagt, der Geist trage eine Kerze.

Ein weiterer dumpfer Schlag ließ Prudences Puls rasen. Sie beugte sich zur Seite, um die Pistole aus dem Nachtschränkchen zu nehmen.

Der dunkle Schatten eines Mannes auf dem Fenstersims ließ ihr das Blut in den Adern gefrieren. Es war nicht davon die Rede gewesen, daß der Geist auch aus dieser Richtung kommen konnte.

Abrupt öffnete sich das Fenster. Kalte Luft fegte durch den Raum.

Prudence fand ihre Stimme wieder. »Wer ist dort?« Sie zog die Schublade auf und griff nach der Waffe.

Die in einen Umhang gehüllte Figur, die zuvor auf dem Fenstersims gestanden hatte, sprang nun in das Zimmer.

»Halt, stehenbleiben.« Prudence warf die Bettdecke zur Seite und stolperte aus dem Bett. Sie umklammerte mit beiden Händen die Pistole.

»Du wirst doch wohl nicht die Waffe auf mich richten, meine Liebe«, sagte Sebastian ruhig. »Stell dir nur einmal das Gerede vor, wenn du deinen Verlobten einen Tag nach Bekanntgabe der Verlobung erschießen würdest.«

SECHS

»Gestatte mir, daß ich dir zu deinem reizenden Nachtgewand gratuliere, meine Liebe.« Sebastian musterte das schlichte Wollkleid und die Musselinhaube, die Prudence trug. »Ich hätte mir denken sollen, daß deine Kleiderwahl außerordentlich originell sein würde.«

»Was fällt Ihnen eigentlich ein, Sir?« Langsam ließ Prudence die Pistole sinken, wirkte aber noch recht angespannt. »Sie haben mir einen fürchterlichen Schrecken eingejagt. Ich hätte Sie um ein Haar erschossen.«

»Ja, das war wirklich knapp, nicht wahr? Mein Leben scheint in den letzten Tagen voller Abenteuer zu stecken. Erst versucht Thornbridge mich zu erschießen, und dann zielt meine Verlobte auf mich. Ich bin mir nicht sicher, wie viele derartige Begegnungen meine Nerven noch aushalten.«

Sie blickte ihn verärgert an. »Ich habe Sie etwas gefragt, Mylord.«

»In der Tat.« Sebastian sah sich in dem düsteren, mit schweren Möbeln bestückten Raum um. »Die Antwort ist, daß ich heute nacht hierhergekommen bin, um dich in den Genuß meiner fachmännischen Hilfe kommen zu lassen.«

»Und was soll das bitte heißen?«

Er lächelte leicht über den mißtrauischen Ton ihrer Stimme.

»Ist das nicht offensichtlich?« Er warf seinen Umhang ab und hängte ihn über einen Stuhl. Da er beschlossen hatte, daß Mantel und Krawatte bei einem solchen Unternehmen unnötig seien, trug er nur ein Hemd und eine Reithose. »Ich bin hier, um dir bei deinen Nachforschungen in deinem neuesten Fall zu helfen.«

»Ich habe Sie nicht um Ihre Hilfe gebeten, Sir. Ich hatte angenommen, daß wir heute nachmittag übereingekommen wären, unsere Fälle getrennt zu bearbeiten.«

»Was das betrifft«, sagte Sebastian leichthin, »habe ich es mir anders überlegt.«

»Tatsächlich?« Ihre Augen leuchteten erwartungsvoll auf. »Das sind wunderbare Neuigkeiten.«

»Es blieb mir wohl nichts anderes übrig«, murmelte Sebastian.

»Bitte?«

»Ach, nichts.« Später war noch genügend Zeit, um ihr genau zu erläutern, wie ihre zukünftige Zusammenarbeit aussehen würde.

Es war wirklich ganz einfach. Sebastian hatte vor, Prudences aufregende Nachforschungen zu überwachen, doch hegte er nicht die geringste Absicht, sie ihren Hals riskieren zu lassen, indem sie ihm bei seinen Fällen half.

Prudence legte die Pistole auf den Tisch. »Wie haben Sie mich hier in diesem Schlafzimmer gefunden?«

Sebastian zuckte mit den Schultern. »Ich habe einfach beobachtet, welches Licht in diesem Flügel des Hauses als letztes gelöscht wurde.«

»Sehr clever.« Prudence ging zum Fenster und sah hinab in den Garten. »Gütiger Himmel, ganz schön tief. Wie sind Sie bloß die Wand heraufgekommen?«

»Bin ich nicht. Ich habe das Haus durch die Küche betreten und bin die Treppe hinaufgegangen. Dann habe ich in einem der leerstehenden Räume ein Fenster geöffnet und entdeckt, daß draußen ein bequemer Sims entlangführte, über den ich direkt bis zu diesem Zimmer spazieren konnte.«

»Eine hervorragende Idee, Mylord.«

»Nicht der Rede wert, wirklich. Einzig eine Frage der Logik und des Verstandes«, erwiderte Sebastian bescheiden.

»Ja, natürlich, aber ich bezweifle, daß viele Menschen auf eine solche Lösung gekommen wären.«

»Wahrscheinlich nicht«, räumte er ein, geschmeichelt durch ihre Bewunderung. Sebastian hatte sich seit dem Tod seiner Eltern und seines Bruders nicht sonderlich um die Meinung anderer Leute geschert, er merkte jedoch, daß Prudences Urteil von großer Bedeutung für ihn war.

Sie war die einzige Frau, die er kannte, die seine besonderen Talente und Interessen zu schätzen wußte. Er fragte sich, ob sie eine Vorstellung davon hatte, wie heftig er sie begehrte.

Er beobachtete, wie sie am Fenster stand und erwog die Möglichkeit, daß er vielleicht allmählich verrückt wurde. Keine Frau zuvor hatte eine ähnliche Wirkung auf ihn gehabt. Wenn er mit ihr zusammen war, erschien ihm der eisige Schutzwall in seinem Inneren wesentlich kleiner und unbedeutender als sonst. Er konnte ihn beinahe vergessen.

In diesem Augenblick wandte Prudence ihren Kopf und sah ihn an. Das schwache Mondlicht fiel auf ihr Gesicht mit dem strahlenden Lächeln. Verlangen durchfuhr Sebastian wie eine riesige Welle und ließ ihn erzittern.

Während der letzten Tage war ihm schmerzhaft bewußt geworden, daß der sinnliche Hunger, den Prudence bereits am Abend ihrer ersten Begegnung in ihm geweckt hatte, nicht geringer geworden war.

Ebenso klar und ärgerlich war die Erkenntnis, daß Prudence sich hauptsächlich wegen seines Hobbys von ihm angezogen zu fühlen schien. Erneut fragte er sich, wieviel Underbrink ihr wohl bedeutet hatte. Diese Frage beschäftigte ihn ohne Unterlaß, seit er von dem nachmittäglichen Ausflug in den Park zurückgekehrt war.

»Jetzt, da Sie hier sind, sollten wir uns einen neuen Plan ausdenken.« Prudence sah nachdenklich in Richtung des Kleiderschranks. »Wir müssen einen Weg finden, um Sie zu verstekken für den Fall, daß der Geist erscheint.«

»Den Schrank kannst du vergessen«, sagte Sebastian. »Ich habe nicht die Absicht, den Rest der Nacht dort drin zu verbringen.«

»Wo wollen Sie sich dann verstecken? Unter dem Bett?«

Sebastian fluchte leise. »Ich denke, es ist nicht notwendig, daß ich mich verstecke, solange es kein Anzeichen dafür gibt, daß der Geist in Erscheinung zu treten gedenkt.«

»Aber wenn es sich bei dem Geist tatsächlich um einen von Mrs. Leacocks Neffen handelt, darf er nicht merken, daß Sie hier sind. Wir können also keine Kerze anzünden, und wir müssen sehr leise sein.«

Sebastian zog die Brauen hoch. »Ich versichere dir, daß ich in der Lage bin, mich vollkommen ruhig zu verhalten. Der Mond erhellt den Raum genug, so daß wir keine Kerze brauchen. Wenigstens ist es heute nacht einmal klar, obwohl ich sicher bin, daß der Nebel im Morgengrauen zurückkommen wird. Unser einziges Problem im Augenblick besteht also darin, die Zeit herumzukriegen, bis es unserem Geist gefällt, in Erscheinung zu treten.«

Sie blickte ihn erwartungsvoll an. »Wir sollten uns besser nicht unterhalten. Es könnte uns jemand hören.«

»Da stimme ich dir zu.« Sebastian ging zu ihr hinüber.

»Wir könnten Karten spielen«, schlug Prudence vor. »Ich habe allerdings kein Spiel dabei.«

»Dann werden wir wohl etwas anderes finden müssen.« Sebastian nahm ihr Kinn zwischen Daumen und Zeigefinger. Sanft hob er ihr Gesicht, so daß er ihr direkt in die Augen blikken konnte.

Prudence stand reglos da, als ob die Berührung seiner Hand

sie hätte erstarren lassen. Sie sah ihn mit großen, fragenden Augen an, die zugleich Neugier und Vorsicht widerspiegelten.

»Mylord?« flüsterte sie atemlos.

»Ich möchte, daß du etwas weißt, Prue.«

Ihre Lippen öffneten sich leicht. Mit der Spitze ihrer Zunge fuhr sie sich über den Mundwinkel. »Was?«

»Meinst du, es wäre möglich, daß du mich vielleicht nicht nur auf Grund meines amüsanten kleinen Hobbys anziehend findest?«

»Was meinen Sie?«

»Erlaube mir, daß ich es dir zeige«, sagte er sanft.

Sebastian neigte den Kopf, und sein Mund fuhr sanft über ihre Lippen. Ihr entfuhr ein leichter, unartikulierter Seufzer, der ihn vollständig gefangennahm.

Er verstärkte seinen Kuß und zeichnete mit dem Daumen die feinen Linien ihrer Wange nach.

Prudence durchfuhr ein köstlicher Schauder, den Sebastian sofort registrierte. Erleichterung und Zufriedenheit machten sich in ihm breit. Er konnte sie also dazu bewegen, ihn zu begehren.

Prudence stöhnte leise, als er ihre Lippen sanft auseinanderdrängte. Er spürte, wie ihre Hände über seine Schultern glitten. Dann legten sich ihre Arme verstohlen um seinen Hals, und sie drängte sich an ihn.

Hitze wallte in ihm auf. Die innere Kälte war für einen Moment durch das Feuer seiner Leidenschaft für Prudence gebannt.

Prudence rang nach Atem, als er ihren Mund kurz freigab, um ihren sanften Hals zu erkunden. »Sebastian, ich weiß nicht, ob das vernünftig ist.«

»Vertraue mir, Prue.«

»Ich vertraue dir«, entgegnete sie schnell.

»Gut.« Seine Hände glitten ihren Rücken hinab und zogen

sie näher, bis er ihren weichen Busen an seiner Brust und die sanfte Kurve ihrer Weiblichkeit an seinem Schenkel spürte. Sein Körper war bereits hart und steif.

»Sebastian, ich fühle mich so seltsam.« Prudence berührte zärtlich seinen Nacken. Ihr Streicheln versetzte ihn in größte Erregung. Sie stand auf Zehenspitzen und fuhr ihm mit der Hand durch das Haar. Dann begann sie, seine Küsse leidenschaftlich zu erwidern.

Wie Sebastian zufrieden feststellte, hatte sie offensichtlich bei Underbrink nicht viel gelernt.

Das Blut toste in seinen Adern. Alle Gedanken an einen Geist verschwanden. Heute nacht würde er problemlos mit jeder Erscheinung fertig werden. Bis dahin aber gab es noch einiges zu tun.

Er würde Prudence lieben, und, ob sie es wußte oder nicht, bald würde sie seine Frau sein.

»Sebastian?«

»Es ist alles in Ordnung, meine Kleine.« Er zog sie in Richtung des riesigen Bettes. »Alles wird gut werden.«

»Ich scheine nicht klar denken zu können, wenn du mich küßt«, beschwerte sie sich.

»Ebensowenig wie ich.« Sebastian lächelte. »Glücklicherweise besteht in einem Augenblick wie diesem keine Notwendigkeit dazu.« Sanft nahm er ihr die Brille ab und legte sie auf das Nachtschränkchen.

Sie blickte ihn nervös an, als habe er einen Schleier gelüftet, unter dem sie vollkommen nackt war. Schmerzhafte Zärtlichkeit wallte in Sebastian auf.

»Du bist wunderbar«, flüsterte er.

Überrascht riß sie die Augen auf. »Meinst du wirklich?«

»Ja, das meine ich wirklich.« Sanft knabberte er an ihrem Ohrläppchen. »Und ich will dich.«

»Du willst mich?« Sie klang wie betäubt, als habe ihr hervorragendes, cleveres Hirn plötzlich Funktionsschwierigkeiten. »Ich bin mir nicht sicher, daß ich Sie richtig verstehe, Mylord.«

»Du wirst schnell genug verstehen. Weiß Gott, ich kann mein Verlangen nicht länger verstecken. Du hast keine Vorstellung davon, was für Gefühle du bei mir erweckst, nicht wahr?«

Sie lächelte zögernd. »Wenn meine Wirkung auf Sie der Wirkung ähnlich ist, die Sie auf mich haben, dann haben wir ein höchst ungewöhnliches Problem, Sir. Ich weiß nicht im geringsten, was ich jetzt tun soll.«

Sebastian küßte sie erneut. Ihre Arme legten sich enger um seinen Hals. Sie lehnte sich an ihn, ein stummes Zeichen ihrer Bereitschaft, sich ihm hinzugeben. Er drängte sanft mit einer Stiefelspitze zwischen ihre Füße.

Sie hielt den Atem an, protestierte jedoch nicht, als er seinen Schenkel zwischen ihre Beine schob. Ihr Rock rutschte hinauf, als er sein Knie anhob und seinen Fuß auf das Bett hinter ihr stellte.

Prudence stieß einen unterdrückten Schrei aus, als sie sich plötzlich auf seinem Schenkel sitzend wiederfand.

»*Sebastian.* Gütiger Himmel.« Sie klammerte sich an ihn.

»Pst, meine Süße. Wir dürfen nicht zuviel Lärm machen. Wir wollen den Geist doch nicht verschrecken.« Sebastian stöhnte, als er die intime Hitze ihrer weichen, warme Weiblichkeit spürte, die durch seine Reithosen brannte.

Nicht nur Hitze, dachte er triumphierend, sondern zugleich eine verräterische Feuchtigkeit. Er fing den schwachen, unwiderstehlichen Duft von Prudences wachsender Erregung auf und verlor darüber fast seine Selbstbeherrschung.

»Meine wunderbare Prue«, sagte er in scheuer Verwunderung. »Wo bist du all die Jahre gewesen?«

»In Dorset«, erwiderte sie ernsthaft.

Sebastian versteckte sein Lächeln in ihrem Haar. Er fuhr mit seiner Hand ihre Strümpfe hinauf und berührte ihre nackten, seidigen Schenkel. Sie zuckte zusammen. Dann atmete sie tief ein.

»Aus irgendeinem Grund«, sagte Sebastian, »habe ich das Gefühl, dich sehr, sehr gut zu kennen. Es ist, als ob wir alte Freunde wären, du und ich. Oder vielleicht Liebende.«

»Wie seltsam.« Ihre Stimme hatte jetzt etwas Träumerisches. »Gerade bevor du gekommen bist, habe ich genau das gleiche gedacht. Es ist, als wären wir seit Jahren enge Vertraute, obwohl wir uns erst seit so kurzer Zeit kennen.«

»Und noch vor Ende dieser Nacht werden wir uns noch viel vertrauter sein«, schwor Sebastian.

Er konnte nicht länger warten. Sie wollte ihn, und er wollte sie. Sie waren verlobt. Plötzlich war alles ganz einfach.

Sebastian nahm seinen Fuß von der Bettdecke und stellte Prudence leicht auf ihre Zehenspitzen. Noch ehe ihre Füße den Boden berührt hatten, schob er sie sanft auf das Bett.

Ihr Anblick auf dem weißen Laken ließ ihm den Atem stokken. Ihr Rock hatte sich über die Knie geschoben und gab den Blick frei auf die Strumpfhalter, die ihre praktischen Baumwollstrümpfe hielten. Ihre elegant geschwungene Wade endete in einem wohlgeformten Knöchel. Oberhalb der Strumpfhalter lockten ihre herrlich gerundeten Schenkel.

Sebastian starrte auf Prudences Beine und stellte sich vor, wie es sein würde, wenn sie um seine Hüfte geschlungen wären. Er hörte, wie seinem Hals ein heiserer, unartikulierter Laut entfuhr.

»Ist etwas nicht in Ordnung?« Prudence blickte besorgt zu ihm auf.

»Nein, es ist alles in Ordnung. Es war noch nie so in Ordnung wie jetzt.« Sebastian zerrte an den Knöpfen seines Hemdes. Er spürte, wie das feine Leinen riß, doch es war ihm egal. Alles, was im Augenblick zählte, war mit Prudence zu schlafen.

Endlich war sein Hemd auf, aber er nahm sich nicht die Zeit, es auszuziehen. Ungeduldig brannte er darauf, Prudences Hände auf seiner Haut zu spüren. Er setzte sich auf den Rand des Bettes und schleuderte die Stiefel in eine Ecke.

»Du scheinst in großer Eile zu sein, Sebastian.«

»Das bin ich.«

Nur mit seiner Reithose bekleidet, legte er sich neben Prudence und nahm sie in seine Arme.

»Berühre mich«, sagte er. Er umfaßte ihre Hand und führte sie zu seinem Brustkorb. »Ich will deine Hände spüren.«

»Ja. Ja, das will ich auch.« Prudence stieß einen kleinen entzückten Schrei aus, während sie mit ihren Fingern über seine nackte Brust strich. Sie griff nach dem dichten, schwarzen Haar, das sie dort fand.

Sebastian sog scharf die Luft ein.

Prudence sah ihn an. »Du fühlst dich wunderbar an. Du hast soviel Stärke und Kraft. Als ich dich zum ersten Mal sah, wußte ich, daß du das wunderbarste Geschöpf bist, das mir jemals begegnet ist.«

Das süße, ehrliche Verlangen in ihren Augen verschlug ihm für einen Moment die Sprache. Sie war nicht im geringsten spröde, sondern vollkommen natürlich.

Er schob seinen Schenkel zwischen ihre Beine, beugte den Kopf hinab und küßte ihren Hals. Schließlich fand er seine Stimme wieder. »Du wirst es nicht bereuen, Prue. Das schwöre ich bei meiner Ehre.«

Ihre Lippen strichen über seine Schulter. »Ich erwarte nicht, daß ich irgend etwas bereue, was ich mit dir tue. Wie könnte ich? Es ist viel zu wunderbar, um es in Worte zu kleiden.«

»Prue, du nimmst mir den Atem.« Sebastian zog sie eng an sich und begann, die Reihe der Muschelknöpfe zu öffnen, mit denen ihr Kleid am Rücken verschlossen war. Es schien eine Ewigkeit zu dauern. So endlos viele Knöpfe.

»Verdammt«, murmelte er, während er sich an dem letzten Knopf zu schaffen machte. Plötzlich war er niedergeschlagen ob dieses Mangels an Selbstbeherrschung.

»Ist alles in Ordnung, Sebastian?«

»Es geht mir gut.« Aber das stimmte nicht, dachte er, während er langsam das Oberteil ihres Kleides hinabschob und sein Blick auf ihre kleinen, festen Brüste fiel. Es ging ihm alles andere als gut. Seine Hände zitterten. Er hatte das Gefühl, vom Fieber verbrannt zu werden, das in seinem Unterkörper toste. Sein Verstand war umnebelt von der Heftigkeit seines Verlangens.

Nein, es ging ihm ganz bestimmt nicht gut. Aber das machte nichts. Noch nie in seinem Leben hatte er sich so *glücklich* gefühlt wie in diesem Augenblick.

»Sebastian?«

Er starrte auf ihre makellosen Brüste. Sie machte ihn tatsächlich verrückt.

»Gott, du bist perfekt, Prue.« Er neigte seinen Kopf und nahm eine ihrer harten, kleinen Brustwarzen zwischen seine Zähne.

»*Oh.*« Ihre Finger verkrampften sich in seinem Haar, und ihr schlanker Körper bog sich, als hätte sie eine Elektrizitätsmaschine berührt.

Ihre Reaktion auf seine Zärtlichkeit trieb Sebastian an den Rand des Wahnsinns. Er griff hinab und schob seine Hand unter den Rand ihres Rockes.

Er streichelte ihre Schenkel, bis sie erzitterte. Dann wagte er sich höher hinauf auf der Suche nach der feuchten Hitze, von der er wußte, daß sie auf ihn wartete. Nur auf ihn. Auf ihn allein.

Er fand sie.

»*Sebastian.*« Prudence erschauderte und versuchte, ihre Beine zusammenzupressen. Er spürte, daß diese Bewegung instinktiv erfolgte als natürlich Reaktion auf eine Zärtlichkeit, die sie nie zuvor erfahren hatte.

»Es ist gut«, flüsterte er ermutigend. »Ich möchte deine geheimsten Stellen spüren. Ich will dich so gut kennen, wie ein Mann eine Frau nur kennen kann.«

»Ja, aber es ist so ungewohnt.« Ihre Stimme verlor sich an seiner Brust.

»Du bist eine Lady, die sich für die Erforschung des Ungewohnten und Ungewöhnlichen begeistert«, erinnerte er sie. Sanft zwang er ihre Schenkel erneut auseinander und fand die weichen Lippen inmitten ihres noch weicheren Haars.

»Ja, ich weiß, aber... Oh. Gütiger Himmel. Oh, mein Gott. Sebastian, was tust du da?«

Sie war so heiß und feucht, wie er gewußt hatte, daß sie es sein würde. Sebastian schob einen Finger tief in ihren schlüpfrigen, engen Kanal. Die schmale Öffnung umschloß seinen Finger wie ein gutsitzender Handschuh. Das Gefühl war unbeschreiblich. Er fürchtete, er würde sich die Blöße geben und seinen Samen an Ort und Stelle vergießen.

»Ich wußte nicht, daß Liebe sich so anfühlt«, vertraute Prudence ihm atemlos an.

Sebastian sah hinab in ihre weit geöffneten Augen. »Das wußte ich auch nicht.«

Plötzlich war sein eigenes hämmerndes Verlangen nicht mehr annähernd so wichtig wie sein Bedürfnis, Prudence ihren ersten echten Geschmack von Leidenschaft zu geben. Er wollte, daß sie die Erregung der Erleichterung spürte, und er wollte wissen, daß er ihr diese Erleichterung verschafft hatte. Später wäre mehr als genug Zeit für die Befriedigung seines eigenen Drängens. Sie hatten die ganze Nacht.

Vorsichtig löste Sebastian seinen Finger aus ihrer Feuchtigkeit, bis er spürte, wie sie sich in erneutem Verlangen zusammenzog. Mit dem Daumen fand er den sensiblen Punkt höchsten Entzückens, und dann schob er langsam seinen Finger zurück in ihre wunderbar warme Öffnung.

Prudence ließ ein leises Geräusch, halb Schrei, halb Stöhnen, ertönen. Sebastian bedeckte ihren Mund mit seinen Lippen und streichelte erneut ihre Beine.

Sie stieß einen weiteren unterdrückten Schrei aus und klammerte sich an den Stoff seines Hemdes. Erneut preßte sie die Knie zusammen, wobei sie seine Hand gegen ihren Körper drückte.

»Du mußt dich etwas entspannen.« Sebastian ließ eine Reihe sanfter, überredender Küsse auf ihre Brüste regnen. »Öffne dich. Ja, so, meine Süße. Laß mich ein, Prue. Tief in dich hinein.« Er spürte, wie sie erst zögerte und dann erneut die Schenkel spreizte. »Du bist so warm«, flüsterte er. »Ich will deine Hitze spüren. Ich muß sie spüren.«

Er fuhr tiefer in sie hinein und weitete die Öffnung langsam, bis er meinte, einen zweiten Finger einführen zu können.

Prudences Reaktion war spontan und intensiv. Sie versteifte sich. Ihr Mund öffnete sich zu einem sanften, lautlosen Schrei, und dann begann sie zu zittern. Sebastian spürte die kleinen Wellen der Erregung, die sie durchliefen. Der Augenblick ihrer Erleichterung erfüllte ihn mit Dankbarkeit – er ging über alles hinaus, was er bisher erlebt hatte.

Er hob den Kopf und schaute zu, wie Prudence sich ihrem Höhepunkt hingab.

»Wunderbar«, flüsterte er.

Und dann erschlaffte sie an seiner Brust. Sie murmelte etwas Unverständliches. Sebastian lächelte und zog widerstrebend seine Hand zwischen ihren Beinen hervor.

Nun war er an der Reihe.

Er atmete Prudences Duft ein, während er sich daran machte, seine Reithose zu öffnen. Er war so erregt, daß er bezweifelte, sich noch lange beherrschen zu können. Verdammt, dachte er, er hatte Glück, wenn er noch genug Zeit hatte, in sie einzudringen.

Dumpfes Kettengerassel unterbrach ihn.

Sebastian hatte das Gefühl, als habe ihn gerade jemand mit einem Eimer eiskalten Wassers übergossen. Er verharrte vollkommen reglos. Prudences Anspannung war deutlich zu spüren.

»Der Geist«, flüsterte sie.

»Zum Teufel.« Sebastian schüttelte den Kopf in dem Versuch, den Nebel der Leidenschaft aus seinem Hirn zu vertreiben. Nervös schloß er seine Hose. »Wenn das ein Beispiel dafür ist, wie schlecht dieses verdammte Gespenst zu Lebzeiten den Zeitpunkt seiner Auftritte wählte, dann wundert es mich nicht, daß es von irgend jemandem ermordet wurde.«

Erneut war das schwere Gerassel zu hören. Dieses Mal war es näher. Die Geräusche kamen direkt aus dem Nebenzimmer. Ein dunkles Stöhnen drang durch die Verbindungstür.

»Lydia. Lydia, ich bin gekommen, um dich zu holen.«

»Schweinehund.« Sebastian stemmte sich vom Bett hoch.

»Was hast du vor?« fragte Prudence, während sie noch mit ihren Kleidern kämpfte.

»Ich werde mich um diesen Geist kümmern.« Sebastian warf das Bettzeug über sie. »Rühr dich nicht vom Fleck. Sag keinen Ton.«

Er ließ sie dort liegen, einen großen, auffälligen Klumpen unter der Bettdecke, und ging eilig hinüber zum Fenster. Als er die schweren Vorhänge zuzog, lag der Raum vollkommen im Dunkeln.

»Lydia, wo bist du? Deine Zeit ist gekommen. Ich habe lange, lange darauf gewartet, daß du mir ins Grab folgst.«

Erneut schlurften nebenan die Ketten über den Boden. Von einer günstigen Stelle aus beobachtete Sebastian die Tür. Durch den Spalt war das Licht einer Kerze zu sehen.

Die Tür wurde langsam geöffnet, und plötzlich war das Rasseln viel lauter. Mit schweren, schleppenden Schritten kam eine schauderhafte Gestalt hereingewankt.

Sebastian zog sich tiefer in die Dunkelheit des riesigen Schranks zurück und beobachtete interessiert, wie sich die Erscheinung dem Bett näherte.

Der Schein der Kerze fiel auf ein narbenüberzogenes Gesicht, das teilweise von einer Kapuze verdeckt war. Der Hals des Geistes wies eine große, klaffende Wunde auf. Eine in einem Handschuh versteckte Hand hielt die Kerze, die andere war in den Falten des Umhangs verborgen. Die Ketten waren offensichtlich an den Knöcheln des Wesens befestigt.

Die Erscheinung bewegte sich unerbittlich in Richtung des Bettes. *»Lydia. Lydia. Wo bist du, Lydia?«*

Sebastian trat einen Schritt vor. Bevor er jedoch den Eindringling erreicht hatte, warf Prudence die Decke ab und setzte sich auf. Sie hielt die Pistole in der Hand.

»Bleiben Sie, wo Sie sind, oder ich jage Ihnen eine Kugel in den Leib«, verkündete sie.

»Was, zum Teufel, soll das?« protestierte die Stimme lautstark. »Sie sind nicht Tante Lydia.«

»Ganz gewiß nicht. Und Sie sind kein Geist.« Prudence stolperte vom Bett, wobei sie sorgfältig darauf achtete, die Pistole weiterhin auf ihr Gegenüber zu richten. »Und dieses ganze traurige Schauspiel ist weit genug gegangen.« Sie fuchtelte mit ihrer Brille herum, und schließlich gelang es ihr, sie aufzusetzen. »Sie sollten sich schämen.«

»Verdammt, für wen halten Sie sich? Ich werde Ihnen zeigen, was es heißt, sich in meine Angelegenheiten einzumischen.«

Der Eindringling zog seine Hand aus den Falten des Umhangs und brachte einen langen Dolch zum Vorschein. Er reckte die Klinge in die Luft und bewegte sich drohend um das Bett herum.

»Bleiben Sie stehen, oder ich schieße.« Prudence machte einen Schritt zurück.

»Das ist wohl eher unwahrscheinlich«, sagte der Geist. »Frauen wissen nicht, wie man mit einer Pistole umgeht.«

Sebastian stürzte sich auf das dolchschwingende Wesen. Er packte es bei den Schultern, stülpte ihm von hinten die Kapuze über die Augen und wirbelte es zu sich herum. Die Kerze flog durch die Luft.

»Was, in drei Teufels Namen –« Der Geist bemühte sich verzweifelt, die Kapuze abzusetzen, die ihm vollkommen die Sicht nahm.

Doch Sebastian ließ ihm nicht die Möglichkeit dazu. Er konnte es nicht riskieren, gesehen und möglicherweise erkannt zu werden. Das würde allzu viele Erklärungen erforderlich machen.

Mit einer Hand schlug Sebastian den Dolch zur Seite. Dann setzte er zu einem gezielten Kinnhaken an, der den Angreifer rückwärts taumeln und mit dem Kopf gegen den Bettpfosten prallen ließ. Bewußtlos sank der Geschlagene zu Boden.

»Gut gemacht«, rief Prudence, während sie sich beeilte, die Kerze aufzuheben, bevor der Teppich zu brennen anfing. »Und gerade rechtzeitig. Ich glaube, er hatte tatsächlich vor, den Dolch auch zu benutzen.«

Sebastian stand über sein Opfer gebeugt und starrte sie an. Zorn angesichts des Risikos, das Prudence eingegangen war, mischte sich mit Erleichterung darüber, daß sie nun in Sicherheit war.

»Du kleine Närrin. Ist dir klar, was hätte passieren können?«

Überrascht blinzelte sie ihn an. »Nun, es war recht knapp, das gebe ich zu. Ich hätte wirklich nicht gerne auf ihn geschossen, weißt du. Tatsächlich habe ich noch niemals eine Pistole abgefeuert, und vielleicht hätte ich leicht daneben getroffen.«

»Recht knapp?« wiederholte Sebastian in ungläubiger Wut.

Er kletterte über den Körper des Geistes und baute sich drohend vor Prudence auf. »Er hätte dir mit dem Dolch den Hals aufschlitzen können. Er hätte dich umbringen können, du hirnlose kleine Irre.«

Sie runzelte die Stirn. »Wirklich, Sebastian, es besteht keine Notwendigkeit zu schreien.«

»Ich schreie nicht. Aber ich erwäge ernsthaft, ob ich dich nicht übers Knie legen und dir eine Tracht Prügel versetzen soll, daß du eine Woche lang auf keinem Pferderücken mehr sitzen kannst. Du hättest dich heute nacht beinahe umbringen lassen.«

»Ich hatte meine Pistole«, erinnerte sie ihn.

»Hast du eine Vorstellung davon, wie schwierig es ist, einen Mann mit einer so kleinen Pistole niederzustrecken? Ich habe Männer gesehen, die noch mit zwei Kugeln im Bauch weitergekämpft haben. Ich habe gesehen, wie sie andere Männer getötet haben, bevor sie selbst zusammenbrachen.«

Prudence starrte ihn an. »Wo hast du so etwas gesehen?«

»Das ist egal.« Dies war kaum der Moment, um vom Grauen der Banditenjagd in den Bergen von Saragstan zu erzählen. »Aber glaube mir, wenn ich sage, daß eine Kugel einen Mann nicht immer umbringt.«

»Also, hör zu, Sebastian, dies ist mein Fall, und ich war durchaus darauf vorbereitet, allein damit fertig zu werden. Ich habe dich nicht um deine Hilfe gebeten.«

»Nein, das hast du nicht«, gab er knurrend zu. »Du hast es vorgezogen, Kopf und Kragen zu riskieren.«

»Ja, und?« fauchte sie zurück, nun ebenfalls wütend. »Das ist meine Sache, nicht deine.«

»Und ob es meine Sache ist, Miss Merryweather. Zufällig sind Sie mit mir verlobt.«

»Tja, dem kann schnell abgeholfen werden.«

»Verdammt, Frau.«

Der Mann auf dem Boden stöhnte. Sebastian sah böse zu ihm hinab, verärgert wegen der Unterbrechung.

»Oje, ich glaube, er wacht bald auf«, sagte Prudence. Sie hielt die Kerze über den gestürzten Geist. »Er scheint eine Maske zu tragen.«

»Gib mir die Kerze.« Sebastian sah ein, daß noch andere Dinge zu erledigen waren, bevor er mit seiner Strafpredigt fortfahren konnte. Er schluckte seinen Ärger hinunter und griff nach der Kerze, die Prudence ihm gehorsam hinhielt.

Er kniete sich neben den bewußtlosen Mann und zog ihm die Maske vom Gesicht. Da lag ein völlig Unbekannter.

»Kennst du ihn?« fragte Prudence.

»Nein, aber ich würde wetten, daß es sich um einen der unglückseligen Neffen von Mrs. Leacock handelt.«

»Höchstwahrscheinlich.« Prudence griff nach dem Seil der Glocke. »Ich werde sofort Hilfe rufen. Mrs. Leacock hat mehrere starke Pagen. Sie können sich um unseren Geist kümmern, bis der Richter kommt. Und sie machen sich besser auf den Weg, Mylord.«

»Und wie willst du die Tatsache erklären, daß dein verdammter Geist bewußtlos ist?« fragte er.

Prudence überlegte kurz. »Ich werde sagen, daß er gestolpert ist, als er sich auf mich stürzen wollte. Er stieß mit dem Kopf gegen den Bettpfosten und verlor das Bewußtsein. Wer sollte mir etwas anderes beweisen?«

»Ich nehme an, das könnte funktionieren«, gestand Sebastian widerwillig. »Nach meiner Erfahrung erinnern sich Menschen nach einer Ohnmacht nur sehr selten an das, was in dem Augenblick, als sie das Bewußtsein verloren, geschah. Wahrscheinlich wird er glauben, daß er gestolpert und gestürzt ist, wenn du ihm das erzählst.«

»Dann werde ich genau das sagen. Jetzt aber fort mit Ihnen, Graf.«

Er bedachte sie mit einem letzten trübsinnigen Blick. Sie hatte recht. Ihretwegen durfte er auf keinen Fall von Mrs. Leacock und ihren Bediensteten entdeckt werden. Das unordentliche Bett, Prudences aufgelöste Erscheinung und seine mangelhafte Bekleidung würden jedermann zu dem offensichtlichen Schluß kommen lassen, daß er mit seiner Verlobten im Bett gewesen war.

Diese Entdeckung wäre keine Katastrophe. Die Leute würden schmunzeln und sich dann blind stellen. Schließlich hatten sie ja bereits ihre Heiratsabsichten bekanntgegeben. Aber es gab gewisse Grenzen. Die bessere Gesellschaft erwartete, daß romantische Affairen mit einer gewissen Diskretion geführt wurden. In einer solchen Situation entdeckt zu werden würde praktisch eine Sonderheiratserlaubnis erfordern.

Eine Sonderheiratserlaubnis. Dieser interessante Gedanke ließ Sebastian kurz innehalten.

»Nun, Sir? Wollen Sie sich nicht ein wenig beeilen?« Prudence reichte ihm sein Hemd. »Bitte vergessen Sie nicht Ihre Stiefel.«

»Du hast vollkommen recht, meine Liebe.« Sebastian lächelte grimmig. »Ich bin schon auf dem Weg. Dein guter Ruf hängt bereits am seidenen Faden, nicht wahr?«

»Es geht mir nicht um meinen Ruf«, erwiderte sie scharf, »sondern um Ihren eigenen.«

Diese Frau erstaunte ihn immer wieder. »Meinen? Weshalb, zum Teufel, sorgst du dich um meinen Ruf?«

»Sie haben mehr zu verlieren als ich, nicht wahr?« fragte sie sanft. »Die Leute finden bereits jetzt schon großen Gefallen daran, Sie in einem möglichst schlechten Licht darzustellen. Ich habe nicht den Wunsch, die Gesellschaft mit einer derartigen Eskapade zu beglücken.«

Sebastian war verblüfft. Nie zuvor hatte sich jemand um seinen Ruf gesorgt. Er brauchte einen Moment, ehe er eine Antwort fand. »Ich versichere dir, daß es mir vollkommen gleichgültig ist, was die Leute von mir denken.«

»Nun, mir ist es nicht gleichgültig. Außerdem muß ich wohl nicht extra betonen, daß Sie gezwungen sein würden, mich umgehend zu heiraten, wenn man uns in einer solch peinlichen Situation überraschte. Ich habe Ihnen bereits genug Unannehmlichkeiten bereitet, Mylord. Ich möchte keinesfalls, daß Sie in eine Ehe gezwungen werden, die Sie zweifellos nicht wollen können.«

Sebastian räusperte sich. »Nun, was das betrifft, Prue, ich hatte gedacht –«

»Schnell, ich höre bereits Schritte im Korridor.«

Sebastian runzelte die Stirn. Er hörte ebenfalls etwas. Mrs. Leacocks Page beeilte sich, auf das Klingeln der Glocke zu reagieren. Er sah Prudences alarmierten Gesichtsausdruck und fluchte leise. Auf keinen Fall machte sie den Eindruck einer Frau, die unbedingt stehenden Fußes geheiratet werden wollte.

Er würde ihr mehr Zeit lassen müssen. Noch war dieses verrückte Werben nicht vorbei.

Sebastian griff nach seinen Stiefeln, warf seinen Umhang über die Schulter und ging zögernd in Richtung des Fensters. Er öffnete es und trat hinaus auf den Fenstersims.

Dort blieb er stehen und sah zurück zu Prudence. Sie wirkte so herrlich ernst, wie sie ihm nachsah. Er erinnerte sich daran, wie sie in seinen Armen gezittert hatte.

Wenn sie das nächste Mal so beben würde, schwor er sich, dann befände er sich tief in ihrem Inneren.

»Gute Nacht, Prue.«

»Gute Nacht, Sebastian.« Ihr Lächeln erstrahlte im Licht der Kerze. »Und danke für die Hilfe heute nacht. Ich freue mich darauf, Ihnen bei Ihrem nächsten Fall behilflich zu sein. Ich wußte, wir würden ein hervorragendes Gespann sein.«

Das Leben mit Prue, überlegte Sebastian, während er über

den Fenstersims balancierte, würde ihn abwechselnd verrückt oder wütend machen oder ihn vor Sorge um sie umbringen, auf keinen Fall jedoch würde es langweilig werden.

Sieben

Whistlecroft schneuzte in ein schmutziges Taschentuch, wischte sich die rote Knollennase und beugte sich über den Holztisch. Er senkte die Stimme zu einem heiseren, kehligen Flüstern. »Wissen Sie schon, daß sich Lord Ringcross auf der Party in Curling Castle das Genick gebrochen hat?«

»Ich habe es gehört.« Sebastian lehnte sich zurück in dem Versuch, Whistlecrofts unangenehmem Atem auszuweichen. »Die ganze Stadt sprach davon. Der Narr war betrunken und stürzte aus dem Turmzimmer.«

Sebastian hatte Ringcross nicht besonders gut gekannt, aber was er über den Mann wußte, gefiel ihm nicht besonders. Ringcross hatte in dem Ruf gestanden, Bordelle aufzusuchen, in denen unschuldige junge Menschen beiderlei Geschlechts feilgeboten wurden. Nur wenige Menschen trauerten, als die Neuigkeit von seinem Tod die Runde machte.

»Nun, M'lord, zufällig gibt's da einen Gentleman, der will, daß ich Ringcross' Tod genauer untersuche.« Whistlecroft hob seinen Bierkrug und sah Sebastian erwartungsvoll an. »Ich dachte, der Fall würde Sie vielleicht interessieren.«

»Weshalb?«

»Weshalb?« Whistlecroft zog erstaunt seine buschigen Augenbrauen hoch. »Weil wir vielleicht von einem Mord sprechen, Sir, deshalb. Sie haben jetzt seit mehreren Monaten keine Gelegenheit mehr gehabt, einen Mord zu untersuchen. Normalerweise geben wir uns nur mit so kleinen Sachen wie Erpressungen, Diebstählen oder Unterschlagungen ab.«

»Dessen bin ich mir durchaus bewußt.« Aufregende Fälle wie Mord waren in der besseren Gesellschaft eher selten. Zwar gelang es diesen Leuten häufig genug, sich umbringen zu lassen, aber die Schuldigen waren zumeist Straßenräuber, Duellgegner oder empörte Ehegatten. Solche Fälle waren seltener etwas für Sebastian.

»Ich glaube, Sie werden diesen Fall äußerst faszinierend finden, M'lord«, sagte Whistlecroft einschmeichelnd. »Eine echte Herausforderung.«

»Wer in aller Welt hat Sie bloß mit der Untersuchung von Ringcross' Tod beauftragt? Ich kann mir nicht vorstellen, daß diese Angelegenheit irgend jemanden sonderlich interessiert. Die Leute sind froh, ihn los zu sein.«

Whistlecroft zuckte mit seinen mächtigen Schultern und blickte ihn bedeutungsvoll an. »Fürchte, in diesem Fall muß die Identität meines Auftraggebers geheim bleiben.«

»Dann können Sie sich jemand anderen suchen, der Ihnen bei Ihren Nachforschungen hilft.« Sebastian machte Anstalten, sich zu erheben.

Alarmiert setzte Whistlecroft seinen Krug ab. »Warten Sie, M'lord. Ich brauche Ihre Hilfe. Schließlich gibt's 'ne fette Belohnung.«

»Dann untersuchen Sie die Angelegenheit selbst.«

»Seien Sie vernünftig«, winselte Whistlecroft. »Wenn Ringcross umgebracht wurde, dann von jemandem aus Ihren Kreisen und nicht von irgendeinem gewöhnlichen kleinen Straßenräuber. Ein Spitzel wie ich kommt nicht weit, wenn er Nachforschungen in der besseren Gesellschaft anstellen will. Das wissen Sie so gut wie ich.«

»Die Sache ist die, Whistlecroft, Ringcross' Abgang interessiert mich nicht besonders. Aller Wahrscheinlichkeit nach war es ein Unfall. Wenn sich jedoch herausstellen sollte, daß ihn jemand gestoßen hat, dann ist mir das auch egal. Was mich angeht, so bin ich der Meinung, daß der Mörder der Welt einen großen Gefallen erwiesen hat.«

»Mein Klient will nur wissen, was passiert ist.« Whistlecroft zog erneut sein gammeliges Taschentuch hervor und schneuzte sich. »Er macht sich leichte Sorgen.«

»Weswegen sollte er sich Sorgen machen?«

»Keine Ahnung.« Whistlecroft beugte sich wieder vor. »Er wollte es mir nicht sagen. Aber wenn Sie mich fragen, dann hat er Angst, daß ihm dasselbe passieren könnte wie Ringcross.«

Diese Information weckte Sebastians Interesse. Es gab also wirklich ungeklärte Fragen. Vielleicht sogar äußerst interessante Fragen. Ausdruckslos betrachtete er Whistlecroft.

»Ich muß den Namen Ihres Klienten wissen«, sagte Sebastian. »Ich werde die Sache nicht angehen, solange ich nicht weiß, für wen ich arbeite. Wenn Sie meine Hilfe wollen, dann werden Sie mir sagen müssen, wer ein Interesse daran hat, daß Ringcross' Tod untersucht wird.«

Whistlecroft nagte an seiner Unterlippe, während er das Problem überdachte. Es überraschte Sebastian nicht, als er noch mal mit den Schultern zuckte und einen weiteren Schluck Bier zu sich nahm. Wenn Whistlecroft etwas war, dann pragmatisch.

»Nun, Sie müssen wissen, es ist Lord Curling selbst, der ein Interesse daran hat zu erfahren, was sich in dem Turmzimmer abgespielt hat«, sagte Whistlecroft.

»Curling? Was für ein Interesse hat er an der Sache?« Sebastian kannte den Baron, einen dunklen, schwergewichtigen Mann Ende Vierzig. Curling war Mitglied in einigen der Clubs, die auch Sebastian frequentierte.

In gewissen Kreisen war er wohlbekannt wegen der rauschenden Feste, die er auf seinem Landsitz ausrichtete. Curling Castle lag weniger als eine Stunde von der Stadt entfernt. Während der Saison veranstaltete Curling dort beinahe jedes Wochenende Hausparties, zu denen Sebastian regelmäßig eingeladen wurde. Da solche Feste ihn jedoch für gewöhnlich langweilten, war er noch niemals einer derartigen Einladung gefolgt.

»Ringcross starb auf Curlings Landsitz«, erläuterte Whistlecroft. »Vielleicht will Curling nur sichergehen, daß er nicht die ganze Saison über einen Mörder als Gast in seinem Haus hat.«

Nachdenklich starrte Sebastian durch das Fenster auf die Straße hinaus. »Oder vielleicht weiß er mehr über den Unfall, als er Ihnen erzählt hat.«

»Möglich.« Whistlecroft leerte seinen Krug. »Mich interessiert nur die Belohnung. Und Sie interessieren sich nur dafür, wie interessant der Fall ist. Haben wir also eine Abmachung, M'lord?«

»Ja«, erwiderte Sebastian. »Ich glaube, wir haben eine.«

Er stellte fest, daß er sich schon darauf freute, Prudence von seinem neuesten Fall zu berichten. Außer mit Garrick hatte er zuvor mit niemandem über seine Nachforschungen sprechen können. Und Garrick hatte Sebastians Hobby eher mit Amüsement als mit echtem Interesse verfolgt.

Prudence hingegen wäre von der Vorstellung, daß er einen möglichen Mordfall untersuchen würde, hingerissen. Natürlich stellte ihn das vor gewisse Probleme, wie Sebastian sich voller Bedauern eingestehen mußte. Sie würde ihn bei seinen Nachforschungen begleiten wollen.

Mit diesem Problem würde er sich jedoch erst auseinandersetzen, wenn es sich stellte, beschloß er, als er das Kaffeehaus verließ. Vielleicht gäbe es ja einen Weg, auf dem sie ihm helfen konnte, ohne direkt mit möglichen Gefahren konfrontiert zu werden.

Auf jeden Fall würde es unterhaltsam sein, Ringcross' Tod mit Prue gemeinsam zu untersuchen.

Eine halbe Stunde später schritt er durch die Tür seines Stadthauses, sah das finstere Gesicht seines Butlers und lächelte zögernd.

»Irgend etwas nicht in Ordnung, Flowers?«

»Ein Mr. Trevor Merryweather erwartet Sie, Sir.« Flowers nahm Sebastians Hut und Handschuhe entgegen. »Er bestand darauf zu warten, bis Sie zurück seien. Ich habe ihn in die Bibliothek geführt.«

»Das ist ein ebenso guter Ort wie jeder andere, nehme ich an.«

»Hätte ich ihn hinauswerfen lassen sollen, M'lord?«

»Auf keinen Fall, Flowers. Immerhin ist er mein zukünftiger Schwager. Wir können ihn wohl schwerlich jedesmal, wenn er auftaucht, vor die Tür setzen.«

»Ja, M'lord. Das habe ich befürchtet. Er scheint ein recht schwieriger junger Mann zu sein.«

»Er versucht lediglich, seine Schwester vor mir zu schützen«, sagte Sebastian. »Es gibt bestimmt genug Leute, die behaupten würden, daß es sich bei ihm um einen äußerst couragierten jungen Mann handelt.«

Flowers blinzelte mit seinen großen, schlaffen Augen. »Ich verstehe, M'lord. In diesem Licht hatte ich die Sache noch nicht betrachtet.«

Gelassen betrat Sebastian die Bibliothek. Luzifer erhob sich von seinem Platz auf der Sofalehne, sprang leichtfüßig auf den Teppich und trottete ihm entgegen. Sebastian hob die Katze hoch und betrachtete seinen Besucher.

Trevor stand reglos in der Nähe des Fensters. Die überdimensionierten Schultern und die extrem enggeschnittene Taille seines gepolsterten Mantels verliehen ihm eine unvorteilhafte insektengleiche Statur. Er drehte sich um, als er bemerkte, daß jemand den Raum betreten hatte.

Sebastian streichelte Luzifer und musterte Trevors hochmodische Erscheinung. Die Krawatte des jüngeren Mannes war auf eine äußerst komplizierte Weise gebunden, die jegliche Kopfbewegung stark behinderte. Es wunderte Sebastian, daß Trevor nicht erstickte. Der Kragen seines eleganten Rüschenhemdes war so hochgeschnitten, daß er das Kinn umrahmte. Seine Hosen waren sorgsam geplättet, und seine Weste wies einen leuchtenden Rosaton auf.

»Angelstone.«

»Guten Tag, Merryweather.« Luzifer unter einem Arm, begab Sebastian sich an den Tisch, auf dem die Rotweinkaraffe stand. »Möchten Sie auch ein Glas?«

»Nein.« Trevor errötete. »Danke, Sir. Ich bin gekommen, um mit Ihnen über meine Schwester zu sprechen.«

»Ah, ja. Zweifellos möchten Sie mit mir ihre Versorgung und ähnliche Dinge besprechen. Sie können beruhigt sein, Merryweather. Ich werde gut für Ihre Schwester sorgen.«

Trevor straffte sich. »Ich habe genug von Ihrer Ironie und Ihrem Sarkasmus, Mylord. Sie sind zu weit gegangen.«

»Noch nicht.« Sebastian nippte an seinem Wein und dachte an das, was er im Leacockschen Haus getan hatte, bevor er so unpassend von dem Geist unterbrochen worden war. »Aber ich habe die Hoffnung, das in naher Zukunft zu tun.«

Trevor wurde lila vor Zorn. »Wir wissen beide, daß Sie sich mit Prue nur amüsieren. Sie hegen nicht die geringste Absicht, sie tatsächlich zu ehelichen. Aber ich werde es nicht zulassen, daß Sie Ihr teuflisches Spiel mit ihr treiben, Angelstone.«

Sebastian setzte Luzifer wieder aufs Sofa. Dann begab er sich hinter seinen Schreibtisch und nahm Platz. Er legte seine Füße auf die sorgsam polierte Holztischplatte, strich ein Katzenhaar von seiner Reithose und sah Trevor nachdenklich an. »Weshalb glauben Sie, daß ich sie nicht heiraten werde?«

»Verdammt, Sir«, explodierte Trevor. »Sie wissen nur allzu gut, daß sie nicht Ihr Typ ist.«

»Da muß ich Ihnen widersprechen.«

»Sie Schweinehund«, schäumte Trevor. »Sie werden sie nicht so verletzen, wie Underbrink es getan hat. Es ist mir gleich, was ich tun muß, um Sie davon abzuhalten.«

Sebastian betrachtete sein Weinglas. »Was genau hat sich zwischen Ihrer Schwester und Underbrink abgespielt?«

»Er hat sie gebeten, ihn zu heiraten.« Trevor ballte die Fäuste. »Er hat es jedoch nie geschafft, meinen Vater um seine Erlaubnis zu bitten, da er natürlich zu keinem Zeitpunkt wirklich vorhatte, sie zur Frau zu nehmen. Aber Prue dachte, er liebe sie. Sie dachte, er würde sie heiraten.«

»Prue liebte ihn?«

»Sie mochte ihn sehr«, murmelte Trevor. »Er hat ihr während des ganzen Sommers den Hof gemacht. Tanzte mit ihr auf den Dorffesten. Schickte Blumenbouquets. Las ihr romantische Gedichte vor.«

»Und erzählte ihr, er wolle sie heiraten?«

»Genau. Aber er hat gelogen. Er wußte die ganze Zeit über, daß er eine reiche Erbin heiraten würde, um das Underbrinksche Vermögen wiederherzustellen. Eine Heirat mit Prue kam also gewiß nicht in Frage. Wir alle erfuhren die Wahrheit, als er nach London zurückkehrte.«

Sebastian starrte in sein Glas. »Hat Ihre Schwester um ihn getrauert?«

»Oh, ja, sie hat sehr geweint.« Trevor nahm all seinen Mut zusammen. »Und ich werde es nicht zulassen, daß sie wegen eines Teufels wie Ihnen noch einmal so unglücklich ist.« Ohne Vorwarnung stürzte er sich auf Sebastian. Dieser nahm die Füße vom Tisch und sprang auf. Der Wein schwappte auf den Boden, als er einen Satz zur Seite machte.

Trevor fiel über den Tisch und landete unsanft in dem Stuhl, den Sebastian soeben frei gemacht hatte. Mit voller Wucht prallte er gegen die Wand.

Sebastian stellte sein Glas ab. »Merryweather, ich versichere Ihnen, daß wirklich keinerlei Notwendigkeit besteht, zu solchen Mitteln zu greifen.«

Trevor rappelte sich benommen auf und taumelte auf Sebastian zu. Er fuchtelte wild mit den Fäusten.

Sebastian duckte sich und stellte ihm ein Bein. Trevor stolperte und stürzte der Länge nach auf den Boden. »Verdammter Hundesohn.« Mit schmerzverzerrtem Gesicht rollte er auf die Seite und versuchte, wieder auf die Beine zu kommen.

»Ich werde sie heiraten, Merryweather.« Sebastian trat einen Schritt zurück, bevor Trevor einen Treffer landen konnte. »Ich gebe Ihnen mein Ehrenwort.«

»Was zählt schon das Wort eines Mannes wie Ihnen?« keuchte Trevor. Er stolperte vorwärts in der Absicht, Sebastian den Hals umzudrehen.

»Ihre Schwester vertraut mir.«

»Ha. Was weiß sie schon vom Umgang mit dem Teufel?« Trevor warf sich ihm erneut entgegen.

Sebastian wich dem Sprung aus, Trevor segelte in hohem Bogen an seinem Ziel vorbei und krachte zum zweiten Mal gegen die Wand. Er drehte sich um, benebelt, aber nicht weniger wütend.

Sebastian hob eine Hand. »Genug damit. Wenn Sie so weitermachen, werden Sie sich ernsthaft verletzen. Zweifelsohne würde Prue mir die Schuld daran geben.«

»Verflucht, Angelstone, dies ist keins Ihrer amüsanten kleinen Spielchen. Es geht um meine Schwester.«

»Das ist mir bewußt«, entgegnete Sebastian ruhig. »Wie kann ich Sie davon überzeugen, daß meine Absichten gegenüber Ihrer Schwester ehrenwerter Natur sind?«

Trevor starrte ihn an. »Nichts wird mich davon überzeugen. Ich vertraue Ihnen nicht.«

»Merryweather, ich möchte, daß in einem Punkt Klarheit

herrscht. Ich habe kein Interesse daran, den Rest der Saison damit zu verbringen, mich davor in acht zu nehmen, daß Sie mir nicht an der nächsten Ecke auflauern, um mir an die Gurgel zu gehen. Ich schlage Ihnen ein Geschäft vor.«

Trevors Mißtrauen war sofort geweckt. »Ein Geschäft?«

»Geben Sie mir die Gelegenheit zu beweisen, daß meine Absichten ehrenwerter Natur sind, und ich werde dafür sorgen, daß Sie lernen, wie Sie richtig mit Ihren Fäusten umgehen.« Sebastian lächelte bedächtig. »Und vielleicht auch mit einer Pistole.«

Verwirrt runzelte Trevor die Stirn. »Ich verstehe nicht –«

»Es ist ganz einfach. Ich werde es arrangieren, daß Sie Boxunterricht in Witt's Academy bekommen und daß Ihnen gestattet wird, Ihre Schießkünste bei Manton's zu verbessern.«

Trevors Augen wurden schmal. »Ich würde niemals bei Witt zugelassen werden. Er hat die exklusivste Boxschule in ganz London. Nur die hochrangigsten Gentlemen werden dort unterrichtet.«

»Ich kann Sie dort unterbringen«, sagte Sebastian.

»Ich kann mir kein vernünftiges Paar Duellpistolen leisten, mit denen ich bei Manton's schießen könnte«, beharrte Trevor.

»Ich werde Ihnen meine leihen.«

Mit wachsender Unsicherheit starrte Trevor ihn an. »Weshalb sollten Sie das tun?«

Sebastian lächelte schwach. »Aus zwei Gründen. Erstens, wenn ich Ihre Schwester nicht wie versprochen heirate und Sie beschließen, mich deswegen herauszufordern, sollten wir zumindest einen fairen Kampf austragen können. Es ist nicht besonders unterhaltsam, einem deutlich schwächeren Gegner gegenüberzustehen.«

»Und zweitens?«

»Ich selbst hatte einmal einen jüngeren Bruder. Sie erinnern mich an ihn.« Sebastian griff nach der Karaffe und schenkte zwei weitere Gläser Rotwein ein. Eines der Gläser reichte er Trevor. »Haben wir also eine Abmachung?«

Trevor sah auf sein Glas und richtete seinen Blick dann auf Sebastian. »Werden Sie Prue wirklich heiraten?«

»Ja.«

»Und Sie werden mich in Witt's Boxschule und bei Manton's einführen, so daß ich lernen kann, richtig mit Ihnen zu kämpfen, wenn Sie sie nicht heiraten?«

»Ja.«

»Ich glaube, Sie meinen es wirklich ernst«, sagte Trevor langsam.

»Ich meine jedes Wort, das ich sage.«

Trevor nahm einen Schluck Rotwein. »Also dann, abgemacht. Und wenn Sie sich nicht an die Abmachung halten, werde ich Ihnen den Kopf abreißen oder Ihnen eine Kugel in den Leib jagen.«

»Das ist nur fair.«

Trevor war sichtlich erleichtert. »Nun, das wär's dann.«

»Das hoffe ich.«

Trevor räusperte sich. »Da gibt es eine Sache, die ich Sie fragen wollte, Angelstone.«

»Ja?«

»Wenn Sie tatsächlich entschlossen sind, mein Schwager zu werden, würde es Ihnen dann viel ausmachen, mir einen großen Gefallen zu tun?«

Sebastian zog die Brauen hoch. »Was für einen Gefallen?«

»Würden Sie mir zeigen, wie Sie Ihre Krawatte binden?«

Sebastian lächelte. »Ich werde sogar noch einen Schritt weiter gehen. Nachdem ich Sie bei Witt's und Manton's eingeführt habe, werde ich Sie meinem Schneider vorstellen.«

»Nightingale? Wirklich?« Trevor verschlug es die Sprache. »Er ist noch wesentlich exklusiver als Witt.«

»Mit gutem Grund.« Sebastian betrachtete Trevors rosafarbene Weste. »Seine Kunst ist für einen Gentleman von wesentlich größerer Bedeutung.«

Prudence beobachtete, wie Drucilla Fleetwood durch den überfüllten Ballsaal hindurch auf sie zusteuerte. Also wappnete sie sich schon einmal für die Begegnung. Es wäre schwierig gewesen, Sebastians Tante nicht zu bemerken, selbst wenn sie nicht bereits auf sie aufmerksam gemacht worden wäre.

In ihrem ringelblumenfarbenen Seidenkleid war Drucilla eine auffallend modische Erscheinung. Ihr schick frisiertes Haar wurde von passenden Federn geschmückt, und ihre Diamantohrringe funkelten wie das Kristall der Kronleuchter.

Drucilla war in ihrer Jugend zweifellos eine Schönheit gewesen. Und auch jetzt noch war sie eine attraktive Erscheinung, dachte Prudence. Es war nur schade, daß ihr bemerkenswertes Gesicht so verbitterte Züge aufwies. Drucilla hatte den Ausdruck einer Frau, die sich einer äußerst unangenehmen Aufgabe verschrieben hatte.

Vor kaum einer Stunde hatte Hester Prudence gewarnt, daß Drucilla auf dem Ball der Craigmores erscheinen würde.

»Es heißt, sie sei alles andere als erfreut über die Nachricht von Angelstones Verlobung«, hatte Hester erläutert. »Sie hatte wohl eher gehofft, daß der Graf irgendeinen entsetzlichen Unfall erleiden oder sich passenderweise bei einem Duell erschießen lassen würde, ehe er die Zeit hätte zu heiraten. Das letzte, was sie sich wünscht, ist, daß er einen Erben bekommt und seinem Zweig der Familie den Titel sichert.«

Prudence hatte diese Bemerkung wütend beiseite gewischt. »Ich bin sicher, daß sie das nichts angeht. Auf jeden Fall werden Angelstone und ich in nächster Zeit noch nicht heiraten. Es besteht gewiß keine Eile. Wir beabsichtigen, eine sehr lange Verlobungszeit zu genießen.«

Hester hatte sie mit einem seltsamen Blick bedacht. »Tatsächlich? Es überrascht mich, das zu hören, meine Liebe.«

»Weshalb?«

»Weil ich mir nicht vorstellen kann, daß Angelstone eine allzu lange Verlobung tolerieren wird. Hat ein Mann wie er erst einmal eine Braut gewählt, dann sollte man annehmen, daß er die Sache möglichst schnell voranbringen möchte.«

Prudence hatte sie überrascht angestarrt. »Hester, willst du mich vielleicht zufällig unter die Haube bringen?«

»Um die Wahrheit zu sagen, meine Liebe, nun, da Ihr Eure Verlobung bekanntgegeben habt, denke ich, wäre es das beste, wenn Ihr die ganze Angelegenheit so schnell wie möglich regelt.«

»Du meinst, bevor Angelstone es sich anders überlegt?« hatte Prudence trocken gefragt.

»Genau. Der Mann ist gefährlich. Das habe ich dir gesagt. Man kann sich bezüglich seiner Absichten nie ganz sicher sein. Ich werde wesentlich beruhigter sein, wenn Ihr erst einmal verheiratet seid.«

»Du bist also versessen darauf, mich als Ehefrau des Gefallenen Engels zu sehen?«

Hester hatte sie nachdenklich angeblickt. »Ich glaube, du wirst bei ihm gut aufgehoben sein. Angelstone ist jemand, der sich um die Seinen kümmert.«

Hesters Bemerkungen waren Prudence noch frisch im Gedächtnis, als Drucilla sich schließlich vor ihrem Opfer aufbaute.

»So, so.« Drucilla musterte sie von oben bis unten. Sie war deutlich unbeeindruckt von Prudences aschgrauem Kleid. »Sie sind also die clevere kleine Geisterjägerin, von der Mrs. Leacock uns berichtet hat?«

Prudence schluckte eine unhöfliche Antwort hinunter und zwang sich zu einem Lächeln. Mrs. Leacocks Geist war das Gesprächsthema Nummer eins auf dem heutigen Ball. Die dankbare Mrs. Leacock hatte Prudence als blitzgescheite und höchst mutige Heldin gerühmt. Glücklicherweise hatte der Geist, der sich tatsächlich als einer von Mrs. Leacocks Neffen herausstellte, Sebastians Voraussage gemäß nicht mehr gewußt, wie er zu Fall gekommen war. Was ihn betraf, so nahm er an, er sei über eine Erhebung im Teppich gestolpert und habe sich dabei den Kopf angeschlagen.

»Guten Abend, Madam«, sagte Prudence höflich. »Ich nehme an, Sie sind Mrs. Fleetwood?«

»Natürlich. Und Sie sind das Original, das mit Angelstone verlobt ist.«

»Ja, Madam, ich habe die Ehre.«

»Ich nehme an, es sollte mich nicht überraschen, daß er sich eine so seltsame Kreatur als zukünftige Gräfin ausgesucht hat. Der Mann hat nicht den geringsten Respekt vor dem noblen Titel, der ihm durch puren Zufall zuteil geworden ist.«

»Ich hatte den Eindruck, der Titel sei ihm auf ganz legalem Weg zugekommen, Madam.«

»Bah.« Unterdrückter Zorn blitzte in Drucillas hübschen braunen Augen auf. »Er hat ihn auf Grund eines höchst glücklichen Zufalls bekommen. Eigentlich hätte ihm der Titel niemals zufallen dürfen.«

»Es ist nicht fair, so etwas zu sagen«, entgegnete Prudence freundlich.

»Schlimm genug, daß sein verantwortungsloser Vater mit dieser Schauspielerin durchgebrannt ist. Jonathan Fleetwood hätte dieses kleine Flittchen niemals heiraten dürfen. Wäre er nicht so dumm gewesen, wäre Ihr zukünftiger Ehemann als der Bastard geboren, der er sich so große Mühe gibt zu sein.«

Prudence verlor zusehends die Geduld. »Ich kann Ihnen nicht erlauben, die Familie meines zukünftigen Gatten zu beleidigen, Madam.«

»Ich bin ein Teil seiner Familie, du dumme Gans. Und wenn ich seine Seite der Familie beleidigen möchte, dann tue ich das auch.«

»Eine interessante Betrachtungsweise, die Sie da haben«, gab Prudence zu. »Trotzdem bin ich der Meinung, daß Angelstones Zweig der Familie inzwischen genug beleidigt worden ist, meinen Sie nicht?«

Drucilla bedachte sie mit einem vernichtenden Blick. »Es sollte auch Ihnen klar sein, daß nichts, was ich sage, so beleidigend sein kann für den Familiennamen wie das, was er getan hat.«

»Was soll das heißen, Madam?«

»Nur, daß es nur allzugut zu Angelstone paßt, eine vollkommen unpassende Person zu seiner Frau zu machen. Der Gedanke, daß ein unbedeutender Niemand vom Land wie Sie die nächste Gräfin von Angelstone wird, ist unerträglich.«

Prudence bemerkte, wie die Umstehenden empört zu murmeln begannen. Ihr Gespräch mit Drucilla drohte ein Leckerbissen für sämtliche Lästermäuler der Gesellschaft zu werden, an dem sie sich noch morgen während des Frühstücks ergötzen würden. Diese zusätzliche Berühmtheit hatte Sebastian gerade noch gefehlt.

Entschlossen setzte Prudence ein strahlendes Lächeln auf, als hätte Drucilla ihr soeben ein großes Kompliment ausgesprochen. »Es ist wirklich reizend von Ihnen, daß Sie sich die Mühe gemacht haben, sich mir vorzustellen, Madam. Ich war schon gespannt darauf, den Rest von Angelstones Familie kennenzulernen.«

»Tatsächlich?« Drucilla richtete sich auf und blickte herablassend über den Rand ihrer elegant geschwungenen Nase. »Das erste, was Sie wissen sollten, ist, daß der Titel, den Angelstone mit so außerordentlichem Vergnügen bei jeder sich bietenden Gelegenheit in den Schmutz zieht, meinem Sohn hätte zufallen sollen. Wenn es noch eine Form der Gerechtigkeit gibt auf dieser Welt, so wird das auch eines Tages geschehen.«

»Ich hatte den Eindruck, daß die Frage nach dem Titel meines Mannes bereits vor längerer Zeit geklärt worden ist.«

»Unsinn.« Drucillas Gesicht wurde zornrot. »Ich wünsche Ihnen viel Vergnügen in Ihrer Ehe, Miss Merryweather. Vielleicht gelingt es Ihnen ja, in der Hochzeitsnacht ein oder zwei kleine Geister zu produzieren, mit denen Sie dann Ihren Ehemann unterhalten können. Auf jeden Fall werden Sie sich etwas Ungewöhnliches einfallen lassen müssen, um sich sein Interesse für länger als zwei Wochen zu sichern. Angelstone ist sehr schnell gelangweilt.«

Drucilla war zu weit gegangen, und die schockierte Reaktion derjenigen, die in der Nähe standen, zeigte, daß alle es bemerkt hatten. Prudence wußte, wenn Sebastian von diesem Wortgefecht erführe, wäre er außer sich vor Zorn. Es war höchst unwahrscheinlich, daß er eine derartige Beleidigung seiner Verlobten ungestraft hinnehmen würde.

Sie blickte in Drucillas gequälte Augen, und plötzlich tat die Frau ihr leid. Die Arme war sich der Tatsache nur allzu bewußt, daß sie sich zu weit vorgewagt hatte.

»Ich weiß Ihre Sorge um den Familiennamen zu schätzen«, sagte sie ruhig. »Es ist offensichtlich, daß Sie sich außerordentlich bemüht haben, ihn unter extrem schwierigen Bedingungen so unbefleckt wie möglich zu halten.«

Drucilla starrte sie an. Einen Augenblick lang schien sie vollkommen sprachlos zu sein. »Ich habe mein Möglichstes getan«, erwiderte sie schließlich.

»Ich verstehe, daß es keine leichte Aufgabe gewesen ist«, sagte Prudence. »Bitte seien Sie versichert, daß auch ich mich außerordentlich um den Namen und den Ruf Angelstones sorge. Um der Familie willen werde ich alles versuchen, um jeden Skandal zu vermeiden.«

Empörung und Verwunderung flackerten in Drucillas Augen auf. »Was für ein Spiel spielen Sie, Miss Merryweather?«

»Es ist mir vollkommen ernst.«

»Dann müssen wir abwarten und sehen, was für ein teuflisches Spiel Angelstone spielt.« Drucilla machte auf dem Absatz kehrt und entfernte sich.

Eine böse Vorahnung befiel Prudence, während sie den aufrechten Rücken ihrer Gegnerin in der Menge verschwinden sah.

»Nun, ich nehme an, daß diese Sache noch ein Nachspiel haben wird«, murmelte eine Stimme hinter Prudence.

Sie wandte sich um und entdeckte Garrick Sutton. Sebastian hatte sie auf der Soiree bei den Bowdreys miteinander bekannt gemacht. Er hatte ihr zu verstehen gegeben, daß er Garrick als Freund betrachtete. Prudence stellte fest, daß Garrick einer der wenigen Menschen heute abend war, der kein Champagnerglas in der Hand hielt. Sie bedachte ihn mit einem ängstlichen Lächeln.

»Es wäre mir lieber, wenn Angelstone nichts von dieser kleinen Auseinandersetzung erführe«, sagte sie.

Garrick verzog das Gesicht. »Ich fürchte, es wird schwierig sein, ihm diese Sache zu verschweigen. Dafür haben zu viele Leute zugehört.«

Prudence blickte sich besorgt um. »Ich nehme an, Sie haben recht. Nun, ich werde eben mit Angelstone sprechen müssen, bevor er sich zu einer überstürzten Reaktion hinreißen läßt.«

»Soll das etwa heißen, Sie glauben, Sie könnten ihm ausreden, sich am Fleetwood-Clan für dieses schlechte Benehmen Ihnen gegenüber zu rächen?«

»Es besteht keine Notwendigkeit, mich zu rächen«, sagte Prudence. »Diese arme Frau hat offensichtlich in all den Jahren ziemlich gelitten.«

»Diese arme Frau«, entgegnete Garrick kühl, »trägt die

Hauptschuld daran, daß die Fleetwoods Angelstones Mutter niemals akzeptiert haben.«

»Trotzdem ist Angelstone nun das Familienoberhaupt. Er kann es sich leisten, sich den anderen Familienmitgliedern gegenüber nachsichtig zu zeigen.«

»Nachsichtig?« Garrick grinste. »Sprechen wir über denselben Graf Angelstone?«

»Das ist durchaus nicht lustig, Mr. Sutton.«

»Nein, wirklich nicht. Aber es ist interessant. Folgen Sie meinem Rat und halten Sie sich aus der Sache heraus, Miss Merryweather. Angelstone ist durchaus in der Lage, mit den Fleetwoods fertig zu werden. Das ist ihm ja nun bereits eine ganze Weile gelungen.«

»Was, meinen Sie, wird er in dieser leidigen Angelegenheit unternehmen?« fragte Prudence.

Garrick zuckte unbekümmert mit den Schultern. »Wer weiß? Angelstone hat die Kontrolle über einen Großteil der Familieneinkünfte. Vielleicht kürzt er den Anteil der Fleetwoods ein wenig.«

»Oje.«

»Vielleicht genügt es ihm aber auch, Drucilla und ihren Sohn von den besten Gästelisten dieser Saison streichen zu lassen. Oder er läßt seinen lieben Cousin aus einigen der Clubs hinauswerfen. Ohne Zweifel wird sich Angelstone eine angemessene Vergeltung ausdenken. Er ist in diesen Dingen äußerst kreativ.«

»Vielleicht fällt ihm eine angemessene Form der Vergeltung ein, aber ich glaube nicht, daß er einen solchen Akt tatsächlich ausführt«, behauptete Prudence mit Nachdruck.

Garrick zog fragend die Brauen hoch. »Und wer, bitte, sollte ihn davon abhalten?«

»Ich werde dafür sorgen, daß er sich vernünftig und seiner Rolle als Familienoberhaupt entsprechend verhält.«

Garrick blickte auf einen Punkt hinter Prudence. Plötzlich lächelte er. »Ich kann es kaum erwarten zu sehen, wie Sie ihm das klarmachen, Miss Merryweather.«

»Wem wird sie etwas klarmachen?« fragte Sebastian mit großem Interesse.

Prudence wirbelte erneut herum. Da stand Sebastian. Wie immer sah er hinreißend aus in seinem Abendanzug. Seine weiße Krawatte wies einen schlichten, doch eleganten Knoten auf, und sein gutsitzender Mantel betonte die Breite seiner Schultern. Seine goldenen Augen leuchteten, als er sie ansah.

»Dir natürlich«, sagte Garrick.

»Das freut mich zu hören.« Sebastian lächelte Prudence an. »Komm mit, meine Liebe. Wir holen uns etwas zu essen.«

»Ich habe bereits etwas gegessen«, sagte Prudence.

Sebastian ergriff ihren Arm. »Tatsächlich? Nun, dann komm einfach so mit und sieh zu, wie ich Hummerhäppchen verschlinge. Ich möchte etwas mit dir besprechen.«

»Oh, ich verstehe.« Prudence lächelte. »Zufällig möchte ich auch etwas mit Ihnen besprechen, Graf.«

»Hervorragend.« Sebastian nickte Garrick zu. »Du entschuldigst uns?«

»Natürlich.« Garrick zwinkerte Prudence zu. »Viel Glück, Miss Merryweather.«

Prudence runzelte die Stirn, als sie über die Schulter zu ihm zurückblickte, während Sebastian sie durch die Menge führte.

»Was meint er?« fragte Sebastian unbekümmert.

»Nichts.«

»Überhaupt nichts?«

»Eine unbedeutende, äh, private Angelegenheit.«

»Also eine Familienangelegenheit?«

»Nun, ja, gewissermaßen.«

»Wessen Familie?« fragte Sebastian ruhig. »Deine oder meine?«

»Mylord, dies ist kaum der richtige Zeitpunkt, um über solche Dinge zu sprechen.«

»Also meine«, schloß er. »Ich nehme an, es geht um die Szene, die meine Tante ein paar Minuten vor meinem Kommen veranstaltet hat.«

Prudence blickte ihn finster an, als er in der Nähe eines Tisches voller Hors d'œuvre stehenblieb. »Du weißt bereits darüber Bescheid?«

»Meine Liebe, du mußt wissen, daß es immer genügend Leute geben wird, die versessen darauf sind, mich diesbezüglich auf dem laufenden zu halten.«

»Das ist wohl anzunehmen.« Prudence sah ihn fragend an. »Du wirst deswegen doch nichts allzu Dramatisches unternehmen wollen, oder? Es war wirklich unbedeutend.«

Sebastian prüfte die Häppchen. Schließlich wählte er eines mit einer Auster. »Mach dir keine Sorgen, meine Liebe. Ich werde die Angelegenheit regeln.«

Prudence traute der Kälte in seinen Augen nicht. »Sir, ich muß darauf bestehen, daß Sie nicht versuchen, Ihre Tante auf irgendeine Weise wegen der Unterhaltung, die wir geführt haben, zu bestrafen oder zu erniedrigen. Sie war zu dem Zeitpunkt einfach erregt.«

»Zweifellos.« Sebastian schlürfte die Auster.

»Sie hat erst vor kurzem von unserer Verlobung erfahren«, erläuterte Prudence. »Die Nachricht hat sie gewissermaßen überrascht.«

»Du meinst, sie hat sie zutiefst beunruhigt.« Sebastian nahm sich ein weiteres Häppchen. »Sie fürchtet, ich könnte tatsächlich einen Erben bekommen, so daß es noch unwahrscheinlicher würde, daß ihr Sohn jemals den Titel erlangt.«

»Ich glaube«, sagte Prudence bedeutungsvoll, »daß Mrs. Fleetwood sich ehrlich um den Namen der Familie und den mit dem Titel verbundenen Ruf sorgt.«

»Ganz gewiß sorgt sie sich darum, das versichere ich dir.«

»Vielleicht nicht ganz ohne Grund«, sagte Prudence grimmig.

Sebastian hörte auf zu kauen und schluckte. »Was willst du damit sagen, Prue?«

»Nur, daß du dir nicht gerade allzu große Mühe gegeben hast, sie davon zu überzeugen, daß der Titel bei dir in sicheren Händen ist.«

»Ich würde mir noch nicht einmal allzu große Mühe geben, meiner Tante über die Straße zu helfen, geschweige denn, sie zu überzeugen, daß ich dem Titel alle Ehre mache.« Sebastian griff erneut nach Prudences Arm und geleitete sie in Richtung der Gartentür. »Genug dieses Unsinns, Prue. Ich habe wichtigere Dinge mit dir zu besprechen.«

Prudence blickte zu ihm auf, als er sie in den Garten führte. »Mylord, ich werde Ihnen nicht gestatten, dieses Thema zu beenden, ehe ich nicht Ihr Wort habe, daß Sie Ihrer Tante ihre heutigen Worte nicht vergelten.«

»Allmählich langweilt mich dieses Thema.«

»Zu schade, Sir, da ich noch nicht damit fertig bin.«

Sebastian blieb neben einem Brunnen stehen und drehte sie zu sich um. »Verdammt, Prue, was kümmert es dich, was ich mit Drucilla Fleetwood mache? Sie verdient es, dafür zu bezahlen, daß sie dich beleidigt hat, also wird sie dafür bezahlen. Und damit Schluß.«

»Sie hat mich beleidigt, nicht Sie. Ich ziehe es vor, mich nicht dafür zu rächen, und ich werde es nicht zulassen, daß Sie das an meiner Stelle tun. Haben Sie mich verstanden, Graf?«

»Wenn jemand dich beleidigt, dann beleidigt er auch mich«, sagte er leise.

»Sebastian, ich meine es ernst. Ich verbiete dir, deiner Familie jeden kleinen Ausrutscher zu vergelten.« Prudence berührte sanft sein Gesicht. »Du bist das Familienoberhaupt, und du mußt dich dementsprechend verhalten. Wenn du dich an deiner armen Tante rächst, dann vertiefst du dadurch nur die Kluft, die bereits zwischen dir und den übrigen Fleetwoods besteht.«

»Verdammt, Prue –«

»Auf Grund deines Titels bist du verpflichtet, dich gegenüber den Mitliedern deiner Familie großzügig zu verhalten. Du schuldest ihnen deinen Schutz.« Prudence lächelte warmherzig. »Aber ich bin sicher, daß ich dir das nicht erst sagen muß. Du bist dir deiner Pflicht und deiner Verantwortung gegenüber deiner Familie durchaus bewußt, und ich weiß, daß du dich entsprechend verhalten wirst.«

Sebastian blickte sie grimmig an. »Als du mich das letzte Mal über meine Pflichten aufgeklärt hast, haben wir eine Abmachung getroffen. Als du versucht hast, deinen Teil dieser Abmachung zu erfüllen, endete das mit unserer Verlobung. Was bekomme ich dieses Mal, wenn ich beschließe, mich reif und verantwortungsbewußt zu benehmen?«

Prudence konzentrierte sich darauf, ihre Augengläser zurechtzurücken. »Wirklich, Sebastian, es besteht kein Grund, mich wegen dieser Sache auch noch zu necken. Ich bin mir durchaus bewußt, daß sich die Dinge beim letzten Mal anders entwickelt haben, als es geplant war.«

»Ich versichere dir, Prue, daß es mir vollkommen ernst ist.«

Sie sah ihn ängstlich an. »Tatsächlich? Du erwartest allen Ernstes, daß ich dich noch dafür belohne, wenn du dich lediglich deiner gesellschaftlichen Stellung entsprechend verhältst?«

»Es geht wohl eher darum, was du für angemessen hältst, nicht wahr?« verbesserte er sanft. »Aber du hast vollkommen recht, ich denke, es ist nur fair, wenn ich für meine Bemühungen belohnt werde. Meinst du nicht?«

Sie wußte nicht, ob er es ernst meinte, fürchtete jedoch, daß dem so sei. Was Sebastian betraf, so hatte sie ihn offensichtlich erneut um seine rechtmäßige Beute gebracht. Sie seufzte. »An was für eine Belohnung hatten Sie gedacht, Sir?«

»Ich werde die Angelegenheit gründlich überdenken und es dich dann wissen lassen.«

Sebastian umfaßte ihre Schultern. Er zog sie an sich und gab ihr einen schnellen, harten, besitzergreifenden Kuß. Als er seinen Mund von ihren Lippen löste, schien er bereits zu grübeln. »Ich nehme an, ich werde schon etwas finden, das mich angemessen entschädigt.«

Prudence erschauderte ob der dunklen Sinnlichkeit, die hinter seinen Worten verborgen lag. Erst zwei Nächte zuvor hatte sie die Bedeutung von Leidenschaft erkannt, und sie wußte, sie würde diese Erfahrung in Gedanken auf ewig mit Sebastian verknüpfen. Und nun sagte er ihr geradeheraus, daß es noch weitere derartige Unterrichtsstunden geben würde. Sie wußte nicht, ob sie darüber beunruhigt oder überglücklich sein sollte.

Die Gefühle, die in ihr getobt hatten, als Sebastian sie in jener Nacht derart intim berührt hatte, verwirrten sie noch immer. Sie wußte, daß sie dem Gefallenen Engel mit jedem Tag ihrer Scheinverlobung mehr verfiel.

Ihr Verstand sagte ihr, daß es äußerst gefährlich wäre, Sebastian zu gestatten, weiter zu gehen, als er es bisher bereits getan hatte. Doch Prudence war sich keineswegs sicher, daß sie die Stärke besaß, ihn zurückzuweisen.

»Sie sind mal wieder ausnehmend schwierig, Mylord«, klagte sie.

»Ja, ich weiß, aber es amüsiert mich.« Sebastian stellte einen Fuß auf den Rand des Brunnens und lächelte. »Nun, ich habe etwas wesentlich Interessanteres mit dir zu besprechen, meine Liebe.«

»Worum geht es?«

»Mein Spitzel hat mir von einem höchst faszinierenden Fall

berichtet, den ich zu untersuchen gedenke. Ich dachte, es würde dich vielleicht interessieren, etwas darüber zu erfahren.«

Auf der Stelle vergaß Prudence ihre Verärgerung. »Sebastian, das ist wunderbar. Erzähl mir alles. Ich werde dir gerne behilflich sein.«

»Ich bitte dich nicht um deine Hilfe«, sagte er vorsichtig. »Aber ich dachte, es würde dir eventuell gefallen, meine Vorgehensweise zu beobachten.«

»Und wie soll ich das machen?« fragte sie. Sie hatte nicht im geringsten die Absicht, in die Rolle der Beobachterin gedrängt zu werden, aber das würde sie ihm später erklären.

»Der rätselhafte Todesfall, den ich untersuchen soll, hat sich vor einigen Tagen in Curling Castle zugetragen. Vielleicht hast du davon gehört?«

Prudence runzelte die Stirn. »Soweit ich weiß, stürzte ein Mann namens Ringcross aus einem hochgelegenen Fenster und brach sich dabei das Genick. Es heißt, er sei zu dem Zeitpunkt recht betrunken gewesen, und sein Tod galt als trauriger Unfall.«

»Jemand, und zwar Lord Curling, ist sich da anscheinend nicht so sicher.«

»Er hat einen Spitzel mit Nachforschungen beauftragt?«

»Ganz im geheimen. Niemand, einschließlich Curling, darf wissen, daß ich mit der Sache zu tun habe. Offiziell führt Whistlecroft die Untersuchungen.«

»Ja, natürlich. Ich versteh, daß du dein Hobby geheimhalten möchtest. Vollkommen verständlich in Anbetracht deiner gesellschaftlichen Stellung. Außerdem wären deine Nachforschungen nicht annähernd so erfolgreich, wenn jeder darüber Bescheid wüßte, nicht wahr?«

»Nein.«

»Sebastian, das ist absolut faszinierend. Was tun wir als erstes? Ich bin ganz versessen darauf, deine Methoden kennenzulernen.«

Er bedachte sie mit einem Blick, der durchaus als selbstgefällig bezeichnet werden konnte. »Zunächst werden wir die Stätte von Ringcross' Tod aufsuchen.«

»Vernünftig.« Geistesabwesend klopfte Prudence mit ihrem Fächer auf ihre Hand. »Das heißt, wir werden nach Curling Castle fahren müssen. Wie wollen wir das machen, ohne daß jemand Verdacht schöpft, Graf?«

»Zufälligerweise ist das ganz einfach. Wie gewöhnlich habe ich eine Einladung zu einer von Curlings Wochenendparties erhalten. Dieses Mal werde ich die Einladung, unter der Voraussetzung, daß auch du eingeladen wirst, annehmen.«

»Hervorragend. Aber werden die Leute sich nicht wundern, wenn ich plötzlich zu einem von Lord Curlings Festen eingeladen werde? Schließlich stand ich noch nie auf seiner Gästeliste.«

»Niemand wird sich auch nur im geringsten wundern.« Sebastian zeigte sich ehrlich amüsiert über ihre Naivität. »Nicht, wenn auch ich der Einladung folge. In der Tat fände man es wohl eher seltsam, wenn du dann nicht auch auf Curling Castle wärst.«

Prudence legte den Kopf schief und betrachtete ihn eingehend. »Habe ich da einen Punkt übersehen, Sir?«

Sebastian zog sie näher an sich, so daß ihr Rock über sein Bein strich. »Ich nehme an, du warst bisher auf nicht allzu vielen Hausparties der besseren Gesellschaft, meine Liebe.«

»Nein«, gestand sie. »Weshalb?«

»Ich denke, du wirst die Vorzüge eines großen Landhauses schnell schätzen lernen, wenn du erst einmal dort bist.«

Prudence spürte die muskulöse Stärke seines Schenkels. Nach wie vor hatte er seinen Fuß gegen den Brunnenrand gestemmt, so daß sie leicht gegen die Innenseite seines Beins gepreßt wurde. Die vertrauliche Stellung, in der sie sich wiederfand, ließ sie erschaudern.

»Ich glaube, die Gäste solcher Parties vergnügen sich mit diversen Spielen«, sagte sie schnell in dem Versuch, nicht vollkommen unwissend zu erscheinen.

»Und ob sie das tun. Und die interessantesten Spiele werden spät nachts gespielt, wenn sich jedermann zurückgezogen hat.«

»Das verstehe ich nicht.«

Sebastian verzog leicht den Mund. »Ein Fest in einem großen Landhaus eröffnet einem fast unbegrenzte Möglichkeiten zu Affairen und ähnlichen romantischen Abenteuern, meine Süße.«

Prudence riß die Augen auf. »Oh.«

»In einem Haus wie Curling Castle gibt es Dutzende von Schlafgemächern. Und sie liegen praktischerweise alle dicht beieinander.«

Prudence spürte, wie ihr heiß wurde. »Gütiger Himmel. Diesen Aspekt hatte ich nicht bedacht.«

»Hier in der Stadt sind Affairen eine Sache, die sorgfältig überdacht und geplant werden muß«, sagte Sebastian. »Aber auf einer großen Wochenendparty wie bei Curling muß man für ein Rendezvous mit seiner Geliebten oder« – er lächelte – »mit seiner Verlobten nur über den Flur gehen.«

Prudence reckte das Kinn und blickte ihn streng an. »Ich nehme an, Lady Pembroke wird darauf bestehen, mich zu begleiten.«

»Das wird sie wohl.« Die Vorstellung, daß Prudence mit einer Anstandsdame käme, schien ihn nicht sonderlich zu beunruhigen. »Mein Mittelsmann wird auch für sie eine Einladung erwirken.«

ACHT

Sebastian legte sein Queue beiseite und blickte die Handvoll anderer Spieler an, die um Lord Curlings Billardtisch versammelt waren. »Wenn Sie mich entschuldigen wollen, Gentlemen, ich glaube, ich habe für heute genug gespielt.«

»Also«, protestierte einer der anderen Gäste. »Sie müssen uns die Chance geben, einen Teil des Geldes zurückzugewinnen, das Sie uns heute nachmittag abgeknöpft haben, Angelstone.«

»Sie scheinen nicht zu verstehen, Dodwell«, sagte Sebastian. »Das Spiel langweilt mich.«

»Laßt ihn gehen«, empfahl ein Mann vom anderen Ende des grünen, flanellbespannten Tisches. »Ich nehme an, Angelstone hat eine interessantere Form der Unterhaltung im Sinn.«

Die Männer grinsten und tauschten wissende Blicke aus.

»Haben wir das nicht alle?« murmelte jemand gutmütig. »Leider ist es noch etwas früh am Tage.«

Einer der Spieler sah Sebastian an. »Wenn Sie wissen wollen, was Ihre Verlobte im Moment treibt, dann sehen Sie in den Obstgärten nach. Ich nehme an, Sie werden zusehen können, wie sie das Bogenschießen der Damen gewinnt.«

»Zweifellos.« Sebastian ging auf die Tür der riesigen Curlingschen Bibliothek zu. »Schließlich hat sie bereits sämtliche anderen Wettbewerbe gewonnen, die heute für die Damen ausgerichtet wurden.«

Während Sebastian den Tag mit den anderen Gentlemen verbracht hatte, die auf Curling Castle eingeladen waren, hatte sich Prudence eifrig den Vergnügungen einer Landhausparty hingegeben, die den Ladies offenstanden.

Mittags bei seiner Rückkehr von einem Angelausflug mit den Männern hatte Sebastian gehört, daß Prudence als Erste aus dem komplizierten Irrgarten herausgefunden hatte. Am Nachmittag hatte sie sämtliche Wettbewerbe auf dem Rasen vor der Burg gewonnen und sich für die Theateraufführung am Abend eingetragen.

Sebastian freute sich darauf, sie als Schauspielerin zu sehen. Er dachte an seine Mutter und lächelte.

Sebastian hatte das Gefühl, daß Prudence und seine Mutter sich auf den ersten Blick gemocht hätten. Sie beide waren intelligente, leidenschaftliche, integre Frauen. Sein Vater hatte ihm einmal gesagt, daß solche Frauen selten waren, und wenn ein Mann das Glück hatte, einem solchen Geschöpf zu begegnen, dann wäre kein Preis zu hoch, um es zu halten.

Sebastian sah sich um, während er durch den langen Flur auf die Terrasse ging. Curling Castle glich einem höhlenartigen Haufen alter Steine, die drei Stockwerke hoch aufgetürmt waren. Es war im vorigen Jahrhundert von einem wohlhabenden, recht exzentrischen Kaufmann erbaut worden, der entschlossen gewesen war, sich mit diesem Bau in den Stand eines Gentleman zu erheben. Dieses Bestreben hatte ihn veranlaßt, Unsummen in seine Ländereien und in das Gebäude zu investieren.

Das Ergebnis war ein Monstrum von einem Haus geworden. Die Flure erschienen endlos. Curling hatte beim Frühstück eingestanden, daß er nicht einmal genau wußte, wie viele Räume das Haus umfaßte. Außerdem hatte er hinzugefügt, daß das obere Stockwerk und die Turmzimmer nie benutzt wurden, selbst dann nicht, wenn das Haus voller Gäste war wie an diesem Wochenende.

Diese Information hatte Sebastians Interesse geweckt. Den Erzählungen nach war Ringcross aus einem der Turmzimmer gestürzt. Sebastian fragte sich, was er in einem unbenutzten Teil des Hauses zu suchen gehabt hatte.

Heute nacht würden er und Prudence ein paar Nachforschungen anstellen, dachte er, während er auf die Terrasse spazierte. Das würde Prudence außerordentlich gefallen.

Er sah die Damen, die vor den Zielscheiben aufgereiht standen, die man im Obstgarten aufgestellt hatte. Jede der Ladies hielt einen zierlichen Bogen und einen kleinen Pfeil in der Hand, der wahrscheinlich noch nicht einmal eine Maus erledigt hätte.

Aus den Reihen der Teilnehmerinnen ertönte fröhliches Gelächter, und die Zuschauer bedachten sie mit gutmütigen Zurufen. Sebastian betrachtete die Anwesenden genauer. Er runzelte die Stirn, als er Underbrink entdeckte.

Underbrink war offensichtlich soeben erst angekommen. Auf keinen Fall war er gestern abend oder heute morgen dagewesen. Sebastian stellte fest, daß Underbrinks stets wachsame Frau nirgends zu sehen war.

Während Sebastian ihn noch beobachtete, schlenderte Underbrink hinüber zu Prudence, anscheinend, um ihr seine Hilfe beim Spannen des Bogens anzubieten. Prudence schüttelte jedoch heftig den Kopf. Underbrink zuckte mit den Schultern und ging wieder zurück.

Auch Lady Pembroke befand sich unter den Zuschauern. Als sie kurz aufblickte, entdeckte sie Sebastian auf der Terrasse und winkte mit einem violetten Taschentuch, das farblich genau auf ihr Kleid abgestimmt war. Dann drehte sie sich wieder um und beobachtete, wie Prudence ihren Bogen anlegte.

Prudence war als letzte an der Reihe. Sie war die einzige Teilnehmerin, die weder kicherte noch einen der Herren bat, ihr zu zeigen, wie man den Bogen spannte. Ihre Brille blitzte im Sonnenschein, als sie sich auf die Zielscheibe konzentrierte. Ihr ernster Gesichtsausdruck entlockte Sebastian ein Lächeln.

Es war ein bewölkter Tag. Eine frische Brise ließ Prudences bronzefarbenes Nachmittagskleid aufregend um ihre Beine flattern. Eine ganze Minute lang bewunderte Sebastian ihre netten, schlanken Knöchel, ehe er bemerkte, daß er nicht der einzige Mann war, der sich diesem Vergnügen hingab. Er blickte zur Seite und sah, daß sein Gastgeber aus dem Haus gekommen war und nun neben ihm stand.

»Ich muß Ihnen gratulieren, Angelstone. Sie ist eine attraktive kleine Person. Wirklich außergewöhnlich.« Lord Curlings Blick war auf Prudence gerichtet. »Ich hörte bereits, Ihre Verlobte sei ein Original. Aber schließlich ist das wohl die einzige Art Frau, die jemanden wie Sie reizen könnte. Stimmt es, daß sie Geister jagt?«

Sebastian bedachte Curling mit einem abschätzenden Blick. Wahrscheinlich war der Baron nicht besser und nicht schlechter als die meisten anderen Gentlemen der gehobenen Gesellschaft.

Sebastian wußte, daß es genug Leute gab, die sagen würden, sein eigener Ruf ließe mehr zu wünschen übrig als der Curlings. Die Legitimität von Curlings Geburt war zum Beispiel niemals in Frage gestellt worden.

Sebastian hatte vor seiner Abreise aus London ein paar Nachforschungen angestellt, ohne jedoch etwas Besonderes über Curling herauszufinden. Trotz seines Hangs zu rauschenden Festen hier in Curling Castle gab es keine auffälligen Gerüchte über den Mann. Beispielsweise hatte ihn noch nie jemand des Falschspiels bezichtigt, er hatte noch keine Duelle ausgefochten, und es gab keinerlei Anzeichen dafür, daß er dieselbe Art von Bordellen besuchte, die Ringcross frequentiert hatte.

Dennoch empfand Sebastian keine Sympathie für den Mann. Nun, da er ihn eingehend betrachtete, meinte er zu wissen, weshalb. In Curlings Augen lag kaltes sexuelles Interesse, während er Prudence beobachtete. Sebastian wußte, wenn er nicht Ringcross' Tod zu untersuchen hätte, dann wäre er versucht, Prudence umgehend in die Stadt zurückzubringen.

Aber Sebastian wußte auch, daß Prudence allein über den

Vorschlag abzureisen mehr als empört wäre. Sie freute sich dermaßen auf die Nachforschungen, daß er es nicht über sich brachte, sie zu enttäuschen.

»Meine Verlobte hat großes Interesse an geisterhaften Erscheinungen«, sagte Sebastian reglos.

»Faszinierend.« Curling wandte sich zu ihm um. »Und ist sie jemals einem echten Geist begegnet?«

»Nein.«

»Schade.« Curlings massiges Gesicht nahm einen nachdenklichen Ausdruck an. »Ich frage mich gelegentlich, ob es tatsächlich Geister gibt.«

»Ja?« Sebastian stützte sich auf die Steinmauer, die die Terrasse umgab, und beobachtete, wie Prudence ihren Pfeil abschloß. »Was beunruhigt Sie denn so, wenn es um Geister geht? Fürchten Sie sich davor, einem zu begegnen, oder haben Sie Angst, selbst einmal als Geist zurückzukehren?«

»Sie verstehen mich falsch, Angelstone. Der Gedanke an Geister beunruhigt mich nicht im geringsten. Er fasziniert mich eher. Ich langweile mich oft. Da wäre die Begegnung mit einem Geist doch eine amüsante kleine Abwechslung, nicht wahr? Fast so unterhaltsam wie gewisse andere Dinge, die ich mir vorstellen kann.«

Sebastians Hände umklammerten die Steinmauer. »Ich würde Ihnen raten, äußerste Vorsicht walten zu lassen bei der Entscheidung, wie Sie Ihrer Langeweile abhelfen sollen.«

»Seien Sie versichert, daß ich ein äußerst vorsichtiger Mann bin, Angelstone.« Curling lächelte zufrieden, als Prudences Pfeil dicht neben dem Schwarzen Punkt in der Mitte der Zielscheibe landete. »Hervorragender Schuß. Ich glaube, Ihre Lady hat gewonnen, Sir.«

»Das tut sie für gewöhnlich«, erwiderte Sebastian. Er bemerkte, wie Underbrink begeistert applaudierte.

»Es freut mich, daß Sie sich endlich entschlossen haben, eine meiner Einladungen anzunehmen«, sagte Curling. Sein Blick war nach wie vor auf Prudence gerichtet. »Ich habe mich zuerst gefragt, weshalb Sie sich doch endlich einmal entschlossen haben, aufs Land zu kommen. Aber als ich Ihre Bitte um eine Einladung für Ihre Verlobte und ihre Freundin Lady Pembroke erhielt, verstand ich Ihre Gründe.«

»Tatsächlich?«

»Aber natürlich.« Curling grinste wissend. »Ein verlobtes Paar unterliegt in der Stadt gewissen Zwängen. Hier draußen auf dem Land ist alles wesentlich lockerer. Ich wünsche Ihnen viel Spaß während des Wochenendes, Angelstone.«

»Den werde ich gewiß haben.«

Horch, mein liebster Gerald, jemand nähert sich. Vielleicht ist es Lord Braxton. Fliehe. Flieh' sofort. Man darf uns nicht entdecken.

Prudence saß stirnrunzelnd auf einem Chintzsofa in einem kleinen Salon oberhalb der Terrassen und versuchte, die Zeilen auswendig zu lernen.

Sie hatte sich vor einer halben Stunde in diesen ruhigen Raum zurückgezogen, um an ihrer Rolle zu arbeiten. Allmählich kam sie jedoch zu dem Schluß, daß die Schauspielerei wesentlich schwieriger war, als sie erwartet hatte.

Das kurze Stück sollte später am Abend aufgeführt werden. Sie hatte die Rolle der Elisa, einer jungen Frau, deren Eltern sie mit dem rätselhaften Lord Baxton verloben wollten. Voller Entsetzen hatte Elisa den Entschluß gefaßt, mit dem charmanten, gutaussehenden Gerald durchzubrennen. Prudence persönlich fand, daß Elisa den falschen Mann gewählt hatte.

Sie versuchte, die Zeilen laut zu sprechen. »Fliehe. Flieh' sofort. Man darf uns nicht entdecken.«

»Fürchte dich nicht, meine Liebe«, antwortete Edward, Lord

Underbrink. In der Tür stehend, blickte er über die Schulter zurück und trat dann schnell ein. »Hier sind wir sicher.«

»Edward.« Prudence blickte überrascht auf.

»Ja, ich bin's, meine Liebste.« Er schloß die Tür hinter sich und lächelte ihr verschwörerisch zu. »Die Damen sind alle oben, um sich vor dem Dinner auszuruhen, und die Herren befinden sich mit Curling in seiner Bibliothek.«

»Was tust du hier? Hast du eine Rolle in dem Stück?«

»Nein, ich bin hier, weil ich mit dir sprechen muß.« Eiligen Schrittes durchquerte Edward den Raum und sank vor ihr auf die Knie. Er ergriff ihre Hand. »Mein Liebling. Wie habe ich mich danach gesehnt, mit dir allein zu sein.«

Prudence versuchte, unauffällig ihre Hand zurückzuziehen, aber es gelang ihr nicht. »Weshalb?«

»Weil es so vieles zu erklären gibt.« Edward küßte die Hand, die er umklammert hielt. »Du mußt mir glauben, wenn ich sage, daß ich den magischen Sommer in Dorset niemals vergessen habe.«

»Welchen Sommer? Es gibt mehrere Sommer, mußt du wissen. In der Tat, jedes Jahr einen.«

»Was für ein charmanter Scherz, meine Liebe. Aber es gibt nur einen Sommer, der in meinem Herzen lebt, meine teuerste Prudence.« Edwards Augen zeigten tiefe Bewegung. »Und das ist der Sommer, in dem ich dir begegnet bin. Ich kann nicht glauben, daß du vergessen haben solltest, was wir einander bedeuteten.«

»Edward, bitte, ich muß mich darauf konzentrieren, meinen Text zu lernen.« Prudence versuchte erneut, ihre Hand aus seiner Umklammerung zu lösen.

Edward jedoch ließ nicht locker. »Du kannst nicht wissen, wie ich mich fühlte, als ich dich vor ein paar Tagen im Park wiedersah. Dein Anblick weckte sämtliche Erinnerungen in mir. Mein Leben war ohne dich so leer, meine Teuerste.«

»Edward, du bist verheiratet. Da kannst du wohl kaum sagen, dein Leben sei leer.«

»Aber das ist es. Ich bin so einsam, mein Liebling. Du mußt wissen, meine Ehe ist eine Verbindung ohne Liebe. Ich war gezwungen, dieser Heirat um meiner Familie und um des Titels willen zuzustimmen. Aber meine Frau versteht mich nicht.«

Allmählich wurde Prudence ärgerlich. »Offensichtlich habe auch ich Sie nicht verstanden, Mylord. Hätte ich es getan, wäre mir früher die Erkenntnis gekommen, daß Sie sich lediglich mit mir amüsiert haben damals in Dorset.«

»Meine Liebste, so war es gewiß nicht. Einzig mein ausgeprägter Familiensinn zwang mich, dich zu verlassen. Ich hatte keine Wahl, meine Teuerste.«

»Sie hätten mir gleich Anfang des Sommers sagen können, daß Sie nicht die Freiheit besaßen, Ihrem Herzen zu folgen«, sagte Prudence frei heraus. »Ich schätze es nicht sonderlich, als letzte davon zu erfahren.«

»Verzeih mir, ich konnte es dir einfach nicht sagen.« Edward ließ Küsse auf ihre Hand regnen. »Ich gestehe, daß die Zeit mit dir, meine Unvergessene, gestohlene Zeit war. Mehr konnte ich dir nicht geben. Mehr konnte ich mir nicht geben. Und es reichte für keinen von uns beiden, nicht wahr?«

»Tatsächlich glaube ich, es war mehr als genug für mich«, sagte Prudence.

Edward lächelte traurig. »Du kannst deine wahren Gefühle nicht vor mir verbergen, Prudence. Ich weiß, daß deine Liebe zu mir zu tief und zu rein war, als daß sie jemals erlöschen könnte.«

»Ich fürchte, sie war nicht ganz so tief und rein, da sie wie eine Kerze erloschen zu sein scheint.«

»Dann werde ich alles daran setzen, die Glut, von der ich weiß, daß sie in deinem Innersten verborgen ist, neu zu entfachen«, schwor Edward.

Prudence fragte sich flüchtig, wie sie Edward während des Sommers in Dorset hatte ernst nehmen können. Nun ja, sie war drei Jahre jünger gewesen. Und sie hatte Sebastian nicht gekannt.

»Ich glaube nicht, daß Angelstone Ihre Bemühungen zu schätzen wissen wird«, entgegnete sie trocken.

»Angelstone. Dieser *Teufel.*« Edward verstärkte seinen Griff um ihre Hand. »Ich kann nicht glauben, daß du den Gefallenen Engel höchstpersönlich heiraten wirst. Du bist eine Frau voller Wärme und Sonnenschein. Es schmerzt mich zu wissen, daß du in den Armen eines solch kalten Mannes gefangen bist.«

»Angelstone ist nicht im geringsten kalt.«

»Sie sagen, er hat Eis in seinen Adern.«

»Unsinn«, sagte Prudence brüsk. »Alles nur Theater. Sie müssen wissen, er hat schauspielerisches Talent im Blut. Aber auf keinen Fall hat er Eis in seinen Adern.«

Edward bedachte sie mit einem mitleidigen Blick. »Meine Liebe, du bist einfach zu gutherzig. Du verstehst nicht, wie gefährlich Angelstone tatsächlich ist. Wegen all der Dinge, die wir einst geteilt haben, du mußt mir glauben. Du darfst nicht zulassen, daß der Herr der Unterwelt dich zu sich hinabreißt.«

»Ich fürchte, ich habe durchaus die Absicht, sie mit mir hinabzureißen, Underbrink«, sagte Sebastian, der unbemerkt eingetreten war. Seine Stimme war gefährlich leise und sehr, sehr kalt. »Ich würde Ihnen also raten, die Hand meiner Verlobten auf der Stelle freizugeben.«

Edward ließ Prudences Hand fallen, als habe er sich daran verbrannt. Er sprang auf die Füße. »Angelstone.«

Prudence schenkte Sebastian ein Lächeln. »Hallo, Angelstone. Ich habe Sie nicht hereinkommen hören.«

»Offensichtlich nicht.« Mit gekreuzten Armen stand Sebastian unbeweglich im Türrahmen. Seine Aufmerksamkeit war auf Edward gerichtet. »Was geht hier vor sich?«

»Schauspielerei, Mylord«, sagte Prudence freundlich. »Das ist alles. Stimmt's, Lord Underbrink?«

Edward errötete. »Ja«, stammelte er. »Schauspielerei. Ich habe Prudence – ich meine, Miss Merryweather – geholfen, ihre Rolle zu lernen.«

»Fliehe«, murmelte Prudence mit bestmöglicher Dramatik. »Flieh' sofort. Ich brauche Ihre Hilfe nicht mehr, Sir. Angelstone kann mir helfen, meinen Text zu lernen.«

»Ja, selbstverständlich.« Edward fuhr sich mit einem Finger unter die vornehm gebundene Krawatte. »Wenn Sie mich entschuldigen wollen, Miss Merryweather.«

»Auf Wiedersehen, Lord Underbrink.«

Edward ging mit ängstlichem Gesichtsausdruck in Richtung der Tür. Er war sich nicht ganz sicher, ob Sebastian ihn an sich vorbeilassen würde. Im letzten Moment trat dieser jedoch lässig zur Seite. Schnell glitt Edward an ihm vorbei und floh.

Sebastian blickte Prudence mit hochgezogenen Brauen an. »Schauspielerei?«

»Ja, und wissen Sie, Angelstone, ich habe festgestellt, daß das sehr schwierig ist.«

»Das hat auch meine Mutter immer gesagt.«

»Ich verstehe nicht, wie wir alle jemals bis heute abend unseren Text lernen sollen.«

»Vielen wird es einfach egal sein.« Sebastian kam auf sie zu. »Sie werden ihre Zeilen vom Blatt ablesen.«

»Oh. Meinst du, ich vergeude meine Zeit?« Prudence lächelte entschuldigend. »Es ist wirklich ein außerordentlich dummes Stück.«

»Tatsächlich?«

»Ja. Es geht um eine Lady, die mit einem höchst interessanten Mann namens Lord Braxton verlobt ist. Verrückterweise glaubt sie jedoch, sie sei verliebt in eine äußerst hirnlose Kreatur namens Gerald. Wenn ich an ihrer Stelle wäre, würde ich mich von Gerald verabschieden und mich von dem rätselhaften Lord Braxton ehelichen lassen.«

»Wirklich?« Sebastian zog sie auf die Füße und umfaßte ihr Gesicht mit beiden Händen.

»Auf jeden Fall.« Sie hielt den Atem an und fragte sich, ob er sie wohl küssen würde. »Genau das würde ich tun.«

»Das freut mich zu hören.« Sein Mund strich sanft über ihre Lippen. »Nun, soll ich dir beim Auswendiglernen helfen?«

»Würde es dir etwas ausmachen?«

»Überhaupt nicht. Du weißt, die Schauspielerei liegt mir im Blut.«

Später am Abend entließ Prudence das Mädchen, das ihr und einigen anderen Damen zugeteilt war, und begann, in ihrem Schlafzimmer auf und ab zu gehen. Stille hatte sich über Curling Castle gesenkt. Sämtliche Gäste hatten sich nach einem Abend mit Theater, Kartenspiel und ausgiebigem Trinken in ihre Gemächer zurückgezogen.

Prudence war auf ihren ersten Versuch auf der Bühne recht stolz gewesen. Sie hatte als einzige ihren Text gelernt und sich wie ein Kind gefreut, als Sebastian begeistert geklatscht hatte.

Aber jetzt war sie bereit für das wahre Abenteuer des Abends.

Sobald die Tür hinter dem Mädchen ins Schloß gefallen war, hatte Prudence ihr Nachthemd ausgezogen. Schnell hatte sie ein grobes Wollkleid übergeworfen, das sie extra für diese Gelegenheit mitgebracht hatte, und nun wartete sie ungeduldig auf Sebastian, damit sie endlich mit ihren Nachforschungen beginnen konnten.

Es schien eine Ewigkeit zu dauern, ehe sich plötzlich die Tür öffnete und er lautlos den Raum betrat. Er blickte über die Schulter zurück, während er ihr zunickte. »Bist du bereit?«

»Natürlich.« Prudence nahm eine unangezündete Kerze und eilte zur Tür. »Was hat dich aufgehalten?«

»Ich habe gewartet, bis das Hin und Her im Flur etwas nachgelassen hat.« Er lächelte. »Wußtest du, daß der junge Dodwell eine Affaire mit Lady Keegan hat?«

»Lady Keegan?« Prudence war verblüfft. »Aber sie ist mindestens doppelt so alt wie er. Und außerdem ist sie verheiratet.«

»Falls du dich daran erinnerst, ist ihr Mann in der Stadt geblieben.« Sebastian berührte ihre Lippen. »Kein Wort mehr jetzt, bis wir an der Treppe angelangt sind.«

Er ergriff ihre Hand und führte sie schnell durch die stille Halle. Noch brauchten sie die Kerze nicht, stellte Prudence fest. Die Lichter der Fackeln an den Wänden genügten, um die Türen und die Treppen zu erkennen. Offensichtlich kannte Lord Curling die nächtlichen Gewohnheiten seiner Gäste.

Die Treppe, die in den dritten Stock führte, lag hingegen vollkommen im Dunkeln und Prudence spürte, wie ein kalter Luftzug durch ihr warmes Kleid drang.

Erst als sie oben angelangt waren und sich weit hinten im Flur außer Sichtweite befanden, erlaubte Sebastian Prudence, die Kerze anzuzünden. Als sie brannte, nahm er sie ihr aus der Hand und hielt sie hoch in die Luft.

»Woher sollen wir wissen, in welchem Raum Ringcross zu Tode kam?«

»Mein Kammerdiener hat den Bediensteten ein paar unauffällige Fragen gestellt«, erläuterte Sebastian. »Einer von ihnen erzählte, daß es der Raum im Südturm gewesen sei.«

»Es ist recht kühl hier oben.« Prudence rieb sich die Arme, während sie den Südflügel der ausgedehnten Burg durchquerten.

»Curling sagte, dieser Stock würde nie benutzt. Also wäre es Verschwendung, hier zu heizen.«

»Wenn diese Etage nie benutzt wird, was hat dann Ringcross hier oben in der Nacht seines Todes gemacht?« fragte Prudence.

»Das ist eine sehr gute Frage, meine Liebe.« Sebastian blieb vor einer Tür am Ende des Korridors stehen. »Dies muß der Raum sein.«

Prudence drehte den Türknauf. »Es ist abgeschlossen.«

»Darum kümmere ich mich. Hier, halt die Kerze.«

Prudence nahm ihm die Kerze ab. Bewundernd sah sie zu, wie er ein kurzes Stück Metall aus dem Ärmel zog und es vorsichtig in das Schloß schob.

»Öffne dich, meine Süße«, flüsterte er dem Schloß zu. »So ist's gut, Liebling, laß mich hinein. Gib mir, was ich will. Ah, ja. So ist's richtig. Das ist es, was ich brauche. Wunderbar.«

Es folgte ein leises Klicken. Sebastian drehte den Knauf und öffnete die Tür. Die Scharniere quietschten leise.

Prudence war beeindruckt. »Äußerst clever, Graf.«

Er lächelte schwach, während er eintrat. »Danke, meine Liebe. Es ist immer nett, wenn kleine Leistungen anerkannt werden.«

»Das müssen Sie mir unbedingt beibringen«, sagte Prudence.

»Ich bin nicht so sicher, ob das vernünftig wäre. Wenn ich dir all meine Tricks verrate, könntest du beschließen, daß du mich nicht länger brauchst.«

»Unsinn.« Prudence folgte ihm in das dunkle Zimmer. »Wir sind ein Team, Sir. Wir müssen unser Wissen teilen – gütiger Himmel.« Sie schnappte nach Luft, als sie von einer eisigen Kälte gestreift wurde.

»Was ist los?« fragte Sebastian in der Dunkelheit.

»Ich weiß nicht.« Prudence blickte auf die Kerze in ihrer Hand in der Erwartung, daß sie erloschen sei. Aber die Flamme brannte noch. »Es ist eiskalt hier drin.«

»Nicht kälter als im Flur.«

»Ich habe das Gefühl, als sei es wesentlich kälter.« Sie hob die Kerze und blickte sich im Zimmer um.

Das Mobiliar beschränkte sich auf ein seltsames Bett mit eisernen Pfosten, einen massiven Kleiderschrank, einen Tisch und schwere Vorhänge vor den Fenstern.

»Alles ist ganz in Schwarz«, flüsterte Prudence scheu. »Die Vorhänge, die Bettwäsche, der Teppich. Alles.« Sie reckte die Kerze noch höher in die Luft und starrte auf zwei mächtige Ketten, die an der Wand hingen. »Was ist denn das?«

Sebastian durchquerte den Raum und untersuchte die Ketten. »Handfesseln.«

»Großer Gott. Wie eigenartig. Glaubst du, dies war einmal ein Kerker?«

»Nein. Kerker befinden sich im allgemeinen im Keller eines Hauses und nicht unter dem Dach.«

»Ein höchst ungewöhnliches Dekor.«

»Ja.« Sebastian nahm Prudence die Kerze aus der Hand und schritt langsam durch das Zimmer.

Prudence erschauderte, während sie ihn beobachtete. Auf alle Fälle war es hier drinnen kälter als im Flur, dachte sie. Sie fragte sich, weshalb Sebastian das nicht spürte. Und nicht nur die Kälte in dem Raum störte sie. Zugleich war da ein unangenehmes Gefühl von Dunkelheit und Schatten, das nichts mit der normalen Düsterkeit der Nacht zu tun hatte.

»Sebastian, irgend etwas stimmt ganz und gar nicht mit diesem Zimmer«, sagte sie drängend.

Er sah sie besorgt an. »Verdammt. Du fürchtest dich. Ich hätte dich nicht mit hier herauf nehmen sollen. Komm, ich begleite dich zurück zu deinem Schlafgemach.«

»Nein.« Es gelang ihr, ein kleines, beruhigendes Lächeln aufzusetzen. »Nein, es geht mir gut. Ich friere nur etwas.«

»Bist du dir sicher, daß du nicht umkehren möchtest?«

»Und die Gelegenheit verpassen, deine Untersuchungstechniken zu beobachten? Auf gar keinen Fall«, sagte sie bestimmt. »Fahren Sie fort, Graf.«

Er bedachte sie mit einem letzten fragenden Blick. »Nun gut. Aber wenn du dich weiterhin fürchtest, mußt du es mir umgehend sagen. Ich werde es nicht zulassen, daß du wegen dieser Angelegenheit vor Angst verrückt wirst.«

»Ich versichere dir, ich ängstige mich durchaus nicht.« Prudence wechselte das Thema. »Weißt du, ich kann mir nicht vorstellen, einen solchen Raum als Gästezimmer zu benutzen. Er ist einfach zu seltsam.«

»Da stimme ich dir zu.« Sebastian blieb vor dem Kleiderschrank stehen und öffnete ihn. »Nicht viele Hausgäste würden sich an einem Ort wie diesem wohlfühlen.«

»Ist irgend etwas in dem Kleiderschrank?« Prudence trat näher. Die Konzentration, die sich auf Sebastians Gesicht widerspiegelte, ließ sie ihre Unruhe für einen Augenblick vergessen.

»Nein, er scheint leer zu sein.« Sebastian beugte sich in den dunklen Schrank. »Aber da sind zahlreiche kleine Schubladen.«

»Laß mich sehen.« Prudence blickte hinein. Der größte Teil des Schranks bestand aus mehreren Reihen von Schubladen. »Ich frage mich, was man da drin wohl aufbewahrt?«

»Ich habe keine Ahnung.« Sebastian begann, die kleinen Schubladen systematisch aufzuziehen. Außer einer waren sie alle leer.

»Was ist?« Prudence stand auf ihren Zehenspitzen und versuchte, ihm über die Schulter zu blicken. Sie sah einen goldenen Schimmer in der Ecke des letzten kleinen Kastens. »Eine Münze.«

»Nein, ein Knopf.« Sebastian nahm den kleinen goldenen Gegenstand heraus und hielt ihn ins Licht der Kerze. *»Die Prinzen der Tugend.«*

Prudence runzelte die Stirn. »Tugend? Meinst du, der Knopf gehört einem Bibelforscher?«

»Das bezweifle ich.« Sebastian blickte sie nachdenklich an.

»Die Mitglieder einiger Herrenclubs lassen sich manchmal den Namen ihres Clubs in ihre Knöpfe eingravieren.«

»Hast du jemals von einem Club namens *Die Prinzen der Tugend* gehört?«

»Nein«, gestand Sebastian. »Das habe ich nicht. Aber ich finde darüber vielleicht etwas heraus, wenn wir wieder in der Stadt sind.« Er steckte den Knopf in die Tasche und schloß die Schublade.

»Es ist wohl eher unwahrscheinlich, daß der Knopf uns irgendeinen Hinweis in bezug auf Ringcross' Tod gibt«, sagte Prudence enttäuscht. »Ich bezweifle, daß es da eine Verbindung gibt. Wahrscheinlich liegt der Knopf seit Jahren in dieser Schublade.«

»Man kann nie wissen«, sagte Sebastian dunkel. Er wollte den Schrank wieder zumachen, als er plötzlich innehielt. Noch einmal beugte er sich nach vorne.

»Was ist los?«

»Da ist eine ungewöhnliche Stelle im Holz«, sagte Sebastian.

Prudence sah genauer hin. »Sie erinnert mich an das Verbindungsstück, das ich in dem Abschnitt des Fußbodens gefunden habe, in dem ich die Pembroke-Juwelen gefunden habe.«

»Ich glaube, dieser Kleiderschrank hat hinten eine Geheimtür.« Sebastian drückte versuchsweise gegen die Rückwand. Es geschah nichts. »Vielleicht gibt es irgendwo einen verborgenen Hebel.«

Prudence ging um den Schrank herum. »Der Schrank steht direkt an der Wand, Sebastian. Selbst wenn es dir gelingen sollte, die Rückwand zu öffnen, würdest du dahinter nur eine Steinwand finden.«

»Trotzdem würde ich dieses kleine Rätsel gerne lösen.« Sebastian untersuchte weiter das Innere des Schranks.

Prudence verstand ihn. Auch sie war neugierig zu erfahren,

ob es irgendeinen geheimen Mechanismus zum Öffnen der Rückwand gab.

Sie kniete sich auf den Boden, um zu sehen, ob sich vielleicht unter dem Schrank ein Hebel oder ein Knopf befand. Aus dem Augenwinkel heraus sah sie einen kleinen Gegenstand unter dem Bett.

»Sebastian, da drüben ist etwas.«

»Was?«

»Etwas unter dem Bett. Eine kleine Schachtel, glaube ich.« Prudence krabbelte in Richtung des Bettes. »Halt die Kerze tiefer.«

»Ich hole es.« Sebastian packte sie und wirbelte sie herum. »Wir wissen schließlich nicht, was sonst noch unter dem verdammten Bett verborgen ist.«

Hinter seinem breiten Rücken rümpfte sie die Nase, als er sich auf ein Knie stützte. »Nun gut, Graf, aber ich möchte Sie daran erinnern, daß ich diejenige war, die dieses Beweisstück entdeckt hat, gleich, was es ist.«

»Ich hätte das Bett auch noch untersucht.« Sebastian langte unter das Bett und griff nach dem Gegenstand.

»Nun?« fragte Prudence gespannt. »Was hast du gefunden?«

»Eine Tabakdose.«

»Liegt noch etwas da unten?« fragte sie.

»Nur ein Nachttopf.« Sebastian erhob sich und drehte die kleine Dose in seiner Hand. Er öffnete sie. »Sie enthält noch einen Tabakrest.« Er hielt sich die Dose dicht unter die Nase und atmete vorsichtig ein. »Ein außergewöhnliches Aroma.«

»Ich bin froh, daß du keinen Schnupftabak benutzt«, bemerkte Prudence. »Es ist eine äußerst unangenehme Angewohnheit.«

»Aber eine weitverbreitete. Genau wie diese Dose. Sie sieht aus wie Dutzende anderer, die von Gentlemen der besseren Gesellschaft benutzt werden. Aber diese Mischung ist höchst ungewöhnlich. Vielleicht ist es möglich, den Tabakhändler ausfindig zu machen, der sie kreiert hat, und vielleicht weiß er auch noch, wer der Auftraggeber war.«

»Vielleicht gehörte die Dose Ringcross. Dann nützt sie uns nichts.«

»Da bin ich mir nicht so sicher.« Sebastian überflog das Zimmer noch einmal mit den Augen. »Man sollte annehmen, daß sie, wenn sie Ringcross gehört hätte, mit ihm aus dem Fenster gefallen wäre. Es sei denn, es hätte ein Kampf stattgefunden, bevor er starb, und die Tabakdose wäre ihm dabei aus der Tasche gefallen.«

Prudence starrte ihn an. »Du denkst, es könnte sich also tatsächlich um einen Mordfall handeln?«

»Es ist noch zu früh, um das zu sagen. Aber die Nachforschungen werden mit jedem Augenblick interessanter.« Er ging hinüber zum Fenster und zog die schweren, schwarzen Vorhänge auf.

Prudence betrachtete das große Fenster. »Wenn man nicht gerade auf dem Fenstersims steht, ist es so gut wie unmöglich, dort hinauszufallen.«

»Ja. Aber es wäre sicher möglich, jemanden hinunterzustoßen«, sagte Sebastian.

Prudence erschauderte erneut, als eine weitere eisige Kältewelle sie durchströmte. »Oder man könnte springen.«

Urplötzlich wallten Gefühle in ihr auf, die nicht ihr selbst entstammen zu schienen. Zorn und Entsetzen kämpften in ihrem Inneren und ließen sie weiter erzittern. Prudence schwankte, aber zugleich war sie sich bewußt, daß nicht sie diejenige war, die diese gräßlichen Gefühle erlebt hatte.

Jemand anders hatte sie in diesem Zimmer durchgemacht. Eine andere Frau. Da war sich Prudence ganz sicher.

»Prudence?« Sebastian hielt die Kerze hoch und blickte auf ihr Gesicht herab. »Was ist los?«

Sie sah zu ihm auf in der Hoffnung, daß er sie verstehen würde. »Ich glaube, ich begegne soeben meinem ersten echten Geist.«

»Es reicht.« Er ergriff ihren Arm und schob sie zur Tür. »Das ganze war zuviel für dich. Ich werde dich umgehend hier herausbringen.«

»Sebastian, ich bilde mir diese Sache nicht ein. Ich schwöre, irgend etwas Entsetzliches ist hier oben vorgefallen. Ich bin mir keinesfalls sicher, daß es etwas mit Ringcross zu tun hat. Ich spüre die Anwesenheit einer Frau.«

»Beruhige dich, meine Liebe.«

»Aber, Sebastian –«

Er schob sie durch die Tür. Noch einmal blickte er zurück in das Zimmer, und dann zerrte er sie hinter sich her durch den finsteren Gang in Richtung der Treppe.

Prudence war enttäuscht. »Du denkst, meine Fantasie geht mit mir durch, stimmt's?«

»Du bist eine kreative und intelligente Frau. Solche Talente führen manchmal zu einer gewissen Überreaktion.«

»Unsinn. In diesem Raum sind entsetzliche Dinge geschehen, Sebastian. Vielleicht haben sie etwas mit Ringcross' Tod zu tun, vielleicht auch nicht. Aber ich schwöre dir, daß dort etwas Schreckliches passiert ist.«

»Ich widerspreche dir ja gar nicht, Prue.« Sebastian drängte weiter gen Treppe.

»Du glaubst mir nicht«, sagte sie.

»Ich gebe zu, daß ich nicht an Geister glaube. Ich gebe auch zu, daß ich handfeste Beweise vorziehe, bevor ich meine Schlüsse ziehe.«

»Mit anderen Worten, du denkst, ich sei ein Opfer meiner zu großen Fantasie.«

»Meine Liebe, die Tatsache, daß du die Untersuchung geisterhafter Erscheinungen zu deinem Hobby gemacht hast, könnte man tatsächlich als Beweis einer ausgeprägten Vorstellungskraft betrachten. Ich will dir nicht zu nahe treten, aber du wirst verstehen, daß mein Hobby einen etwas wissenschaftlicheren Ansatz erforderlich macht.«

»Ha. Sie meinen also, Ihre Forschungsmethoden seien den meinen überlegen?«

»Vielleicht nicht, wenn es um geisterhafte Erscheinungen geht, aber bei der Untersuchung von Verbrechen ganz bestimmt.«

»Das ist eine unerträglich arrogante, überhebliche Meinung«, verkündete Prudence. »Meine Methoden sind ebenso wissenschaftlich fundiert wie Ihre.«

Ohne Vorwarnung öffnete sich plötzlich die Tür, an der sie soeben vorbeigingen. Erst ertönte ein kratzendes Geräusch, und dann flackerte eine Kerze auf. Ein alter Mann mit einem wirren Bart starrte sie an.

»Was, zum Teufel –?« Sebastian drängte Prudence hinter sich und wirbelte herum zu der verhutzelten Gestalt, die in der Tür stand. »Wer sind Sie?«

Der alte Mann ignorierte ihn und blickte Prudence aus halbblinden Augen an. »Du bist jemand anderes.« Sein faltiges Gesicht verzog sich in offensichtlicher Enttäuschung.

»Verzeihung?« Prudence stand auf ihren Zehenspitzen und sah ihn über Sebastians Schulter hinweg an.

»Ich hab' gesagt, du bist jemand anderes.« Der alte Mann blickte sie mißtrauisch an. »Seit sie in dem anderen Zimmer da drüben den einen erwischt hat, halte ich mich hier oben versteckt. Ich halte immer Ausschau nach ihr. Dachte, sie käme zurück, um auch die anderen zu holen. Ich wollte sie mit meinen eigenen Augen sehen.«

»Wen haben Sie hier oben erwartet?« fragte Sebastian.

»Das arme Mädchen, das sich aus dem verfluchten Zimmer in den Tod gestürzt hat. Sie haben ihre Leiche zum Fluß geschleppt und sie hineingeworfen, damit alle denken, sie sei dort ertrunken. Aber ich weiß, daß das nicht stimmt.«

Der Mann war halb wahnsinnig, erkannte Prudence, aber er glaubte jedes Wort, das er sagte. »Wer sind Sie?«

»Higgins. Der verrückte Higgins. So nennen sie mich.« Higgins riß seinen fast zahnlosen Mund auf und lachte geräuschlos.

»Wann ist das Mädchen gesprungen, Higgins?« fragte Sebastian.

»Vor langer Zeit.« Higgins verfiel in einen Singsang. Seine Augen waren auf etwas weit Entferntes gerichtet. »Aber ich hab's nicht vergessen.«

»War Ringcross dafür verantwortlich, daß sie gesprungen ist?« bohrte Sebastian weiter.

»Sie alle hatten Schuld.« Higgins nickte. »Und sie alle werden zahlen. Sie werden sehen. Sie alle werden zahlen. Sie hat sie verflucht, bevor sie sprang. Hat gesagt, sie würde gerächt werden. Und jetzt beginnt die Zeit der Rache.«

»Sie ist zurückgekommen, um Ringcross zu holen?« Prudence klammerte sich an Sebastians Arm. »Wollen Sie das damit sagen, Mr. Higgins?«

»Sie wird auch die anderen holen.« Higgins begann, den Flur hinabzuhumpeln.

»Warten Sie. Wer sind die anderen?« fragte Sebastian schnell. »Wann ist das Mädchen gesprungen?«

Aber Higgins hörte nicht mehr zu. Er summte eine tonlose Melodie und humpelte weiter. Sebastian wollte ihm folgen.

»Laß ihn gehen«, sagte Prudence. »Der arme Mann ist verrückt. Wenn du versuchst, ihn weiter auszufragen, wirst du ihn nur aufregen. Wer weiß, was er dann tut. Vielleicht weckt er dann das ganze Haus auf. Das würde die Chancen, unsere Nachforschungen abzuschließen, zunichte machen.«

»Verdammt, er weiß etwas von dieser Sache.« Verzweifelt

beobachtete Sebastian Higgins, wie dieser um die Ecke verschwand.

»Vielleicht weiß er gar nicht so viel«, sagte Prudence nachdenklich. »Er scheint unter einer Art Delirium zu leiden. Der Tod des Mädchens ist vielleicht einfach eine alte Legende, die er aufgeschnappt und irgendwie mit Ringcross' Tod in Verbindung gebracht hat.«

»Wer, glaubst du, ist dieser Mann?«

»Ich habe keine Ahnung. Vielleicht ein alter, seit langer Zeit pensionierter Angestellter der Familie.« Prudence lächelte. »Oder vielleicht ein Geist.«

Sebastian runzelte die Stirn, als er ihren Arm ergriff und sie weiter in Richtung Treppe führte. »Das war kein Geist.«

»Wie willst du das wissen? Schließlich bist du noch nie einem begegnet.«

»Wenn ich jemals einem Geist begegne, werde ich es wissen.« An der Treppe angekommen, löschte Sebastian die Kerze. Die Fackeln im unteren Stockwerk verbreiteten ein schwaches Licht. »Du hingegen hast heute nacht einen Geist zuviel gesehen.«

»Unsinn. Ich gestatte dir nicht, so zu tun, als hätte ich die Angewohnheit, mir Dinge einzubilden. Ich versichere dir, das ist nicht der Fall. Daß ich etwas Seltsames gespürt habe in dem Raum, heißt noch lange nicht, daß ich schwachsinnig bin.«

»Pst.« Sebastian blieb mitten auf der Treppe stehen.

Er preßte sich an die Wand und zog Prudence in seine Arme. Er drehte sie zu sich um, so daß ihr Gesicht an seiner Brust verborgen war.

»Was tust du da?« murmelte Prudence in sein Hemd.

»Sei ruhig«, flüsterte er ihr ins Ohr. »Im Flur scheinen die Aktivitäten wieder zuzunehmen.«

»Oh.«

Irgendwo schloß sich eine Tür. Sebastian wartete noch einen

Augenblick, bevor er Prudence losließ. »Ich glaube, jetzt ist es sicher. Es war Larkin. Er schlich sich auf Zehenspitzen am Fuß der Treppe vorbei, ohne ein einziges Mal aufzublicken. Komm, bringen wir dich zurück in dein Schlafzimmer. Nächstes Mal haben wir vielleicht mehr Glück.«

»Das Ganze ist wirklich aufregend, nicht wahr, Sebastian?« Prudence ließ sich zur Treppe zerren. »Ich glaube, unsere Partnerschaft wird mir ungeheuren Spaß bereiten.«

»Das bezweifle ich nicht eine Minute, meine Liebe«, murmelte er. »Ich für meinen Teil fürchte nur, daß meine Nerven unter dieser Erfahrung ziemlich leiden werden.«

Sie erreichten Prudences Schlafgemach ohne weitere Zwischenfälle. Prudence spürte Sebastians Seufzer der Erleichterung, als er die Tür öffnete.

Weiter unten vernahm Prudence das Quietschen einer anderen Tür. Sie eilte in ihr Zimmer und wirbelte herum, um zu sehen, ob Sebastian auch nicht entdeckt wurde von demjenigen, der jetzt durch den breiten Flur schlich.

Sebastian war direkt hinter ihr. Lautlos schloß er die Tür.

»Verdammt.« Er ließ den Knauf los. »Das war knapp.«

»Ja, aber jetzt sind wir in Sicherheit.« Prudence zündete eine Kerze an. Die lodernde Flamme fiel auf Sebastians Gesicht, das grimmige Entschlossenheit verriet. Überrascht blickte sie ihn an. »Ist etwas nicht in Ordnung? Ich bin sicher, du wirst in ein paar Minuten in dein eigenes Zimmer zurückkehren können.«

»Zufällig«, sagte Sebastian, »gibt es da noch etwas, das ich mit dir besprechen möchte.« Er musterte sie mit einem eindeutig besitzergreifenden Blick. »Und jetzt scheint mir ein ebenso geeigneter Moment zu sein wie jeder andere.«

Sie lächelte, immer noch begeistert von dem bestandenen Abenteuer. »Ich nehme an, es geht um die Ereignisse unserer heutigen Nachforschung. Wir sollten uns Notizen machen. Ich hole schnell meinen Block.«

»Später.« Sebastians Augen schimmerten golden im Kerzenlicht. »Was ich mit dir besprechen möchte, ist eher persönlicher Art.«

»Persönlicher Art?«

»Ja.«

Er machte zwei Schritte auf sie zu und zog sie in seine Arme. »Sehr persönlicher Art.«

Das leise Klopfen an der Tür ertönte gerade in dem Moment, als Sebastian Prudences Mund mit seinen Lippen umschloß.

NEUN

»Verdammt.« Abrupt hob Sebastian den Kopf und sah zur Tür. Noch nie hatte er so gefährlich ausgesehen. »Wer, zum Teufel, wagt es, um diese Zeit an deinem Schlafzimmer anzuklopfen?«

»Ich habe keine Ahnung.« Sie runzelte besorgt die Stirn, als sie die kalte Wut bemerkte, die in seinen Augen aufflackerte. »Um Himmels willen, beruhige dich. Zweifellos ist es Lady Pembroke. Vielleicht braucht sie meine Hilfe.«

»Das ist wohl eher unwahrscheinlich.« Sebastian drehte sich um und machte sich auf den Weg zur Tür.

Von seiner drohenden Miene alarmiert, versuchte Prudence ihn zurückzuhalten. »Sebastian, warte. Du kannst nicht einfach in meinem Zimmer an die Tür gehen.«

»Auf keinen Fall wirst *du* auf das Klopfen reagieren.«

»Bedenken Sie, was Sie tun, Mylord.« Prudence eilte ihm nach. »Sie gehen die Sache nicht gerade logisch und vernünftig an.«

»Du irrst dich, Prue. Ich verhalte mich vollkommen vernünftig. Wenn ich die Tür aufmache, dann wird das deinem nächtlichen Besucher die Augen öffnen.«

»Darf ich Sie daran erinnern, Sir, daß es außerordentlich

schwierig sein wird, unsere Verlobung zu lösen, wenn die Leute erst einmal glauben, daß wir die Angewohnheit haben, ein Schlafzimmer zu teilen. Die ganze Sache ist auch so schon unangenehm genug.«

Erneut ertönte ein leises Klopfen an der Tür.

Sebastian bedachte Prudence mit einem spöttischen Blick. »Meine Liebe, anscheinend kennst du die Bedeutung des Wortes unangenehm nicht.«

Nun reichte es Prudence. »Das ist vollkommener Unsinn. Sie denken nicht klar. Offensichtlich wird Ihr Hirn momentan von Ihren männlichen Gefühlen beherrscht.«

»Tatsächlich?« Sebastian legte die Hand auf den Türknauf. »Und was soll ich Ihrer Meinung nach unter diesen Umständen tun, Miss Merryweather?«

»Verstecken Sie sich im Kleiderschrank und bleiben Sie dort, bis ich die Sache geklärt habe.«

Er starrte sie ungläubig an. Dann riß er die Tür auf.

Prudence war so erbost über sein anmaßendes Verhalten, daß sie ihren nächtlichen Besucher erst nach ein paar Sekunden erkannte. Doch dann schnappte sie nach Luft. Edward.

Lord Underbrink trug Pantoffeln und einen dunkelblauen Hausmantel, auf den das Familienwappen aufgestickt war. Er bemerkte Sebastian nicht sofort, da er zu sehr damit beschäftigt war, sich umzusehen, ob auch niemand im Flur war, der ihn erkennen könnte.

»Guten Abend, Underbrink«, sagte Sebastian mit einer Stimme, die das Feuer der Hölle zum Gefrieren gebracht hätte. »Der Einfachheit halber können wir uns die Förmlichkeiten wohl ersparen. Kommen wir gleich zur Sache. Ich werde meine Sekundanten zu Ihnen schicken, sobald wir wieder in London sind.«

»*Was?*« Edward machte einen Satz zurück. Sein Kopf fuhr herum, und er starrte Sebastian mit zunehmendem Entsetzen an. »Verdammt. Angelstone, ich muß mich bei Ihnen entschuldigen. Ich scheine tatsächlich an die falsche Tür geklopft zu haben.«

»Richtig. Es handelt sich um die falsche Tür.«

»Ich versichere Ihnen, es war ein Versehen«, stotterte Edward.

»Ein Versehen, für das Sie teuer bezahlen werden.«

»Also, hören Sie zu«, polterte Edward, »Sie werden doch wohl nicht allen Ernstes beabsichtigen, mich herauszufordern, nur weil ich an Ihre Tür geklopft habe.«

»Dies ist nicht meine Tür«, sagte Sebastian.

Edward mimte Erstaunen. »Nein? Aber Sie stehen doch hier mitten im Türrahmen. Ich fürchte, ich verstehe Sie nicht.«

»Dies ist die Tür zum Zimmer meiner Verlobten, Underbrink, das wissen Sie nur allzu genau. Ich habe jedoch nicht die Absicht, diese Angelegenheit jetzt und hier zu besprechen. Ich ziehe es vor, die Sache mit Pistolen zu regeln.«

Edward war ernsthaft getroffen. »Ich versichere Ihnen, es war wirklich ein Versehen. Ich dachte, es handele sich um die Tür zum Schlafgemach einer anderen Dame. Einer älteren Dame. Seit Jahren verheiratet. Ich bin sicher, daß Sie verstehen werden, wenn ich unter diesen Umständen nicht in der Lage bin, ihren Namen zu nennen, aber es handelt sich auf keinen Fall um Miss Merryweather.«

»Gute Nacht, Underbrink.«

Edward war ehrlich verzweifelt. »Sir, Sie können mich wegen dieser Sache nicht ernsthaft herausfordern wollen.«

»Genau das habe ich vor.« Sebastian wollte die Tür schließen, doch Prudence legte ihre Hand auf seinen Arm.

»Mylord, hören Sie auf, ein solches Durcheinander zu veranstalten.« Sie bedachte Edward mit einem beruhigenden Lächeln. »Ich bin davon überzeugt, daß Lord Underbrink niemandem zu nahetreten wollte.«

»Ganz gewiß nicht.« Edward blickte Prudence dankbar an. »Es war einfach die falsche Tür. Das ist alles. Sie sehen alle gleich aus in diesem verdammten Flur.«

»Ja, natürlich.« Prudence fragte sich flüchtig, weshalb sie nie zuvor bemerkt hatte, was für ein Hasenfuß Edward war. »Ich kann mir vorstellen, daß man sich da leicht vertut. Schließlich herrscht heute nacht ein reges Treiben im Korridor, nicht wahr? Ich frage mich, wie auch nur einer der Gäste dabei schlafen kann.«

Sebastian warf ihr einen warnenden Blick zu, »halt dich aus dieser Sache heraus, Prue.«

»Nein, das werde ich nicht«, entgegnete sie ruhig. »Hören Sie auf, Lord Underbrink angst zu machen. Er hat einen Fehler gemacht, und es tut ihm außerordentlich leid.«

»Er wird die Sache noch erheblich mehr bedauern, wenn ich mit ihm fertig bin«, schwor Sebastian.

Edward fuhr zusammen. »Mylord, ich bitte Sie um Verzeihung. Ich versichere Ihnen, daß es sich bei der ganzen Angelegenheit um ein bedauerliches Mißverständnis handelt.«

»Sehen Sie, Angelstone? Underbrink hat sich entschuldigt.« Prudence lächelte beiden Männern huldvoll zu, bedachte Sebastian jedoch zugleich mit einem strengen Blick. »Und Sie werden seine Entschuldigung freundlicherweise annehmen, bevor wir unnötige Aufmerksamkeit erregen.«

Sebastian blickte Edward aus zusammengekniffenen Augen an. »Ich werde mich später mit Ihnen befassen, Underbrink.«

»Angelstone, Sie sind äußerst vernünftig«, sagte Underbrink heftig.

»Ja, das sind Sie, Angelstone.« Prudence zerrte vergeblich an seinem Arm. »Nun hören Sie endlich mit diesem Unsinn auf.« Sie wandte sich an Edward. »Gute Nacht, Mylord. Seien Sie versichert, daß diese Angelegenheit erledigt ist. Angelstone wird Sie nicht herausfordern.«

Edward blickte sie unsicher, doch zugleich hoffnungsvoll an. Er trat zurück und nickte förmlich. »Gute Nacht, Miss Merryweather. Nochmals, es tut mir außerordentlich leid, Sie um diese späte Stunde gestört zu haben.«

»Nehmen Sie es nicht tragisch. Ich scheine in letzter Zeit ungewöhnlich oft zu den ungewöhnlichsten Zeiten wach zu sein.« Prudence griff an Sebastian vorbei und schloß sanft die Tür.

Sebastian wandte sich zu ihr um. Er kochte immer noch. »Wag es ja nicht noch einmal, dich derart einzumischen. Das werde ich nicht zulassen.«

Sie blickte ihn ängstlich an, ohne jedoch einen Rückzieher zu machen. »Sie waren äußerst unvernünftig, Graf. Und vollkommen unlogisch. Underbrink hat sich ganz einfach geirrt.«

»Zum Teufel mit ihm. Er ist zu nachtschlafender Zeit hier aufgetaucht, um dich zu sehen.«

Prudence wischte diesen Einwurf beiseite. »Weshalb sollte er das tun?«

»Weil er dich will, du naiver, kleiner Dummkopf. Er hat dich vor drei Jahren nicht genommen, und jetzt fragt er sich, was er wohl verpaßt hat.«

Prudence errötete. »Werden Sie nicht unverschämt, Graf.«

Drohend beugte er sich über sie. »Ich spreche nur die Tatsachen aus.«

»Sie wissen nicht das geringste über diese Sache.«

»Dein Bruder hat mir die ganze Geschichte erzählt«, sagte Sebastian.

»Hat er das?« Diese Neuigkeit ließ Prudence einen Augenblick innehalten. »Nun, ich versichere Ihnen, daß die Gefühle, die ich möglicherweise vor drei Jahren für Lord Underbrink empfunden habe, seit langem erloschen sind. Er hat eine andere Frau geheiratet, und damit war der Fall erledigt.«

»Anscheinend nicht.« Im Schein der Kerze hatte Sebastians

Gesicht dämonische Züge. »Zumindest nicht von seiner Seite aus. Wie steht's mit dir, Prue? Welche Gefühle hegst du für ihn nach all der Zeit?«

»Auf keinen Fall bin ich in ihn verliebt, falls es das ist, was Sie wissen wollen, Sir.« Prudence hob den Kopf. »Obgleich ich nicht wüßte, was Sie das angeht.«

»Ganz gewiß geht mich das eine ganze Menge an.« Sebastian stapfte durch den Raum. »Du brauchst übrigens gar nicht so zu tun, als sei mein Interesse in dieser Angelegenheit ungewöhnlich oder seltsam. Falls du dich daran erinnerst, sind wir immerhin verlobt.«

Seine anmaßende Haltung erzürnte Prudence. »Sie scheinen derjenige zu sein, der in letzter Zeit an Gedächtnisschwund leidet. Oder haben Sie vergessen, daß es sich bei unserer Verlobung um eine Farce handelt?«

Er umfaßte den Bettpfosten und sah sie mit einem unergründlichen Blick an. »Ich möchte mit dir über unsere Verlobung sprechen. Ich habe genug von dieser Verrücktheit.«

Enttäuschung wallte in ihr auf. »Möchten Sie jetzt alles ganz schnell beenden, Sir?« Sie suchte nach einem logischen, vernünftigen Grund, um das Unvermeidliche hinauszuschieben. »Und was ist mit unseren Nachforschungen?«

»Vergiß die verdammten Nachforschungen. Allmählich glaube ich, daß ich für dich weit hinter unseren Untersuchungen rangiere.«

»Ich wollte keineswegs sagen, daß Sie nicht ebenso interessant sind wie unsere Arbeit, Graf«, sagte sie verzweifelt. »Tatsächlich bin ich nie zuvor einem derart *interessanten* Mann wie Ihnen begegnet. Ich bin überzeugt, daß Sie ein höchst intelligenter Mensch sind. Ihre Wißbegierde und Ihr geschickter Umgang mit Schlössern haben mich zutiefst beeindruckt.«

»Es reicht.« Er ließ den Bettpfosten los und ging mit einem Ausdruck grimmiger Entschlossenheit auf sie zu.

»Sebastian? Was hast du vor?«

»Weshalb beantworten Sie sich diese Frage nicht mit Ihrer außerordentlichen Intelligenz, Miss Merryweather? Ich bin sicher, daß Sie sehr schnell die Antwort wissen werden.«

Noch ehe sie wußte, was er vorhatte, ergriff er sie und zog sie heftig in seine Arme.

»Sebastian.«

Sanft drückte er sie auf das Bett und schob sich auf sie, so daß sie unter seinem harten Körper gefangen war. Prudence holte tief Luft. Sein Gewicht war unbeschreiblich erregend. Sie spürte seine Hitze durch ihrer beider Kleidung hindurch.

Sie zitterte ein wenig, als er ihr vorsichtig die Augengläser abnahm, um sie auf das Nachtschränkchen zu legen.

»Prue«, murmelte Sebastian an ihrem Hals, »könntest du dich vielleicht nur ein einziges Mal auf mich konzentrieren statt auf die verdammten Nachforschungen?«

»In den letzten Minuten habe ich mich fast ausschließlich auf dich konzentriert.« Sie lag an seiner Schulter und versuchte, sein unversöhnliches Gesicht zu lesen. Das juwelengleiche Feuer in seinen Augen verbrannte sie. »Was tust du da?«

»Ich werde dich lieben.« Er griff hinab und streifte ihr die Pantoffeln von den Füßen.

»Jetzt? Heute nacht?«

»Jetzt. In diesem Augenblick. Heute nacht.« Er machte sich an den Knöpfen ihres Wollkleids zu schaffen.

Einen Moment später spürte sie seine Finger auf der bloßen Haut ihres Rückens. Sie erschauderte, als sie merkte, wie schnell er sie entkleidete. Noch eine Minute, und er hätte ihr das Kleid über die Hüfte geschoben. Heftige, pochende Erregung durchfuhr sie.

»Sebastian?«

»Pst, Prue.« Er erstickte ihre schwachen, fragenden Worte

mit einem leidenschaftlichen Kuß, der ihr den Atem nahm. Sie stöhnte und verstärkte instinktiv den Griff um seine breiten Schultern. Sebastian hob den Kopf und sah zu ihr hinab. »Wir werden später miteinander sprechen.«

Er schob seine Beine zwischen ihre Schenkel, und ihr Rock legte sich um sie beide. Die überraschende Vertrautheit seines Tuns ließ Prudence abwechselnd erschaudern und erglühen. Erneut überfiel sie die Erinnerung an die Nacht in Mrs. Leacocks Schlafzimmer.

Mit schnellen, drängenden Bewegungen öffnete Sebastian den letzten Knopf ihres Kleides und steifte es ihr ab.

»Meine süße Prue.« Sebastians Stimme war nur noch ein heiseres Flüstern. Er blickte einen Augenblick auf ihre Brüste und senkte dann seinen Kopf, um eine ihrer Brustwarzen zwischen seine Zähne zu nehmen.

Prudence schluckte und kniff die Augen zusammen ob der wunderbaren Gefühle, die sie überkamen. Sie fühlte sich, als treibe sie in einem warmen Fluß und als nähme die Strömung schnell an Tempo und Heftigkeit zu. Auf Grund dessen, was sie in der Nacht in Mrs. Leacocks Schlafgemach gelernt hatte, wußte Prudence, daß ein herrlicher Wasserfall vor ihr lag. Plötzlich wartete sie ungeduldig darauf, ihn zu erreichen.

Sie bäumte sich Sebastians streichelnder Hand entgegen.

»Dieses Mal werde ich tief in deinem Innersten sein, wenn du deine Erleichterung findest.« Mit glühenden Augen blickte Sebastian in ihr Gesicht. »Es ist mir egal, ob sämtliche Geister der Hölle sich dabei um dieses Bett versammeln.«

Er erhob sich leicht und zog Hemd, Hose und Stiefel aus. Als er sich ihr wieder zuwandte, war er vollkommen nackt.

Prudence starrte ihn überrascht an. Nie zuvor hatte sie einen unbekleideten Mann gesehen. Der Schein der Kerze ließ seine breiten Schultern erglühen und betonte die Umrisse seines harten, festen Körpers.

Auch ohne Brille konnte sie erkennen, daß er höchst erregt war. Die Größe seines aufragenden Gliedes war beunruhigend. Sie war unerfahren, aber die Logik sagte ihr, daß dieser Mann sich nicht großartig von den männlichen Wesen anderer Gattungen unterschied. Sie hatte ihr ganzes Leben auf dem Land verbracht und wußte nur allzu gut, wie sich die Tiere dort paarten.

Sie wußte, daß Sebastian beabsichtigte, seine Männlichkeit in sie einzuführen. Die Vorstellung war seltsam erregend, aber ihr gesunder Menschenverstand ließ sie zögern.

Prudence sah zu ihm auf. »Ich hätte nicht gedacht, daß es einen solchen Größenunterschied zwischen uns gibt, Graf.«

Sebastian stieß einen heiseren Laut aus, halb Lachen, halb Stöhnen. »Meine süße, logische Prudence. Ich habe dich gewarnt, daß dein Verstand dir manchmal Probleme bereiten wird.«

»Es besteht keinerlei Veranlassung, mich auszulachen«, sagte sie getroffen.

Er ließ sich auf das Bett nieder, zog sie an sich und küßte die zarte Haut hinter ihrem Ohr. »Ich lache dich nicht aus, Prue. Und ich versichere dir, daß wir allem Anschein zum Trotz hervorragend zusammenpassen werden. Überlaß dies nur mir.«

Sie lächelte ängstlich, nur allzu bereit, ihm in diesem Moment zu vertrauen. »Sehr gut, Sebastian. Wenn du sicher bist, daß du weißt, was du tust, laß uns fortfahren. Ich schwöre, ich kann nicht mehr lange warten. Ich sehne mich nach dem Gefühl, das ich hatte, als du mich das letzte Mal in deine Arme genommen hast.«

»Du bist die unglaublichste Frau, die mir jemals begegnet ist«, flüsterte er. Er betrachtete Prudences nackten Körper mit einem vor Verlangen starren Blick.

Prudence stellte fest, daß sie immer noch ihre Strümpfe trug. Aus irgendeinem Grund fühlte sie sich deswegen auf angenehme Weise verrucht. Sie spürte, wie ihre Haut warm wurde. »Meine Strümpfe«, murmelte sie.

»Ich denke, wir lassen deine Strümpfe, wo sie sind«, sagte Sebastian. »Ich mag sie an dir.«

»Sebastian, also wirklich.«

»Ja, wirklich.« Er ließ seine Hand an ihrem Körper hinabgleiten, und Prudence erzitterte ob dieser besitzergreifenden Geste. »Du bist wunderbar, Prudence. Mit und ohne Strümpfe.«

Als seine Hand das Dreieck weicher Haare zwischen ihren Schenkeln berührte, schrie Prudence leise auf und vergrub ihr Gesicht an seiner Brust. In ihrem Innersten kämpfte Schüchternheit mit wachsender sinnlicher Begierde. Die Begierde siegte. Sie schmiegte sich enger an Sebastian auf der Suche nach weiteren intimen Berührungen.

»Seide und Feuer«, murmelte Sebastian an ihrer Brust. »Das ist es, woraus du bestehst, meine Süße. Seide und Feuer. Ich kann es nicht erwarten, die Flammen zu spüren.«

Sebastian schob sich auf sie. Er streckte die Hand aus und spreizte ihre Schenkel. Seine Finger tauchten in sie ein, sanft und vorsichtig. Bei dieser Berührung vergrub Prudence ihre Fingernägel in seinem Rücken und hob sich ihm entgegen.

»Das gefällt dir, nicht wahr?« flüsterte Sebastian.

»Du mußt wissen, daß es mir gefällt.« Prudence griff in seine Haare und zog seinen Mund zu sich herab. Sie war verzaubert, dachte sie, gefangen in einem schimmernden Bann aus Liebe und Leidenschaft, der sich wie ein Sommersturm über sie gelegt hatte.

Und Sebastian wollte sie ebenso. Das wußte sie mit zunehmender Sicherheit. Er mußte sie ebenso lieben, wie sie ihn liebte. Er konnte sie nicht derart liebkosen, wenn nicht seine Gefühle ebenso stark waren wie ihre.

Sebastian nahm den ihm gebotenen Mund mit einer Leidenschaft, die für sich sprach. Seine Zunge fuhr zwischen ihre Lippen und forderte sie mit einer Heftigkeit, die voraussehen ließ, was folgen würde.

Er drückte ihre Schenkel weiter auseinander und schob sich vor ihren weiblichen Spalt.

Das Gefühl seines breiten Gliedes, das bereit war, in sie einzudringen, brachte Prudence für einen kurzen Augenblick zurück in die Wirklichkeit. »Sebastian?«

»Sag mir, was du möchtest, Prue.«

Sie lächelte verträumt. »Ich will dich.«

»Dann wird alles gut werden«, flüsterte er.

Langsam schob er sich vorwärts.

Prudence hielt die Luft an. Automatisch versteifte sich ihr ganzer Körper.

»Öffne dich für mich«, drängte Sebastian. Er zog sich leicht zurück, um dann erneut in sie einzudringen. »Laß mich ein, meine Süße.«

Prudences Finger krallten sich in seinem Haar fest, als sie sich tapfer bemühte, ihm entgegenzukommen. Aber Sebastian erzwang nichts. Statt dessen zog er sich wieder ein Stück zurück.

»Du bist wie ein Schloß, das vorsichtig geöffnet werden muß«, sagte er. Schweißtropfen glänzten auf seiner Stirn. Seine Schultern glänzten im Kerzenschein.

»Ich habe dir gesagt, daß es nicht funktionieren würde.«

»Und ich habe dir gesagt, daß du mir vertrauen sollst. Falls du dich erinnerst, kenne ich mich gut mit Schlössern aus.«

Er schob seine Hand hinab, benetzte einen Finger mit ihrer Feuchtigkeit und fand die harte kleine Knospe, die das Zentrum ihrer Leidenschaft zu sein schien.

Prudence begann sich zu entspannen, als er sie mit seinem feuchten Finger streichelte. In ihr toste eine herrliche Erregung. Ihr Kopf hing über seinem Arm, als sie sich aufbäumte.

»So ist's gut.« Sebastians Stimme verriet Zufriedenheit.

»Und jetzt wirst du dich für mich öffnen, nicht wahr, mein cleveres kleines Schloß? Jetzt bist du bereit, mich einzulassen.«

Alles, woran Prudence denken konnte, war die Erregung, die seine Finger bei ihr hervorriefen. Bald würde sie erneut dieses wunderbare Gefühl erleben.

Und dann verspürte sie den Schauder der Erleichterung.

»Ja«, flüsterte Sebastian. »Das Schloß ist auf.«

Prudence raste unter diesem Ansturm der Gefühle. Ihr ganzer Körper zuckte vor Erregung.

»Ja«, flüsterte sie. »Ja, Sebastian. Großer Gott, ja.«

Erneut schob er sich in sie, dieses Mal ohne zu zögern oder sich zurückzuziehen. Er drängte sich tief und unaufhaltsam in ihre schmale Öffnung.

»*Wunderbar*«, sagte er mit einem dunklen, heiseren Stöhnen.

Prudence hörte, wie sie vor Überraschung leise aufschrie. Schmerz mischte sich mit Freude, beide Gefühle waren untrennbar miteinander verbunden. Sie vergrub ihre Zähne in Sebastians Schulter.

»Mein cleveres, wunderbares Schloß ist bissig«, murmelte Sebastian.

Aber diese leidenschaftliche Attacke schien ihn über einen unsichtbaren Rand zu heben. Er äußerte einen erstickten Schrei und vergrub sich tief in ihrem Inneren. Die Muskeln in seinem Rücken versteiften sich unter Prudences Fingern.

Prudence hielt ihn fest, als er heftig erzitterte und sich in ihr ergoß.

Die Kerze war fast abgebrannt, als Sebastian sich wieder rührte. Er hob den Kopf und sah auf Prudence hinunter. Auf seinem Gesicht erschien ein zufriedenes Lächeln. Dann zog er sich vorsichtig aus ihr zurück und rollte sich auf die Seite.

»Verdammt. Etwas so Angenehmes habe ich noch nie gespürt.« Er ließ sich in die Kissen fallen und zog sie zu sich heran. »Ich habe dir doch gesagt, daß ich dieses besondere Schloß öffnen kann.«

Prudence errötete. »In der Tat.«

Er grinste und berührte ihre Nasenspitze. »Mit etwas mehr Übung wird es noch besser werden.«

»Werden wir viel üben, Graf?«

»Worauf du dich verlassen kannst.« Er vergrub seine Finger in ihrem wirren Haar und gab ihr einen schnellen, harten Kuß. »Wir werden bei jeder sich bietenden Gelegenheit üben. Was mich wieder auf das Thema bringt, das ich vorhin mit dir besprechen wollte.«

»Unsere vorgetäuschte Verlobung?« Ein Teil von Prudences Zufriedenheit wurde von plötzlicher Wachsamkeit verdrängt.

»Genau. Ich möchte diese Verlobung beenden.«

Prudence war erschütterter, als sie es sich jemals hätte vorstellen können. Sicher hegte er bestimmte Gefühle für sie, dachte sie. Wegen der Intensität, mit der sie sich geliebt hatten, konnte sie einfach nicht glauben, daß er nichts für sie empfand. *Er liebte sie. Er mußte sie lieben.* Sie versuchte, ihre Stimme ruhig klingen zu lassen. »Ich verstehe.«

»Nein, ich glaube, du verstehst nicht.« Sebastian lächelte leicht. »Ich möchte, daß wir umgehend heiraten.«

»Heiraten.« Prudence war sprachlos.

Sebastian runzelte die Stirn. Ihr Unvermögen, einen so einleuchtenden Antrag zu verstehen, schien ihn zu ärgern.

»Also bitte, meine Liebe«, versuchte er sie zu überzeugen. »Wie sonst sollen wir miteinander schlafen? Ich versichere dir, es ist äußerst schwierig, in der Stadt eine Affaire zu haben. Die einzige Möglichkeit bestünde darin, sämtliche Einladungen zu Wochenendparties auf dem Land anzunehmen, die sich uns bieten, und das wäre auf Dauer doch recht lästig. Wir wären nur noch unterwegs.«

»Ja, aber heiraten?« Das hatte sie nicht erwartet. Sie starrte ihn entgeistert an und versuchte verzweifelt, seinen Gesichtsausdruck ohne Augengläser zu erkennen. »Sebastian, ist das dein Ernst?«

»Ich versichere dir, es war mir noch nie eine Sache ernster.«

Freude wallte in ihr auf, wurde jedoch sofort durch Vorsicht gedämpft. Sie war sich nur allzu bewußt, daß sie Sebastian amüsierte. Er fand sie interessant, und offensichtlich empfand er auch eine gewisse Leidenschaft für sie. Aber bisher hatte er nichts davon gesagt, daß er sie liebte. Er hatte ihr diese Worte noch nicht einmal gesagt, als er mit ihr geschlafen hatte.

»Glaubst du ehrlich, daß wir zueinander passen würden, Sebastian?«

»Ich kann mir niemanden vorstellen, der besser zu mir passen würde«, sagte er.

»Ja, nun.« Sie suchte nach einem Weg, um ihm die Antwort zu entlocken, die sie hören wollte. »Natürlich fühle ich mich äußerst geehrt durch Ihren Antrag, Graf.«

»Gut. Dann ist die Sache also abgemacht«, sagte Sebastian brüsk. »Ich werde mich morgen früh um eine Sonderheiratserlaubnis bemühen. Lady Pembroke kann als Zeugin fungieren.«

Prudence wurde von Panik erfaßt. »Wie gesagt, ich fühle mich äußerst geehrt. Und ich kann durchaus verstehen, daß es einfacher wäre, eine Affaire innerhalb einer Ehe zu haben. Aber ich bin mir nicht sicher, daß Bequemlichkeit ein ausreichender Grund ist, um eine solche dauerhafte Beziehung einzugehen.«

»Es gibt noch eine Reihe anderer vernünftiger Gründe für eine Heirat«, sagte Sebastian sehr kühl.

»Tatsächlich?«

»Natürlich. Ansonsten hätte ich dir diesen Vorschlag gewiß nicht unterbreitet.«

Prudence griff nach ihrer Brille und setzte sie auf. »Vielleicht wäre es Ihnen möglich, ein paar dieser Gründe zu nennen?«

Er bedachte sie mit seinem arrogantesten, überheblichsten Lächeln. »Wie du wünschst, obgleich ich annahm, sie seien dir bekannt. Du bist eine äußerst leidenschaftliche Frau, Prue. Das ist wichtig, da ich bestimmte körperliche Bedürfnisse habe, die von Zeit zu Zeit befriedigt werden müssen –«

Prudence ertrug es nicht, daß er ihre gemeinsame Leidenschaft derart gefühllos beschrieb. »Fahren Sie fort mit Ihrer Liste.«

»Ja, selbstverständlich. Außer einer, hm, gesunden Einstellung zu diesen Dingen verbinden uns zahlreiche gemeinsame Interessen wissenschaftlicher Natur.«

»Das stimmt«, gab sie zu.

»Kurz und gut, du wirst mich gewiß nicht langweilen, meine Liebe.« Er küßte sie sanft. »Und ich werde mich bemühen, auch dich nicht zu langweilen.«

»Das könntest du nie«, sagte sie eilig.

»Des weiteren möchte ich dich darauf aufmerksam machen, daß unser Zusammenleben als Mann und Frau unsere Nachforschungen erheblich vereinfachen würde. Wir wären in der Lage, uns gegenseitig Ratschläge zu erteilen und die Methoden des anderen aus der Nähe zu beobachten, wenn wir unter einem Dach leben würden.«

»Ja, das sehe ich ein.« Aber ihr ungutes Gefühl verstärkte sich. Sorgfältig suchte sie nach den richtigen Worten. »Trotzdem, meinst du, gemeinsame Interessen und ein... ein gewisses Maß an Wärme zwischen uns ist ein ausreichendes Fundament für eine Ehe?«

Überrascht sah er sie an. »Eine bessere Grundlage für eine Ehe fällt mir nicht ein.«

»Es gibt Leute, die sagen würden, daß Liebe ein netter Zusatz wäre«, flüsterte sie mutig.

»Liebe?« Seine Augen verengten sich, als hätte sie ihn nicht überrascht, sondern vielmehr enttäuscht. »Also bitte, Prue, du bist doch nun bestimmt keine Romantikerin. Ich weigere mich zu glauben, daß eine intelligente, scharfsichtige, clevere Frau wie du verrückt genug ist, um an etwas so Vages und Illusorisches wie Liebe zu glauben.«

Sie schluckte. »Nun –«

»Du und ich, wir verlassen uns auf unseren Verstand, und nicht auf unsere Gefühle«, fuhr er unbarmherzig fort. »Wir erforschen Geheimnisse und suchen nach wissenschaftlichen Erklärungen für das Unerklärliche. Unsere Hirne sind gefeit gegen romantische Anwandlungen.

»Da stimme ich Ihnen zu. Trotzdem –«

»Sei versichert, meine Liebe, daß ich viel zu viel Respekt vor dir habe, um mir einzubilden, daß du ernsthaft meinst, dich in jemanden verlieben zu müssen, ehe du ihn heiratest. Liebe ist etwas für dumme, junge Mädchen, die gerade der Schulbank entsprungen sind. Eine reife, verantwortungsbewußte, intelligente Frau wie du steht über solchen Dingen.«

Prudence erstickte fast. »Ja, ich weiß, aber die Sache ist die, Sebastian –«

»Schließlich gibt es noch weniger Beweise dafür, daß so etwas wie Liebe existiert, als dafür, daß es geisterhafte Erscheinungen gibt.«

»Das würde ich nicht sagen, Graf«, erwiderte sie ernsthaft. »Liebe war die treibende Kraft hinter zahlreichen historischen Ereignissen. Menschen begehen Verbrechen aus Liebe. Manchmal macht die Liebe sie krank. Sicher gibt es Beweise genug, die auf die Existenz von Liebe schließen lassen.«

»Unsinn. Die treibende Kraft, die du meinst, ist Leidenschaft. Oder, um ganz offen zu sprechen, Lust.« Er strich ihr mit dem Finger über die Lippen.

Prudence verließ der Mut. »Empfindest du eine gewisse Zuneigung für mich, Sebastian?«

»Natürlich«, erklärte er rauh. »Was für eine Frage!«

»Tatsächlich?« Zuneigung war nicht Liebe, aber vielleicht könnte man sie dazu machen, sagte sie sich optimistisch.

»Und wie steht's mit dir?« fragte er nebenher. »Empfindest du ein gewisses Maß an Zuneigung für mich?«

»Oh, ja«, sagte sie. »Ja, ganz bestimmt. Ich mag dich wirklich sehr gern, Sebastian.«

»Und ich mag dich sehr gern. Was können wir sonst noch verlangen? Wir sind zwei geistesverwandte Menschen mit gemeinsamen wissenschaftlichen Interessen und mit gemeinsamer Leidenschaft. Wir werden sehr gut miteinander zurechtkommen. Also, sag, daß du mich heiratest, sobald ich die nötigen Vorkehrungen getroffen habe.«

»Weshalb müssen wir diese Angelegenheit so überstürzen? Können wir nicht noch etwas warten und unserer gegenseitigen Zuneigung die Gelegenheit geben zu reifen?« fragte Prudence schwach.

»Ich denke, das wäre nicht nur Zeitverschwendung, sondern es könnte auch höchst unangenehm werden.«

»Unangenehm? Wie das?«

»Du weißt, weshalb. Streng dein bemerkenswertes Hirn ein wenig an, Prue. Du könntest durchaus schwanger sein nach dem, was wir soeben miteinander erlebt haben.«

Prudence starrte ihn an, als seine Worte endlich bei ihr ankamen. »Gütiger Himmel. Daran habe ich nicht gedacht.«

»Du darfst mir glauben, daß ich sehr wohl daran gedacht habe«, entgegnete Sebastian trocken. »Nachdem man mich oft genug einen Bastard genannt hat, werde ich es nicht zulassen, daß mein Sohn oder meine Tochter mit demselben Makel aufwächst.«

»Nein, natürlich nicht. Das verstehe ich vollkommen.« Und das tat sie.

Sebastians kalter Stolz und seine Arroganz hatten ihn dazu gebracht, seiner Familie ebenso wie der Gesellschaft die Frage der Legitimität seiner Geburt zurückzuzahlen. Aber eben dieser arrogante Stolz würde ihn mit derselben Entschlossenheit dafür sorgen lassen, daß keines seiner Kinder mit diesem Stigma zu leben hätte.

Sebastian sah sie durch seine dichten Wimpern hindurch an. »Nun, Prue? Haben wir eine neue Abmachung? Wirst du mich heiraten?«

Mit einem tiefen Seufzer warf Prudence ihre Zweifel und Bedenken über Bord. Das Risiko, das sie einginge, würde sich lohnen. Sie würde den Mann heiraten, den sie liebte.

»Ich werde dich heiraten, Sebastian.«

So etwas wie Erleichterung flackerte in seinen Augen auf. Aber wie gewöhnlich blieb seine Stimme kühl, wenn nicht gar leicht amüsiert. »Eine außerordentlich logische, vernünftige Entscheidung, meine Süße. Natürlich habe ich nichts anderes von dir erwartet.«

»Natürlich«, murmelte Prudence. Aber innerlich zitterte sie vor Hoffnung und Furcht.

Eine böse Vorahnung befiel sie. Sie wußte, falls sie sich hinsichtlich der Gefühle von Sebastian täuschte, hatte sie soeben ihre Zukunft und vielleicht sogar ihre Seele an den Gefallenen Engel verkauft.

ZEHN

Vier Tage später wurde Sebastian in seinem bevorzugten Club von Garrick angesprochen. »Nun, Angelstone, wie ist das Leben als verheirateter Mann?«

Sebastian blickte von der Ausgabe der *Morgenpost* auf, die er gerade las. Niedergeschlagen sah er Garrick an.

»Ich habe in den vergangenen Tagen eine Menge über das Verhalten von Ehefrauen gelernt«, sagte er. »Vielleicht interessiert es dich zu erfahren, daß beispielsweise selbst die Intelligenteste von ihnen nicht gerade immer logisch denkt.«

Garrick stellte seine Kaffeetasse ab und grinste. »Jetzt schon Ärger mit deiner Frau? Du solltest dich schämen. Man sollte meinen, daß du zumindest jetzt noch versuchst, dich Lady Angelstone von deiner besten Seite zu zeigen. Später ist noch Zeit genug, um ihr deinen wahren Charakter zu enthüllen.«

Sebastian fluchte leise, als er an die kleine, aber heftige Auseinandersetzung vom Vormittag dachte, als er beim Frühstück verkündet hatte, daß er den Tag damit zubringen würde, verschiedene Tabakhändler aufzusuchen. Flowers hatte gerade den Tee eingeschenkt und sie allein gelassen.

Prudences Augen hatten vor Begeisterung gesprüht. »Du willst also versuchen herauszufinden, für wen diese besondere Schnupftabakmischung hergestellt wurde?«

»Ja.« Sebastian war gerade dabei gewesen, ein pralles Würstchen zu zerschneiden. »Nun, da wir unsere Hochzeit und deinen Umzug hierher hinter uns gebracht haben, können wir wohl allmählich mit unseren Nachforschungen fortfahren.«

Ihr Blick war seltsam trüb geworden. »Armer Sebastian«, hatte sie gemurmelt. »Du hattest keine Vorstellung davon, daß unsere Hochzeit ein solches Durcheinander mit sich bringen würde, nicht wahr? Ich nehme an, du dachtest, du könntest einfach eine Anzeige in die Zeitung setzen, und damit wäre die Sache erledigt.«

»Unsere Hochzeit brachte unnötigen Wirbel mit sich, den ich nicht vorausgesehen hatte«, hatte er entgegnet. »Aber ich hoffe, das Schlimmste ist jetzt überstanden.«

In der Tat hatten sie zu seiner großen Verärgerung seit ihrer Rückkehr nach London keine ruhige Minute mehr gehabt. Er hatte die Absicht gehegt, den Großteil seiner freien Zeit mit seiner neuen Frau im Bett zu verbringen. Die Leute jedoch hatten das anders gesehen. Zu seinem Entsetzen hatte er entdeckt, daß selbst ruhige, unkomplizierte Hochzeiten für enormen Wirbel sorgten.

Am Morgen der Hochzeit hatte Hester ihn fröhlich daran erinnert, daß die gesamte bessere Gesellschaft vollkommen aus dem Häuschen geraten würde. Und ihre Vorhersage hatte sich bewahrheitet. Sebastians Stadthaus war von einem nicht abreißenden Besucherstrom heimgesucht worden. Allmorgendlich kam ein neuer Berg Karten und Einladungen. Die Anwesenheit von Lord und Lady Angelstone wurde auf jeder Soiree und jedem Ball in der Stadt erwünscht.

Sebastian hatte sowohl die Besucher als auch die Einladungen einfach ignorieren wollen, aber Prudence hatte ihm einen Strich durch die Rechnung gemacht. Er gelte ohnehin bereits als ungehobelt, hatte sie erklärt, und sie sei nicht bereit zuzusehen, wie er seinen Ruf noch dadurch verschlechtere, daß er nicht einmal das Mindestmaß an Höflichkeit walten ließ.

»Du bedauerst also unsere Heirat?« hatte Prudence in verdächtig ruhigem Ton gefragt.

»Was für eine idiotische Frage. Natürlich nicht. Wie ich bereits ausführlich erklärt habe, passen wir hervorragend zusammen.« Er hatte sie aufmerksam angesehen, da er sich fragte, weshalb sie eine solche Frage stellte. Die Möglichkeit, daß sie selbst vielleicht bedauerte, ihn geehelicht zu haben, hatte ihn erneut gefühlskalt werden lassen.

Er verstand nicht, wie sie auch nur einen Augenblick daran zweifeln konnte, daß sie zu ihm gehörte. Dort, am anderen Ende des gemeinsamen Frühstückstisches, war ihr Platz. Die Morgensonne fiel durch das Fenster und verlieh ihrem Haar die Farbe des warmen Honigs, der in dem kleinen Schälchen neben dem Toastbrot stand. Wohliges Verlangen hatte ihn durchströmt, als er daran gedacht hatte, wie Prudences Haar noch kurz vor dem Frühstück fächergleich auf den weißen Kissen seines Bettes ausgebreitet gewesen war.

»Ich werde dich begleiten, wenn du die Tabakhändler aufsuchst«, hatte Prudence verkündet.

»Nein, das wirst du nicht tun. Ich will heute möglichst weit vorankommen mit den Recherchen, das heißt, daß ich nicht weiß, wie viele Geschäfte ich abklappern muß.«

»Willst du damit etwa sagen, daß ich deine Nachforschungen behindere?« Prudences Brauen hatten sich hinter ihrer Brille zu einem ärgerlichen Strich verengt. »Darf ich Sie daran erinnern, daß wir immerhin ein Team sind, Sir?«

Sebastian hatte gewußt, daß er vorsichtig sein mußte. Er hatte schnell gelernt, was es hieß, verheiratet zu sein.

»Du verstehst mich falsch, meine Liebe.« Er hatte milde gelächelt. »Tatsache ist, wenn jemand beobachtet, daß wir beide eine Reihe von Tabakhändlern aufsuchen, könnte er das eigenartig finden und sich unangenehme Fragen stellen.«

»Ich könnte mich als Page oder Pferdebursche verkleiden. Niemand würde es eigenartig finden, wenn ich wie einer deiner Bediensteten aussähe, oder?«

»Auf alle Fälle würden sich zumindest meine Angestellten darüber wundern«, hatte Sebastian brüsk geantwortet. »Ganz zu schweigen von allen anderen, die dich eventuell erkennen würden.« Der Gedanke an Prudence in Männerkleidern hatte ihn zutiefst empört.

Prudence hatte nachdenklich die Stirn gerunzelt. »Ich denke, es würde sehr wohl funktionieren, Graf. Ich glaube, nach dem Frühstück werde ich einfach einmal nach unten sausen und nachsehen, was ich an Garderobe finde.«

An dieser Stelle hatte Sebastian jeglichen Gedanken an Strategie und Diplomatie aufgegeben und war wieder in seinen gewohnten herrischen Ton verfallen.

»Wenn Sie das versuchen, Madam, dann verspreche ich Ihnen, daß Sie heute abend allein auf den Ball bei den Arlingtons gehen werden.«

»Sebastian, das kann nicht dein Ernst sein.« Tiefe Enttäuschung machte sich in ihren Augen breit. »Du mußt heute abend dort erscheinen. Man hat mir erzählt, daß verschiedene Mitglieder deiner Familie dort sein werden, einschließlich deiner Tante und deines Cousins Jeremy.«

»Was mich betrifft, ist das nur ein zusätzlicher Grund, nicht dorthin zu gehen. Auf jeden Fall würde es mich nicht überraschen, wenn Lady Arlington diesen verdammten Ball nur ausrichtet, um die Leute mit einem wunderbaren Familienkrach zu beglücken.«

»Also bitte, Sebastian, das ist ja wohl eher unwahrscheinlich. Sie versucht lediglich, höflich zu sein.«

»Meine Liebe, du magst zwar hochintelligent sein, aber zuweilen bist du erstaunlich naiv.«

»Lady Arlingtons Ball wird die erste Gelegenheit sein, bei der die Mitglieder deiner Familie gemeinsam öffentlich auftreten. Wenn du dich dort nicht blicken läßt, wären die Fleetwoods vor der ganzen Gesellschaft gedemütigt.«

Dieses Argument hatte ihn sichtlich amüsiert. »Meinst du, das würde mir etwas ausmachen?«

»Sie sind mal wieder äußerst schwierig, Graf. Sie wissen nur allzu gut, daß Ihr Fernbleiben heute abend das Gerücht über eine Familienfehde nur verstärken würde.«

»Diese Familienfehde gibt es schließlich wirklich, Prue.« Sebastian hatte sein Messer an die Seite gelegt und die Hände gefaltet. »Und ich würde dir raten, dir darüber klar zu werden, auf welcher Seite du stehst. Des weiteren wäre es äußerst unklug, wenn du versuchen würdest, die Rolle der Friedensstifterin zu übernehmen. Ich will mit den Fleetwoods nichts zu tun haben, und das ist endgültig.«

»Also wirklich, Sebastian.«

»Ja, wirklich.« Nachdem er einmal seinen Standpunkt bezogen hatte, war es Sebastian unmöglich gewesen, einen Rückzieher zu machen. Prudence hätte jede Schwachstelle in seiner Verteidigung sofort entdeckt. »Nun, wenn du also möchtest, daß ich heute abend bei den Arlingtons in Erscheinung trete, dann vergißt du die Idee mit den Männerkleidern am besten auf der Stelle.«

»Hören Sie, Angelstone, wir sind zwar zufällig miteinander verheiratet. Sie brauchen sich jedoch nicht einzubilden, Sie könnten jetzt anfangen, mir wie jeder normale Ehemann Befehle zu erteilen oder mir zu drohen.«

Er hatte sie mit einem kühlen, spöttischen Lächeln bedacht. »Du hältst mich also nicht für einen normalen Ehemann?«

»Gewiß nicht.« Sie hatte ihre Serviette zusammengefaltet und ordentlich neben ihren Teller gelegt. »Bei unserer Beziehung handelt es sich um eine Partnerschaft, die auf Grund unserer gemeinsamen Interessen zustande kam, falls Sie sich erinnern.«

»Ich erinnere mich sehr wohl an die Bedingungen unseres Abkommens.« Sebastian hatte sich erhoben.

Prudence hatte ängstlich beobachtet, wie er auf sie zukam. »Sebastian?«

Schweigen. Als er sie erreicht hatte, hatte er sich hinabgebeugt und sie mitten auf den vor Überraschung offenstehenden Mund geküßt. Sie schmeckte köstlich. Plötzlich hatte er den drängenden Wunsch verspürt, sie jetzt und hier auf dem Frühstückstisch zu lieben. Das einzige, was ihn davon abgehalten hatte, war der Gedanke gewesen, daß Flowers jeden Moment hereinkommen konnte.

»Wie du gesagt hast, unsere Beziehung basiert auf gemeinsamen Interessen.« Er hatte mit seinem Mund ihre Lippen liebkost und gefühlt, wie sie erzitterte. »Und einige unserer gemeinsamen Interessen in der vergangenen Nacht waren äußerst erregend. Ich freue mich bereits auf weitere derartige Erfahrungen heute nacht.«

Durch ihre Augengläser hindurch hatte sie ihn mißtrauisch angesehen. »Bilde dir bloß nicht ein, du könntest mich mit... mit solchen Dingen manipulieren.«

»Mit was für Dingen? Mit so etwas zum Beispiel?« Er hatte an ihrem Ohrläppchen geknabbert und seine Hand über das kleine Tuch gleiten lassen, das im Ausschnitt ihres braunweiß gestreiften Morgenkleids steckte.

»Sie wissen genau, was ich meine, Sir.«

»Ach ja?« Er hatte die Hand um ihre Brust gelegt und zufrieden festgestellt, daß sie umgehend auf diese Berührung reagierte. Auf Prudences Wangen hatte sich ein rosa Schimmer gelegt, und in ihren züchtigen Blick hatte sich herrliche Erregung gemischt.

»Fort mit dir«, hatte sie gemurmelt. »Und vergiß bloß nicht den Ball bei den Arlingtons. Das würde ich dir niemals verzeihen.«

Jetzt lächelte Sebastian leicht bei der Erinnerung an den Vormittag. Er schenkte sich eine weitere Tasse Kaffee aus der Kanne, die er und Garrick bestellt hatten, ein.

Während er an seinem Kaffee nippte, erfreute er sich an dem Gedanken, daß Prudence den Rest ihres Lebens morgens ihm gegenüber am Frühstückstisch sitzen würde, und er fragte sich, wie er es jemals ohne sie dort ausgehalten hatte.

Garrick überflog die Zeitungsanzeigen. »Dachte, ich fahre gleich mal rüber zu Tattersall und gucke, was sie dort anzubieten haben. Ich könnte einen guten Jagdhund gebrauchen.« Er sah auf. »Was hast du denn heute so vor?«

»Ich habe noch etwas zu erledigen.«

»Ah, den Tonfall kenne ich.« Garrick grinste flüchtig. »Wenn du so sprichst, betreibst du für gewöhnlich irgendwelche Nachforschungen. Erzähl mir nur nicht, daß dich das Eheleben bereits derart langweilt, daß du dich schon wieder deinem alten Hobby widmest.«

»Ich versichere dir, das Eheleben ist alles andere als langweilig. Aber mein Hobby habe ich deswegen trotzdem nicht aufgegeben.«

»Ich verstehe.« Garrick blickte ihn neugierig an. »Weiß deine Frau von dieser Beschäftigung?«

»Ja.«

»Und sie hat nichts dagegen einzuwenden?«

»Nein.«

Garrick kicherte. »Ich muß dir gratulieren, Angelstone. Ich glaube, du hast die einzige Frau in ganz England geheiratet, die in der Lage ist, dich zu verstehen.«

»Davon bin ich überzeugt.«

Das einzige, was Sebastian Sorgen machte, war, daß Prudence das Eheleben vielleicht nicht so gut gefiel wie ihm.

Er sagte sich, die Sache sei erledigt. Prudence gehörte jetzt zu ihm. Er hatte sie sowohl vor dem Gesetz als auch im Ehebett zu seiner Frau gemacht. Und sie hatte sich ihm mit einer willigen Leidenschaft hingegeben, die ihn eigentlich beruhigen sollte.

Aber manchmal beobachtete er, daß sie ihn seltsam wehmütig ansah, und dann wurde er unsicher. Er konnte nicht vergessen, was sie auf Curling Castle zu ihm gesagt hatte. *Es gibt Leute, die sagen würden, daß Liebe ein netter Zusatz wäre.*

Bei aller Intelligenz und ihrer bewundernswert logischen Denkweise war Prudence eben doch eine Frau. Sebastian fürchtete, daß sie die romantische Vorstellung aller Frauen in bezug auf die Ehe teilte. Sie hatte aus Liebe heiraten wollen.

Er war sich wohl bewußt, daß er Prudence zu dieser überstürzten Heirat gedrängt hatte. Er hatte dies unter Aufbietung aller ihm zur Verfügung stehenden Mittel getan, und diese rücksichtslose Taktik damit entschuldigt, daß sie glücklich sein würde mit ihm.

Sie war alt genug und intelligent genug, um zu wissen, daß ihre Gefühle für Underbrink, gleich welcher Natur, flüchtig und unbegründet gewesen waren. Auf jeden Fall hatte der aufgeblasene Wichtigtuer ihre Zuneigung nur ausgenutzt. Nie wieder würde sie Underbrink vertrauen können. Das mußte sie wissen.

Um vier Uhr nachmittags waren Sebastians Gedanken immer noch teilweise mit den unerwarteten Schwierigkeiten des Ehelebens beschäftigt. Aber ein Großteil seiner Aufmerksamkeit galt nun einem drängenderen Problem.

Er hatte bereits einige Tabakhändler aufgesucht auf der Suche nach jemandem, der die Tabakmischung in der kleinen Dose erkennen würde, die Prudence in dem schwarzen Zimmer gefunden hatte.

Als er sich auf den Weg gemacht hatte, war ihm diese Aufgabe recht einfach erschienen, aber bis jetzt hatte noch niemand die Mischung erkannt.

Ohne große Hoffnung ging Sebastian die Stufen zu R. H. Goodwright, Tabakhändler, hinauf. Goodwright war der sechste Händler auf seiner Liste.

Sebastians Blick fiel auf die lebensgroße Holzstatue eines schottischen Hochländers, die neben dem Eingang des Geschäfts stand. Die aufgemalte Uniform der Figur hatte die Farben eines berühmten Regiments. Das beliebte Symbol der Tabakhändlerinnung ähnelte den fünf anderen hölzernen Hochländern, die Sebastian an diesem Nachmittag bereits gesehen hatte.

Wenn er auch hier kein Glück hätte, dann müßte er die kleineren Geschäfte in den Nebenstraßen abklappern. Er hatte angenommen, daß derjenige, der die Tabakdose verloren hatte, ein Mitglied der Gesellschaft war und daher die nobleren Tabakhändler aufgesucht hatte. Sebastian konnte sich nicht vorstellen, daß Curling jemanden nach Curling Castle einlud, der nicht zu den besseren Kreisen gehörte.

Sebastian öffnete die Tür und betrat den kleinen Laden. Sofort war er eingehüllt in den Duft gereiften Tabaks, der in Glasdosen oder Holzkisten verpackt war. Auf einem Tresen waren dekorative Tonpfeifen ausgelegt, auf einem anderen entdeckte er eine Auswahl kleiner Tabakdosen. Sebastian sah sie genauer an, es war jedoch keine dabei, die so fein gearbeitet gewesen wäre wie die, die er als Beweisstück in der Tasche trug.

»Was kann ich für Sie tun, Sir?« fragte eine heisere Stimme.

Sebastian sah sich um und erblickte einen wohlbeleibten, weißhaarigen Mann mit einem Vollbart, der eine grüne Schürze und eine goldumrandete Brille trug. Durch den jahrelangen Umgang mit Tabak waren die Wurstfinger des Geschäftsinhabers gelb gefleckt.

»Ich versuche, den Namen dieser besonderen Tabaksmischung herauszufinden.« Sebastian zog die Tabakdose aus der Tasche seines Umhangs und hielt sie dem Verkäufer entgegen. »Ein Bekannter hat mir genug gegeben, um diese Dose zu füllen, aber lange wird der Vorrat nicht mehr reichen, und ich hätte gern mehr davon. Ein unverwechselbares Aroma. Erkennen Sie es vielleicht zufällig wieder?«

Mit einem prüfenden Blick auf Sebastians elegant geschnittene Kleider öffnete der Mann die Dose. Er schnüffelte vorsichtig, darauf bedacht, den Tabak nicht einzuatmen. »Und ob ich das wiedererkenne, Mylord. Diese Mischung habe ich selbst hergestellt.«

Sebastian durchzog der vertraute Schauer, den er jedesmal bei einer Entdeckung verspürte. Bevor Prudence in sein Leben getreten war, hatte er diese seltenen Augenblicke flüchtiger Erregung gebraucht, um nicht völlig von der inneren Kälte gefangengenommen zu werden.

Sebastians Gesicht war eine Maske höflichen Interesses. »Es scheint demnach, als hätte ich Glück. Ich nehme an, es handelt sich um eine recht beliebte Mischung?«

»Das wäre wahrscheinlich so, wenn ich sie an alle und jeden verkaufen würde, aber der Gentleman, für den ich diese Mischung zusammengestellt habe, hat mich darum gebeten, sie ausschließlich für ihn zu machen. Er bezahlt nicht schlecht für diesen Luxus.«

»Also ist die Mischung nicht für den allgemeinen Verkauf bestimmt?« Sebastian runzelte die Stirn und hoffte, er sähe enttäuscht genug aus. Anscheinend hielt sein Glück an. Er müßte also nicht erst eine lange Liste von Tabakverkäufern überprüfen. Alles, was er brauchte, war der Name des Mannes, der diese besondere Mischung bestellt hatte.

»Ich fürchte, nein.« Der Tabakhändler betrachtete ihn mit dem prüfenden Blick des Verkäufers. Offensichtlich wollte er sich kein Geschäft entgehen lassen. »Ich könnte ja eine ganz persönliche Mischung für Sie kreieren, Mylord. Mit etwas türkischem Tabak drin vielleicht? Ich habe gerade eine Lieferung feinsten Tabaks aus Amerika erhalten. Ganz mild. Ich kann Ihnen eine Mischung zaubern, um die Sie von sämtlichen Freunden beneidet werden.«

»Sehr freundlich von Ihnen, aber ich wollte unbedingt einen Vorrat dieser einen bestimmten Mischung. Ich bin durchaus bereit, entsprechend dafür zu bezahlen.«

Der Mann seufzte bedauernd. »Ich kann es nicht riskieren, meinen Kunden zu verärgern, Sir.«

»Ihren Kunden?« fragte Sebastian vorsichtig.

»Mr. Fleetwood würde sich gewiß einen anderen Tabakhändler suchen, wenn ich mich nicht an unsere Abmachung hielte.«

Sebastian starrte sein Gegenüber an und hoffte lediglich, daß sein Mund nicht vor Überraschung offenstand. »Fleetwood?«

»Ja, Sir. Mr. Jeremy Fleetwood.« Der Tabakhändler runzelte die Stirn. »Sie müssen ihn doch kennen, Sir, wenn er Ihnen eine Probe von seinem Schnupftabak gegeben hat.«

»Wir sind uns nur einmal flüchtig während eines Boxkampfs begegnet«, erwiderte Sebastian hastig. »Ich fürchte, sein Name war mir wieder entfallen. Sie wissen, was für ein Gedränge bei solchen Veranstaltungen herrscht.«

»Da haben Sie recht, Sir. Erst vorige Woche war ich bei einem interessanten Kampf. Die Menge hätte beinahe einen Aufstand veranstaltet, als der Eiserne Jones verloren hat. Er war der Favorit, müssen Sie wissen. Ich hab' selbst auf ihn gesetzt.«

»Ich habe gehört, daß das Ergebnis des Kampfes nicht gerade zufriedenstellen war«, sagte Sebastian, während er sich der Tür zuwandte. »Danke für Mr. Fleetwoods Namen. Ich werde ihn umgehend aufsuchen. Vielleicht kann ich ihn überreden, Ihnen die Erlaubnis zu geben, einen Vorrat dieser Mischung für mich herzustellen.«

»Aber, Sir, falls ich Ihnen eine andere Mischung...«

Sebastian schloß die Tür des Ladens und ging die kurze Strecke bis zu der Stelle, an der sein Pferdebursche mit dem Zweispänner wartete.

Was, zum Teufel, hatte Jeremy mit der ganzen Sache zu tun? fragte sich Sebastian, als er sich auf den Sitz schwang und die Zügel ergriff.

Prudence würde über diese Neuigkeit ebenso überrascht sein wie er selbst. Plötzlich hatte er es eilig, die jüngste Wendung des Falls mit ihr zu besprechen.

»Was soll das heißen, sie ist nicht da, Flowers? Wo, zum Teufel, ist sie?« Sebastian war direkt nach Hause geeilt, um die unerwartete Entwicklung des Falles mit Prudence zu erörtern. Es war demnach höchst ärgerlich, daß sie nicht gespannt auf ihn wartete und ihm zu seiner Brillanz gratulierte.

»Ich glaube, Lady Angelstone ist ausgegangen, Mylord.«

Sebastian gab sich die größte Mühe, nicht die Geduld zu verlieren. »Wo ist sie hingegangen, Flowers?«

Flowers hüstelte diskret. »Zu den Singleton-Schwestern in der Wellwood Street, Sir.«

»Wer, zum Teufel, sind die Singleton-Schwestern?«

»Lady Angelstone sagte, es handele sich um Klientinnen.« Flowers blickte ihn schmerzlich an. »Kurz nachdem Sie das Haus verlassen hatten, kam eine Nachricht. Offensichtlich wünschten sie, mit der gnädigen Frau über eine geisterhafte Erscheinung zu sprechen. Die gnädige Frau hat sich sofort auf den Weg gemacht.«

»Sie führt demnach also eine Untersuchung durch?«

Flowers bedachte ihn mit einem kummervollen Blick. »Es war auch die Rede von einer Elektrizitätsmaschine, Mylord.«

Sebastian runzelte die Stirn. »Einer Elektrizitätsmaschine?«

»Ich habe Grund zu der Annahme, daß die gnädige Frau sich eine solche Maschine von Mr. Matthew Hornsby geborgt hat in der Absicht, sie heute zu verwenden.«

Vorübergehend war Sebastian von seinem eigenen Fall abgelenkt. »Das könnte interessant werden.«

Flowers richtete sich auf. »Ich möchte Sie fragen, Mylord, ob die Dienerschaft sich besser an ein derartiges Betragen der gnädigen Frau gewöhnen sollte?«

»Ja, Flowers, ich denke, Sie alle gewöhnen sich besser an die Vorstellung, daß dieser Haushalt nie wieder vollkommen normal sein wird.«

»Sie sagen, das seltsame Stöhnen scheint aus dieser Ecke der Dachstube zu kommen?« Prudence schob die Elektrizitätsmaschine in die Mitte des kleinen, dunklen Raums direkt unter dem Dach des engen Hauses.

»Ich nehme an, so ist es.« Evangeline Singleton, eine untersetzte, kräftige Frau undefinierbaren Alters, runzelte nachdenklich die Stirn. Dann wandte sie sich an ihre Schwester. »Meinst du nicht, daß es so ist, Iphigenia?«

»Ich nehme es an.« Iphigenia, klein, zerbrechlich und flatterhaft, beäugte furchtsam die Elektrizitätsmaschine. »Ich höre die Geräusche unten in meinem Schlafzimmer, also müssen sie von irgendwo hier oben kommen. Aber ich weiß wirklich nicht, ob wir versuchen sollen, den Geist zu finden, Evangeline.«

»Wir können diesem Ding nicht erlauben, zu den unmöglichsten Zeiten herumzustöhnen«, entgegnete Evangeline. »Du brauchst deinen Schlaf.« Sie wandte sich wieder an Prudence. »Nun, Lady , wie wird diese Maschine den Geist dazu bewegen, sich uns zu zeigen?«

»Meiner jüngsten Theorie zufolge benutzen geisterhafte Erscheinungen die Elektrizität in ihrer Umgebung, um sichtbar zu werden. Ich glaube, der Hauptgrund dafür, daß man sie nur so selten sieht, ist der, daß sie für gewöhnlich nicht genügend Elektrizität zur Verfügung haben.«

Alarmiert riß Iphigenia die Augen auf. »Sie beabsichtigen demnach, unserem Geist die Elektrizität zur Verfügung zu stellen, die er benötigt, um sichtbar zu werden?«

»Genau.« Prudence richtete sich auf und betrachtete die Maschine, die sie sich von Trevors Freund Matthew Hornsby geliehen hatte.

Es handelte sich um ein einfaches Gerät, bestehend aus einem Glaszylinder, einer Handkurbel, einem Lederpolster und einem Tongefäß. Matthew hatte ihr versichert, daß die Handhabung der Maschine keinerlei Gefahr in sich barg.

»Entschuldigen Sie, Lady Angelstone, aber ist es Ihrem Gatten recht, wenn Sie derartige Untersuchungen durchführen?« fragte Iphigenia vorsichtig.

»Oh, ja.« Prudence eilte geschäftig hin und her. »Angelstone ist ein äußerst wißbegieriger Mensch. Er interessiert sich sehr für meine Arbeit.«

»Ich verstehe.« Iphigenia bedachte sie mit einem seltsamen

Blick. »Es heißt, Angelstone sei ein höchst ungewöhnlicher Mann.«

»Ich nehme an, das ist er.« Prudence probierte die Handkurbel. Sie ließ sich leicht bewegen. Der Glaszylinder begann, unter dem Lederpolster zu rotieren. »Auf jeden Fall kenne ich keinen anderen Mann, der so ist wie er.«

Iphigenia tauschte einen bedeutungsvollen Blick mit ihrer Schwester. »Es heißt, er sei in gewisser Weise gefährlich.«

»Nicht im geringsten.« Der Zylinder kreiste schneller, während Prudence weiterhin die Kurbel betätigte. »Würde eine von Ihnen bitte die Lampe ausmachen? Ich bezweifle, daß wir etwas sehen, wenn es so hell ist wie jetzt.«

»Lady Angelstone«, begann Iphigenia zögernd. »Ich halte das für keine gute Idee. Hier oben gibt es keine Fenster, und es wird recht finster werden, wenn wir die Lampe löschen.«

»Also wirklich, Iphigenia, sei doch nicht so ängstlich.« Evangeline schritt entschlossen zur Lampe hinüber und drehte den Docht herab.

Der Raum lag in völliger Dunkelheit.

»Hervorragend«, sagte Prudence. »Wenn es hier oben einen Geist gibt, dann werden wir ihn innerhalb kürzester Zeit zu Gesicht bekommen.« Sie kurbelte so schnell sie konnte.

»Aber ich will das Ding eigentlich gar nicht sehen«, wimmerte Iphigenia. »Ich will es nur loswerden.«

»Reiß dich zusammen«, befahl Evangeline grob. »Lady Angelstone weiß, was sie tut, nicht wahr, Madam?«

»Natürlich«, rief Prudence über den Lärm des wirbelnden Zylinders hinweg. »Ich habe allergrößtes Vertrauen in meine neueste Theorie. In ein paar Sekunden sollten wir genug Elektrizität für einen Geist produziert haben.«

»Oje«, seufzte Iphigenia unglücklich. »Ich wünschte wirklich, wir hätten einen anderen Experten gerufen, Evangeline. Dieses Experiment strapaziert meine Nerven ungemein.«

»Du kannst ja etwas Laudanum nehmen, wenn alles vorbei ist«, beruhigte sie Evangeline. »Aber nun hör auf, ein solches Theater zu machen. Du wirst den Geist noch verscheuchen.«

Prudence kurbelte immer schneller. »Die Herstellung von Elektrizität ist etwas schwieriger, als ich dachte«, keuchte sie.

Plötzlich blitzte ein glühendweißer Bogen auf, der den Raum während einiger Sekunden erhellte. Prudence hörte, wie Iphigenia entsetzt nach Luft schnappte.

»Gütiger Himmel, Evangeline, wir haben einen Dämon in unser Heim gerufen.«

»Was, zum Teufel –« Prudence blickte sich gerade noch rechtzeitig um, um Sebastians Gesicht zu entdecken, dem durch den leuchtenden Elektrizitätsfunken harte, dämonische Züge verliehen wurden. Seine goldenen Augen brannten im Glanz des unnatürlichen Lichts.

Einen Augenblick später war er verschwunden.

Iphigenia stöhnte leise auf.

»Mein Gott.« Evangelines Stimme zitterte. »Was war das, Lady Angelstone?«

Prudence starrte böse in die Dunkelheit. »Angelstone? Sind Sie das?«

»Entschuldige bitte, meine Liebe.« Man hörte ein Kratzen, und dann flackerte eine Kerze auf. Sebastian lächelte schwach. »Ich hatte nicht die Absicht, deine Untersuchungen zu stören. Die Haushälterin sagte mir, daß Ihr alle hier oben seid, also beschloß ich, mich dazuzugesellen.«

»Gütiger Himmel«, sagte Evangeline im Ton höchster Erleichterung. »Sie haben mich ganz schön erschreckt, Sir. Ich glaube, meine Schwester ist in Ohnmacht gefallen.«

»Oje.« Prudence blickte hinab auf die am Boden liegende Iphigenia. »Das ist sie. Angelstone, wenn Sie das nächste Mal beschließen, meine Untersuchungstechniken zu beobachten, dann melden Sie sich bitte vorher in der gehörigen Form an.«

»Verzeih mir, meine Liebe«, sagte er bescheiden. »Ich habe lediglich versucht, nicht zu stören.«

»Das ist Ihnen nicht ganz gelungen, Graf. Sehen Sie, was Sie mit meiner Klientin gemacht haben. Sie haben sie beinahe zu Tode erschreckt.« Prudence seufzte. »Ich nehme an, wir müssen noch einmal von vorn anfangen.«

»Es war Luzifer höchstpersönlich. Ich habe ihn mit eigenen Augen gesehen.« Iphigenias Lider flatterten, ihre Augen waren jedoch nach wie vor geschlossen. »Nicht noch einmal. Ich bitte Sie, Lady Angelstone. Bitte beenden Sie die Untersuchung.«

Prudence runzelte die Stirn. »Aber wir haben gerade erst angefangen.«

»Das stimmt«, sagte Evangeline, während sie ihrer Schwester eine Flasche Essigwasser unter die Nase hielt. »Wir können jetzt nicht aufhören. Aber vielleicht ist es besser, wenn Angelstone nicht an der Untersuchung teilnimmt. Ich möchte Ihnen nicht zu nahe treten, Eure Lordschaft. Es ist nur so, daß die Nerven meiner Schwester zu überlastet sind.«

»Ich fürchte, Sie hat recht.« Prudence sah Sebastian an. »Ich denke, Sie gehen jetzt besser, Sir. Ich kann es nicht zulassen, daß Sie meine Klientinnen aufregen.«

Sebastian legte die Stirn in Falten. »Ich möchte mit dir sprechen, Prue.«

»Später, Graf.« Mit einer Handbewegung scheuchte sie ihn aus dem Zimmer. »Wie Sie sehen, bin ich im Moment recht beschäftigt. Also bitte, fort mit Ihnen.«

Sebastians Gesicht spannte sich. »Nun gut, Madam. Ich sehe Sie dann später.«

»Ja, ja, natürlich.« Prudence wandte sich wieder der Elektrizitätsmaschine zu und begann erneut zu kurbeln. »Auf Wiedersehen, Graf.«

Sebastian entschwand durch die Tür, durch die er vor wenigen Minuten gekommen war.

Evangeline starrte ihm nach. »Ich kann es einfach nicht glauben.«

»Was können Sie nicht glauben, Miss Singleton?« Prudence holte tief Luft und konzentrierte sich auf ihre Arbeit. Sie fühlte, wie der Schweiß zwischen ihre Schulterblätter trat.

»Daß Sie Angelstone einfach *fortgeschickt* haben. Und daß er dann auch noch wirklich gegangen ist.«

»Geschieht ihm recht.« Prudence kurbelte schneller. »Schließlich hat er mir heute morgen auch nicht gestattet, ihm zu assistieren.«

»Ich verstehe.« Evangeline bedachte sie mit einem seltsamen Blick. »Es scheint, als hätten Sie tatsächlich ein Talent im Umgang mit geisterhaften Erscheinungen, Madam. Sie scheinen in der Lage zu sein, den Teufel höchstpersönlich in seine Schranken zu verweisen.«

Sebastian war, als er auf der Suche nach Prudence Lady Arlingtons Ballsaal betrat, nicht gerade bester Laune. Das erwartungsvolle Flüstern, das sich bei seiner Ankunft in dem überfüllten Raum erhob, verschlimmerte das Ganze noch. Die Gesellschaft hoffte auf eine Szene, und er war gerade in der richtigen Stimmung, eine solche zu liefern.

Als er den glitzernden Saal halb durchquert hatte, erblickte er Prudence. Sie stand inmitten einer Gruppe von Leuten. Ihre Brillengläser funkelten fröhlich im Licht der Kronleuchter, und ihr Lächeln war strahlender als die Lichter aller Kerzen zusammen.

Prudence trug ein bescheidenes, zartblaues Musselinkleid. Es war wesentlich höher geschnitten als die Kleider aller anderen Frauen. Sebastian gefiel dieser züchtige Stil. Die unmodernen Kleider hatten den Vorteil, daß ihre körperlichen Reize vor den Blicken der anderen Männer verborgen blieben. Nur er wußte, wie weich und reizvoll ihre Brüste waren. Nur er wußte, wie ihre Brustwarzen auf seine Berührungen hin erstarrten. Nur er wußte, wie sie sich unter seinem Mund aufbäumte, wie sie an ihm hing.

Sebastian entfuhr ein leises Stöhnen, als er bemerkte, wie er hier mitten im Ballsaal hart und schwer wurde.

Er fragte sich wehmütig, was aus seiner Selbstbeherrschung geworden war, die er über Jahre hinweg wie selbstverständlich an den Tag gelegt hatte. Ihm wurde bewußt, daß der eiserne Griff, mit dem er seine Leidenschaft umklammert gehalten hatte, sich in der Nacht gelockert hatte, in der Prudence aus dem Schrank gesprungen war, um ihn vor Thornbridges Pistole zu retten. Außer ihr hätte sich wohl niemand die Mühe gemacht, seinen Hals zu retten.

Er hatte Prudence beinahe erreicht, als er aus dem Augenwinkel heraus Jeremy entdeckte. Er blieb stehen und beobachtete, wie sein Cousin den überfüllten Saal verließ und auf die Terrasse ging. Jeremy war allein. Er konnte ihn ebensogut jetzt zur Rede stellen.

Abrupt änderte Sebastian die Richtung. Als er die geöffnete Tür erreichte, blickte er hinaus. Er entdeckte seinen Cousin in der Nähe einer niedrigen Steinmauer. Jeremy zog gerade eine kleine Tabakdose aus der Tasche. Mit einem eleganten, offensichtlich sorgsam einstudierten Fingerschnippen öffnete er den Deckel der Dose.

Sebastian nahm die Tabakdose, die er auf Curling Castle gefunden hatte, aus der Tasche und trat hinaus auf die Terrasse.

»Erlaube mir, daß ich dir eine ganz besondere Mischung anbiete, Cousin.« Sebastian hielt Jeremy die Dose hin.

»Was? Oh, Sie sind's, Angelstone.« Jeremy blickte nicht sofort auf die Dose in Sebastians Hand. Statt dessen betrachtete er ihn ohne große Begeisterung. »Ich bin überrascht, Sie heute abend hier zu sehen, obgleich Mutter sagte, sie nähme an, Sie würden noch auftauchen. Sie sagte, Sie würden die Gelegenheit nutzen, um Ihre Verachtung uns gegenüber allen deutlich zu machen.«

»Solche Gelegenheiten zu nutzen erfordert mehr Energie, als ich heute abend zu vergeuden beabsichtige. Erkennst du diese Tabakdose?«

Jeremy blickte auf die Dose und runzelte die Stirn. »Seit wann nehmen Sie Schnupftabak?«

»Ich nehme keinen Schnupftabak.« Sebastian klappte den Deckel auf. »Man sagte mir, diese Mischung sei einmalig. Extra für eine bestimmte Person zusammengestellt.«

»Worauf, zum Teufel, wollen Sie hinaus?« Jeremy betrachtete die Dose eingehender. »Verdammt, Angelstone, das ist meine Tabakdose. Woher haben Sie sie?«

»Sie fiel mir vor nicht allzu langer Zeit in die Hände. Wann und wo hast du sie verloren?«

Jeremy nahm die Dose. »Ich erinnere mich nicht mehr genau. Ich merkte, daß sie weg war, als ich von einer Party auf Curling Castle zurückkam. Weshalb fragen Sie?«

»Ich habe sie auf Curling Castle gefunden.«

Jeremy zuckte mit den Schultern. »Das erklärt dann, warum Sie sie haben. Aber woher wußten Sie, daß das meine Dose ist?«

»Ich habe Nachforschungen angestellt.«

»Ich verstehe.« Jeremy starrte ihn verblüfft an. »Aber weshalb haben Sie sich die Mühe gemacht, den Besitzer aufzuspüren? Die Dose ist zwar recht hübsch, aber sie ist nicht im geringsten wertvoll.«

»Es hat mich interessiert zu erfahren, wem diese Dose gehört«, sagte Sebastian leise, »weil ich sie in einem höchst ungewöhnlichen Raum im obersten Stockwerk von Curling Castle gefunden habe. Einem Raum, der vollkommen in Schwarz gehalten ist.«

»Schwarz?«

»Vor einem Monat ist ein Mann namens Ringcross aus eben diesem Raum in den Tod gestürzt. Vielleicht erinnerst du dich daran, von dem Unfall gehört zu haben?«

Jeremy war sprachlos. »Ringcross' Sturz ereignete sich an dem Wochenende, an dem ich auf einem von Curlings Festen war. Was soll das alles, Angelstone?«

»Momentan noch nichts.« Sebastian betrachtete ihn eingehend. »Ich finde lediglich, daß es sich dabei um einen höchst interessanten Zufall handelt.«

»Was für ein Zufall?« fragte Jeremy. »Die Tatsache, daß Sie meine Tabakdose in dem Zimmer gefunden haben, in dem Ringcross zu Tode kam? Nun, ich für meine Person finde es höchst interessant, daß ich nur Ihr Wort habe, daß Sie die Dose dort gefunden haben.«

»Glaubst du, ich lüge?«

»Ich glaube, Sie sind durchaus dazu in der Lage, wenn es in Ihrem Interesse ist.« Jeremy steckte die Dose ein. »Aber ich schwöre, daß ich keine Ahnung habe, weshalb Sie eine solche Geschichte erfinden sollten. Zu Ihrer Information, ich war noch nie im obersten Stock der Burg. Ich habe noch nie dieses schwarze Zimmer gesehen, das Sie mir da beschreiben.«

»Bist du dir da sicher?«

»Ja, verdammt, ich bin mir vollkommen sicher«, Jeremys Gesicht war vor Ärger angespannt. »Weshalb versuchen Sie, mich mit diesem Raum in Verbindung zu bringen?«

»Ich versuche nicht, dich damit in Verbindung zu bringen. Das tut bereits die Tabakdose.« Sebastian machte kehrt und ging zurück in Richtung des Ballsaals.

»Warten Sie einen Moment, Angelstone«, rief Jeremy ihm nach. »Welches teuflische Spiel spielen Sie nun schon wieder? Ich verlange, daß Sie mir erklären, was Sie vorhaben.«

Sebastian blieb auf der Schwelle der Tür stehen und blickte zurück. »Zufällig habe ich im Augenblick nichts anderes vor, als meine Frau zu bitten, mit mir den nächsten Walzer zu tanzen.«

Noch ehe Jeremy etwas entgegnen konnte, erschien Prudence in der Tür. Sie lächelte ebenso strahlend wie zuvor, aber ihr Blick war fragend und besorgt. »Wie ich sehe, holen Sie gerade etwas frische Luft, Mr. Fleetwood. Eine wunderbare Nacht, nicht wahr?«

»Eine angenehme Nacht, Madam«, erwiderte Jeremy steif.

»Ja, tatsächlich. Nur ein wenig kühl. Und ich fürchte, es wird noch Nebel geben.« Sie wandte sich an Sebastian. »Sie spielen einen Walzer, Angelstone. Ich habe Sie bereits überall gesucht. Nicht weniger als ein Dutzend Leute haben mir berichtet, daß Sie angekommen sind, und ich dachte, Sie würden mich in dem Gedränge vielleicht nicht finden.«

Sebastian lächelte leicht, als er ihr seinen Arm reichte und sie auf die Tanzfläche führte. »Keine Angst, Prue. Ich werde dich immer finden, gleich wohin du gehst oder wie gut du dich versteckst.«

Sie rümpfte die Nase, während sie gemeinsam über das Parkett schwebten. »Das klingt eher wie eine Drohung und nicht wie ein Versprechen.«

»Ja.«

»Also wirklich, Sebastian, manchmal bist du unmöglich.«

»Ich weiß, meine Liebe, aber du scheinst durchaus in der Lage zu sein, mit mir umzugehen. Wie sind deine Untersuchungen heute nachmittag ausgegangen?«

»Wenn du es unbedingt wissen willst, es war sehr enttäuschend«, gestand sie. »Ich habe mit der Elektrizitätsmaschine nicht einen einzigen Geist zum Vorschein gebracht. Ich frage mich allmählich, wo der Fehler in meiner neuen Theorie liegt.«

»Vielleicht war in diesem Raum einfach kein Geist.«

»Wahrscheinlich nicht. Ich habe in dem Zimmer einen Schal

gefunden, der einem der Hausmädchen gehört. Als ich sie befragte, gab sie zu, daß sie spät nachts dort oben einen der Pagen trifft. Ich glaube, sie sind die Ursache für das Stöhnen, das Miss Singleton immer gehört hat.«

»Wieder mal ein Punkt für deine Logik und deinen Verstand.«

»Gut, aber nicht gerade eine interessante Auflösung des Rätsels.« Sie sah ihn prüfend an. »Was hat sich da draußen auf der Terrasse zwischen dir und deinem Cousin abgespielt? Ich hoffe, du hast ihn nicht schon wieder verärgert?«

»Dein Mangel an Vertrauen in bezug auf mein Taktgefühl betrübt mich zutiefst.«

»Ha.«

»Seit Stunden versuche ich, mit dir zu sprechen«, sagte Sebastian.

»Tatsächlich?«

»Ich habe herausgefunden, wem die Tabakdose gehört.«

Prudences Gesicht leuchtete erwartungsvoll auf. »Das ist wunderbar, Graf. Wie clever.«

»Danke.« Es gelang Sebastian nicht, die Spur von Selbstgefälligkeit in seiner Stimme zu unterdrücken.

»Es freut mich, diese Neuigkeit zu erfahren, und ich kann es nicht erwarten, alle Einzelheiten zu erfahren, aber was hat das alles mit Mr. Fleetwood zu tun?«

»Die Tabakdose gehört Jeremy.«

Prudence starrte ihn an. »Sebastian, ist das dein Ernst?«

»Ja.« Sebastian beobachtete, wie sein Cousin den Ballsaal wieder betrat und schnell durch die Menge in Richtung der Tür eilte. Jeremys Gesicht war grimmig. Sein Gang war der eines angespannten, erbosten Mannes.

»Gütiger Himmel«, flüsterte Prudence bestürzt, als sie Sebastians Blick folgte. »Jeremy wirkt ziemlich erregt.«

»Ja.«

»Oje. Morgen wird die ganze Stadt davon sprechen, daß ihr beide euch gestritten habt.«

Sebastian zuckte mit den Schultern. »Ein Streit zwischen Jeremy und mir ist nichts Besonderes, Prue. Die einzige Sache, die die Lästermäuler hier interessieren würde, wäre ein freundliches Gespräch zwischen uns beiden.«

»Habt ihr ein solches Gespräch geführt?« fragte sie.

»Nein«, sagte Sebastian. »Bestimmt nicht.«

ELF

Prudence erwachte abrupt. Irgend etwas stimmte nicht. Zum ersten Mal seit ihrer Hochzeit waren sie und Sebastian vor Morgengrauen zu Bett gegangen. Ihr reges gesellschaftliches Leben sowie Sebastians Liebeskünste hatten dazu geführt, daß sie in keiner der letzten Nächte geschlafen hatte. Allmählich hatte sie den Eindruck, daß Sebastian es gewohnt war, die Nächte zu durchwachen. Er schien nie vor Morgengrauen zur Ruhe zu kommen.

Prudence hatte sich schon gefragt, ob sie wohl jemals wieder einen normalen Rhythmus haben würde, zu einer vernünftigen Zeit zu Bett gehen und früh am Morgen aufstehen würde. Vielleicht wäre sie jetzt, da sie Sebastian geheiratet hatte, gezwungen, sich an die Gepflogenheiten der Stadtbewohner anzupassen. Der Gedanke, für den Rest ihres Lebens keine Nacht mehr zu schlafen, war erschreckend.

Einen Augenblick lang lag sie unbeweglich in Sebastians Bett. Geisterhafte Fetzen eines Traums umnebelten ihr Hirn. Sie versuchte, sich zu erinnern, aber es gelang ihr nicht. Sie meinte, etwas von schwarzen Tüchern geträumt zu haben, die vor einem Fenster hingen, hinter dem eine endlose Nacht verborgen lag. Aber das Bild verflüchtigte sich sofort wieder.

Dann bemerkte sie, daß sie allein in dem riesigen Bett lag. Sie drehte sich um.

»Sebastian?«

»Ich bin hier, Prue.«

Sie blickte in Richtung des Fensters und sah die mächtigen, aber undeutlichen Umrisse ihres Mannes. Er hatte ihr den Rücken zugewandt und eine Hand auf das Fensterbrett gestützt. Prudence setzte sich auf und griff nach ihrer Brille.

Als sie sie aufgesetzt hatte, erkannte sie, daß Sebastian seinen schwarzen Morgenmantel trug. Mehr als je zuvor glich er einem Gefallenen Engel, wie er dort stand und in den nächtlichen Garten hinaussah. Neben ihm auf der Fensterbank saß Luzifer. Die Katze war ein ebensolches Nachtwesen wie Sebastian.

»Kannst du nicht schlafen?« fragte sie sanft, während sie die Kerze neben dem Bett anzündete.

»Ich schlafe nie vor Morgengrauen.«

»Oh. Dann ist alles in Ordnung?«

»Ja.« Seine Stimme war dunkel und grüblerisch. »Schlaf weiter, Prue.«

Prudence ignorierte den Befehl. Sie zog die Knie an und umschlang sie mit ihren Armen. »Erzähl mir lieber, was du hast. Ich kann sowieso nicht wieder einschlafen, wenn du da am Fenster stehst und hinausstarrst. Das beunruhigt mich.«

Sebastian streichelte Luzifer. »Es tut mir leid, daß ich dich vom Schlafen abhalte.«

Sie lächelte. »Nun, das tust du aber, also erzähl mir besser, worüber du so intensiv nachdenkst. Sonst kann ich nie mehr einschlafen.«

Er blickte sie kurz amüsiert an. »Ich glaube, du meinst es ernst.«

»Natürlich.« Prudence legte ihr Kinn auf die Knie. »Du denkst über die Nachforschungen nach, nicht wahr?«

»Ja.«

»Dachte ich mir's doch.« Prudence zögerte. »Ich nehme an, du denkst an Jeremys Tabakdose. Zweifelsohne versuchst du herauszufinden, weshalb er in diesem Raum war.«

»Allmählich frage ich mich, ob du meine Gedanken lesen kannst.«

»Wie Sie bereits festgestellt haben, Graf, haben wir eine sehr ähnliche Denkweise.«

»Ja.« Einen Augenblick lang streichelte Sebastian schweigend die Katze. »Das alles verwirrt mich«, sagte er schließlich.

Prudence wußte sofort, daß er wieder auf das Anfangsthema zurückgekommen war. »Die Verbindung zwischen Jeremy und unseren Nachforschungen? Da stimme ich dir zu. Es ist wirklich äußerst verwirrend.«

Sie und Sebastian hatten nach ihrer Rückkehr von dem Ball die ganze Angelegenheit ausführlich besprochen. Sebastian hatte ihr von seiner Auseinandersetzung mit Jeremy berichtet und erzählt, daß Jeremy vehement bestritt, den schwarzen Raum auch nur zu kennen.

»Am frühen Abend habe ich ein paar Erkundigungen eingeholt. Anscheinend ist Jeremy nicht gerade eng mit Curling befreundet. Er war nur das eine Mal auf einer Wochenendparty auf Curling Castle.«

»Wer hat dir das erzählt?« fragte Prudence. »Jeremy?«

»Nein, ein Mann namens Durham, der regelmäßig Gast auf Curlings Hausparties ist. Er ist ein professioneller Partygänger, der sich in den besseren Kreisen hält, indem er die Leute amüsiert und unterhält. Du kennst diese Sorte.«

Prudence lächelte wehmütig. »Ich nehme an, die Rolle des armen Mr. Durham ähnelt der meinen. Die Leute tolerieren uns, solange wir amüsant genug sind.«

Sebastian wandte heftig den Kopf. Seine Augen brannten leidenschaftlich in der Dunkelheit. »Sie, Madam, sind nun die

Gräfin von Angelstone. Vergessen Sie das niemals. Sie sind nicht da, um die Gesellschaft zu amüsieren und zu unterhalten. Ganz im Gegenteil. Die Gesellschaft ist dazu da, um Sie zu amüsieren und zu unterhalten.«

Prudence blinzelte. Was sie als kleinen Scherz gedacht hatte, hatte ihn zu kaum kontrollierter Heftigkeit veranlaßt. »Ein interessantes Konzept, Sir. Ich werde es später eingehend überdenken. Aber jetzt sollten wir weiter über Ihren Cousin Jeremy sprechen.«

»Das Problem«, sagte Sebastian langsam, »ist, daß wir keinen weiteren Anhaltspunkte haben. Wir wissen nur, daß Jeremy auf der Burg war, als Ringcross starb, und daß es seine Tabakdose ist, die wir in diesem verdammten Zimmer gefunden haben.«

»Zusammen mit dem goldenen Knopf.«

Nachdenklich klopfte Sebastian mit einem Finger auf das Fensterbrett. »Ja. Bisher habe ich noch keine weiteren Nachforschungen in dieser Richtung angestellt. Es könnte interessant sein, etwas über den Knopf in Erfahrung zu bringen.«

Prudence sah ihn einen Moment lang an. »Denkst du, dein Cousin hat gelogen, als er behauptet hat, daß er noch nie in dem schwarzen Zimmer war?«

»Ich weiß es nicht.«

»Hast du Angst, daß er tatsächlich etwas mit Ringcross' Tod zu tun haben könnte?« fragte Prudence.

»Ich denke, die Tatsache, daß wir die Tabakdose in dem schwarzen Raum gefunden haben, ist nicht einfach von der Hand zu weisen. Mein Gefühl sagt mir, daß es da eine Verbindung gibt.«

»Es gibt auch Zufälle, Sebastian.«

»Das ist mir durchaus bewußt, aber es gibt nicht viele Zufälle, und meiner Erfahrung nach gibt es die im Verlauf von Nachforschungen dieser Art schon gar nicht.«

Prudence dachte kurz nach. »Ich kenne ihn nicht gerade gut, aber auf Grund dessen, was ich bisher über deinen Cousin in Erfahrung gebracht habe, kann ich ihn mir nur schwer als Mörder vorstellen. Er scheint mir eher ein Gentleman zu sein.«

Sebastian starrte hinaus in die neblige Nacht. »Bei einem ausreichenden Motiv ist jeder Mann fähig zu morden. Ein Gentleman ebenso wie jeder andere.«

»Aber was könnte ihn in diesem Fall so weit getrieben haben? Weshalb hätte Jeremy Ringcross umbringen sollen?«

»Keine Ahnung. Es gibt noch eine ganze Reihe offener Fragen. Unter anderem müssen wir herausfinden, ob es irgendeine Verbindung gab zwischen Jeremy und Ringcross.«

»Du scheinst zu zögern, Sebastian. Was ist los?«

Er blickte sie nachdenklich an. »Die Frage, die ich mir heute nacht stelle, ist, ob ich die Nachforschungen überhaupt weiterführen möchte.«

»Das habe ich mir gedacht«, sagte Prudence mitfühlend. »Ich kann verstehen, daß du nicht unbedingt ein Mitglied deiner eigenen Familie des Mordes überführen willst.«

Sebastians Mund verzog sich. »Mißverstehen Sie mich nicht, Madam. Es ist mir egal, ob Jeremy wegen eines Mordes verhaftet wird oder nicht.«

Prudence war entsetzt. »Wie kannst du nur so etwas sagen? Er ist dein Cousin.«

»So? Denkst du, der Skandal würde mich berühren? Das ist wohl eher unwahrscheinlich. Es wäre vielleicht sogar ganz amüsant, wenn ein Fleetwood verhaftet würde.«

»Sebastian, wir sprechen hier von Mord.«

»Ja, nicht wahr?« Sebastians Lächeln konnte nur als barbarisch beschrieben werden. »Es wäre interessant zu beobachten, wie die Hexe Drucilla und der Rest meiner charmanten Verwandtschaft mit den bösen Zungen der Gesellschaft zurechtkommen.«

»Sebastian, derartiger Klatsch würde diesen Zweig der Familie zerstören.«

»Durchaus möglich. Wenn Jeremy wegen Mordes verhaftet wird, wird seine Mutter zweifelsohne aus der Gesellschaft ausgestoßen. Die Leute würden sich ebenso von ihr abwenden, wie sie es mit meinen Eltern getan haben. Es wäre also eine Form ausgleichender Gerechtigkeit.«

Prudence erschauderte. »Das kann nicht dein Ernst sein.«

»Meinst du nicht?« Der goldene Ring an Sebastians Finger glänzte im Licht der Kerze, als er erneut begann, Luzifer zu streicheln.

»Du bist das Familienoberhaupt, Sebastian«, sagte Prudence sehr bestimmt. »Du wirst alles Notwendige unternehmen, um deine Familie zu schützen.«

Ohne Vorwarnung packte er sie bei den Schultern und hielt sie fest. »Diese Familie«, knurrte er, »besteht aus dir und mir und den Kindern, die wir vielleicht einmal haben werden. Es kümmert mich nicht im geringsten, wenn der ganze Rest dieser unglaublich langweiligen Fleetwoods hängt.«

»Das kann einfach nicht wahr sein. Man kann seine Verwandten nicht abschreiben, nur weil sie lästig oder nicht unterhaltsam genug sind.«

»Ich versichere dir, daß die Fleetwoods keinerlei Schwierigkeiten damit hatten, meine Eltern fallenzulassen.«

Prudence umfaßte sein hartes Gesicht mit beiden Händen. »Wollen Sie sich etwa rächen, Graf? Wenn das der Fall ist, weshalb haben Sie das nicht schon viel früher getan?«

Sebastians Griff wurde stärker. »Denkst du etwa, davon hätte ich nicht schon x-mal geträumt?«

»Das verstehe ich nicht. Dein Freund Sutton hat mir erklärt, daß es durchaus in deiner Macht stünde, dem Rest der Familie die Gelder zu kürzen oder sie einfach aus der Gesellschaft verbannen zu lassen. Wenn es dir ein solches Bedürfnis ist, die übrigen Fleetwoods zu bestrafen, weshalb hast du dazu dann nicht sofort deinen Entschluß genutzt, als du den Titel erlangt hast?«

Sebastians Augen glühten. »Du brauchst nicht einen Moment daran zu zweifeln, daß ich alle Macht ausspielen werde, die ich über meine Verwandten habe, wenn sie mich zu weit treiben. Aber bis dahin sind sie sicher, auch wenn sie das nicht wissen.«

»Weshalb sind sie sicher?«

»Weil ich an ein Versprechen gebunden bin, das ich meiner Mutter gegeben habe, als sie im Sterben lag.«

Prudence war betroffen. »Ich dachte, deine Eltern und dein Bruder wären durch den Steinschlag ums Leben gekommen, von dem du mir erzählt hast.«

»Ich erfuhr am frühen Abend, was dort oben in den Bergen geschehen war.« Sebastians Stimme war weit weg. »Ich sammelte also eine Gruppe Männer aus dem Dorf um mich und machte mich auf die Suche nach meiner Familie. Um Mitternacht erreichten wir den Paß. Wir stellten Laternen auf und begannen, uns durch die herabgefallenen Steine und die Trümmer zu graben.«

»Großer Gott, Sebastian.«

»Es war so kalt, Prue. Und es herrschte dichter Nebel. Den verdammten Nebel werde ich niemals vergessen. Wir fanden sie kurz vor Morgengrauen. Zuerst meinen Bruder. Dann meinen Vater. Sie waren beide tot. Meine Mutter war noch am Leben. Sie starb erst bei Sonnenaufgang.«

»Es tut mir so leid«, flüsterte Prudence. »Ich wollte gewiß nicht derart tragische Erinnerungen in dir wecken.«

»Du kannst ebensogut die ganze Geschichte hören. Bisher habe ich noch keiner Menschenseele erzählt, daß die Fleetwoods sicher vor mir sind, weil meine Mutter sich mit ihrem letzten Atemzug für sie verwendet hat.«

»Deine Mutter hat dich gebeten, dich nicht an ihnen zu rächen?«

»Sie wußte, daß ich eines Tages den Titel erben würde. Und sie fürchtete, daß ich dann meine Macht benutzen würde, um mich am Rest der Familie für das zu rächen, was sie ihr und meinem Vater angetan hatten. Sie wollte verhindern, daß so etwas geschieht. Sie sagte, die Familie sei lange genug entzweit gewesen.«

»Deine Mutter scheint eine sehr freundliche und mitfühlende Frau gewesen zu sein.«

»Das war sie. Aber ich bin weder freundlich noch mitfühlend, und ich gebe zu, daß es Momente gab, in denen die Versuchung, die Fleetwoods auf verschiedene interessante Arten zu ruinieren, fast unwiderstehlich war.«

Prudence betrachtete sein grimmiges Gesicht. »Das kann ich mir vorstellen.«

»Unglücklicherweise hat mich das Versprechen, das ich meiner Mutter gegeben habe, gebunden. ›Gib mir dein Ehrenwort, daß du den Fleetwoods keinen Schaden zufügen wirst für das, was sie uns angetan haben‹, hat sie gesagt. Sie lag im Sterben. Also gab ich ihr mein Wort. Damals erschien es nicht wichtig. Ich hatte andere, wichtigere Rachepläne.«

»Was für Rachepläne?«

Sebastians Gesicht war starr und unergründlich. »Mein einziger Gedanke war, die Banditen zu finden, die für den Steinschlag verantwortlich waren. Ich dachte nicht an die Fleetwoods, als ich meine Familie in diesen verdammten Bergen beerdigte. Ich dachte daran, die Hälse derjenigen aufzuschlitzen, die sie umgebracht hatten.«

Prudence starrte ihn an. »Du hast dich auf die Suche nach den Banditen gemacht?«

»Ich nahm ein paar der Männer aus dem Dorf mit. Sie waren nur allzu bereit, mir zu helfen, da sie selbst mehr als genug unter den Banditen gelitten hatten. Ihnen hatte nur ein Anführer und ein Plan gefehlt.«

»Also hast du einen Plan entworfen und das Kommando übernommen?«

»Ja.« Sebastian wandte sich ab und ging erneut ans Fenster, um in die Dunkelheit hinauszustarren. »In weniger als einer Woche hatte ich eine Idee, wie ich die Banditen in die Falle lokken könnte. Sie sind alle darin umgekommen, bis auf den letzten Mann. Den Anführer habe ich selbst umgebracht.«

»Oh, Sebastian.«

Seine Hand umklammerte die Kante des Fensterbretts. »Während er vor meinen Füßen verblutete, erklärte ich ihm genau, weshalb er starb.«

Prudence ging hinüber zu Sebastian und legte von hinten die Arme um ihn. Sie lehnte ihren Kopf an seine Schulter. »Es war nicht deine Schuld. Dein Vater war Forscher. Reisen in ferne Länder bergen nun einmal große Gefahren in sich.«

Sebastian schwieg.

»Es war nicht deine Schuld, daß er diesen Bergpaß genommen hat, Sebastian. Dein Vater war ein erfahrener Reisender. Er entschloß sich dazu, diese Berge zu überqueren. Offensichtlich nahm er an, es sei sicher. Es war dein Vater, der den tragischen Fehler gemacht hat, nicht du.«

Sebastian schwieg immer noch.

Prudence drängte sich dichter an ihn. Er fühlte sich eiskalt an. Es gab nichts, was sie noch hätte sagen können. Alles, was sie tun konnte, war, ihre Wärme mit ihm zu teilen.

Eine lange Zeit hielt sie ihn einfach fest.

Nach einer Weile spürte sie, wie Sebastian sich ein wenig entspannte. Er berührte eine ihrer Hände, die um seine Taille geschlungen waren.

»Jetzt weißt du, warum ich mich niemals wirklich an den Fleetwoods gerächt habe«, sagte er ruhig.

»Ich verstehe. Aber Sebastian, was wirst du nun in bezug auf deine Nachforschungen tun? Du wirst sie wohl kaum einfach aufgeben.«

»Nein«, sagte er. »Ich gebe zu, daß ich neugierig geworden bin. Ich will Antworten auf meine Fragen.«

»Ich wußte es«, stellte Prudence zufrieden fest. »Ich wußte, daß du den Fall nicht einfach aufgeben kannst.«

»Aber ich weiß noch nicht, was ich mit den Antworten machen werde, die ich auf meine Fragen bekomme«, fügte er leise hinzu.

»Sebastian.«

»Beruhige dich, Prue. Ich werde das Beweismaterial gegen Jeremy nicht an meinen Spitzel weiterleiten. Das wäre eine Verletzung des Versprechens, das ich meiner Mutter gegeben habe. Aber andererseits bin ich auch nicht verpflichtet, Jeremy zu beschützen, wenn jemand anderes Beweise gegen ihn aufdeckt.«

Prudence sah ihn zweifelnd an. »Das klingt ganz nach einem deiner Katz-und-Maus-Spiele, die du angeblich so gern mit den Fleetwoods spielst.«

»Solche Spiele spiele ich nur, wenn ich extrem gelangweilt bin«, sagte Sebastian. »Ob du es glaubst oder nicht, die meiste Zeit habe ich interessantere Dinge zu tun als herumzulaufen und die Fleetwoods zu schikanieren.«

Prudence schüttelte den Kopf. »Sebastian, du solltest dich schämen.«

»Halten Sie mir bitte keinen Vortrag, Madam.« Er drehte sich um und legte einen warnenden Finger auf ihre Lippen. »Ich bin nicht in der Stimmung, um mir eine weitere Predigt über Verantwortungsgefühl und Reife anzuhören.«

»Und was ist, wenn ich eine solche Predigt halten will?«

»Dann muß ich wohl einen Weg finden, um dich zum Schweigen zu bringen.«

Er zog ihre Hand an seinen Mund und küßte ihr Handgelenk.

Seine Augen hielten ihren Blick gefangen. »Ich bin mir sicher, daß mir eine geeignete Methode einfallen wird.«

»Sebastian, ich versuche, ein ernsthaftes Gespräch mit dir zu führen.« Prudence spürte bereits, wie die feuchte Wärme in ihr aufstieg. Sie entzog ihm ihre Hand. »Beabsichtigst du etwa, den Rest deines Lebens damit zuzubringen, die Fleetwoods zu quälen, wann immer du gerade nichts Besseres zu tun hast?«

»Wie ich bereits sagte, im allgemeinen habe ich Wichtigeres zu tun. Die Fleetwoods sind schließlich im großen und ganzen ein langweiliger Haufen.«

»Welches Glück für sie.«

»Außerdem habe ich nun, da ich ein verheirateter Mann bin, die Pflicht, eine eigene Familie zu gründen und einen Erben zu bekommen. Ich nehme an, in naher Zukunft werde ich damit genug zu tun haben.«

»Sie sind einfach unverbesserlich, Graf.«

»Ich bemühe mich.« Sein Blick wurde wieder hart. »Eine Sache mußt du verstehen, Prue.«

»Was?«

»Es stimmt, daß die Fleetwoods vor mir sicher sind. Aber nur bis zu einem gewissen Punkt.«

»Einem Punkt?«

Sebastian lächelte sein kältestes Lächeln. »Wenn einer von ihnen sich zu weit vorwagt, dann wird sie das Versprechen, das ich meiner Mutter gegeben habe, nicht mehr vor mir schützen.«

»Was heißt das, ›sich zu weit vorwagt‹?« fragte Prudence vorsichtig.

»Wenn meine Tante oder einer von den anderen dich auf irgendeine Weise angreift, will ich es wissen. Ich werde den Verantwortlichen dann ruinieren.«

»*Sebastian.*«

»Ich habe meiner Mutter versprochen, daß ich die Fleetwoods nicht dafür bestrafe, daß sie sich von ihr und meinem Vater abgewandt haben. Aber ich habe nichts darüber gesagt, was ich tue, wenn sie meine Frau beleidigen.«

»Aber Sebastian –«

»Nein, Prue. Ich habe mich einmal von dir breitschlagen lassen und meine Tante verschont, als sie dich während unserer Verlobungszeit beleidigt hat. Ein zweites Mal wird es nicht geben.«

»Ich glaube nicht, daß ich dir die Sache ausgeredet habe«, sagte Prudence. »Du hast einfach deine Vernunft walten lassen und beschlossen, dich so zu verhalten, wie man es von einem Mann in deinem Stand und mit deiner Macht erwarten kann.«

Sebastian zog die Brauen hoch. »Ich habe mich deinen Wünschen gebeugt, meine süße, naive, kleine Prue, weil wir frisch verlobt waren und nicht verheiratet.«

»Wie bitte?«

»Zu der Zeit war ich in einer recht prekären Situation. Ich wollte meine zukünftige Braut nicht derart verärgern, daß sie eventuell die Verlobung lösen würde. Also habe ich nachgegeben.«

»Das glaube ich dir nicht.«

»Zweifellos weil du der Überzeugung warst, meine Seele sei noch zu retten.«

»Das ist unglaublich.« Prudence funkelte ihn böse an. »Willst du damit etwa sagen, daß es dir jetzt, nachdem du mich geheiratet hast, egal ist, ob du mich verärgerst oder nicht?«

»Ich ziehe es vor, wenn du charmant und umgänglich bist, meine Liebe. Aber Tatsache ist nun einmal, daß wir inzwischen vor dem Gesetz aneinander gebunden sind.« Sebastian strich mit dem Finger über ihre Schulter. Er lächelte, als sie erschauderte. »Und wir sind auch auf andere Weise aneinander gebunden, nicht wahr? Egal, wie böse du wirst, du kannst mich nicht einfach verlassen.«

»Und wenn ich es täte?«

»Dann würde ich dir folgen und dich zurückholen«, versprach er. »Und dann würde ich dich lieben, bis du in meinen Armen wahnsinnig wirst, bis du mich anflehst, dich zu nehmen. Bis du deinen Groll vergessen hast.«

»Sebastian.«

»Bis dir klar würde, daß das, was du und ich gemeinsam haben, das einzige ist, was zählt.«

Prudence blickte in seine vom Licht der Kerze erhellten Augen und hielt den Atem an. »Ich habe dich schon einmal davor gewarnt zu glauben, du könntest mich durch deine Liebeskünste manipulieren.«

Er lächelte bedächtig. »Das stimmt. Aber ich habe Herausforderungen schon immer gemocht.«

»Sebastian, bitte nimm mich nicht auf den Arm. Dazu ist die Angelegenheit viel zu wichtig.«

»Ich versichere dir, ich nehme sie durchaus ernst.« Er hob ihr Kinn an. »Hören Sie mir gut zu, Madam. Das Versprechen, das ich meiner Mutter gegeben habe, wird mich nicht davon abhalten, die Fleetwoods zu bestrafen, wenn sie dich in irgendeiner Weise beleidigen.«

Prudence stampfte mit dem nackten Fuß auf. »Ich habe den Eindruck, du hoffst geradezu, daß es einem von ihnen gelingt, die unsichtbare Linie zu übertreten, die du gezogen hast.«

Ein teuflisches Lachen tanzte in Sebastians Augen. »Gut beobachtet, meine Süße. Und vollkommen richtig. Es würde mir nicht das Geringste ausmachen, wenn einer von ihnen, vorzugsweise meine Tante, diese Linie überschreiten würde. Aber du brauchst dir keine Sorgen zu machen. Ich gebe dir mein Wort, daß das nur einmal passieren wird.«

»Weil du dich dann ein für allemal rächen wirst?«

»Eine einzige Beleidigung«, sagte er leise. »Eine Beleidigung, und ich werde sie aus den besseren Kreisen verbannen lassen.

Ich werde ihre beachtlichen Einkünfte auf einen kleinen Unterhalt reduzieren.«

Die Entschlossenheit in seiner Stimme überwältigte Prudence. Ihre Hände wurden feucht. »Ist das der Grund, weshalb Sie ein altmodisches Original geheiratet haben, Sir? Weil Sie wußten, daß nur jemand, der so seltsam ist wie ich, es schaffen würde, Ihren Verwandten die Beleidigungen zu entlocken, die Sie hören wollen?«

Sebastian runzelte die Stirn. »Bitte, Prue –«

»Haben Sie mich geheiratet, um endlich einen Grund für die Rache zu bekommen, nach der Sie sich sehnen?«

»Sei keine Närrin.« Sebastians Blick wurde durch seine langen Wimpern verdeckt. »Meinst du, ich würde mich für den Rest meines Lebens an eine Frau binden, deren einziger Vorzug darin besteht, daß sie den Fleetwoods lästig ist?«

»Der Gedanke kam mir, ja.«

Sebastian fluchte. »Wenn das alles wäre, was ich von einer Frau erwarte, dann hätte ich bereits vor Jahren geheiratet. Ich versichere dir, daß es eine ganze Reihe von Frauen hier in London gibt, die den Fleetwoods nicht in den Kram gepaßt hätten.«

»Zweifellos.«

»Bemühen Sie doch bitte Ihren hervorragenden Verstand, Madam. Ich gebe zu, daß ich die Fleetwoods nur allzu gerne bestrafen würde, aber gewiß nicht um den Preis einer Ehe mit einer Frau, die nicht im geringsten zu mir paßt.«

»Selbstverständlich, Sir.« Prudence kämpfte mit den Tränen. »Ich hätte die Sache genauer überdenken sollen. Jetzt sehe ich, daß Ihre Frau eine höchst ungewöhnliche Mischung an Eigenschaften aufweisen mußte.«

»Auf jeden Fall.« Er lächelte.

»Sie brauchten eine Frau, die sowohl eigenartig genug war, um von Ihren Verwandten verurteilt zu werden, und zugleich clever genug, um Sie zu unterhalten.«

Sebastian blickte finster. »Prue, du bist wirklich schwierig. Ich habe dir bereits genau erklärt, weshalb ich dich geheiratet habe.«

»Gemeinsame Interessen und gemeinsame Leidenschaft.« Prudence wischte sich mit dem Handrücken über die Augen. »Ich verstehe diese Gründe für unsere Ehe. Aber ich fürchte, das Hauptargument für unsere Heirat wurde mir bewußt verschwiegen.«

»Prue, hör mit diesem Unsinn auf. Du verstehst mich vollkommen falsch.«

»Tatsächlich?« Sie trat einen Schritt zurück. »Sie haben mir niemals erklärt, daß ich ein praktisches Werkzeug bin, mit dem Sie die Fleetwoods zu ködern beabsichtigen. Es mißfällt mir, für derartige Zwecke mißbraucht zu werden.«

Sebastians Blick wurde gefährlich. »Du drehst mir die Worte im Mund herum, Prue.«

Sie blinzelte zwischen weiteren Tränen hindurch. »Sie stellen zu hohe Ansprüche an eine Ehefrau, Graf. Die Liste meiner Pflichten wird jeden Tag länger. Ich soll Sie unterhalten. Ich soll eine intelligente Gefährtin sein, damit Sie jemanden haben, der Ihre Brillanz bewundert, wenn Sie eine Untersuchung durchführen. Ich soll Ihr Bett wärmen. Und nun wollen Sie mich auch noch als Entschuldigung, wenn Sie die Fleetwoods für das bestrafen, was sie Ihren Eltern angetan haben.«

Sebastian machte einen Schritt auf sie zu. »Es reicht.«

»O ja. Es wird Zeit für mich, daß ich selber eine Grenze ziehe, und das werde ich auch tun.«

»Was für eine Grenze sollte das sein?« Er machte einen weiteren Schritt in ihre Richtung.

»Sie werden mich nicht als Vorwand nehmen, um sich an Ihren Verwandten zu rächen. Es ist mir egal, wie sie mich beleidigen. *Sie werden mich nicht benutzen.* Ist das klar?«

»Du bist meine Frau, Prue. Ich werde es nicht zulassen, daß

irgend jemand dich beleidigt. In diesem Punkt lasse ich nicht mit mir handeln.«

»Dann verlange ich das Recht zu entscheiden, ob ich beleidigt wurde oder nicht«, sagte sie herausfordernd.

»Verdammt, Prue, du weinst doch nicht etwa?«

»Doch.«

»Ich warne dich, ich lasse mich nicht durch Tränen manipulieren«, knurrte er.

»Und ich lasse mich nicht durch Liebeskünste manipulieren.«

Sebastian bedachte sie mit einem ironischen Lächeln. »Und wozu führt uns das alles?«

Prudence wischte sich mit dem Ärmel ihres Nachthemds die Tränen aus dem Gesicht. »Ich weiß es nicht, Sir. Wenn Sie mich jetzt entschuldigen wollen, ich glaube, ich gehe wieder ins Bett.«

Er sah sie intensiv an. »Ich werde gleich nachkommen.«

»Nein, das werden Sie nicht tun. Ich gehe zurück in mein eigenes Schlafzimmer, Graf. In Ihrem Zimmer schlafe ich nicht besonders gut.«

Prudence ging zur Verbindungstür, öffnete sie und betrat ihren eigenen Raum. Hinter sich schloß sie die Tür und hielt den Atem an.

Sie war sich nicht sicher, was Sebastian als nächstes tun würde. Beinahe erwartete sie, daß er ihr folgen würde, um ihr einen Vortrag über ihre Pflichten als Ehefrau zu halten.

Aber die Tür zu ihrem Schlafzimmer blieb geschlossen.

ZWÖLF

»Der Ausschnitt dieses Kleids gefällt mir«, überlegte Hester.

Prudence versuchte, ihr nur mäßiges Interesse zu kaschieren, als sie das Schaufenster des Modegeschäfts betrachtete. Dieser Einkaufsbummel war schließlich ihre eigene Idee gewesen. Zumindest hatte sie sich heute morgen mit den allerbesten Absichten auf den Weg gemacht.

Aber die anfängliche Begeisterung für die faszinierenden Läden, in denen alles von niedlichem, kleinem Spielzeug bis hin zu köstlicher Eiscreme feilgeboten wurde, war schnell tödlicher Langeweile gewichen.

Prudence schob ihre Augengläser zurecht und betrachtete das Kleid genauer. »Es sieht aus, als würde das Oberteil platzen, sobald man nur einmal einatmet.«

»Das ist ja gerade das Betörende«, beeilte sich die Schneiderin in einem künstlichen französischen Akzent zu versichern. »Das Ballkleid einer Dame muß wirken, als bestünde es aus nichts anderem als hauchdünnen Spinnweben, auf denen noch der frische Morgentau glänzt.«

»Vollkommen richtig«, erklärte Hester. »Und dem letzten Schrei entsprechend sollte es möglichst in einem kräftigen Lavendelton sein.«

Prudence bedachte das Kleid erneut mit einem zweifelnden Blick. »Nun, wenn du meinst, daß es das ist, was ich will, Hester, dann werde ich es umgehend bestellen.«

Hester lächelte zufrieden und wandte sich an die Schneiderin. »Wir brauchen es sofort. Wir sind auch bereit, einen Aufpreis zu zahlen, wenn Sie versprechen können, daß es bis acht Uhr heute abend geliefert wird.«

Die Schneiderin zögerte und lächelte dann breit. »Das ist zu machen, Madam.«

»Hervorragend«, sagte Hester. »Nun, außerdem brauchen wir das Reitkleid, die Morgenkleider und die Kutschkleider so schnell wie möglich. Und vergessen Sie nicht, daß alles in Violett und Lavendel sein soll. Für die Rüschen dürfen Sie auch etwas Purpur verwenden.«

»Ich verstehe, Madam. Sie werden alles in ein paar Tagen bekommen.« Die Schneiderin wandte sich an Prudence, die eine Reihe ausgelegter Knöpfe untersuchte. »Wenn gnädige Frau gerade mit herüberkommen würden, könnten wir die Maße nehmen.«

»Wie bitte?« Prudence sah von den Knöpfen auf. »Oh, ja, natürlich.«

Sie ließ sich in den Ankleideraum führen, wo sie gehorsam stillstand, während eine beleibte Frau mit einem Maßband herumfuchtelte. Die Schneiderin überwachte alles mit einem kritischen Blick.

Prudence lächelte die Frau an. »Ich habe gehört, es sei modern, sich in die Knöpfe seiner Reitkleider und Mäntel das Familienwappen oder -motto eingravieren zu lassen. Stimmt das?«

»Ladies tun so etwas selten.« Die Schneiderin konzentrierte sich weiterhin auf die Näherin. »Es sind eher die Gentlemen, die Knöpfe mit Gravur bestellen.«

»Was lassen sie sich denn so eingravieren?« fragte Prudence in einem Ton, von dem sie hoffte, daß er nicht allzu neugierig klang.

»Oh, das ist verschieden. Militärabzeichen. Die Symbole ihrer Regimenter zum Beispiel. Familienwappen. Manche Herren lassen die Namen oder Mottos ihrer Clubs eingravieren.« Die Schneiderin sah sie freundlich an. »Wünschen gnädige Frau eine bestimmte Gravur auf ihren Knöpfen?«

»Nicht ehe es der allgemeinen Mode entspricht. Ich war nur neugierig. Wo würde man denn solche Gravuren bestellen?«

»Es gibt eine Reihe von Geschäften, die so etwas machen.« Die Schneiderin sah die Näherin böse an. »Ich glaube, du mißt den Brustumfang der gnädigen Frau am besten noch einmal, Nanette. Wir wollen keinen Fehler machen. Wir haben keine Zeit, um noch Änderungen durchzuführen. Die gnädige Frau haben eine sehr... äh... schlanke, feine Figur. Wir wollen doch nicht, daß das Dekolleté zu weit ausfällt.«

»Könnten Sie mir wohl eine Liste aufstellen?« fragte Prudence, während Nanette das Maßband um ihre Brust schlang.

Die Schneiderin blickte sie an. »Eine Liste, Madam?«

»Eine Liste der Läden, die spezielle Gravuren an Knöpfen durchführen. Vielleicht sollte ich einfach einen neuen modischen Trend setzen.«

»Aber selbstverständlich. Äußerst klug von gnädiger Frau, an so etwas zu denken.« Es war klar, daß die Schneiderin ihre Kundin lediglich bei Laune zu halten versuchte. »Bevor Sie gehen, werde ich Ihnen ein Verzeichnis der besseren Geschäfte geben, die sich auf Rüschen, Knöpfe und ähnliche Dinge spezialisiert haben.«

»Vielen Dank«, murmelte Prudence. Zum ersten Mal seit Stunden erwachte neues Interesse an diesem Einkaufsbummel. »Das wäre sehr nett von Ihnen.«

Zwanzig Minuten später wurde Prudence und Hester von einem schwarz-gold gekleideten Pagen in die Angelstonesche Kutsche geholfen.

»Ich muß sagen, meine Liebe«, bemerkte Hester, während sie Platz nahm, »ich bin hocherfreut darüber, daß du endlich Interesse an Mode bekundest. Nun, da du eine Gräfin bist, mußt du solchen Dingen einfach mehr Aufmerksamkeit schenken. Das wird von dir erwartet. Drucilla Fleetwood und der Rest der Angelstone-Sippe werden dich bestimmt genauestens unter die Lupe nehmen.«

»Zweifelsohne in der Hoffnung, daß ich mich hoffnungslos

blamiere, indem ich etwas vollkommen Unpassendes tue wie in Reitkleidern und einem Paar Halbstiefel auf einem Ball zu erscheinen.«

Hester bedachte sie mit einem prüfenden Blick. »Ist das der Grund, weshalb du dich plötzlich für Kleider und Rüschen interessierst? Hast du etwa Angst, die Fleetwoods zu brüskieren?«

»Sagen wir lieber, es wäre mir recht, wenn Angelstones Tante mich nicht noch einmal öffentlich beleidigen würde«, entgegnete Prudence trocken. »Die Fleetwoods haben bereits beschlossen, daß ich keine sonderlich passende Gräfin abgebe. Da liefere ich ihnen lieber nicht noch mehr Grund zur Beanstandung.«

»So, so.« Hester kicherte. »Ich will dir gewiß nicht zu nahe treten, meine Liebe, aber es erstaunt mich, daß es dir so wichtig ist, Angelstones Verwandten zu gefallen. Er zumindest hat sich bisher nicht sonderlich viel Mühe gegeben, es ihnen recht zu machen.«

»Vielleicht habe ich, seit ich eine Gräfin bin, etwas mehr Einblick gewonnen in die gesellschaftlichen Spielregeln«, murmelte Prudence. Sie starrte hinaus auf die belebte Straße und fragte sich, ob ihr Versuch, sich mehr modisch zu geben, wohl etwas nützen würde.

Sie wagte es nicht, Hester den wahren Grund dafür zu nennen. Einziges Ziel dieses Unternehmens war, die unseligen Fleetwoods vor Sebastians Rache zu schützen.

Die beste Art, dieses Problem anzugehen, war, einer möglichen Konfrontation vorzubeugen. Heute morgen war sie mit dem festen Vorsatz aufgewacht, ihren neuen Verwandten keinen Grund mehr für weitere ernsthafte Beleidigungen zu geben.

Die Einladung zu einem Einkaufsbummel, die sie Hester daraufhin hatte übermitteln lassen, war mit Begeisterung angenommen worden. Hester war hocherfreut gewesen, daß ihr vollkommen freie Hand gelassen wurde und ihr obendrein ein fast unbegrenztes Budget zur Verfügung stand.

Als erstes hatte sie darauf bestanden, daß Prudence ihre Augengläser wenigstens abends durch ein modisches Lorgnon ersetzte, das mit einem purpurfarbenen Samtband an sämtlichen Kleidern befestigt werden konnte. Prudence hatte sich beschwert, daß es äußerst lästig sei, jedesmal, wenn sie etwas sehen wolle, das Glas vor das Gesicht halten zu müssen, aber Hester hatte gnadenlos jeden Einwand beiseite gefegt.

Des weiteren hatten sie Tanzpantoffeln in sämtlichen Lavendel- und Violett-Tönen sowie mehrere Paare passender Handschuhe erstanden. Zahlreiche Pakete voller Hüte und Fächer türmten sich auf dem Dach der Kutsche.

»Alles in allem war es ein erfolgreicher Tag«, sagte Hester zufrieden. »Wollen wir anhalten und uns ein Eis kaufen?«

Dieser Vorschlag munterte Prudence sichtlich auf. »Ja, das wäre nett. Und danach würde ich gerne noch ein oder zwei der Geschäfte aufsuchen, die mir die Schneiderin genannt hat.«

Hester warf einen flüchtigen Blick auf die Liste in Prudences Hand. »Was willst du dort denn kaufen?«

»Ich möchte ein paar Knöpfe mit einer Gravur versehen lassen.«

Hester war begeistert. »Das wird deiner Reitgarderobe und vielleicht auch deinen Mänteln einen interessanten Touch verleihen. Was für eine kluge Überlegung.«

»Das dachte ich mir auch«, erwiderte Prudence mit einem Anflug von Selbstgefälligkeit. »Ich suche jemanden, der so etwas macht. Von ausgesuchter Qualität, findest du nicht?« Sie griff in ihre Tasche und zog den goldenen Knopf hervor, den sie und Sebastian auf Curling Castle gefunden hatten.

»Sieht aus wie der Knopf an einer Herrenweste«, sagte Hester. »Was ist denn da eingraviert?«

»Ich habe keine Ahnung. Vielleicht der Name eines Clubs. Oder vielleicht hat es irgendeine religiöse Bedeutung.« Prudence ließ den Knopf wieder in die Tasche fallen.

»Wo hast du den Knopf bloß her?«

»Ich habe ihn gefunden. Er lag irgendwo herum«, erklärte Prudence leichthin. »Ich weiß es nicht mehr genau. Aber mir fiel die präzise Gravur auf, und ich beschloß, den Händler zu suchen, der sie gemacht hat. Wenn ich ihn finde, werde ich eine Bestellung aufgeben.«

»Ich nehme an, es gibt eine ganze Reihe von Händlern, die so etwas machen. Warum also willst du dir die Mühe machen und denjenigen finden, der diesen bestimmten Knopf bearbeitet hat?« fragte Hester neugierig.

»Weil ich sichergehen will, daß ich eine ebensolche Wertarbeit bekomme«, erläuterte Prudence. »Angelstone zieht es vor, wenn seine Frau nur das Beste trägt.«

»Sehr gut, meine Liebe. Wenn du den Rest des Tages damit verbringen willst, Knöpfe zu kaufen, will ich dich gewiß nicht daran hindern.«

Kurz nach zwei verließ Sebastian die Räumlichkeiten von Milway & Gordon, einer der ersten Adressen für Herrenhandschuhe, Krawatten und andere von Männern geforderte modische Accessoires. Er blieb kurz stehen und sah die Liste durch, die sein Kammerdiener für ihn aufgestellt hatte.

Bisher hatte er vier der Geschäfte aufgesucht, in denen besondere Gravuren angefertigt wurden, aber niemand hatte den von ihm beschriebenen Knopf wiedererkannt.

»Gold, mit dem eingravierten Satz *Die Prinzen der Tugend*«, hatte er den Ladeninhabern erklärt. »Passend für eine Weste. Ich hätte gern die gleichen Knöpfe für eine meiner Westen.«

»Wenn seine Lordschaft den Knopf mitgebracht hätte, von dem er ein Duplikat wünscht, dann könnte ich vielleicht mit

Bestimmtheit sagen, ob ich so etwas schon einmal gesehen habe oder nicht«, entgegnete einer der Verkäufer. »Ich bin mir ziemlich sicher, daß wir ihn nachmachen können. Es wäre allerdings gut, wenn ich den Originalknopf einmal sehen würde.«

Unglücklicherweise konnte Sebastian den Händlern nur eine Beschreibung liefern, da Prudence sich mit dem Knopf aus dem Staub gemacht hatte. Er hatte ihn nur einmal kurz zwischen Prudences Fingern aufblitzen sehen, als sie ihn in ihre Tasche fallen ließ.

»Jetzt bin ich an der Reihe, Nachforschungen anzustellen, Graf«, hatte sie fast unhörbar gemurmelt. »Falls Sie sich erinnern, ist diese Ehe eine Partnerschaft, und dasselbe gilt für diese Untersuchung. Ich würde es mir nicht verzeihen, wenn ich nicht meinen Teil der Arbeit übernähme.«

»Verdammt«, hatte Sebastian geknurrt, »du weißt sehr wohl, daß ich heute eine Reihe von Geschäften aufsuchen will. Es ist bestimmt nicht von Vorteil, wenn wir beide in denselben Läden Fragen nach demselben verfluchten Knopf stellen.«

»Da haben Sie vollkommen recht, Sir.« Prudences Augen blitzten vor Entschlossenheit. »Wir müssen vorsichtig sein, nicht wahr? Ich werde meine Nachforschungen in der Umgebung von Oxford Street anstellen. Sie können sich ja dann woanders umhören. Auf diese Art werden wir uns wohl kaum ins Gehege kommen.«

»Verdammt, Prue, ich werde dir keinesfalls gestatten –«

»Entschuldigen Sie, Graf. Ich muß gehen. Meine Tante wartet bestimmt schon auf mich.«

In der Gewißheit, daß die Anwesenheit der Bediensteten in der Halle Sebastians Reaktionsmöglichkeiten begrenzte, war Prudence an ihm vorbei durch die offene Tür zur Kutsche gesegelt.

Sebastian war ernsthaft versucht gewesen, ihr nachzugehen

und sie vor den Augen der Dienerschaft aus der Kutsche zu zerren. Das würde ihr recht geschehen. Schließlich hatte sie nur allzu gut gewußt, daß er an diesem Tag Nachforschungen über den Knopf hatte anstellen wollen.

Aber irgend etwas hatte ihn zurückgehalten, und er hatte gewußt, daß es nicht bloß die Möglichkeit war, einen kleinen häuslichen Krach vor den Hausangestellten zu provozieren. Es war etwas Wichtigeres gewesen.

Er hatte nicht die Gefühle neu erwecken wollen, die in der vergangenen Nacht in ihr aufgekommen waren. Sebastian hatte sich eingestehen müssen, daß er einfach nicht wußte, wie er mit Prudence umgehen sollte, wenn sie weinte. Er war wie betäubt gewesen, als sie einfach in ihr eigenes Schlafgemach zurückgekehrt war und ihm die Tür vor der Nase zugeschlagen hatte.

Sebastian runzelte die Stirn, während er die Liste der Geschäfte wieder zusammenfaltete. Prudence hatte in der letzten Nacht einfach überreagiert, sagte er sich, als er zu seinem Zweispänner zurückkehrte. Das war das Problem. Statt von ihrem Verstand hatte sie sich von ihren Gefühlen beherrschen lassen.

Schließlich hatte er sie bestimmt nicht nur aus dem Grund geehelicht, um sie in seinem Rachefeldzug gegen die Fleetwoods zu benutzen.

Er würde lediglich die Chance nutzen, die ihm diese Heirat bot, um ein Ziel zu erreichen, das allzu lange in unerreichbarer Ferne zu liegen schien. Was war daran so schlimm? Prudences heftige Reaktion hatte ihn überrascht. Sie paßte nicht zu ihr.

Sebastian blieb mitten auf dem Gehweg stehen, als ihm ein plötzlicher Gedanke kam. Er hatte gehört, daß Frauen seltsame Gefühlsausbrüche hatten, wenn sie schwanger waren. Prudence mochte durchaus in anderen Umständen sein. *Vielleicht trug sie bereits sein Baby.*

Trotz seiner schlechten Laune mußte er bei diesem Gedanken lächeln. Er sah sie schon vor sich – rund und reif mit dem Samen, der in ihr aufging. Eine eigenartige Zärtlichkeit wallte in ihm auf.

Er hatte sich gesagt, daß Prudence ihm gehören würde, sobald er sie vor dem Gesetz durch die Eheschließung und im Bett durch Leidenschaft an sich gebunden hätte. In gewisser Weise stimmte das auch. Aber in der vergangenen Nacht war ihm zum ersten Mal bewußt geworden, daß Ehe, körperliche Anziehung und selbst gemeinsame Interessen vielleicht doch nicht ausreichten.

Ein Kind würde Prudence in einer ganz anderen Weise an ihn binden, überlegte Sebastian, als vor ihm eine Kutsche hielt.

Die Tür des Gefährts öffnete sich und Curling stieg aus. Er nickte Sebastian zu und blieb stehen.

»Ich frage Sie lieber nicht, was Sie im Augenblick derart amüsiert, Angelstone. In Anbetracht Ihres Rufs bin ich sicher, daß der Grund Ihrer Erheiterung wohl eher ungewöhnlich ist. Aber trotzdem bin ich neugierig.«

»Es handelt sich um eine rein private Angelegenheit. Nichts, was für Sie von Interesse wäre, Curling.« Sebastian blickte zur Tür des Geschäfts, in dem er eben noch Nachforschungen angestellt hatte. »Sind Sie Kunde hier?«

»Seit Jahren lasse ich bei Milway & Gordon meine Handschuhe fertigen.« Curling betrachtete ihn neugierig. »Ich wußte nicht, daß Sie ebenfalls hier verkehren.«

»Der Laden wurde mir erst neulich empfohlen«, sagte Sebastian leichthin. »Dachte, ich probiere ihn mal aus.«

»Ich bin sicher, daß Sie mit ihrer Arbeit zufrieden sein werden.« Curling ging in Richtung der Ladentür und hielt dann noch einmal an. »Übrigens, Angelstone, ich habe gestern abend mit Ihrem Cousin Karten gespielt.«

»Haben Sie?«

»Mr. Fleetwood war recht betrunken und spielte nicht besonders gut. Ich habe ein nettes Päckchen gewonnen. Aber darum geht es nicht. Die Sache ist vielmehr die, daß er in einer äußerst eigenartigen Stimmung war. Tatsächlich höchst gereizt. Ich glaube, Sie waren der Grund.«

»Was mich nicht sonderlich interessiert.«

»Ich verstehe«, sagte Curling ruhig. »Ich weiß, Sie haben noch nie große Sympathie für Ihre Verwandten gehegt.«

»Was auf Gegenseitigkeit beruht«, entgegnete Sebastian. »Worauf wollen Sie hinaus, Curling?«

Curling betrachtete Handschuhe und andere Accessoires, die in dem Schaufenster hinter Sebastian ausgelegt waren. »Ich möchte mir gewiß nicht anmaßen, Ihnen einen Ratschlag zu erteilen, Angelstone. Der Teufel weiß, daß Sie auf sich aufpassen können. Trotzdem empfehle ich Ihnen, sich gegenüber Mr. Fleetwood vorzusehen.«

Sebastian neigte leicht den Kopf und trat vom Gehweg. »Wie Sie selbst sagen, bin ich durchaus in der Lage, auf mich aufzupassen, Curling.«

»Das ist ein Glück für Sie«, murmelte Curling. »Vielleicht sollten Sie dennoch Vorsicht walten lassen, wenn Sie zum Beispiel eine Straße überqueren. Ich habe den Eindruck gewonnen, daß es Mr. Fleetwood nicht das geringste ausmachen würde, wenn Sie einen ernsthaften Unfall hätten.«

»Ich bin überzeugt, daß Sie meinen Cousin falsch verstanden haben, Curling. Ich habe das bestimmte Gefühl, daß Fleetwood nicht hofft, daß ich einen ernsthaften Unfall habe, sondern es gewiß vorziehen würde, wenn der Unfall auch noch tödlich ausginge.«

Curling lächelte. »Ich sehe, Sie brauchen meinen Rat nicht, Sir. Offensichtlich kennen Sie Ihren Cousin gut genug. Einen guten Tag noch. Vielleicht sehe ich Sie und Ihre charmante Gattin heute abend auf dem Ball bei den Hollingtons?«

»Vielleicht.«

Sebastian ging zu seinem Zweispänner. Er mußte noch zwei Händler aufsuchen, bevor er heimkehren konnte, um zu sehen, ob Prudence bei ihren Nachforschungen erfolgreich gewesen war.

Bislang hatte er erst eine interessante Sache in Erfahrung gebracht. Von den drei Läden, die er bisher besucht hatte, waren drei erpicht darauf gewesen, eine Bestellung für gravierte Knöpfe von ihm zu erhalten. Nur bei Milway & Gordon hatte man keinerlei Interesse an einem Geschäft mit ihm gezeigt.

Kurz vor fünf half Sebastian seiner Frau in den Zweispänner und schwang sich selbst auf den Sitz neben ihr. Er bedachte sie mit einem Seitenblick und stellte fest, daß er den Ausdruck kaum unterdrückter Verärgerung auf ihrem Gesicht nicht mochte. Das bedeutete nichts Gutes. Seine schlimmsten Befürchtungen schienen sich zu bestätigen. Offensichtlich hatte sie einen Großteil des Tages damit verbracht, sich über den Streit in der vergangenen Nacht zu ärgern.

Er beschloß, daß er die Stimmung testen sollte. »Du siehst bezaubernd aus in dem Kleid, meine Liebe.«

»In diesem alten Fetzen?« Geringschätzig sah sie an ihrem schlichten, braunen Musselinkleid und dem dunkelbraunen Mantel hinab. »Es überrascht mich, daß Ihnen diese Garderobe gefällt, Sir. Sie entspricht nicht der allerneuesten Mode.«

Sebastian lächelte, während er die Pferde in Richtung des Parks lenkte. »Seit wann ist es dir wichtig, mit der Mode zu gehen?«

»Ich empfinde es als meine Pflicht, mich in derartigen Angelegenheiten etwas aufgeschlossener zu zeigen. Hester hilft mir, diesen Vorsatz umzusetzen.« Sie warf ihm einen fragenden Blick zu. »Wir haben heute einen nicht unbeachtlichen Teil Ihres Vermögens für neue Kleider ausgegeben, Sir.«

»Ich hoffe, es hat dir Spaß gemacht.«

Sebastian fragte sich, ob Prudence annahm, ein Einkaufsbummel reiche als Vergeltung für das, was in der letzten Nacht geschehen war. Falls dem so war, dann könnte er sich glücklich schätzen, so glimpflich davongekommen zu sein.

Er hatte ihr ausrichten lassen, daß er am Nachmittag mit ihr im Park spazierenzufahren wünschte, aber er hatte sich gefragt, ob sie nicht vielleicht eine Entschuldigung finden würde, um ihn nicht begleiten zu müssen. Vor ein paar Stunden, als sie mit dem Knopf verschwunden war, hatte in ihren wunderbaren Augen Herausforderung und kühle, weibliche Entschlossenheit gelegen.

Auf seinem Rückweg von der Bond Street hatte er sich geschworen, daß er nicht zulassen würde, daß sie ihn mied. In der Stadt war es sehr einfach für Ehemänner und Ehefrauen, ihre eigenen Wege zu gehen. Ein solches Verhalten galt im Moment sogar als modern. Ein Mann und eine Frau konnten in einem Haus leben, ohne sich besonders häufig zu sehen, wenn sie es wollten.

Er mußte Prudence klarmachen, daß er diese Ehe nicht als eine solche kühle Zweckgemeinschaft betrachtete. Er hatte sie wegen ihrer Wärme geheiratet.

Er erinnerte sich noch gut an die Erleichterung, die ihn überkommen hatte, als Prudence für die Ausfahrt gekleidet unten erschienen war. Vielleicht schmollte sie, aber offensichtlich würde sie ihn nicht offen herausfordern.

Es war jedoch deutlich, daß sie nicht glücklich war. Er beschloß, ein sicheres Thema anzuschneiden.

»Nun, Madam«, sagte er, als er in den Park einbog, »Sie haben also die Gelegenheit gehabt, sich heute in meine Untersuchungen einzumischen. Was haben Sie herausgefunden?«

»Nicht die geringste verdammte Kleinigkeit.« Prudence schien vor angestauter Verzweiflung zu explodieren. »Ich muß sagen, es war äußerst entmutigend. Nicht ein einziger Ladenbesitzer hat den Knopf wiedererkannt. Oh, Sebastian, ich war so enttäuscht. Mein ganzer Tag war vollkommen *ruiniert.*«

Sebastian starrte sie an. Endlich dämmerte ihm, daß ihr beleidigter Gesichtsausdruck nicht das geringste mit den Geschehnissen der vergangenen Nacht zu tun hatte. Prudence war nicht auf ihn böse. Sie war frustriert und verärgert, weil ihre Nachforschungen ergebnislos verlaufen waren.

Sebastian kannte dieses Gefühl nur allzu gut.

Seine Laune besserte sich schlagartig. Er begann zu lächeln.

»Es freut mich, daß Sie zufrieden sind, Graf«, schnauzte Prudence. »Ich nehme an, Sie werden sich jetzt noch jahrelang diebisch über meinen Mißerfolg freuen. Das ist wirklich nicht nett von Ihnen.«

Sebastian selbst war überrascht, daß er plötzlich so unerwartet fröhlich war. Sein Lächeln verwandelte sich in ein Grinsen, und dann begann er, lauthals zu lachen.

Die Leute in der vorbeifahrenden Kutsche, ein Paar, das Sebastian seit über einem Jahr kannte, starrten ihn an, als hätten sie ihn noch nie gesehen. Und sie waren nicht die einzigen Passanten, die die Köpfe beim Anblick des schallend lachenden Gefallenen Engels wandten.

»Sie brauchen mich nicht auch noch auszulachen«, murmelte Prudence.

»Ich versichere dir, meine Süße...« Sebastian bemühte sich verzweifelt, ein ernstes Gesicht zu machen. »Ich versichere dir, daß ich dich keineswegs auslache. Wie könnte ich? Ich war auch nicht erfolgreicher als du.«

Sie blickte ihn böse an. »Du hast auch Nachforschungen angestellt?«

»Selbstverständlich. Natürlich wurde meine Arbeit dadurch erschwert, daß du dich mit dem Knopf aus dem Staub gemacht hattest und ich gezwungen war, ihn zu beschreiben.«

»Ich habe mich nicht damit aus dem Staub gemacht«, brummte Prudence. »Ich habe ihn lediglich an mich genommen, bevor du damit verschwinden konntest.«

»Eine interessante Betrachtungsweise. Trotzdem habe ich mein Möglichstes getan, um etwas herauszufinden. Aber ich stehe nach wie vor mit leeren Händen da.« Er zögerte, als ihm das seltsame Verhalten des Verkäufers bei Milway & Gordon einfiel. »Obwohl einer der Ladeninhaber recht merkwürdig reagiert hat.«

»Welcher?« Prudences Enttäuschung war schlagartig verflogen. Ihre Neugierde war geweckt. »Was hat er denn gesagt?«

»Es war nichts, was er gesagt hat.« Sebastian runzelte die Stirn. »Es war vielmehr die Art, wie er meinen Fragen ausgewichen ist. Beinahe, als würde er sich unwohl fühlen. Er war der einzige, den ich aufgesucht habe und der nicht versucht hat, mich davon zu überzeugen, daß er den von mir beschriebenen Knopf nachmachen könnte.«

»Er wollte also kein Geschäft mit dir machen? Wie eigenartig.«

»Ja, nicht wahr? Ich denke, daß es sich vielleicht lohnt, heute abend noch einmal dort vorbeizuschauen. Ich würde mir gern einmal ihre Bücher ansehen.«

»Sebastian, willst du etwa allen Ernstes heimlich dort eindringen? Wie aufregend. Ich werde dich begleiten.«

Sebastian wappnete sich für eine erneute Auseinandersetzung. »Nein, das wirst du nicht tun, Prue. Die Sache ist eindeutig zu gefährlich.«

»Du hast mich doch auch mitgenommen, als du das schwarze Zimmer auf Curling Castle untersucht hast«, erinnerte sie ihn. »Da war ich dir schließlich eine große Hilfe.«

»Ich weiß, aber das war etwas anderes.«

»Und wo bitte liegt der Unterschied?« fragte sie.

»Wir haben dabei nichts getan, weswegen man uns hätte verhaften und in die Kolonien verbannen oder hängen können«, sagte Sebastian. »Genug damit, Prue. Du wirst mich heute abend nicht begleiten, aber ich verspreche dir, daß ich dir nach meiner Rückkehr alles haarklein berichten werde.«

»Sebastian, ich werde nicht zulassen, daß du mich von dieser Sache ausschließt.« Prudences Ton war nicht mehr schmeichelnd und überredend. Vielmehr hielt sie ihm den altbekannten Vortrag. »Wir sind ein Team. Ich verlange, gleichberechtigt an allen Unternehmungen teilzunehmen und«, abrupt unterbrach sie sich und blickte sich um. »Oh, hallo Trevor. Ich wußte nicht, daß du heute im Park ausreiten würdest.«

»Guten Tag, Prue.« Trevor lenkte seinen Braunen neben den Zweispänner. Er nickte Sebastian beinahe schüchtern zu, wobei er ihn zugleich erwartungsvoll und unsicher anblickte. »Angelstone.«

Es amüsierte Sebastian, daß er Prudences Bruder gegenüber tatsächlich so etwas wie Dankbarkeit empfand. Zum ersten Mal war Trevor genau im richtigen Moment aufgetaucht. »Wie ich sehe, haben Sie den Schneider gewechselt, Merryweather. Gratuliere.«

Trevor wurde tiefrot. »Ich war bei Ihrem Schneider Nightingale, Sir. Ich danke Ihnen für die Einführung.«

»Ich habe gleich den Schnitt des Mantels wiedererkannt«, sagte Sebastian freundlich. »Es ist derselbe Schnitt wie der meines Mantels.«

»Ja, Sir, das ist er. Ich habe Nightingale extra gebeten, ihn zu kopieren.« Trevor sah ihn nervös an. »Ich hoffe, es macht Ihnen nichts aus.«

»Nein«, entgegnete Sebastian, wobei er ein Lächeln unterdrücken mußte. »Es macht mir nicht das geringste aus.«

Trevor war heute der Inbegriff männlicher Eleganz. Sein Halstuch war einfach geknotet, so daß er endlich den Kopf bequem zur Seite drehen konnte. Der Kragen seines Hemdes reichte nicht mehr bis an die Ohren. Seine Weste blendete den Betrachter nicht mehr. Und Sebastian entdeckte nur einen einzigen Uhranhänger.

»Trevor, du siehst wunderbar aus«, sagte Prudence mit einem bewundernden Lächeln. Dann erstrahlte sie vor freudiger Erwartung. »Und ich werde heute abend ebenso modisch auftreten. Warte, bis du eins meiner neuen Kleider siehst. Hester hat mir versichert, der Stil und die Farbe seien der letzte Schrei.«

»Ich freue mich darauf, Prue«, erwiderte Trevor galant, nur um den Effekt sofort durch den Zusatz zunichte zu machen: »Es wurde auch endlich einmal Zeit, daß du dich für Mode interessierst.« Er wandte sich wieder Sebastian zu. »Übrigens, Angelstone, ich habe eine Einladung zu einer von Curlings Hausparties erhalten.«

»Ach, tatsächlich?« sagte Sebastian.

»Ja, Sir. Für das kommende Wochenende. Man sagte mir, es handele sich um einen kleinen Kreis dieses Mal. Nur Herren.« Trevor grinste, offensichtlich hocherfreut über seinen neuen gesellschaftlichen Status. »Ein auserwählter Kreis. Zweifelsohne werden wir wohl etwas jagen und fischen.«

Sebastian dachte an das schwarze Zimmer, von dem er annahm, daß es weniger ehrenwerten Zwecken diente.

»Um was für einen Kreis handelt es sich?« fragte er ruhig.

»Ich weiß nicht genau. Curling sagt, daß er diese Art Parties nur sehr selten organisiert. Ganz exklusiv.«

»An Ihrer Stelle würde ich es mir zweimal überlegen, ob ich eine solche Einladung annehme«, sagte Sebastian. »Ich werde auf jeden Fall gewiß keine Einladung von Curling mehr annehmen. Seine Parties sind nicht sonderlich amüsant.«

Trevor war verblüfft. Er blickte Sebastian erst verwirrt und dann wissend an. »Nicht amüsant, he?«

»Todlangweilig.«

»Sie brauchen nichts mehr zu sagen, Sir. Ich verstehe«, sagte Trevor in verschwörerischem Ton. »Ich weiß den Hinweis zu schätzen, Angelstone. Ich glaube nicht, daß ich meine Zeit vergeuden werde, nächstes Wochenende nach Curling Castle zu fahren.«

»Ein weiser Entschluß«, sagte Sebastian leise.

»Nun denn, ich muß weiter.« Trevor griff sich an den Hut. »Bis heute abend, Prue. Ich bin schon gespannt auf dein neues Kleid. Guten Tag, Angelstone.«

Sebastian nickte. »Guten Tag, Merryweather.«

Trevor schwang sein Pferd herum und trabte den Weg hinab.

Prudence sah Sebastian stirnrunzelnd an. »Was sollte das bedeuten? Seit wann sind Einladungen nach Curling Castle todlangweilig?«

»Seit ich das vor zwei Minuten verkündet habe«, erwiderte Sebastian. Er zügelte das Tempo der Pferde. »Ich will nicht, daß dein Bruder auf irgendeine Weise in die Nachforschungen verwickelt wird. Und ich glaube kaum, daß du das möchtest.«

»Nein, natürlich nicht. Aber was hat das mit einer Einladung nach Curling Castle zu tun?«

»Ich weiß nicht«, sagte Sebastian. »Ich folge nur meinem Instinkt. Ich habe das Gefühl, daß es besser ist, wenn Trevor nichts mit Curling zu tun hat.«

»Sehr gut. Du bist der Experte auf diesem Gebiet, Sebastian. Ich stimme dir zu, daß wir uns in diesem Fall auf unser Gefühl verlassen sollten.«

»Das freut mich zu hören, meine Liebe. Weil mir mein Gefühl auch sagt, daß es besser ist, wenn du mich heute abend nicht zu Milway & Gordon begleitest.«

»Eine kluge Frau weiß, wann sie auf ihren Mann zu hören hat«, sagte Prudence mit charmanter Bereitwilligkeit.

Dieser leichte Sieg verblüffte Sebastian derart, daß er beinahe die Zügel fallen ließ.

»Und sie weiß ebenso, wann sie seine Befehle zu ignorieren hat«, fügte Prudence trocken hinzu. Ihre Augen sprühten herausfordernd.

»Verdammt«, sagte Sebastian.

DREIZEHN

Später am Abend, im Haus der Hollingtons, versuchte Prudence erneut, Sebastian zu überreden, sie mitzunehmen. Es nützte nichts. Im Gegenteil, sie hätte schwören können, daß seine sture, überhebliche Haltung sich in dem Augenblick, als er sie in der Menge entdeckte, noch verschlimmert hatte.

Kaum hatte er sie erreicht, packte er sie am Arm und schob sie in Richtung der Tür.

Sie bedachte ihn mit einem bösen Seitenblick durch ihr neues Lorgnon, als sie auf den Stufen standen und auf die Kutsche warteten, die lautlos durch den Nebel rollte.

»Was zum Teufel ist heute abend bloß in Sie gefahren, Graf?« fragte sie, während sie sich mit dem Lorgnon abmühte. Es war einfach zuviel verlangt, gleichzeitig mit einem Fächer, einem baumelnden Lorgnon und einem kleinen Handtäschchen zurechtzukommen, dachte sie verärgert. »Ich schwöre, Sie sind in einer wahrhaft teuflischen Stimmung.«

»Tatsächlich? Bin ich das?« Sebastians Gesicht spannte sich. Er beobachtete ungeduldig, wie der Kutscher die Angelstonesche Kutsche aus einer langen Reihe vergoldeter Gefährte herausmanövrierte, die auf der Straße vor dem Haus parkten.

»Ja, das bist du. Sebastian, meinst du nicht, du übertreibst ein wenig mit deiner schlechten Laune? Ich weiß, daß ich während des Großteils des Nachmittags herumgenörgelt habe, aber das ist noch lange kein Grund, sich heute abend vor all meinen Freunden derart unhöflich zu benehmen.«

»War ich unhöflich? Du triffst mich tief, meine Liebe. Ich hatte keine Ahnung, daß mein Verhalten in irgendeiner Weise Grund zur Beanstandung gab.«

»Unsinn. Du weißt nur zu gut, daß du dich vollkommen danebenbenommen hast.« Prudence ließ das Lorgnon fallen und hüllte sich tiefer in ihren federleichten Kaschmirschal. Das zarte Gebilde war zwar außerordentlich hübsch, unglücklicherweise bot es jedoch nur unzureichend Schutz gegen die feuchte, neblige Nacht.

»Du warst äußerst unfreundlich zu Lord Selenby und Mr. Reed.«

»Das hast du bemerkt?« Die Kutsche war an der Treppe angelangt. Sebastian ergriff Prudences Arm und zerrte sie hinter sich her. »Ich bin überrascht und zugegebenermaßen geschmeichelt, daß du deinen armen Ehemann in der Runde der Gentlemen, die da um deinen blanken Busen versammelt waren, überhaupt noch gesehen hast.«

Prudence blickte ihn schräg von der Seite an, als einer der Hollingtonschen Pagen loseilte, um ihnen die Tür der Kutsche zu öffnen. »Meinen blanken Busen?« japste sie. »Graf, wollen Sie damit etwa sagen, daß Ihnen mein neues Kleid nicht gefällt?«

»Welches Kleid?« Sebastian schob sie in die dunkle Kutsche und zwängte sich neben sie. »Ich habe heute abend kein Kleid an Ihnen gesehen, Madam. Ich nahm an, Sie hätten vielleicht vergessen, es anzuziehen, bevor Sie das Haus verließen.«

Prudence war empört, daß er ihr neues lavendelfarbenes Seidenkleid derart heruntermachte. »Vielleicht interessiert es Sie zu erfahren, daß dieses Ballkleid in den Modejournalen ganz oben rangiert.«

»Wie kann es ganz oben rangieren, wenn es noch nicht einmal ein Oberteil aufzuweisen hat?«

Prudence entfuhr ein leiser, erstickter Fluch. Sie gab den

Kampf mit ihrem Lorgnon auf und fischte die Augengläser aus ihrer kleinen perlenverzierten Handtasche. »Sie sind wirklich unvernünftig, Sir, wie Sie sicher selbst am allerbesten wissen.« Sie schob sich die Augengläser auf die Nase und blickte ihn böse an. »Ich dachte, das Kleid würde Ihnen gefallen.«

»Ich ziehe es vor, wenn du dich deinem eigenen Stil gemäß kleidest.«

»Eine Reihe von Leuten, einschließlich Hester und mein eigener Bruder, haben mir versichert, daß mein persönlicher Stil überhaupt kein Stil ist.«

Sebastian zündete die Lampe in der Kutsche an und lehnte sich zurück in die Kissen. Er kreuzte die Arme und ließ seinen finsteren Blick über ihr fließendes, tief ausgeschnittenes Kleid gleiten. »Woher dieser plötzliche Sinn für Mode, Madam?«

Prudence schlang den luftigen Schal enger um ihre Brust. Es war wirklich kühl in der Kutsche. Sie wünschte, sie hätte ihren Umhang mitgenommen.

»Du bist doch derjenige, der mich permanent daran erinnert, daß meine neue gesellschaftliche Stellung gewisse Pflichten mit sich bringt.«

Sebastians Blick wurde starr. »Deine neue gesellschaftliche Stellung gibt dir das Privileg, tragen zu können, was du willst. Als Gräfin von Angelstone bestimmst du die Mode und nicht umgekehrt.«

Prudence reckte den Kopf. »Und was, wenn es mir gefällt, Kleider wie dieses zu tragen?«

»Verdammt, Prue, du fällst doch beinahe aus dem Kleid heraus. Sämtliche Männer im Saal haben dich heute nacht lüstern angestarrt. Ist es das, was du willst? Hast du etwa versucht, mich eifersüchtig zu machen?«

Prudence war entsetzt. »Natürlich nicht, Sebastian. Weshalb sollte ich dich eifersüchtig machen wollen?«

»Eine gute Frage.« Sein Blick war dunkel und drohend. »Aber

falls du das im Sinn gehabt haben solltest, dann versichere ich dir, daß es dir gelungen ist.«

Sie blinzelte überrascht. »Sie waren eifersüchtig, Graf?«

Sein Mund verzog sich grimmig. »Was hattest du denn erwartet, wie ich reagieren würde, als ich heute abend dort hereinspaziert kam und dich von einem halben Dutzend Männer umringt sah?«

»Ich habe bestimmt nicht versucht, Sie eifersüchtig zu machen, Graf.« Prudence war schockiert. Wie hatte er ihre gute Absicht nur so gründlich mißverstehen können. »Um die Wahrheit zu sagen, ich hätte nicht gedacht, daß mir das überhaupt gelingen würde.«

»Tatsächlich? Du wärst nicht die erste, die versucht, ein solches Spiel zu spielen.« Sebastian lehnte seinen Kopf gegen den Sitz und betrachtete sie durch halbgeschlossene Lider. »Frauen, die auf diesem Gebiet wesentlich bewanderter sind als du, haben bereits derartige Taktiken probiert.«

Sie strich sich über ihre lavendelfarbenen Röcke und dachte daran, was Hester einst über den fehlgeschlagenen Versuch der berühmt-berüchtigten Lady Charlesworthy gesagt hatte, als diese versucht hatte, Sebastian eifersüchtig zu machen.

»Ich bin sicher, daß sie das haben«, sagte Prudence leise. »Und ich bin mir ebenfalls meiner eigenen Grenzen bewußt. Mir wäre es nie in den Sinn gekommen, daß ich dich eifersüchtig machen könnte.« Sie versuchte, seinen kalten, undurchdringlichen Blick zu ergründen. »Ich hätte nicht gedacht, daß ich eine solche Macht über dich habe.«

»Als meine Frau haben Sie beachtliche Macht über mich, Madam«, entgegnete Sebastian viel zu ruhig. »Wir sind aneinander gebunden, Sie und ich. Wenn in der Vergangenheit andere Frauen versucht haben, mich eifersüchtig zu machen, hatte ich immer die Freiheit zu gehen. Aber meine Ehefrau kann ich ja wohl nicht so einfach verlassen, oder?«

»Nein, wohl nicht.« Prudence fühlte sich seltsam ernüchtert. Sie hätte wissen müssen, daß jede Form der Eifersucht, die Sebastian möglicherweise verspüren könnte, auf verletztem Stolz und verletzten Besitzansprüchen beruhen würde und nicht auf Liebe.

»Ich finde Eifersucht alles andere als amüsant, Madam.«

»Sebastian, du hast das alles völlig falsch verstanden.«

»Habe ich das?«

»Ja.« Prudence seufzte. »Ich habe dieses Kleid bestimmt nicht ausgesucht, um damit die Aufmerksamkeit anderer Männer zu erregen.«

Er blickte sie fragend an. »Weshalb hast du dann ein solches Kleid ausgesucht?«

»Um die Leute nicht länger zu herablassenden Kommentaren anzuregen«, murmelte Prudence erschöpft.

Sebastian saß unbeweglich da, doch lag plötzlich eine derartige Wachsamkeit in seinem Blick, daß Prudence begann, sich ernsthafte Sorgen zu machen.

»Kommentare von wem?« fragte Sebastian mit seidiger Stimme.

Zu spät erkannte Prudence, daß sie sich auf unsicherem Terrain befand. Sie fragte sich, ob er sie bewußt dorthin gelockt hatte. Schließlich war Sebastian nur allzu clever. »Nun, Kommentare der anderen Leute, Graf.«

»Du meinst Kommentare meiner Tante, nicht wahr?«

Prudence trommelte mit den Fingern auf den Sitz. Manchmal war es durchaus von Nachteil, mit einem scharfsinnigen Mann verheiratet zu sein. »Also, Sebastian, du darfst keine voreiligen Schlüsse aus dieser Sache ziehen.«

»Verflucht.« Sebastian richtete sich mit der tödlichen Eleganz eines Raubtiers auf, das sich seiner Beute nähert. Er griff hinaus, und mit zwei schnellen Bewegungen zog er die Vorhänge vor den Fenstern über den Türen zu.

»Was machen Sie da?« fragte Prudence scharf.

Statt einer Antwort packte er sie bei den Oberarmen und zerrte sie aus den Kissen. »Ich wußte doch, daß etwas hinter deinem plötzlichen Interesse für Mode steckte.«

»Wirklich, Graf.« Prudences durchsichtige Röcke bauschten sich, als er sie auf seinen Schoß setzte. Ihr Schal rutschte von ihren Schultern und enthüllte erneut die Rundungen ihrer Brüste. »Du brauchst gar nicht so heftig zu reagieren, nur weil ich mich neuerdings für Mode interessiere.«

»Du versuchst, Beleidigungen der alten Hexe Drucilla abzuwehren, nicht wahr?« Sebastians Augen schimmerten golden im Licht der Lampe. Alle Spuren eisigen Ärgers und sämtliche Anzeichen, die auch nur im entferntesten auf ein gewisses Maß an Eifersucht hätten hinweisen können, waren aus seinem Blick verschwunden.

»Sebastian, es ist wirklich nicht nett, wenn du deine Tante eine alte Hexe nennst.«

»Warum nicht? Schließlich ist sie eine. Und du hoffst tatsächlich, daß sie keinen Grund finden wird, dich zu beleidigen, wenn du dich in einen leuchtenden Diamanten verwandelst?«

Prudence unterdrückte einen Fluch. In Sebastians Augen blitzte wieder die vertraute, unheilige Amüsiertheit. Sie war überzeugt, daß er ihr dieses Geständnis absichtlich entlockt hatte. »Ich versuche lediglich, mich in dem Stil zu kleiden, der für deine Frau in den Augen der Gesellschaft angemessen ist, Angelstone.«

»Ich entscheide, was für meine Frau angemessen ist.«

Prudence spürte nur allzu deutlich seine muskulösen Schenkel unter ihrem weichen Hinterteil. Die dünnen Röcke eines modischen Ballkleids ließen der Fantasie nicht mehr viel Raum. »Ihre Arroganz verschlägt einem den Atem, Graf.«

Seine langgliedrigen Finger umschlossen ihre Taille. Sein goldener Siegelring glänzte matt im Licht der Laterne. »Du denkst, wenn du meine Tante davon abhalten kannst, dich in aller Öffentlichkeit zu beleidigen, werde ich die Fleetwoods nicht bestrafen, nicht wahr?«

»Diese dumme Schlußfolgerung ist keiner Antwort würdig.«

Er lächelte schwach. »Das war eine durchaus kluge Überlegung, aber ich habe Neuigkeiten für dich, meine Liebe. Es wird nicht funktionieren. Drucilla wird immer einen Grund finden, dir auf die Füße zu treten. Es ist sinnlos zu versuchen, sie zu besänftigen, weil sie sich nicht besänftigen lassen will. Wenn deine Kleidung keinen Grund zur Beanstandung gibt, dann wird sie etwas anderes finden, das sie kritisieren kann. Das liegt nun einmal in ihrer Natur.«

»Deine Tante kann schwerlich etwas Beleidigenderes über mein Kleid sagen, als du es bereits getan hast.« Prudence versuchte, die lavendelfarbene Feder in ihrem Haar geradezurücken.

»Als dein Ehemann habe ich gewisse Vorrechte, meine Liebe.«

»Darüber läßt sich streiten.« Sie blickte ihn unsicher an. »Sag die Wahrheit. Findest du wirklich, daß das Kleid zu tief ausgeschnitten ist?«

»Es ist viel zu weit ausgeschnitten, um es in der Öffentlichkeit zu tragen.« Ernst betrachtete Sebastian die sanften Kurven ihrer Brüste. »Aber zumindest hat das Dekolleté einen Vorzug.«

»Einen Vorzug?«

»Es bietet einem einen reizenden Anblick.« Er ließ seinen Finger unter den Rand des tiefen Ausschnitts gleiten.

Prudence spürte, wie lüsterne Erregung sie erschaudern ließ. »Sebastian, hör auf damit. So etwas kannst du nicht hier in der Kutsche tun.«

»Warum nicht? Bei dem Verkehr braucht der Kutscher mindestens eine halbe Stunde bis nach Hause, und der Nebel wird immer dichter. Vielleicht braucht er also sogar noch länger.« Sanft schob Sebastian das Oberteil des Kleides hinunter, bis eine von Prudences Brüsten freilag.

Hitze wallte in ihr auf. Erfolglos schlug sie ihm auf die Hand. »Sebastian, du bist wirklich unmöglich. Ich kann dir keinesfalls gestatten, mich in einer Kutsche zu lieben.«

»Das passiert, wenn man die neueste Mode trägt, meine Süße.« Sebastian begann, seine Lippen auf die rosigen Spitzen ihres Busens zu senken.

Prudence vergrub ihre Finger in seinem Haar, schloß die Augen und versuchte, sich auf ihr nächstes Gesprächsthema zu konzentrieren. »Nun, da wir die Diskussion über mein Kleid beendet haben, möchte ich mit dir über deine Pläne bezüglich deines nächtlichen Besuchs in dem Laden in der Bond Street sprechen.«

»Ich verspreche dir, daß du einen ausführlichen Bericht erhältst, sobald ich zurück bin.« Sebastians Atem war heiß.

»Es ist höchst unfair von dir, mich nicht mitzunehmen. Ich bin deine Partnerin.« Prudence schnappte nach Luft, als er mit dem Daumen über die harte Knospe fuhr, die ihre Brust krönte. Sie öffnete die Augen und entdeckte einen Fetzen Papier auf dem Sitz, wo sie gesessen hatte. »Was ist das?«

»Eine Brustwarze, glaube ich.« Er berührte sie mit der Spitze seiner Zunge. »Ja, ganz bestimmt eine Brustwarze. Und noch dazu eine außerordentlich schöne.«

»Nein, das da.« Prudence schielte über seinen Kopf hinweg. »Das Stück Papier da auf dem Sitz. Ich muß mich draufgesetzt haben, als ich vor ein paar Minuten eingestiegen bin. Sieht aus wie eine Nachricht.«

Sebastian hob leicht den Kopf und blickte auf den zusammengefalteten Zettel. »Was zum Teufel ist das?«

Er griff nach dem Papier. Dann strich er es glatt und hielt es so, daß das Licht der Lampe es beleuchtete. Er untersuchte es genau und faltete es auf. Auf die Innenseite war eine kurze Nachricht gekritzelt.

»Dachte ich mir's doch – eine Nachricht. Jemand muß sie hier in die Kutsche geworfen haben, während wir auf dem Ball waren.« Prudence zupfte ihr Oberteil wieder zurecht und rückte die Augengläser gerade. Sie starrte auf die fremde Schrift, als Sebastian die Nachricht laut vorlas.

»Die Namen der Prinzen der Tugend sind Ringcross, Oxenham, Bloomfield und Curling. Ich habe ihre Adressen unten aufgeführt in der Hoffnung, daß Sie keine weiteren Informationen von mir haben wollen. Ich versichere Ihnen, daß ich sonst nichts weiß. Ich bitte Sie, lassen Sie mir meinen Frieden.«

Sebastian runzelte die Stirn. »Keine Unterschrift. Höchstwahrscheinlich stammt diese Nachricht von einem der Geschäftsinhaber, die wir heute befragt haben.«

»Wie kannst du dir da so sicher sein?«

»Offensichtlich ist sie von jemandem, der will, daß wir ihn nicht mit weiteren Nachforschungen belästigen. Und die einzigen Personen, die wir bisher befragt haben, sind eben diese Geschäftsleute.«

»Lord Curlings Name steht auf der Liste«, sagte Prudence. »Ich nehme an, das macht durchaus einen Sinn. Schließlich haben wir den Knopf in seinem Schrank gefunden.«

»Ringcross ist tot. Curling will, daß wir seinen Tod untersuchen. Beide gehörten zum Club der *Prinzen der Tugend.*«

Geistesabwesend schlug Sebastian mit dem Papier gegen seinen Oberschenkel, bis er entschlossen verkündete: »Als nächstes müssen wir mit Bloomfield und Oxenham sprechen.«

»Kennst du sie?«

»Oxenham bin ich einmal begegnet. Er hat etwas mit Import und Export zu tun. Und ganz nebenbei ist es ihm noch gelungen, zwei reiche Erbinnen zu ehelichen. Ich habe gehört, die beiden jungen Frauen starben jeweils kurz nach der Hochzeit. Die eine bei einem Kutschenunfall und die andere an einer Überdosis Laudanum. Das war vor ein paar Jahren.«

Prudence erschauderte. Sie griff nach ihrem Schal und schlang ihn um sich. »Das erscheint mir merkwürdig.«

»Ja, nicht wahr?« Sebastian lehnte sich zurück in die Ecke der Kutsche und bedachte Prudence mit einem nachdenklichen Blick. »Ich glaube, ich werde zuerst mit ihm sprechen.«

»Was ist mit Bloomfield?« fragte Prudence.

»Über ihn weiß ich nicht viel. Es wird erzählt, daß er ein bißchen verrückt ist. Er geht nicht in die Clubs, und ich habe ihn auch noch nie auf einem Fest getroffen.«

»Und Curling?«

»Wir müssen schrittweise vorgehen«, sagte Sebastian. »Bisher wissen wir noch nicht, was Curling mit der ganzen Sache zu tun hat. Und es ist auch noch unklar, welche Rolle mein Cousin spielt.«

Prudence dachte einen Augenblick darüber nach. »Auf dem Zettel steht, daß Oxenham in der Rowland Street lebt.«

»Ja.« Sebastian überlegte kurz. »Ich glaube, ich sollte ihren Häusern einen kurzen Besuch abstatten, während sie weg sind, ehe ich mit ihnen spreche.«

»Mir scheint, Graf«, sagte Prudence leise, »daß Ihnen der Rest des Abends dazu zur Verfügung steht, da Sie ja nun nicht mehr in das Geschäft in der Bond Street müssen.«

»Das heißt, wenn man davon ausgeht, daß die Liste vollständig ist.« Sebastian blickte sie fragend an. »Worauf willst du hinaus, meine Liebe?«

Prudence lächelte ihn erwartungsvoll an. »Wir kommen auf unserem Heimweg direkt an der Rowland Street vorbei.«

»Nein«, sagte Sebastian sofort. »Du brauchst nicht eine Sekunde zu glauben, daß ich dich zu meiner nächtlichen Visite bei Oxenham mitnehme.«

»Wir könnten zumindest bei ihm vorbeifahren und sehen, ob er heute abend ausgegangen ist«, versuchte Prudence ihn zu überreden. »Das ist doch vollkommen ungefährlich, Sebastian.«

»Auf gar keinen Fall. Ich werde dir nicht erlauben, auch nur in die Nähe dieses Hauses zu gehen.«

»Wir müßten ja noch nicht einmal anhalten«, argumentierte Prudence. »Wir könnten einfach nachsehen, ob er heute abend zu Hause ist. Dann könntest du gegebenenfalls später dorthin zurückkehren.«

Sebastian zögerte. »Ich nehme an, es würde nicht schaden, wenn wir an seinem Haus vorbeiführen.«

Prudence unterdrückte ein zufriedenes Lächeln. »Bestimmt nicht. Wir fallen zwischen den ganzen Kutschen gar nicht auf. Niemand wird etwas merken.«

»Sehr gut.« Sebastian erhob sich und hob die Klapptür im Kutschendach.

»Ja, M'lord?« rief der Kutscher hinunter.

»Ich möchte durch die Rowland Street fahren«, befahl Sebastian.

»Das is' aber 'n kleiner Umweg, M'lord.«

»Ja, ich weiß, aber ich denke, dort entlang geht es schneller. Weniger Verkehr.«

»Zu Befehl, M'lord. Wie Sie wünschen, Sir.«

Sebastian schloß die Klapptür und nahm Prudence gegenüber Platz. »Weshalb habe ich bloß das Gefühl, daß ich diesen kleinen Ausflug noch bedauern werde?«

»Keine Ahnung«, sagte Prudence fröhlich. »Auf jeden Fall birgt er keinerlei Gefahr in sich.«

»Hm.«

Prudence kicherte vergnügt. »Gib es ruhig zu, Sebastian. Du willst ebenso wie ich dort vorbeifahren. Wie du immer so schön sagst, sind wir einander in mancher Hinsicht eben sehr ähnlich.«

»Eine Vorstellung, die mich allmählich bedenklich stimmt.« Sebastian löschte die Lampen im Inneren der Kutsche. Dann schob er die Vorhänge beiseite und öffnete die Fenster.

Prudence beobachtete ihn neugierig. »Was tust du da?«

»Ich gehe nur sicher, daß uns niemand erkennt, während wir hier herumfahren. Der Nebel ist zwar recht dicht, so daß wir wahrscheinlich kaum befürchten müssen, daß jemand die Kutsche erkennt. Aber man kann nicht vorsichtig genug sein.«

Sebastian langte unter den Sitz und zog ein flaches, schwarz angestrichenes Stück Holz hervor. Er befestigte es an zwei kleinen Haken innen an der Tür und hängte es dann nach außen.

Prudence wurde klar, daß er mit dem lackierten Holz das Angelstone-Wappen verdecken wollte. »Äußerst clever, Sebastian.«

»Eine vernünftige Vorsichtsmaßnahme.« Er lehnte sich in seinem Sitz zurück.

Prudence lächelte. »Die du, wie ich annehme, schon öfter getroffen hast.«

»Ja.«

In der Dunkelheit konnte sie sein Gesicht nicht erkennen, aber sie hörte die freudige Erwartung in seiner Stimme. Jetzt war er ebenso aufgeregt wie sie angesichts des bevorstehenden Abenteuers.

Die Rowland Street erwies sich als eine außerordentlich ruhige Gegend. Wie Sebastian vorausgesagt hatte, herrschte nur sehr wenig Verkehr. Prudence blickte aus dem offenen Fenster. Durch die Nebelschwaden hindurch konnte sie erkennen, daß fast alle Häuser im Dunkeln lagen.

Sebastian beugte sich vor. »Wenn die Adresse in der Nachricht stimmt, dann ist das hier Oxenhams Haus.«

»Ich sehe kein einziges Licht.« Prudence blickte Sebastian an. »Ich nehme also an, daß niemand zu Hause ist. Jetzt wäre eine hervorragende Gelegenheit, sich kurz umzusehen.«

»Wahrscheinlich sind die Angestellten zu Hause.« Sebastian starrte interessiert in Richtung des dunklen Hauses.

»Selbst wenn, dann schlafen sie bestimmt im Souterrain. Vielleicht sind sie sogar ausgegangen«, schlug Prudence vor. »Es ist allgemein bekannt, daß Hausangestellte nachts ausgehen, wenn sie sicher sind, daß ihr Herr erst spät zurückkommt.«

»Das stimmt.«

»Wir könnten dem Kutscher befehlen, an der Ecke zu warten, während wir einen kurzen Spaziergang in der Gasse hinter Oxenhams Haus machen.«

»Verdammt, Prue, ich habe dir gesagt, daß ich dich nicht mitnehmen werde, wenn ich Oxenham einen Besuch abstatte.«

»Aber wer weiß, wann du wieder eine solche Gelegenheit bekommst? Bis du mich heimgebracht hast und hierher zurückgekehrt bist, ist Oxenham vielleicht schon wieder zu Hause. Dann müßtest du warten, bis er wieder einmal ausgeht.«

Sebastian zögerte. »Ich nehme an, ich könnte dich hier in der Kutsche zurücklassen, während ich mich schnell hinter dem Haus umsehe.«

»Ich will mitkommen.«

»Nein, das verbiete ich.« Sebastian öffnete erneut die Klapptür und sprach leise mit dem Kutscher. »Fahren Sie um die Ecke am Ende der Straße. Ich werde kurz aussteigen. Sollte irgend etwas Ungewöhnliches passieren, während ich fort bin, fahren Sie Lady Angelstone umgehend nach Hause. Ich werde dann anders zurückkommen.«

»Zu Befehl, M'lord.« Der Mann sprach mit dem resignierten Ton eines Bediensteten, der seltsame nächtliche Ausflüge und noch seltsamere Befehle eines äußerst seltsamen Herren gewohnt war.

Prudence unternahm einen letzten Versuch, Sebastian umzustimmen. »Das ist höchst unfair von Ihnen, Graf.«

»Es ist deine Idee«, erinnerte er sie. Er legte seinen Umhang ab. »Hier, nimm besser den. Es kann eine Weile dauern, bis ich zurück bin, und ich will nicht, daß du dich verkühlst.«

»Aber ich hatte die Absicht, dich zu begleiten«, sagte Prudence, als sie sich in den Umhang kämpfte.

»Ich habe dir von Anfang an gesagt, daß ich das nicht erlaube«, entgegnete er.

»Du wärst überhaupt nicht hier, wenn ich nicht die Idee gehabt hätte, durch die Rowland Street zu fahren.«

»Da hast du vollkommen recht«, sagte er, als die Kutsche anhielt. »Trotzdem, weiter als bis hier gehst du nicht.« Er umfaßte ihr Gesicht mit beiden Händen und küßte sie leidenschaftlich.

Als er von ihr abließ, rückte Prudence ihre Augengläser zurecht. Sie konnte sein Gesicht in der Dunkelheit kaum erkennen, aber seine nur schwerlich unterdrückte Erregung war deutlich zu spüren.

»Sebastian, hör mir zu.«

»Sei vernünftig, Prue, du kannst in dieser Aufmachung unmöglich im Nebel herumlaufen.«

»Wage es ja nicht, mein Kleid als Entschuldigung zu benutzen. In Wahrheit willst du doch bloß nicht, daß ich irgendwelchen Spaß habe. Gib's zu.«

Er bleckte kurz die Zähne. »Ich bin gleich wieder da, meine Liebe. Verlasse ja nicht die Kutsche.«

Er öffnete die Tür, sprang hinunter auf den Gehweg und verschwand in der nebelverhangenen Nacht.

»Verdammt«, murmelte Prudence.

Einen Augenblick später öffnete sie die Tür der Kutsche.

»Verzeih'n Sie, Ma'am, aber wo woll'n Sie hin?« zischte der Kutscher alarmiert. »Ich hab' Anweisung, ein Auge auf Sie zu halten. Seine Lordschaft wird mir den Kopf abreißen, wenn Sie nich' in der Kutsche bleiben.«

»Machen Sie sich keine Sorgen«, flüsterte Prudence beruhigend. »Ich werde mit Seiner Lordschaft sprechen. Er wird Ihnen keine Vorwürfe machen.«

»Und ob er das wird. Bitte, Ma'am, ich flehe Sie an. Steigen Sie wieder ein.«

»Regen Sie sich nicht auf. Ich bin sofort zurück.«

»Ich bin ein toter Mann«, verkündete der Kutscher traurig. »Wußte immer, daß Seine Lordschaft nur eine Frau heiraten würde, die genauso dickschädelig is' wie er. Geschieht ihm recht. Aber was wird aus mir, frage ich Sie.«

»Ich werde dafür sorgen, daß Ihnen Ihr Posten sicher bleibt«, sagte Prudence leise. »Aber jetzt muß ich gehen.«

Prudence war dankbar, daß sie Sebastians dicken Umhang hatte, als sie die Gasse hinter der Reihe von Stadthäusern betrat. Sie zählte die Gartentore, bis sie das zu dem Haus gefunden hatte, das Sebastian ihr zuvor gezeigt hatte.

Es überraschte sie nicht, das Tor unverschlossen zu finden. Sebastian war schließlich erst vor ein paar Minuten hiergewesen. Er war demnach bereits im Garten. Was sie alarmiert erschaudern ließ, war die Tatsache, daß in einem der Hinterfenster im Erdgeschoß von Oxenhams Haus Licht brannte.

Es war also jemand zu Hause.

Prudence zögerte. Sie fragte sich, weshalb Sebastian den Garten betreten hatte, wenn doch jemand da war. Dann sagte sie sich, daß er schließlich auch durchaus in der Lage gewesen war, das Schlafzimmer einer Dame zu durchsuchen, während diese nur eine Etage tiefer die halbe Londoner Gesellschaft zu Gast hatte. Auch hatte er nicht gezögert, das oberste Stockwerk auf Curling Castle zu erforschen, während Curlings Gäste unter ihm von einem Schlafgemach ins andere schlichen.

Es brauchte sie also gar nicht zu überraschen, daß Sebastian beschlossen hatte, sich Oxenhams Haus anzusehen, obwohl in einem der Zimmer Licht brannte.

Ermutigt durch den Gedanken, daß er bereits vorgegangen war, öffnete Prudence das Tor und ging in den Garten. Als sie den Kiesweg betrat, zuckte sie vor Schmerz zusammen. Sie spürte jeden einzelnen der kleinen Steine durch die Sohlen ihrer weichen Satinpantoffeln.

Auf halbem Weg durch den Garten mußte Prudence um eine hohe Hecke herumgehen. Als sie um die Ecke bog, stieß sie mit einer großen, harten Männerbrust zusammen. Starke Arme umfaßten sie und preßten ihr Gesicht gegen ein vertrautes Hemd.

»Umph.«

»Verdammt.« Sebastians Stimme war sehr leise und sehr wütend. »Ich hatte es im Gefühl, daß du meinen Befehl mißachten würdest. Mach ja kein Geräusch, verstanden?«

Vorsichtig ließ er sie los. Prudence hob den Kopf. Sie konnte gerade noch Sebastians ärgerliches Gesicht erkennen. »Was machen wir jetzt?« fragte sie noch leiser als er.

»Du bleibst hier stehen, während ich etwas näher herangehe. Und dann verschwinden wir so schnell wie möglich.«

Sebastian ging auf das Haus zu und schlich an den dunklen Fenstern des Erdgeschosses vorbei. Sie sah, wie er ein- oder zweimal die Hand bewegte, bis sie verstand, daß er probierte, ob eines der Fenster unverschlossen war.

Sie hielt den Atem an, als er sich dem Fenster näherte, in dem Licht brannte. Sebastian drückte sich an die Wand und blickte vorsichtig in den Raum.

Während eines langen Augenblicks stand er reglos da. Dann

trat er näher an das Fenster heran und betrachtete das Zimmer aus einem anderen Winkel.

Irgend etwas stimmte nicht. Prudence merkte es an der Art, in der Sebastian vor dem Fenster stand. Er starrte durch die Scheibe und besah sich alles ganz genau. Prudence machte einen vorsichtigen Schritt in seine Richtung. Sebastian bemerkte es nicht. Er konzentrierte sich vollkommen auf das, was in dem Raum war.

Verwundert beobachtete Prudence, wie er einfach das Fenster öffnete. Sie sprang auf ihn zu.

»Bleib hier«, befahl Sebastian leise, als sie näherkam. »Ich meine es ernst, Prue. Komm mir nicht nach.«

»Was hast du vor? Du kannst da nicht hinein. Offensichtlich ist jemand zu Hause.«

»Ich weiß«, erwiderte Sebastian ruhig. »Oxenham. Aber ich glaube nicht, daß er mich bemerken wird.«

Sebastian schwang ein Bein über das Fensterbrett und ließ sich lautlos auf den Boden fallen.

Wider besseres Wissen eilte Prudence zum Fenster hinüber. Sie blickte in das Zimmer.

Zuerst verstand sie nicht, was sie da sah. Doch dann drang es zu ihr durch. Instinktiv machte sie einen entsetzten Schritt zurück.

Dort drinnen lag ein Mann mit dem Gesicht zum Boden. Sein Kopf und der Teppich, auf dem er lag, waren über und über mit Blut bedeckt.

VIERZEHN

Oxenham hatte Selbstmord begangen. Entweder das, oder jemand hatte sich die allergrößte Mühe gegeben, diesen Anschein zu erwecken.

Die Pistole lag nur wenige Zentimeter neben der Hand des Toten. Es gab keinerlei Hinweis darauf, daß ein Kampf stattgefunden hatte.

Sebastian blickte sich schnell in der Bibliothek um. Er konnte nicht lange bleiben, da er Prudence fortbringen mußte. Aber er suchte nach etwas, das ihn überzeugen würde, daß Oxenham sich die Pistole tatsächlich selbst an den Kopf gesetzt und abgedrückt hatte.

Oder etwas, das das Gegenteil beweisen würde.

Auf dem Teppich, in der Nähe der ausgestreckten Hand des Toten, schimmerte es golden. Sebastian ging vorsichtig hinüber, darauf bedacht, nichts von dem Blut an seine Kleidung kommen zu lassen. Ein Blick zum Fenster zeigte ihm, daß Prudence ihn ängstlich beobachtete.

Der goldene Gegenstand auf dem Läufer war nichts anderes als ein Ring. Sebastian bückte sich, um ihn genauer zu betrachten. Er fragte sich, weshalb er das Gefühl hatte, dieses Schmuckstück zu kennen. Dann entdeckte er das geschwungene *F*, das in den Ring eingraviert war. Ein Fleetwoodscher Siegelring, seinem nicht unähnlich.

»Verdammt.« Ohne nachzudenken schnappte er sich den Ring und sprang wieder auf die Füße.

Er wollte gerade zum Fenster zurückkehren, als er erneut innehielt. Er mußte sicher sein, daß es sich tatsächlich um Oxenham handelte, der da in einer Blutlache lag. Es war unmöglich, das Gesicht des Mannes aus diesem Winkel zu erkennen. Also gab er sich einen Ruck und ging zurück zu der Leiche.

»Faß ihn bloß nicht an«, flüsterte Prudence aufgeregt. »Sebastian, wir müssen hier weg.«

»Ich weiß.« Aber er konnte nicht gehen, ehe er Gewißheit hatte. Sebastian beugte sich hinab, packte den Toten bei der Schulter und drehte ihn weit genug zu sich herum, um die Überbleibsel des Gesichts sehen zu können.

Es war Oxenham.

Langsam ließ Sebastian den starren Körper sinken. Erneut schimmerte es golden, dieses Mal von den Knöpfen an Oxenhams Weste. In jeden Knopf war *Die Prinzen der Tugend* eingraviert.

Er ließ Oxenhams Leiche wieder auf den Teppich fallen.

»Um Himmels willen, Sebastian, beeil dich«, wisperte Prudence.

»Ich will mir nur noch schnell den Schreibtisch ansehen.«

Vorsichtig ging er über den Teppich zu dem Möbelstück. Auf der Tischplatte war eine Handvoll Papiere verstreut. Sebastian sah sie hastig durch, um zu sehen, ob der Tote eine Nachricht hinterlassen hatte.

Er fand zwar keinen Brief, der den Selbstmord erklärt hätte, aber jemand hatte eine Nachricht hinterlegt. Sebastian las sie im Licht der erlöschenden Lampe. Sie war kurz und präzise.

Lillian wird gerächt werden.

Sebastian und Prudence hörten plötzlich Stimmen vor dem Haus. Die Bediensteten waren zurückgekehrt.

»Sebastian, um Gottes willen, laß uns verschwinden.«

Er griff nach dem Zettel, steckte ihn zusammen mit dem Fleetwoodschen Ring in die Tasche und rannte zum Fenster.

Er schwang sich über das Fensterbrett, packte Prudence bei der Hand und zog sie eilig in Richtung des Gartentors.

Sie erreichten die Gasse hinter dem Haus ohne Zwischenfälle. Sebastian blickte über die Schulter zurück, sah aber keinerlei Anzeichen dafür, daß sie verfolgt wurden. Völlig außer Atem erreichten sie die Kutsche.

Der Kutscher beäugte seine Passagiere mit trübsinniger Resignation. »Es war nich' meine Schuld, daß sie Ihnen nach is', M'lord. Ich hab's ehrlich versucht.«

»Nach Hause«, befahl Sebastian. »Über Ihre Pflichten werden wir später sprechen.«

»Zu Befehl, M'lord. Heißt das, ich hab' meinen Job noch?«

»Ihr Posten ist Ihnen sicher, bis wir zu Hause sind.« Sebastian öffnete die Tür der Kutsche und schob Prudence hinein. »Alles weitere ist fraglich.« Er stieg hinter Prudence in das Gefährt und schloß die Tür.

»Du darfst den Kutscher nicht bestrafen. Er hat wirklich alles getan, um mich aufzuhalten«, sagte Prudence atemlos.

»Er ist lange genug bei mir, um zu wissen, daß ich erwarte, daß all meine Befehle ausgeführt werden«, erwiderte Sebastian. »Ich zahle die höchsten Löhne in London, und als Gegenleistung erwarte ich, daß jeder meiner Angestellten meinen Anweisungen aufs Wort folgt. Schließlich hätte irgend jemand dich sehen können.«

»Hör auf, dir Sorgen zu machen, Sebastian. Ich bin sicher, daß uns nichts mehr passieren kann.« Sie kämpfte sich aus dem riesigen Umhang. »Höchstwahrscheinlich wird es eine ganze Weile dauern, bis jemand in der Bibliothek nachsieht und Oxenhams Leiche entdeckt.«

»Oder man findet sie sofort.« Sebastian zog die Vorhänge vor die Fenster, während die Kutsche vorwärtsrumpelte. »Madam, in Zukunft werden Sie mir aufs Wort gehorchen.«

»Sie können mir später einen Vortrag halten, Sir. Aber jetzt will ich wissen, was Sie herausgefunden haben.«

Es war seine eigene Schuld, daß er eine Frau geheiratet hatte, die seine Begeisterung für Detektivarbeit teilte, dachte Sebastian. Er werkelte an einer der Innenlampen herum, bis sie endlich aufflackerte. Dann ließ er sich zurück in seinen Sitz fallen und betrachtete eingehend Prudences lebendiges Gesicht. Ihre Augen strahlten vor Aufregung über das Abenteuer, das sie gerade gemeinsam bestanden hatten. Es war schwierig, sie zu schelten, wenn er selbst genau dieselbe Erregung verspürte.

Er zog den Ring und die Nachricht aus der Tasche. Wortlos gab er ihr die beiden Dinge. »Ich bin mir noch nicht sicher, was das zu bedeuten hat. Übrigens war in die Knöpfe an Oxenhams Weste *Die Prinzen der Tugend* eingraviert.«

»Faszinierend.« Einen Augenblick betrachtete Prudence eingehend den Ring. »Das ist fast der gleiche Ring wie der, den Sie selbst tragen, Graf.«

»Ja.«

»Wie kommt er dann auf den Fußboden neben Oxenhams Leiche?«

»Eine gute Frage«, entgegnete Sebastian leise.

»Und wer ist Lillian?«

Sebastian bemerkte, daß sie sich die Innenseite des Rings ansah und nicht die Nachricht. »Was meinst du?«

»Der Ring hat eine Gravur an der Innenseite.« Prudence hielt ihn näher an die Lampe. *»In Liebe für Lillian.«*

»Laß mich sehen.« Sebastian nahm ihr den Ring aus der Hand und untersuchte die Gravur. »Wer, zum Teufel, ist Lillian?«

»Du hast den Namen also schon einmal gehört?«

»Lies, was auf dem Zettel steht«, sagte er.

Prudence blickte auf das Papier in ihrem Schoß. *»Lillian wird gerächt werden.* Gütiger Himmel, Sebastian, was in aller Welt hat das alles zu bedeuten?«

»Ich weiß nicht, aber allmählich frage ich mich, ob Lillian vielleicht der Name der Frau ist, von der der alte Mann auf Curling Castle gesprochen hat. Die, von der er behauptete, daß sie aus dem Turmzimmer gesprungen sei.«

»Der Geist, von dem er annahm, daß er zurückgekommen sei, um sich zu rächen?« Nachdenklich kaute Prudence an ihrer Unterlippe. »Meinst du, die Tode von Ringcross und Oxenham haben irgend etwas mit dieser Geschichte zu tun?«

»Vielleicht.« Sebastian blickte auf den Ring in seiner Hand.

»Immerhin könnte jemand, der etwas für die geheimnisvolle Lillian empfunden hat, zu dem Schluß gekommen sein, daß *Die Prinzen der Tugend* für ihren Tod verantwortlich waren.«

Prudence starrte ihn an. »Denkst du, ihr Rächer will sie einen nach dem anderen umbringen?«

»Es sieht ganz danach aus.«

Prudences Blick fiel auf den Ring. »Sebastian, du hast gesagt, dein Ring sei ein Familienerbstück.«

»Ringe wie dieser werden von den Männern der Fleetwoods seit fünf Generationen getragen.« Sebastian dachte an den Tag, an dem sein Vater ihm seinen Ring gegeben hatte mit der Bemerkung, er solle ihn mit Stolz tragen. Sein Vater hatte ihm erklärt, der Ring sei das Symbol seiner persönlichen Ehre.

Die Meinung der anderen Leute ist unwichtig, mein Sohn. Alles, was zählt, ist, daß du in deinem Innersten weißt, daß du deine Ehre nicht beschmutzt hast. Ehre ist eine heilige Verantwortung und muß als solche behandelt werden. Ein Mann kann Skandal, Ruin und Schlimmeres überleben, solange er weiß, daß er seine Ehre nicht verloren hat.

Sebastian verstärkte den Griff um den Ring.

»Meinst du, es ist möglich, daß Fleetwood dieser Lillian den Ring gegeben hat?« fragte Prudence.

»Ja, das könnte sein.« Das war wohl nicht nur möglich, sondern höchstwahrscheinlich.

Prudence sah ihn an. »Du denkst daran, daß wir Jeremys Tabakdose auf Curling Castle gefunden haben, nicht wahr? Und nun fragst du dich, ob auch dieser Ring ihm gehört.«

»Ja.«

»Aber Sebastian, ich habe Jeremy heute abend gesehen. Er hatte keine Handschuhe an, und ich meine, mich daran zu erinnern, daß er einen solchen Ring am Finger trug.«

Sebastian blickte sie an. »Es ist nicht schwierig, einen solchen Ring nachmachen zu lassen. Angenommen, man hat genug Geld, dann muß man nur noch einen guten Juwelier finden und eine Kopie anfertigen lassen.«

Einen langen Augenblick schwieg Prudence. »Was sollen wir als nächstes tun? Willst du anfangen, dich bei den Juwelieren in der Stadt umzuhören?«

»Nein.« Sebastian faßte einen Entschluß. »Ich denke, es ist besser, wenn ich mich noch einmal mit meinem Cousin unterhalte. Jeremys Name ist im Verlauf dieser Nachforschungen inzwischen mehr als einmal aufgetaucht.«

»Da gebe ich dir recht«, sagte Prudence, »Ich werde dir bei diesem Gespräch helfen.«

»Ich bin mir nicht sicher, ob das vernünftig wäre, Madam.«

»Es wäre doch sinnvoll, zwei Meinungen hinsichtlich seiner Reaktion zu haben, meinst du nicht?«

Sebastian zögerte. Er hatte durchaus nichts dagegen, wenn sie Jeremy im Verlauf der Unterhaltung im Auge behalten würde. Schließlich ließ sich nicht leugnen, daß Prudence eine scharfe Beobachtungsgabe besaß. Aber ebenso stimmte es nun einmal, daß sie in bezug auf die Familie unberechenbar, ja sogar allzu weichherzig war.

»Sehr gut, Prue. Du darfst zuhören, wenn ich mit Jeremy spreche. Aber du wirst dich in keiner Weise einmischen, verstanden?«

Prudence lächelte fröhlich. »Selbstverständlich, Graf.«

Um halb zwölf am nächsten Vormittag wurde Jeremy in die Bibliothek geführt. Er tat Prudence leid. Seine Verärgerung darüber, so kurzfristig vor das Familienoberhaupt zitiert zu werden, war offensichtlich.

»Was, zum Teufel, soll das alles, Angelstone? Ich habe bessere Dinge zu tun, als mich auf irgendwelche Nachrichten hin bei Ihnen einzufinden.«

Sebastian saß hinter dem Schreibtisch in der Nähe des Fensters, auf seinem Arm die Katze. Er hielt es nicht für erforderlich, sich zu erheben. »Die Freude ist gegenseitig. Vielleicht möchtest du noch meine Frau in der gehörigen Form begrüßen, ehe du damit fortfährst, mir zu erzählen, was du von mir hältst?«

Jeremy blickte sich im Raum um und entdeckte Prudence, die in der Nähe des Teetabletts stand. Ein tiefes Rot überzog sein Gesicht. »Lady Angelstone.« Er verbeugte sich steif. »Entschuldigen Sie. Ich habe Sie dort drüben nicht gesehen. Guten Morgen, Madam.«

»Guten Morgen, Mr. Fleetwood.« Prudence lächelte. »Möchten Sie vielleicht einen Tee?«

Jeremy wirkte unsicher. Er blickte Sebastian an. »Ich weiß nicht, ob dafür Zeit ist.«

»Du wirst reichlich Zeit haben, um eine Tasse Tee zu trinken«, versicherte ihm Sebastian kühl. »Nimm Platz, Cousin.«

Jeremy nahm die Teetasse von Prudence entgegen. »Danke, Madam.« Er blieb stehen, bis Prudence sich gesetzt hatte, und dann ließ er sich umständlich auf einem Stuhl gegenüber von Sebastian nieder.

»Nun?« fragte Jeremy brüsk. »Bringen wir es hinter uns. Weshalb haben Sie mich herbestellt, Sir?«

Sebastian betrachtete ihn eingehend. Prudence vermutete, sein Schweigen sei ein bewußter Versuch, Jeremy einzuschüchtern. Gerade, als sie etwas sagen wollte, machte Sebastian eine Bewegung. Ohne ein Wort zog er die Schreibtischschublade auf, nahm den Ring heraus, den er in Oxenhams Bibliothek gefunden hatte, und warf ihn hinüber zu seinem Cousin.

»Was, zum Teufel, soll das heißen?« Jeremy fing den Ring mit einem ärgerlichen Reflex auf. Dann sah er ihn an.

Prudence entging nicht die Überraschung, mit der Jeremy feststellte, was er da in der Hand hielt. Sie blickte Sebastian an und bemerkte, daß er seinen Cousin genau ansah. Heute morgen lag keine kalte Amüsiertheit in seinem Blick, sondern eine äußerst beunruhigende, goldglühende Wachsamkeit.

»Verdammt.« Jeremy hob verwirrt und zugleich furchtsam den Kopf. »Wo haben Sie den her?«

Sebastian streichelte die Katze. »Erkennst du den Ring?«

»Ja, natürlich. Er gehört mir.« Jeremys Stimme klang eigenartig heiser. »Ich habe ihn vor etwa drei Jahren verloren. Ich habe nie darüber gesprochen, weil ich wußte, daß sich Mutter fürchterlich aufregen würde. Sie wissen, wie sie in bezug auf Familientraditionen ist.«

»Ja.« Sebastians Hand ruhte jetzt auf Luzifers Rücken. »Ich weiß.«

»Ich wollte keinen Streit, also habe ich ihr verschwiegen, daß ich das Erbstück verloren habe, das mein Vater mir gegeben hatte. Statt dessen habe ich den Ring einfach nachmachen lassen.«

»Wer ist Lillian?« fragte Sebastian leise.

»Ich habe keine Ahnung.« Die Teetasse klapperte auf der Untertasse, als Jeremy danach griff.

»Wer ist Lillian?« wiederholte Sebastian mit tödlich sanfter Stimme. Luzifers Nackenhaare sträubten sich.

»Ich sage doch, ich habe keine Ahnung, wovon Sie sprechen«, sagte Jeremy heftig. »Ich kenne keine Lillian.« Scheppernd stellte er die Tasse ab.

»Ich glaube doch«, sagte Sebastian. »Und du wirst diesen Raum nicht eher verlassen, bis du mir gesagt hast, wer sie ist.«

»Verflucht, Angelstone. Wer, zum Teufel, glauben Sie eigentlich, daß Sie sind?«

»Er ist das Familienoberhaupt«, sagte Prudence rasch. Sie bedachte Sebastian mit einem beschwichtigenden Blick, den dieser jedoch ignorierte. »Und er versucht lediglich, Ihnen zu helfen. Nicht wahr, Angelstone?«

»Das einzige, was ich im Augenblick versuche«, sagte Sebastian gelassen, »ist, herauszufinden, wer Lillian ist.«

Prudence starrte ihn böse an. »Es besteht keinerlei Veranlassung, mit einer so drohenden Stimme zu sprechen, Graf. Schließlich versuchen wir lediglich, einige Fragen zu klären. Wir wollen Ihren Cousin doch nicht unnötig beunruhigen.«

Sebastian hielt seine Augen starr auf Jeremy gerichtet. Prudences Worte ignorierte er. Sie gab den Versuch auf, ihn zu besänftigen und wandte sich statt dessen an Jeremy.

»Bitte, verstehen Sie, Mr. Fleetwood«, sagte sie freundlich. »Wir versuchen lediglich herauszufinden, weshalb Ihr Ring letzte Nacht unter höchst merkwürdigen Umständen gefunden wurde.«

Jeremy blickte sie an. »Was für Umstände?«

»Er lag neben der Leiche von Lord Oxenham«, sagte Sebastian geradeheraus. »Du weißt nicht zufällig, wie er dorthin gekommen ist, oder?«

»Leiche?« verwirrt runzelte Jeremy die Stirn. »Oxenham ist tot?«

»Toter geht's nicht«, sagte Sebastian.

Jeremys Augen weiteten sich. »Und mein Ring lag neben ihm?«

»Ja.«

»Sie denken also, ich hätte ihn umgebracht, stimmt's?« Jeremys Empörung war größer als seine Verwirrung. »Weil jemand meinen Ring neben seiner Leiche gefunden hat?«

»Die Frage stellt sich.« Sebastians Lächeln war lakonisch. Luzifer blinzelte mit seinen goldenen Augen.

Prudence bedachte Sebastian mit einem finsteren Blick. »Hören Sie auf, ihm angst zu machen, Graf.«

»Halten Sie sich aus der Sache heraus, Madam.« Sebastian sah sie noch nicht einmal an.

Sie überhörte die Warnung und wandte sich erneut mit einem beruhigenden Lächeln an Jeremy. »Mr. Fleetwood, bisher wissen die Behörden noch nicht, daß Ihr Ring neben Oxenhams Leiche gefunden wurde. Und wir haben gewiß nicht die Absicht, diesen Umstand zu melden, nicht wahr, Sebastian?«

»Das bleibt abzuwarten«, sagte Sebastian kalt.

»Aber ich habe ihn nicht umgebracht.« Jeremy blickte verzweifelt zwischen Prudence und Sebastian hin und her. »Ich schwöre es. Weshalb hätte ich Oxenham umbringen sollen?«

Sebastian strich über Luzifers Ohren. »Vielleicht, weil du glaubst, er hätte etwas mit Lillians Tod zu tun?«

»Aber Lillians Tod war ein Unfall. Um Gottes willen, sie ist ertrunken.« Abrupt unterbrach sich Jeremy, als er bemerkte, daß er soeben seine Bekanntschaft mit Lillian zugegeben hatte. Er blickte Prudence flehend an. »Man erzählte mir, sie sei ertrunken.«

Prudence reagierte instinktiv auf Jeremys Verzweiflung und Verwirrung. Sie beugte sich vor und tätschelte beruhigend seine Hand. Sie bemerkte das kurze verärgerte Aufflackern in Sebastians Augen, aber zumindest sagte er nichts.

»Wer war Lillian, Mr. Fleetwood?« sagte sie ruhig.

Jeremy schloß kurz die Augen. Als er sie wieder öffnete, lag in seinem Blick verzweifelte Resignation.

»Ich nehme an, ich kann ebensogut die ganze Geschichte erzählen, obwohl ich nicht verstehe, wieso sie nach all dieser Zeit wieder ans Tageslicht gekommen ist.« Jeremy stärkte sich mit einem weiteren Schluck Tee. Als er die Tasse abstellte, richtete er den Blick auf Prudence. »Ich habe sie geliebt.«

»Ja?«

»Sie war die Tochter eines reichen Kaufmanns. Sein einziges Kind und seine einzige Freude nach dem Tod seiner Frau. Er sorgte dafür, daß sie behütet aufwuchs. Sie war wohlerzogen, und ihr Benehmen war tadellos. Trotz ihrer bürgerlichen Herkunft war sie die perfekte Lady.«

»Ich verstehe«, flüsterte Prudence.

»Ich begegnete ihr, nachdem ihr Vater gestorben war. Sie war in der Obhut eines älteren Onkels, der ihr gesamtes Erbe durchbrachte und sie zwang, in seiner Taverne zu arbeiten.«

Aus dem Augenwinkel heraus sah Prudence, wie Sebastian zu einer Frage ansetzte. Sie winkte unmerklich ab, und zu ihrer Überraschung hielt er tatsächlich den Mund.

»Wie haben Sie Lillian kennengelernt?« fragte Prudence.

»Vor drei Jahren auf einem Jahrmarkt hier in der Stadt.« Jeremys Mund verzog sich bei der Erinnerung zu einem Lächeln. »Sie aß gerade ein Eis. Zufällig bin ich mit ihr zusammengeprallt, und das Eis floß mir über den Mantel. Es war Liebe auf den ersten Blick.«

»Und was geschah dann?«

»Ich traf sie, wann immer es möglich war. Ich wußte natürlich, daß Mutter mit dieser Liaison niemals einverstanden gewesen wäre. In ihren Augen wäre Lillian ein einfaches Schankmädel gewesen, ohne irgendein Vermögen.« Jeremys Ausdruck wurde hart. »Sie dürfen nicht vergessen, daß Mutter damals noch dachte, ich würde der nächste Graf von Angelstone.«

»Man kann wohl zu Recht davon ausgehen, daß meine Tante niemals ein Schankmädel als zukünftige Gräfin von Angelstone akzeptiert hätte«, sagte Sebastian trocken. »Ebensowenig wie eine Schauspielerin.«

Jeremy errötete. »Falls es Sie in irgendeiner Weise tröstet, Angelstone, ich habe oft gedacht, daß ich die Entscheidung Ihres Vaters, die Frau zu heiraten, die er liebte, verstehen konnte. Schließlich hatte ich die Absicht, dasselbe zu tun, ungeachtet der Konsequenzen.«

Sebastians Blick verengte sich. »Tatsächlich?«

»Ja. Ich habe Lillian wirklich geliebt. Sie war ein zauberhaftes Geschöpf. Freundlich und rein.« Jeremy seufzte. »Aber sie starb, ehe wir heiraten konnten.«

»Wie tragisch«, sagte Prudence.

»Ich habe ihren Namen niemals gegenüber meiner Mutter oder sonst jemandem aus der Familie erwähnt«, fuhr Jeremy fort. »Als Lillian tot war, schien es keinen Grund mehr dafür zu geben.«

»Wer hat dir erzählt, daß sie ertrunken ist?« fragte Sebastian.

»Ihr Onkel. Er sagte, sie wäre für einige Tage zu einer Freundin aufs Land gefahren. Dort sei sie in einen Fluß gestürzt, der nach einem Sturm Hochwasser hatte. Sie wurde davongespült und ertrank.«

»Es tut mir so leid, Mr. Fleetwood«, sagte Prudence leise. »Das muß entsetzlich für Sie gewesen sein.«

Jeremy betrachtete den Ring. »Das schlimmste war, daß ich niemandem von meinem Kummer erzählen konnte. Niemand hätte mich verstanden.« Er blickte wieder auf. »Aber inzwischen bin ich darüber hinweggekommen. Irgendwann gelingt es einem. Lillian gehört der Vergangenheit an. Aber ich werde sie niemals vergessen.«

Sebastian sah seinen Cousin an. »Du hast ihr also den Ring gegeben?«

Jeremy nickte. »Der, den ich trage, ist ein Duplikat. Ich ließ ihn anfertigen, als ich den echten Ring Lillian gab. Ich wollte weder meiner Mutter noch dem Rest der Familie erklären müssen, weshalb ich den Fleetwood-Ring nicht länger trug. Nicht, ehe ich meine Heirat bekanntgegeben hätte.«

»Vielleicht dachtest du, es sei nicht notwendig, die übrigen Fleetwoods über den Verbleib des Ringes aufzuklären«, sagte Sebastian, »aber ich nehme an, ich habe ein Recht zu erfahren, wie er in Oxenhams Studierzimmer gelangt ist.«

»Aber ich habe keine Ahnung, wie er dorthin gekommen ist«, erwiderte Jeremy heftig. »Das schwöre ich. Soweit ich weiß, ging der Ring verloren, als Lillian ertrank. Ich dachte, vielleicht hätte jemand – einer der Dorfbewohner vielleicht –

ihn gestohlen, als man ihre Leiche fand. Immerhin war der Ring recht wertvoll. Aber ich wußte, daß die Chance, ihn zurückzubekommen, äußerst gering war, also ließ ich die Sache auf sich beruhen.«

Prudence wandte sich an Sebastian. »Vielleicht sollten wir mit ihrem Onkel, dem Tavernenbesitzer, sprechen.«

»Das können Sie nicht«, erklärte Jeremy ruhig. »Er starb vor über einem Jahr am Fieber. Ich erfuhr von seinem Tod, als ich eines Tages an dem Gasthaus vorbeikam und feststellte, daß es einen neuen Besitzer hatte.«

»Soweit also dazu«, sagte Prudence enttäuscht.

»Ich verstehe das alles nicht.« Jeremy starrte Sebastian an. »Erst geben Sie mir meine Tabakdose zurück und jetzt meinen Ring. In beiden Fällen haben Sie mich praktisch des Mordes bezichtigt. Was für ein Spiel spielen Sie, Angelstone?«

»Innerhalb kurzer Zeit sind zwei Männer gestorben: Ringcross und Oxenham.«

»Das ist mir bekannt.«

»In der Umgebung der Toten fanden sich jeweils Gegenstände, die dir gehören. Und diese Nachricht tauchte in der Nähe von Oxenhams Leiche auf.« Sebastian reichte Jeremy den Zettel, den er gefunden hatte.

Jeremy las die Nachricht. Als er wieder aufblickte, wirkte er noch verblüffter als vorher. »Was soll das heißen, ›Lillian wird gerächt werden‹? Was, zum Teufel, geht hier vor?«

»Es gibt offensichtlich zwei Möglichkeiten«, erklärte Sebastian. »Entweder du hast beschlossen, Lillian zu rächen, weil du glaubst, daß ihr Tod kein Unfall war, oder...«

»Oder was?« fragte Prudence, noch ehe Jeremy dazu kam.

»Oder jemand will den Anschein erwecken, daß es so ist«, schloß Sebastian leise.

»Aber wer sollte ein Interesse an so etwas haben?« fragte Prudence.

Sebastian blickte auf Luzifer. »Vielleicht der wahre Mörder.«

Jeremy war ehrlich überwältigt. »Woher wissen Sie das alles, Angelstone?«

Sebastian bedachte ihn mit einem spöttischen Lächeln. »Gerüchte.«

»Was für Gerüchte?« wollte Jeremy wissen.

»Es gibt schließlich genügend Schnüffler.«

»Schnüffler?« Jeremy war entsetzt. »Wollen Sie damit etwa sagen, daß die Tode von Ringcross und Oxenham von irgendwelchen Detektiven untersucht werden?«

»Ja«, bestätigte Sebastian. »Natürlich vollkommen diskret.«

»Aber wie sind Sie an die Tabakdose und den Ring gekommen, wenn sie an den Tatorten entdeckt wurden?«

»Sagen wir einfach, daß ich überall Beziehungen habe, unter anderem eben auch in diesen Kreisen.«

»Das sollte mich wohl nicht überraschen«, murmelte Jeremy. »Gott weiß, Sie haben Ihre Tentakel schließlich überall.«

»So kann man es gewiß auch ausdrücken«, pflichtete Sebastian ihm bei. »Auf jeden Fall, eines meiner Tentakel – ich meine, einer meiner *Verbindungsmänner* – hat mit den Untersuchungen zu tun und fand es angemessen, mich wissen zu lassen, daß Beweise aufgetaucht sind, die dich mit den Todesfällen in Verbindung bringen. Im Augenblick begnügt sich diese Person noch damit, mich die Angelegenheit regeln zu lassen.«

»Sie müssen dieser Person eine Menge zahlen, daß sie Sie derart auf dem laufenden hält«, sagte Jeremy verbittert.

»Ich bin eben gern immer auf dem laufenden«, entgegnete Sebastian in einem neutralen Ton.

Prudence warf Sebastian einen bewundernden Blick zu. Er hatte die Situation äußerst geschickt gemeistert. Es war durchaus glaubwürdig, wenn ein Mann in seiner Machtposition sich von Spitzeln informieren ließ, besonders, wenn es um seine eigene Familie ging. Ebenso war es vernünftig anzunehmen, daß er seinen Einfluß genutzt hatte, um jemanden bei den Behörden davon zu überzeugen, ihm die Beweismittel auszuhändigen, statt sie gegen seinen Cousin zu verwenden.

»Das Problem liegt darin«, fuhr Sebastian rasch fort, »daß es weitere Todesfälle geben könnte. Ich weiß nicht, ob ich in der Lage sein werde, deinen Namen dann weiterhin aus der Sache herauszuhalten.«

»Großer Gott.« Jeremy starrte Sebastian an. »Was soll ich bloß machen? Ich weiß nichts über die Tode von Ringcross und Oxenham. Wenn jemand versucht, mich in die Angelegenheit zu verwickeln, dann kann es mir passieren, daß ich wegen Mord verhaftet werde. Wie soll ich dann jemals meine Unschuld beweisen?«

»Machen Sie sich keine Sorgen, Mr. Fleetwood.« Prudence tätschelte Jeremys Arm. »Angelstone wird Ihnen helfen, nicht wahr, Angelstone?«

Sebastian zuckte mit den Schultern. »Vielleicht.«

»Angelstone, wie können Sie so etwas sagen?« Prudence sprang auf die Füße. »Es ist äußerst unfreundlich von Ihnen, Mr. Fleetwood derart zu quälen. Das lasse ich nicht zu.«

Auch Jeremy erhob sich abrupt. Er ballte die Fäuste. »Ich nehme an, Ihr Gatte macht sich einen Spaß aus der Sache, Lady Angelstone. Mir scheint, daß er endlich seine Rache hat, wenn ich wegen Mordes verhaftet werde. Der Schock und der Skandal würden selbst meine Mutter zugrunde richten.«

»Sie dürfen so etwas nicht sagen, Mr. Fleetwood«, flehte Prudence. »Es liegt nicht in Angelstones Absicht, die Familie zu treffen, indem er sie wegen Mordes vor Gericht stellen läßt.«

»Nein?« Wild blickte Jeremy auf sie herab. »Falls Sie noch nicht bemerkt haben sollten, was für einen Mann Sie geheiratet haben, Madam, gestatten Sie mir, Sie darüber aufzuklären, daß Angelstone uns alle haßt. Es würde ihm nicht das geringste ausmachen, wenn sämtliche Fleetwoods ruiniert würden.«

»Das ist nicht wahr«, sagte Prudence.

»Es ist wahr.« Jeremy warf Sebastian einen vernichtenden Blick zu. »Ja, wenn ich die Sache genau überdenke, dann erscheint es mir nur allzu wahrscheinlich, daß er hinter all dem steckt.«

»Nein«, flüsterte Prudence erstickt.

Jeremy starrte Sebastian an. »Sind Sie es, der mir all das antut, Angelstone? Versuchen Sie, mich wegen Mordes hinter Gitter zu bringen?«

Sebastian lächelte kalt. »Wenn das meine Absicht wäre, dann hätte ich dir wohl kaum die Tabakdose und den Ring überlassen. Statt dessen hätte ich sie den Behörden übergeben.«

»Und das soll ich glauben?« schoß Jeremy zurück. »Vielleicht ist das alles nur Teil eines großen Gesamtplans. Sie sind wie eine Katze, die mit einer Maus spielt, ehe sie sie frißt, nicht wahr? Wahrscheinlich beabsichtigen Sie einfach, uns noch ein wenig zu quälen, bis es Ihnen langweilig wird. Und dann machen Sie der Sache ein für allemal ein Ende, indem Sie mich an den Galgen bringen und den Rest der Familie gesellschaftlich zugrunde richten.«

Sebastians Mund verzog sich in zynischem Amüsement. »Ich gratuliere dir zu deiner lebhaften Phantasie, Cousin.«

»Hört auf damit, alle beide«, befahl Prudence. Sie trat an den Schreibtisch zwischen Jeremy und Sebastian. »Es reicht. Mr. Fleetwood, vielleicht ist es am besten, wenn Sie jetzt gehen. Versuchen Sie, sich wegen der ganzen Angelegenheit keine Sorgen zu machen. Angelstone wird es nicht zulassen, daß man Ihnen einen Mord anlastet.«

»Vielleicht ist Angelstone aber gar nicht in der Lage, das zu verhindern«, sagte Sebastian sehr leise.

Prudence wirbelte zu ihm herum. »Was Sie betrifft, Angelstone, so verlange ich, daß Sie umgehend aufhören, Ihren Cousin in Angst und Schrecken zu versetzen.«

In Sebastians Augen blitzte es. »Weshalb versuchen Sie nur immer, mir jeglichen Spaß zu verderben, Madam?«

»Kein Wort mehr«, knurrte Prudence. Über die Schulter blickte sie zurück zu Jeremy. »Guten Tag, Mr. Fleetwood. Ich werde dafür sorgen, daß man Sie auf dem laufenden hält. Bitte machen Sie sich keine Sorgen. Es wird alles gut werden.«

»Nicht, wenn Angelstone beschlossen hat, sich auf teuflische Weise zu amüsieren.« Jeremy verbeugte sich steif. »Guten Tag, Madam. Sie haben mein tiefstes Mitgefühl. Es ist gewiß nicht einfach, mit dem Gefallenen Engel verheiratet zu sein.«

Ohne sich noch einmal umzublicken, verließ er die Bibliothek.

FÜNFZEHN

Sebastian wußte, daß Prudence ihm erneut einen Vortrag halten würde, als die Tür hinter Jeremy ins Schloß fiel.

Und richtig, sie wirbelte herum, wobei ihre Augen wütend hinter ihren Brillengläsern funkelten. »Wie konntest du nur so unfreundlich zu dem armen Jeremy sein?«

Doch auch Sebastians Laune war auf der Kippe. »Ich versichere dir, es war überhaupt nicht schwierig.« Er setzte Luzifer auf den Tisch und erhob sich. Er würde gezwungen sein, Jeremy zu helfen. Das wußte er, doch der Gedanke mußte ihm ja nicht unbedingt gefallen.

Die Aussicht darauf, einem Fleetwood zur Seite stehen zu müssen, ließ Sebastian aufbrausen. Stand er etwa bereits derart unter dem Pantoffel? In einem solchen Augenblick brauchte ein Mann seinen Club, doch unglücklicherweise konnte er dieses traditionell männliche Refugium nicht sofort aufsuchen, da er noch eine Verabredung hatte. Aber wenigstens hatte er einen Grund, das Haus zu verlassen.

»Das war wirklich unhöflich von Ihnen, Sir. Sie müssen doch gesehen haben, unter welch entsetzlichem Druck Ihr Cousin stand. Er braucht Hilfe und Beruhigung. Ich bestehe darauf, daß du keine weiteren Spiele mehr mit ihm spielst.«

»Und ich bestehe darauf, daß Sie endlich aufhören, sich in meine Angelegenheiten einzumischen, Madam.« Sebastian stapfte um den Tisch herum. »Darüber hinaus bin ich nicht in der Stimmung für weitere Vorträge über die Art und Weise, in der es mir beliebt, mit meinen Verwandten umzugehen.«

Prudence kreuzte die Arme vor der Brust und wippte auf den Zehen. »Du weißt ganz genau, daß du deinem Cousin helfen wirst. Warum willst du, daß er das Gegenteil denkt?«

Sebastian lehnte sich an die Tischkante. »Weshalb denkst du, ich würde ihm helfen?«

Sie bedachte ihn mit einem bitterbösen Blick. »Das ist doch wohl gar keine Frage.«

»Im Gegenteil, Madam.« Sebastian lächelte höflich. »Was mich betrifft, so stellt sich mir ganz bestimmt eine Frage. Ich habe bereits eine ganze Menge für meinen undankbaren Cousin getan. Oder hast du vergessen, daß ich in jüngster Zeit gleich zweimal Beweismittel unterschlagen habe, die ihn mit dem Tod der beiden Männer in Verbindung bringen könnten?«

Prudence biß sich auf die Lippe. »Sie haben die Beweise nicht wirklich unterschlagen, Graf. Sie haben sie lediglich dem rechtmäßigen Besitzer zurückgegeben.«

»Der genausogut der Mörder sein könnte.«

»Mr. Fleetwood hat weder Oxenham noch Ringcross umgebracht. Da bin ich mir sicher.«

»Es freut mich, daß zumindest du dir da so sicher bist, denn ich bin es nicht.«

»Wie kannst du nur so etwas sagen«, brauste Prudence auf.

»Laß es mich so formulieren.« Sebastian richtete sich auf und wandte sich in Richtung der Tür. »Wenn ich der Meinung wäre, die Namen von vier Männern zu kennen, die mit dem Tod meiner Frau zu tun hatten, würde ich nicht zögern, sie einen nach dem anderen umzubringen.«

Prudence ließ die Arme sinken und schnappte überrascht nach Luft. »Sebastian? Willst du damit etwa sagen, daß du verstehst, weshalb dein Cousin die Männer getötet haben könnte?«

»Ich verstehe sein Motiv vollkommen.« Sebastian legte die Hand auf den Türknauf.

Prudence strahlte. »Dann wirst du ihm also auf alle Fälle helfen wollen, auch wenn du ihn für schuldig hältst.«

»Nicht unbedingt. Ich muß auch noch meine eigenen Ziele im Auge behalten.« Sebastian öffnete die Tür und blickte über die Schulter zurück. »Und ich versichere dir, daß es nie mein Ziel war, den Fleetwoods zu helfen. Was mich betrifft, so habe ich genug für Jeremy getan. Er ist gewarnt worden. Ich schulde ihm keine weitere Hilfe mehr.«

»Aber Sebastian –«

Sebastian ging durch die Tür und schloß sie hastig hinter sich. Er hörte das leise Trappeln von Prudences Pantoffeln, als sie über den Teppich rannte, und er wußte, daß ihm nur noch ein paar Sekunden blieben, um sicher aus dem Haus zu kommen.

»Sagen Sie der gnädigen Frau, daß ich nicht vor heute nachmittag zurück sein werde, Flowers.«

Flowers bedachte ihn mit einem vorwurfsvollen Blick, während er ihm Hut und Handschuhe reichte. »Sehr wohl, Mylord.«

Gerade als Flowers Sebastian die Haustür öffnete, flog die Tür der Bibliothek auf.

»Warten Sie, Graf«, rief Prudence eilig. »Verdammt, Angelstone, kommen Sie zurück.«

»Es tut mir leid, aber ich muß mich auf den Weg machen, meine Liebe. Ich fürchte, ich komme bereits zu spät zu meiner Verabredung.« Sebastian ging eilig die Stufen vor dem Haus hinunter.

Prudence stand hinter ihm in der offenen Tür. »Ich bin noch nicht fertig.«

»Das ist mir bewußt«, murmelte Sebastian, als er die Sicherheit des Gehwegs erreicht hatte. Wenigstens konnte sie ihm nicht bis auf die Straße folgen, dachte er beruhigt.

»Feigling«, brüllte Prudence von der obersten Stufe hinter ihm her.

Sebastian sah, daß mehrere Leute stehen blieben und die Gräfin von Angelstone entsetzt anstarrten, wie sie gleich einem Fischweib hinter ihrem Gatten herschrie.

Auch er konnte der Versuchung, sich umzudrehen, nicht widerstehen. Prudence stand in der Tür und blitzte ihn wütend an. Gerade als er zu ihr hinüberblickte, stampfte sie zornig mit dem Fuß auf.

Direkt hinter ihr stand Flowers. Auf seinem normalerweise äußerst ernsten Gesicht lag ein unheiliges Grinsen. Sebastian durchfuhr der Gedanke, daß er ihn noch niemals hatte lächeln sehen.

Schlagartig besserte sich seine Laune. Trotz seiner teuflischen Stimmung mußte er selbst grinsen. Prudence hatte also nicht nur eine ganze Reihe tugendhafter weiblicher Eigenschaften, nein, sie konnte auch durchaus die Xanthippe spielen. Das bestätigte nur, was er bereits wußte, nämlich daß das Leben mit ihr gewiß niemals langweilig würde.

Sebastian winkte eine Kutsche heran und nannte dem Kutscher die Adresse des Kaffeehauses in der Nähe der Docks. Er schwang sich in das Gefährt, nahm Platz und zog Whistlecrofts letzte Nachricht aus der Tasche. Sie hatte ihn erst vor anderthalb Stunden erreicht.

Muß Eure Lordschaft so schnell wie möglich sehn. Es ist dringend. Ich bin kurz nach zwölf am gewohnten Ort.

W.

Er hatte also noch nicht einmal gelogen, als er Prudence erklärt hatte, daß er verabredet war. Er zog seine Taschenuhr hervor und sah, daß es bereits zwanzig nach zwölf war. Es machte nichts, wenn Whistlecroft ein wenig warten mußte. Sebastian lehnte sich zurück und dachte an das Gespräch mit Jeremy.

Eine halbe Stunde später hielt die Kutsche vor dem Kaffeehaus. Sebastian stieg aus und betrat das Lokal. Whistlecroft saß bereits in ihrer gewohnten Nische.

»Bin froh, daß Sie so schnell kommen konnten, M'lord.« Whistlecroft schneuzte sich in sein wohl schon häufig benutztes Taschentuch. »Hatte schon Angst, Sie könnten vielleicht nich' kommen. Wir haben ein Problem mit unserem Klienten.«

»Was für ein Problem?« Sebastian bestellte einen Becher Kaffee.

»Er wird allmählich echt nervös. Sieht so aus, als hätten sie Lord Oxenham gestern tot in seinem Studierzimmer gefunden. Curling is' ganz schön aufgeregt. Er scheint zu denken, daß es da eine Verbindung gibt.« Whistlecroft rückte näher. »Er will wissen, warum ich mit den Nachforschungen nich' vorankomme, M'lord.«

»Tatsächlich, will er das?« Sebastian beobachtete, wie sein Becher Kaffee vor ihm auf den Tisch gestellt wurde. »Wie aufgeregt ist Ihr Klient, würden Sie sagen?«

Whistlecroft zog kräftig die Nase hoch und schniefte ein paarmal. Dann beugte er sich vor und senkte die Stimme zu einem Flüstern. »Wenn ich es nicht besser wüßte, würde ich fast sagen, daß er Angst hat, er könnte der Nächste sein.«

»Interessant.« Sebastian dachte kurz darüber nach. Also schien Curling sich tatsächlich ernsthafte Sorgen zu machen. Wahrscheinlich weil er wußte, daß nur noch zwei *Prinzen der Tugend* übrig waren – er selbst und Bloomfield. »Sie können Ihrem Klienten sagen, daß Sie Fortschritte machen und daß der Fall wohl bald gelöst sein wird.«

Whistlecroft blickte ihn aus schmalen Augen an. »Sin' Sie sich da sicher? Weil, mein Auftraggeber sagt, wenn ich nich' bald rausfinde, wer hinter dem Tod von Ringcross und Oxenham steckt, sucht er sich jemand anders.«

»Seien Sie beruhigt, Whistlecroft. Ich hege berechtigte Hoffnungen, daß Sie auch in diesem Fall Ihre Belohnung für eine erfolgreiche Untersuchung kassieren werden.«

»Das hoffe ich auch.« Whistlecroft wirkte bedrückt. »Jetz', wo wir in einem eigenen Haus leben, will meine Frau auch eins von diesen neuen Wasserklosetts. Ich hab' ihr zwar gesagt, daß das Toilettenhäuschen im Garten genauso gut ist, aber sie will unbedingt so'n Ding im Haus. Sie wissen ja, wie Frauen sin', wenn sie sich was in den Kopf gesetzt haben.«

»Ich bin gerade dabei, es zu lernen.«

Um drei Uhr nachmittags kehrte Prudence von einem Besuch in einem der zahlreichen Londoner Buchläden zurück. Sie schäumte immer noch, wenn sie an Sebastians feige Flucht vom Vormittag dachte. Auch die Tatsache, daß sie mehrere interessante Bände über geisterhafte Erscheinungen gefunden hatte, konnte sie nicht besänftigen.

Gerade als sie ihre Neuerwerbung in der Bibliothek vor sich ausbreitete, klopfte Flowers und meldete einen Gast.

»Mrs. Fleetwood wünscht Sie zu sprechen, Madam.« Flowers hielt kurz inne und fügte dann beflissen hinzu: »Selbstverständlich bin ich gern bereit, ihr auszurichten, daß Sie nicht zu Hause sind.«

»Nein, nein, ist schon gut.« Prudence sah kurz kritisch an sich hinab. Gott sei Dank trug sie eins ihrer neuen Kleider. Es war aus zartem, lavendelfarbenem Musselin mit einer passenden Borte und mehreren Reihen von Volants am Saum. Prudences Meinung nach war es etwas zu überladen und grell, aber Hester hatte behauptet, es entspräche vollkommen der gängigen Mode. Drucilla Fleetwood würde also nichts daran aussetzen können. »Führen Sie sie herein, Flowers.«

In Flowers Hundegesicht zeigte sich etwas wie Besorgnis. »Vielleicht haben Sie mich falsch verstanden, Madam. Bei dem Gast handelt es sich um Mrs. Fleetwood, die Tante Seiner Lordschaft.«

»Ich habe es gehört. Bitte führen Sie sie herein. Und schicken Sie uns bitte ein Tablett mit Tee und Gebäck, ja?«

Flowers räusperte sich und hüstelte. »Wenn ich mir eine Bemerkung erlauben darf, Madam. Es wäre vielleicht das beste zu warten, bis Seine Lordschaft zurück ist, um ihn zu fragen, ob er seine Tante empfangen möchte oder nicht.«

»Zufällig ist dies inzwischen ebenso mein Haus wie das des Grafen«, entgegnete Prudence kühl. In diesem Moment hätte sie nichts mehr verärgern können als der Gedanke, Sebastian um Erlaubnis zu bitten, wenn sie einen Besucher empfangen wollte. »Führen Sie Mrs. Fleetwood herein, Flowers, sonst sehe ich mich gezwungen, sie selbst hereinzubitten.«

»Sehr wohl, Madam. Aber ich wäre Ihnen äußerst dankbar, wenn Sie Seine Lordschaft davon in Kenntnis setzen würden, daß Sie es waren, die darauf bestanden hat, Mrs. Fleetwood zu empfangen«, sagte Flowers traurig.

»Selbstverständlich.« Prudence rümpfte entnervt die Nase. »Um Himmels willen, Flowers, es besteht keinerlei Notwendigkeit, sich vor Seiner Lordschaft zu fürchten. Er ist ein durchaus vernünftiger Mann.«

»Gestatten Sie mir, Ihnen zu sagen, Madam, daß Sie wahrscheinlich der einzige Mensch auf der Welt sind, der das denkt.«

Prudence lächelte schwach. »Machen Sie sich keine Sorgen, Flowers. Ich werde mit Seiner Lordschaft sprechen.«

»Ja, Madam.« Flowers bedachte sie mit einem eigenartigen Blick. »Langsam glaube ich, daß Sie vielleicht wirklich mit ihm fertig werden.« Mit einer respektvollen Verbeugung zog er sich aus der Bibliothek zurück.

Einen Augenblick später wurde Drucilla in den Raum geführt. Ihr Erscheinungsbild war beeindruckend. Sie trug einen dunkelgrünen Samtmantel. Auf ihrem Kopf saß keck ein eleganter, kleiner Hut in derselben Farbe. Wie Prudence feststellte, wies der Saum ihres wunderschönen lindgrünen Kleides nur eine einzige Reihe kleiner Volants auf.

»Guten Tag, Madam.« Prudence erhob sich höflich. »Was für eine angenehme Überraschung. Bitte, nehmen Sie Platz. Ich hoffe, Sie leisten mir bei einer Tasse Tee Gesellschaft?«

»Danke.« Drucilla musterte Prudences wuchtiges Kleid mit einem abschätzenden Blick, sagte jedoch nichts. Graziös ließ sie sich auf einem der Stühle nieder. Ihre Haltung war kerzengerade, und ihr Rücken berührte noch nicht einmal die Lehne.

Die Haushälterin erschien mit dem Tee. Ihr Blick verriet, daß sie nichts Gutes von dem Besuch erwartete.

»Danke, Mrs. Banks«, sagte Prudence. »Ich werde selbst einschenken.«

»Ja, Madam. Ich nehme an, Seine Lordschaft wird in dieser Sache noch ein Wörtchen zu sagen haben«, murmelte Mrs. Banks.

Prudence tat, als hätte sie den Kommentar nicht gehört. Als sich die Tür hinter der Haushälterin schloß, reichte sie Drucilla eine Tasse.

»Es ist sehr nett von Ihnen, bei mir vorbeizuschauen, Mrs. Fleetwood.«

»Sie brauchen gar nicht so zu tun, als würde es sich um einen Höflichkeitsbesuch handeln.« Drucilla stellte Tasse und Untertasse neben sich auf ein Tischchen. »Ich bin wegen einer äußerst dringenden Angelegenheit hier. Gott weiß, daß ich dieses Haus nur im Notfall betrete.«

»Ich verstehe. Um was für eine Sache handelt es sich?« fragte Prudence vorsichtig.

»Eine Familienangelegenheit.«

»Ah, ja. Eine Familienangelegenheit.«

Drucilla straffte ihre bereits äußerst straffen Schultern. »Ich habe ein langes Gespräch mit meinem Sohn geführt. Er sagt, er sei das Opfer einer Reihe höchst unglückseliger Umstände.«

Prudence entfuhr ein leises Stöhnen. Sie hatte gehofft, daß Jeremy sich nicht genötigt sehen würde, seine Mutter in die Sache zu verwickeln. Ihr Gefühl hatte ihr gesagt, daß Sebastian sich eher dazu bewegen lassen würde, seinem Cousin zu helfen, wenn Drucilla nichts mit der Sache zu tun hatte.

»Was hat Jeremy Ihnen erzählt, Madame?«

»Daß jemand, höchstwahrscheinlich Angelstone, ein grausames Spiel mit ihm spielt. Anscheinend behauptet Angelstone, Beweise dafür zu haben, daß mein Sohn etwas mit dem Tod zweier Männer zu tun haben könnte. Das ist natürlich vollkommener Unsinn. Ganz offensichtlich lügt Angelstone.«

Prudence runzelte die Stirn. »Ich versichere Ihnen, daß mein Mann keineswegs lügt.«

»Er *muß* lügen. Eine andere Erklärung gibt es nicht. Mir ist klar, daß er sich irgendeinen abwegigen Plan zurechtgelegt hat, um sich an uns zu rächen.«

»Angelstone hat die Beweise gegen Jeremy nicht erfunden«, sagte Prudence.

»Widersprechen Sie mir nicht, Madam. Ich habe gründlich über die Sache nachgedacht. Es gibt nur eine einzige Erklärung für das, was da vor sich geht. Angelstone beabsichtigt, meinen

Sohn zu benutzen, um einen Skandal zu entfachen und die Familie zu ruinieren. Aber das werde ich nicht zulassen.«

Prudences Sympathie für die Frau verschwand augenblicklich. Statt dessen wurde sie von kaltem Zorn gepackt. »Ich versichere Ihnen, Angelstone ist nicht im geringsten verantwortlich für die Situation, in der Jeremy sich befindet. Tatsächlich hat er sich sogar die größte Mühe gegeben, um zu vermeiden, daß den Behörden die Beweisstücke in die Hände fallen.«

»Pah.«

»Das stimmt.« Prudence setzte heftig ihre Tasse auf die Untertasse ab. »Vielleicht dürfte ich Sie davon in Kenntnis setzen, daß Jeremy unter Umständen bereits verhaftet worden wäre, wenn Angelstone nicht alles getan hätte, um das zu verhindern.«

»Mein Sohn hat nicht das geringste zu tun mit dem Tod dieser beiden Männer. Er kennt sie noch nicht einmal.«

»Das wird er wohl gegebenenfalls beweisen müssen, Madam, denn wie sich die Dinge entwickeln, ist Jeremy ernsthaft in Gefahr, sich in einem Netz von Beweisen zu verfangen, die eindeutig gegen ihn sprechen.«

»Einem Netz, das Ihr Mann gesponnen hat.« Drucillas Stimme wurde schrill.

»Das ist eine Lüge. Weshalb sollte mein Mann wollen, daß Jeremy wegen Mordes verhaftet wird?«

»Um endlich seine Rache zu bekommen.« Drucillas Mund verzog sich zu einem dünnen, verbitterten Strich. »Er haßt uns allesamt. Und er weiß, daß der Skandal, der mit einer Anklage wegen Mordes verbunden wäre, die Familie zerstören würde.«

»Zufällig weiß ich ganz genau, daß Angelstone nicht die Absicht hat, sich an den Fleetwoods wegen der Dinge, die in der Vergangenheit vorgefallen sind, zu rächen. Da können Sie vollkommen beruhigt sein, Madam.«

»Das sagen Sie.« Drucilla bedachte sie mit einem geringschätzigen Blick. »Aber Sie haben seinen Zweig der Familie niemals kennengelernt. Sie sind Angelstones Vater niemals begegnet.« In ihre Augen trat ein seltsamer Ausdruck. »Zufällig kannte ich ihn jedoch ganz gut.«

Prudence saß reglos da. Ihr kam der Gedanke, daß Drucillas Blick eben etwas wie Schmerz enthalten hatte. »Ach?«

»Oh, ja. Ja, tatsächlich.« Drucilla winkte mit eigenartiger Heftigkeit ab. »Der Mann hatte einfach keinen Respekt vor Familientraditionen. Keinerlei Verantwortungsgefühl. Er war grausam und gefühllos, und sein Sohn ist ganz genauso.«

Die Bitterkeit in der Stimme der älteren Frau erschreckte Prudence. Sie zeigte, daß es um mehr ging als bloß die Mißbilligung einer herrschsüchtigen Matrone.

»Das sind recht schwere Anschuldigungen, Mrs. Fleetwood. Wie kommt es, daß Sie Angelstones Vater gut genug kannten, um ein solches Urteil fällen zu können?«

»Es gab einmal Gespräche über eine Heirat zwischen mir und Angelstones Vater«, sagte Drucilla kühl. »Natürlich wurde nichts daraus. Statt dessen brannte er mit seiner gewöhnlichen, kleinen Schauspielerin durch, und ich heiratete seinen Bruder.«

Prudence war wie vom Donner gerührt. »Sie waren mit Angelstones Vater verlobt?«

Drucillas Mund verzog sich ärgerlich. »Wir waren niemals verlobt. So weit kam es nicht. Wie gesagt, es gab Gespräche über eine Heirat zwischen uns, das war alles. Unsere beiden Familien waren davon überzeugt, daß es eine hervorragende Verbindung wäre. Aber, wie gesagt, Jonathan Fleetwood war es egal, was für die Familien von Vorteil gewesen wäre. Er bildete sich ein, seine kleine Schauspielerin zu lieben. Er wollte sie, und das war's.«

»Nach allem, was ich weiß, liebte er sie wirklich.«

»Unsinn«, keifte Drucilla angewidert. »Ein Mann seines

Standes heiratet nicht aus Liebe. Selbst wenn er das Mädchen mochte, war es nicht nötig, mit ihr davonzulaufen. Er hätte seine Pflicht gegenüber der Familie erfüllen und sie nebenher als Mätresse haben können. Niemand hätte sich dabei etwas gedacht.«

»Nicht einmal Sie?«

Drucilla fuhr zusammen. »Das dürfte Sie wohl kaum etwas angehen, oder?«

»Vielleicht nicht«, sagte Prudence. Allmählich begann sie, die Familienfehdc der Fleetwoods in einem vollkommen anderen Licht zu sehen. »Trotzdem kann ich Ihnen nicht erlauben, meinen Mann zu beleidigen, nur weil sein Vater es vorzog, seine Mutter zu heiraten.«

»Sie war eine *Schauspielerin*«, sagte Drucilla voll schmerzlicher Wut. »Er hätte mich heiraten können, aber statt dessen wählte er eine Person, die nichts war als eine professionelle Kurtisane. Es war einfach unerträglich. Wahrscheinlich tat er es nur aus Trotz.«

»Jetzt gehen Sie zu weit, Mrs. Fleetwood. Wenn Sie sich nicht beherrschen können, muß ich Sie bitten zu gehen.«

Ehe Drucilla antworten konnte, flog die Tür auf.

Prudence wäre beinahe die Tasse aus der Hand gefallen. Sie fuhr auf ihrem Stuhl herum und starrte Sebastian an, der mehr denn je einem Gefallenen Engel glich. Mit einem Ausdruck kaum kontrollierter Wut stürzte er in den Raum.

»Was, zum Teufel, geht hier vor?« fragte er mit tödlich sanfter Stimme.

Prudence sprang auf die Füße und zwang sich zu einem Lächeln. »Ihre Tante stattet mir freundlicherweise einen Besuch ab.«

Sebastian warf Prudence einen eisigen Blick zu. »Ach, tatsächlich? Was für ein Glück, daß ich früh genug nach Hause komme.« Er verbeugte sich vor Drucilla. »Guten Tag, Madam.

Sie hätten sich vorher anmelden sollen.« Sein Lächeln war ebenso kalt wie sein Blick. »Ich hätte Sie beinahe verpaßt.«

»Ich wollte mit Ihrer Frau sprechen, Angelstone«, erwiderte Drucilla. »Ich hatte nicht unbedingt den Wunsch, Ihnen zu begegnen.«

»Sie treffen mich.« Sebastian stapfte hinüber zu dem Tisch, auf dem die Weinkaraffe stand. »Dachten Sie, es sei leichter, Prudence einzuschüchtern, wenn ich nicht da bin?«

Prudence richtete die Augen gegen die Decke und flehte innerlich um Geduld. »Angelstone, es besteht keinerlei Veranlassung, unhöflich zu werden. Mrs. Fleetwood macht sich große Sorgen um Jeremy.«

»Ist er also gleich zu seiner Mama gerannt, he? Ich dachte mir schon, daß er das tun würde.« Sebastian nippte an seinem Wein und lächelte sein teuflisches Lächeln. »Dieser Beweis mütterlicher Fürsorge rührt mich zutiefst. Was ist los, Tante? Fürchtest du, daß du in den besseren Kreisen nicht mehr willkommen bist, wenn Jeremy erst einmal wegen Mordes verhaftet ist?«

»Angelstone«, setzte Prudence in warnendem Ton an. Sie wurde jedoch von Drucilla unterbrochen, die Sebastian anstarrte, als sei er ein Dämon, der direkt aus der Unterwelt in die Bibliothek geflogen war.

»Versuchen Sie ja nicht, Ihre teuflischen Spiele mit meinem Sohn zu spielen«, sagte sie. »Ich schwöre, ich habe keine Ahnung, was Sie sich davon versprechen, Jeremy zu ängstigen, indem Sie ihm einreden, er werde jeden Moment wegen Mordes verhaftet, aber ich bestehe darauf, daß Sie umgehend damit aufhören.«

Sebastian schwenkte sein Weinglas. »Weshalb glauben Sie, daß ich ein Spiel spiele?«

Drucilla blickte ihn finster an. »Selbst Sie werden wohl keinen unschuldigen Mann an den Galgen bringen wollen.«

Sebastian sah sie nachdenklich an. »Da bin ich mir nicht so sicher. Schließlich ist er ein Fleetwood.«

»Gütiger Gott, Sir«, flüsterte Drucilla. »Schämen Sie sich denn gar nicht?«

Prudence versuchte, wieder die Kontrolle über die Situation zu bekommen. »Mrs. Fleetwood, ich versichere Ihnen, daß Sebastian nicht versucht, Jeremy angst zu machen. Ebensowenig wird er zulassen, daß Ihr Sohn verhaftet wird.« Sie blickte Sebastian stirnrunzelnd an. »Nicht wahr, Graf?«

Sebastian nahm erneut einen Schluck aus seinem Glas und überlegte angestrengt. »Nun...«

Prudence lächelte Mrs. Fleetwood beruhigend an. »Machen Sie sich keine Sorgen, Madam. Er wird sich um Jeremy kümmern.«

»Sie erwarten doch wohl nicht im Ernst, daß ich Ihnen das glaube?« fauchte Drucilla.

Sebastian sah Prudence amüsiert an. »Mrs. Fleetwood hat vollkommen recht, wenn sie skeptisch ist, meine Liebe. Weshalb sollte ich mir die Mühe machen, einem Fleetwood zu helfen?«

»Es reicht, Angelstone«, sagte Prudence. »Hören Sie sofort auf. Ich gestatte Ihnen nicht, Ihre Tante derart zu quälen. Sie macht sich wirklich Sorgen.«

»Dazu hat sie auch allen Grund«, entgegnete Sebastian.

Mrs. Fleetwoods Nasenflügel bebten vor Zorn. »Ich wußte, es würde wenig Sinn haben, mit Ihnen zu sprechen, Angelstone. Deshalb habe ich versucht, in Ihrer Abwesenheit mit Lady Angelstone zu reden.«

»Tja, der Versuch ist wohl fehlgeschlagen.« Sebastian schlenderte durch den Raum, setzte sich hinter seinen Schreibtisch und legte die Füße auf die Mahagonitischplatte. »Sagen Sie, Tante, was haben Sie sich erhofft, als Sie sich an meine Frau gewandt haben?«

»Ich bin nicht gekommen, um irgend jemanden um einen Gefallen zu bitten. Ich bin gekommen, weil ich darauf bestehe, daß dieses Katz-und-Maus-Spiel umgehend beendet wird. Ich nahm an, es sei vielleicht möglich, daß Lady Angelstone Sie diesbezüglich beeinflussen könnte.«

»Tatsächlich?« Sebastian zog die Brauen hoch. »Wie sind Sie nur auf die Idee gekommen, daß sie sich auf Ihre Seite stellen könnte? Schließlich ist sie meine Frau. Demzufolge ist sie *mir* gegenüber loyal.«

»Angelstone, nehmen Sie sich zusammen.« Prudence blickte Drucilla an. »Seien Sie versichert, Madam, Angelstone hat keinerlei Komplott gegen Ihre Familie geschmiedet. Die Beweismittel, die er den Behörden vorenthalten hat, sind jedoch äußerst belastend. Es ist also von größter Wichtigkeit, herauszufinden, weshalb sie an den Tatorten zurückgelassen wurden.«

»Ich habe gehört, daß Ringcross' Sturz ein Unfall war und das Oxenham Selbstmord begangen hat«, sagte Drucilla. »Niemand spricht von Mord. Außer Angelstone.«

»Bisher hat noch niemand von Mord gesprochen, weil Angelstone die Beweise, die Jeremy mit der Sache in Verbindung bringen, versteckt hat«, erwiderte Prudence. »Er hat also ein großes Risiko auf sich genommen, um der Familie zu helfen, Madam.«

Sebastian lächelte sein bösartigstes Lächeln und nippte schweigend an seinem Wein. »Meine Liebe zur Familie kennt keine Grenzen.«

Drucilla starrte ihn aus zusammengekniffenen Augen an. »Pah. Ich glaube nicht, daß es jemals Beweise gegeben hat, die darauf hindeuten, daß Jeremy überhaupt an den Tatorten war. Angelstone hat sich das alles einfach ausgedacht.«

»Nein, das hat er nicht.« Allmählich wurde Prudence wieder wütend.

»Und ob er das hat«, sagte Drucilla. »Ich sehe alles ganz deutlich vor mir. Offensichtlich hat er gehört, daß diese beiden armen Seelen aus dem Leben geschieden sind. Dann hat er die Beweise konstruiert, die meinen Sohn belasten, hat behauptet, er hätte sie an den Tatorten gefunden und sie Jeremy gezeigt. Er beabsichtigt, diese sogenannten Beweismittel als Drohmittel zu benutzen.«

»Eine durchaus logische Schlußfolgerung«, nickte Sebastian zustimmend. »Sie überraschen mich, Tante. Ich hätte nicht gedacht, daß Sie in der Lage sind, so logisch zu denken. Die Sache hat nur einen kleinen Haken. Ich habe die Beweise nicht konstruiert. Sie waren durchaus echt, und sie wurden wirklich an den Tatorten gefunden. Und wahrscheinlich wird es weitere Beweismittel geben, wenn es nochmals zu seltsamen Todesfällen kommt.«

»Unsinn. Diese ganze Sache hat einzig zum Ziel, die Familie zu quälen.« Drucilla erhob sich. »Aber selbst ich, die ich weiß, was für ein Benehmen ich von Ihrer Seite der Familie zu erwarten habe, kann nicht glauben, daß Sie allen Ernstes den Behörden falsche Beweise vorlegen würden.«

»Meinen Sie nicht?« lächelte Sebastian. »Schließlich wäre es doch wirklich amüsant, nicht wahr? Stellen Sie sich nur vor, was die Zeitungen schreiben würden, wenn ein Fleetwood wegen Mordes vor Gericht gestellt würde. Stellen Sie sich nur vor, was die *Leute* sagen würden.«

»*Sebastian.*« Prudence hätte ihn erwürgen können.

Drucilla sah Sebastian an. »Ich glaube nicht, daß Sie es zulassen würden, daß ein unschuldiger junger Mann stirbt, nur weil Sie Unterhaltung suchen. Noch nicht einmal Sie würden sich zu etwas derart Würdelosem herablassen.«

»Und was ist, wenn er gar nicht unschuldig ist?« fragte Sebastian sanft.

Drucilla wandte sich zur Tür. »Seien Sie vernünftig, Angelstone. Mein Sohn hatte keinen Grund, diese beiden Männer umzubringen.«

Prudence bemerkte, daß Sebastian gerade zu einer Antwort ansetzen wollte. Sie warf ihm einen drohenden Blick zu, während sie hektisch nach Flowers läutete. »Auf Wiedersehen, Mrs. Fleetwood. Ich weiß, es war ein äußerst unerfreulicher Besuch für Sie, aber ich möchte Ihnen noch einmal versichern, daß Angelstone sich um alles kümmern wird.«

»Sorgen Sie dafür.« Drucilla musterte ein letztes Mal Prudences Kleid, als Flowers die Tür öffnete. »Übrigens, Lavendel steht Ihnen wirklich nicht, Madam. Sie wirken in dieser Farbe höchst schlampig.«

Prudence sah, wie Sebastian seine Füße vom Tisch nahm. »Vielen Dank für diesen Rat, Mrs. Fleetwood«, sagte sie eilig. »Ich werde daran denken, wenn ich das nächste Mal einkaufen gehe.«

»Und außerdem suchen Sie sich besser eine andere Schneiderin.« Drucilla fegte in Richtung der Tür. »Das Kleid, das Sie gestern abend bei den Hollingtons anhatten, war wirklich unschicklich. Nicht im geringsten gemacht für eine Frau Ihres Standes. Sie sind aus dem Bustier herausgequollen wie eine Dirne, die sich für die Oper kleidet.«

Jetzt stand Sebastian auf den Füßen. »Verdammt, meine Frau kann tragen, was sie will.«

»Angelstone, bitte«, sagte Prudence. »Falls Sie sich noch erinnern, haben Sie gestern abend dasselbe über mein Kleid gesagt.«

»Das ist etwas anderes.« Er durchquerte den Raum, wobei er seine Tante mit einem tödlichen Blick bedachte. »Haben Sie sonst noch etwas über die Kleider meiner Frau zu sagen, Madam?«

»Ich weiß nicht, weshalb Sie sich so aufführen, Angelstone.« Drucilla wandte sich in der Tür noch einmal um. »Das Kleid war eine Zumutung. Man hätte beinahe die Brustwarzen Ihrer Frau gesehen. Es war die Art Kleid, die eine Schauspielerin tragen würde.«

Sebastians Augen glühten wie Höllenfeuer.

Prudence warf sich ihm in den Weg. »Es ist wohl besser, wenn Sie jetzt gehen, Mrs. Fleetwood.«

»Ich habe gewiß keinerlei Veranlassung, noch länger zu bleiben.« Drucilla ging an Flowers vorbei in die Eingangshalle. Sie schien die Gefahr, in der sie schwebte, nicht zu bemerken.

Flowers blickte seinen Herren einmal an und zog dann schleunigst die Tür zu.

»Diese verdammte Hexe.« Sebastian schüttelte Prudences Hand ab. »Ich werde dafür sorgen, daß sie und ihre gesamte Brut in der Hölle schmoren. Jeremy kann meinetwegen ruhig hängen. Sollen sie alle hängen.«

»Sebastian, nein, warte, das ist nicht dein Ernst. Hör auf.« Prudence machte einen Satz und versperrte ihm die Tür. Sie lehnte mit dem Rücken dagegen und hatte die Arme weit ausgebreitet.

»Geh mir aus dem Weg, Prue.«

»Hör mir zu. Der Grund, weshalb sie einen solchen Haß in sich trägt, ist der, daß sie deinen Vater geliebt hat.«

»Bist du verrückt geworden? Sie hat meinen Vater gehaßt.«

»Weil er eine andere geheiratet hat. Verstehst du das nicht? Sie hat ihn geliebt, und er ist mit einer anderen Frau durchgebrannt. Dann bist du gekommen und hast auch noch den Titel geerbt. Kein Wunder, daß sie ihm niemals verziehen hat. Oder dir.«

»Sei doch vernünftig, Sebastian«, keuchte Prudence, während sie die Tür versperrte. »Was willst du denn mit ihr machen, wenn du ihr nachgehst? Sie ist eine Frau und noch dazu mindestens zwanzig Jahre älter als du. Du kannst sie nicht schlagen, und das weißt du ganz genau.«

»Ich werde sie nicht anrühren.« Sebastian kochte vor Wut. »Ich werde die alte Hexe lediglich davon in Kenntnis setzen, daß ich beabsichtige, ihr einen Großteil ihres Einkommens aus dem Angelstone-Vermögen zu entziehen. Eigentlich könnte ich, wenn ich schon einmal dabei bin, gleich die gesamten Zuwendungen an den Rest der Familie beschneiden.«

»Wegen der Sachen, die sie über meine Kleider gesagt hat?« Prudence starrte ihn ungläubig an.

»Sie hat dich beleidigt.«

»Sie hat mich nicht beleidigt. Sie war lediglich so freundlich, mir einen Ratschlag zu erteilen.«

»Einen *Ratschlag*?«

»Sie gilt als äußerst modebewußt. Das hat Hester mir erzählt. Sie weiß also, wovon sie spricht«, sagte Prudence.

»Sie hat dich eindeutig beleidigt. Und das auch noch in meiner Anwesenheit.«

»Ja, nun, zufällig muß ich ihr recht geben, was dieses Kleid angeht.« Prudence schüttelte die Röcke ihres Kleides aus. »Ich habe Lavendel noch nie besonders gemocht. Ich habe diese Farbe nur bestellt, weil man mir sagte, sie sei modern. Und auch die ganzen Volants stören mich. Deine Tante hat vollkommen recht. Ich werde wohl die Schneiderin wechseln müssen.«

»Verflucht.« Sebastian hörte, wie Drucillas Kutsche anfuhr. Es war also zu spät, um ihr nachzugehen, selbst wenn es ihm gelingen sollte, Prudence aus dem Türrahmen zu bekommen. Er machte auf dem Absatz kehrt und stapfte zurück zu seinem Schreibtisch. »Die Frau ist und bleibt eine Hexe.«

»Ich erlaube nicht, daß du ein paar abfällige Bemerkungen über meine Aufmachung als Entschuldigung benutzt, um dich an ihr für andere Dinge zu rächen, Sebastian.«

»Nein?« Er ließ sich in seinen Stuhl fallen und legte erneut die Füße auf den Tisch.

»Nein.« Prudence gab die Tür frei. Sie schob ihre Augengläser höher, blinzelte ein paarmal und schluckte. Sie blickte starr auf den Kamin. »Ich habe Ihnen bereits erklärt, daß ich nicht für diese Zwecke mißbraucht werden möchte. Das ist Ihrer nicht würdig, Graf.«

Sebastian betrachtete sie mit einer Mischung aus Wut und Enttäuschung. Als sie auch noch ein Taschentuch hervorzog und sich damit die Augen betupfte, runzelte er die Stirn.

»Zum Teufel, Prue, weinst du etwa schon wieder?«

»Nein, natürlich nicht.« Sie steckte das Taschentuch wieder weg. »Ich hatte nur etwas im Auge. Ich glaube, jetzt ist es weg.«

Sebastian wußte, daß sie log. »Du verstehst das einfach nicht«, sagte er mit rauher Stimme, ohne sie anzusehen. Er hatte Angst, neue Tränen zu entdecken.

Prudence schneuzte sich. »Was verstehe ich nicht?«

Sebastian suchte nach einer Möglichkeit, ihr zu erklären, was er selbst erst allmählich zu begreifen begann. »Es ging nicht um die Vergangenheit, als ich meiner Tante vor ein paar Minuten nachgehen wollte.«

»Wenn du keine Entschuldigung dafür gesucht hast, sie wegen der Geschehnisse in der Vergangenheit zu bestrafen, weshalb haben dich ihre Bemerkungen über meine Kleider dann so aufgeregt?« Prudences Stimme war wieder fest.

Sebastian beschloß, daß er sie nun wieder gefahrlos ansehen konnte.

Sie hatte die Hände gefaltet und blickte ihn feierlich an. Ihre Augen leuchteten aufmerksam hinter ihren Brillengläsern.

Sebastian war erleichtert. »Ich war ärgerlich, weil sie dich beleidigt hat.«

»Ach?« Sie wirkte überrascht. »Das war alles?«

»Sie hatte nicht das Recht, so mit dir zu sprechen.« Sebastian blickte hinab auf Luzifer, der ihm auf den Schoß gesprungen war. Dann begann er, die Katze zu streicheln.

Prudence lächelte. Auch sie wirkte sichtlich erleichtert. »Das war wirklich nicht so tragisch, Sebastian. Ihre kleine Beleidigung ist es nicht wert, daß du dich derart an ihr dafür rächst.«

»Da bin ich mir nicht so sicher.« Sebastian hielt inne. »Was war das überhaupt für ein Unsinn, daß sie meinen Vater geliebt hat?«

»Mein Gefühl und ein paar der Dinge, die sie geäußert hat, bevor du gekommen bist, sagen mir, daß sie ihn geliebt hat.« Prudence nahm ihm gegenüber Platz. »Das alles ist wirklich traurig, nicht wahr?«

»Ich kann mir nicht vorstellen, daß meine Tante jemals irgendwen geliebt haben soll.«

»Ich schon.« Prudence lehnte sich zurück. »Nun denn, laß uns lieber überlegen, was wir für Jeremy tun können. Ich habe es satt, daß du alle, mich eingeschlossen, zappeln läßt, nur weil es dich amüsiert.«

Sebastian spielte nachdenklich mit dem Wachstöpfchen, das er benutzte, um sein Siegelwachs zu schmelzen. »Ich muß noch genauere Nachforschungen anstellen.«

»Das habe ich mir schon gedacht. Du wirst Jeremy also helfen, nicht wahr?«

»Ich nehme es an.«

»Dürfte ich dich vielleicht fragen, weshalb du ihm helfen willst?«

»Ist das so wichtig?« Sebastian war verärgert.

Prudence lächelte entschuldigend. »Ich kann mir nicht helfen, ich bin einfach neugierig. Das ist wohl angeboren. Stellst du also weitere Nachforschungen an, weil du meinst, daß du das aufgrund deiner Verantwortung für die Familie tun mußt?«

»Zum Teufel. Nein.«

Ihr erwartungsvolles Lächeln wurde von Enttäuschung überschattet. »Ich verstehe. Dann ist also einfach deine eigene Neugierde derart geweckt, daß du nicht widerstehen kannst und die Antworten auf deine Fragen suchst?«

Sebastian zuckte mit den Schultern. »Das ist zweifelsohne einer der Gründe.« Er kraulte Luzifer hinter den Ohren. »Aber nicht der einzige.«

»Tust du es, weil dir die Untersuchungen eine Abwechslung bieten?«

»Verdammt, Prue, ich tue es deinetwegen.« Sebastian schob das Wachstöpfchen beiseite. »So. Bist du nun zufrieden?«

Sie starrte ihn an. »Du hilfst Jeremy, weil ich es will?«

»Ja«, sagte er. »Ich möchte einfach meiner jungen Ehefrau einen Gefallen tun. Was ist daran so ungewöhnlich?«

Sie runzelte die Stirn. »Ich verstehe. Du tust es also, weil es dir beliebt, mir einen Gefallen zu tun.«

»Wie jedermann weiß, habe ich manchmal eine Vorliebe für etwas bizarre Vergnügen.«

»Aber Sebastian –«

Sie wurde durch ein leises Klopfen an der Tür unterbrochen. Sebastian war sichtlich erleichtert, so einfach davonzukommen. »Herein.«

Vorsichtig steckte Flowers den Kopf durch den Türspalt. Dann kam er mit einem kleinen Silbertablett herein, auf dem ein zusammengefalteter Zettel lag. Sein mürrisches Gesicht hellte sich etwas auf, als er sah, daß der Herr und die Dame des Hauses immerhin noch nicht handgreiflich geworden waren.

»Entschuldigen Sie, Madam, M'lord. Eine Nachricht für Lady Angelstone.«

»Für mich? Ich frage mich, von wem die sein mag.« Prudence sprang auf die Füße und eilte durch den Raum, noch ehe Flowers bei ihr angelangt war.

Ihre Spontaneität veranlaßte Flowers zu einem leidvollen Seufzen. Er reichte ihr die Nachricht und zog sich mit einer Verbeugung zurück.

Sebastian beobachtete, wie Prudence das Siegel aufbrach. Sie war wirklich charmant, dachte er. Oder besser noch *bezaubernd*. Ihr ganzes Benehmen zog ihn in ihren Bann und vertrieb noch dazu die Kälte. Ihr lebendiges Gesicht, ihre Vitalität, ihre Offenheit, all das wärmte sein Innerstes.

»Gütiger Himmel, Sebastian.« Prudence blickte von dem Zettel auf. Ihr Gesicht spiegelte helle Aufregung wider. »Der Brief kommt von Lord Bloomfield.«

»Bloomfield? Was, zum Teufel, will denn der von dir?« Sebastian setzte Luzifer auf den Boden. Er erhob sich, ging eilig durch das Zimmer und riß Prudence das Blatt aus der Hand. Dann überflog er schnell die mit zittriger Hand gekritzelte Nachricht.

Meine liebe Lady Angelstone,
ich würde Sie gern in einer beruflichen Angelegenheit konsultieren. Die Sache ist von äußerster Dringlichkeit. Sie betrifft jüngste Ereignisse in Zusammenhang mit geisterhaften Erscheinungen. Ich hätte Sie persönlich aufgesucht, aber aufgrund eines Nervenleidens ist es mir unmöglich, auch nur kurze Strecken zu reisen. Wäre es demnach vielleicht möglich, daß Sie sich morgen früh um elf bei mir einfinden? Ich wäre Ihnen äußerst dankbar.

Ihr ergebenster
C. H. Bloomfield.

»Er spricht von Ereignissen in Zusammenhang mit geisterhaften Erscheinungen.« Prudence kniff nachdenklich die Augen zusammen. »Denkst du, er meint den Tod der beiden anderen *Prinzen der Tugend*?«

»Es heißt, Bloomfield sei höchst merkwürdig, vielleicht sogar verrückt. Es wäre also durchaus möglich, daß er nach dem Tod von Ringcross und Oxenham zu der Überzeugung gelangt ist, Lillians Geist wäre zurückgekommen.«

»Da wäre er nicht der einzige, der das glaubt«, erinnerte ihn Prudence. »Genau das hat auch der arme alte Mann, Halfwit Higgins, gedacht.«

Sebastian betrachtete noch einmal eingehend die Nachricht. »Entweder ist Bloomfield so verrückt wie alle sagen, oder das alles ist ein Trick, um dich in sein Haus zu locken.«

»Ein Trick? Weshalb sollte er mich in sein Haus locken wollen?«

»Keine Ahnung. Eins ist sicher: Du wirst nicht allein dorthin gehen.«

»Natürlich gehe ich nicht allein. Ich nehme meine Zofe mit.«

»Nein«, sagte Sebastian. »Du nimmst mich mit.«

»Ich bin mir keineswegs sicher, daß ich Sie mitnehmen möchte, Graf. Schließlich ist dies doch wohl eher mein Forschungsbereich.«

»Du hast dich inzwischen weiß Gott genug in meine Dinge eingemischt.« Sebastian faltete Bloomfields Nachricht zusammen. »Das mindeste, was du also tun kannst, ist, mir zu gestatten, mich ein wenig in deine Angelegenheiten einzumischen. Und nun entschuldige mich bitte, meine Liebe. Ich fahre jetzt in meinen Club.«

»Aber wir waren gerade mitten in einer höchst interessanten Unterhaltung, als Flowers uns unterbrochen hat. Ich möchte das Gespräch fortführen.«

»Tut mir leid, Prue. Ich habe Sutton gesagt, daß ich ihn treffen würde.« Sebastian gab ihr einen flüchtigen Kuß und schritt dann eilig zur Tür. »Außerdem möchte ich Curling ein wenig beobachten, um zu sehen, ob er so aufgeregt ist, wie Whistlecroft behauptet hat.«

»Whistlecroft hat gesagt, er ist aufgeregt?« Prudence folgte Sebastian in die Eingangshalle. »Das hast du mir nicht erzählt.«

»Dazu hatte ich auch noch keine Gelegenheit. Falls du dich erinnerst, warst du damit beschäftigt, meine Tante zu bewirten, als ich kam.« Sebastian nahm Hut und Handschuhe von Flowers entgegen. »Warten Sie nicht auf mich, Madam. Ich werde heute abend spät nach Hause kommen.«

»Angelstone, warten Sie.« Prudence warf einen schnellen Blick auf Flowers, der sich taub stellte. Sie machte ein paar eilige Schritte auf Sebastian zu und senkte die Stimme. »Graf, wir waren eben mitten in einem wichtigen Gespräch. Ich würde mich gerne weiter mit Ihnen unterhalten.«

»Vielleicht später.«

»Angelstone, Sie versuchen doch nicht etwa, mir aus dem Weg zu gehen?«

»Natürlich nicht, Madam. Weshalb sollte ich das tun wollen?«

Zum zweiten Mal an diesem Tag floh Sebastian aus dem Haus. Als er hörte, wie Flowers hinter ihm die Eingangstür schloß, atmete er erleichtert auf.

Das letzte, was er sich wünschte, war, die Unterhaltung fortzuführen, die er und Prue begonnen hatten, als Bloomfields Nachricht kam. Er wußte noch nicht einmal genau, warum er sich vor diesem Gespräch fürchtete. Er wußte nur, daß er nicht wollte, daß Prudence ihm weitere Fragen darüber stellte, weshalb er mit den Nachforschungen weitermachte.

Er hatte so getan, als ob er ihr einfach einen Gefallen tun

wollte, aber er wußte, daß das nur die halbe Wahrheit war. Tatsächlich war sie ihm inzwischen so wichtig geworden, daß sie regelrechte Macht über ihn besaß. Er würde fast alles tun, um sie zufriedenzustellen, und dieses Wissen beunruhigte ihn.

Seit dem kalten, nebligen Morgen in den Bergen von Saragstan hatte niemand jemals wieder wirkliche, gefühlsmäßige Macht über ihn erlangt. Gegen diese Bedrohung hatte er eine Mauer aus Eis in sich errichtet. Die Kälte hatte ihn bisher geschützt, aber er wußte, daß es irgendwo in seinem Inneren begonnen hatte zu tauen. Die Sonne, die Prudence in sein Leben gebracht hatte, tat ihre Wirkung.

Sebastian sehnte sich nach ihrer Wärme, zugleich jedoch fürchtete er sie. Wenn erst einmal das Eis in seinem Inneren vollständig geschmolzen war, würde er unter Umständen entdecken, daß nichts übrig war, um die neue Leere auszufüllen.

Aber obwohl er Angst hatte vor dem dunklen Nichts, das vielleicht an die Stelle der Kälte treten würde, verlangte es ihn herauszufinden, was Prudence für ihn empfand. Er mußte einfach wissen, ob sie sich aufgrund eines Gefühls zu ihm hingezogen fühlte, das über gemeinsame Interessen und geteilte Leidenschaft hinausging.

Er fragte sich, ob sie wohl jemals in der Lage sein würde, ihn zu lieben.

Kurz vor Mitternacht verließ Sebastian den Spielsaal seines Clubs. Er hatte die letzten drei Stunden damit verbracht, mit verschiedenen betrunkenen Männern Karten zu spielen, in der Hoffnung, noch ein paar nützliche Informationen über Ringcross und Oxenham zu bekommen. Es hatte reichlich Klatsch in Zusammenhang mit den Todesfällen gegeben, aber niemand hatte das Wort *Mord* ausgesprochen. Auch war nicht ein einziges Mal die Rede von den *Prinzen der Tugend* gewesen. Insgesamt hatten sich die drei Stunden als alles andere als ergiebig erwiesen.

»Ah, hier steckst du, Angelstone.« Garrick kam herübergeschlendert, um sich neben ihn vor den Kamin zu setzen. »Ich habe mich schon gefragt, ob du den Club vielleicht schon wieder verlassen hast. Und, Glück gehabt beim Spiel?« Er nickte in Richtung des Spielsaals.

»Ein bißchen.« Sebastian zuckte mit den Schultern. »Ich habe Evans tausend Pfund abgeknöpft und hätte wohl noch einiges mehr gewinnen können, aber das Spiel hat mich einfach gelangweilt. Keine Herausforderung. Der Mann war so sturzbetrunken, daß er kaum die Karten halten konnte.«

Sebastian fiel auf, daß er Garrick noch nichts von seinen neuesten Nachforschungen erzählt hatte. Dafür gab es zwei Gründe. Erstens war ein Fleetwood in den Fall verwickelt, und er wußte, daß Prudence es nicht gutheißen würde, wenn er darüber mit Außenstehenden spräche. Und in Wahrheit wollte auch er selbst nicht mit seinem Freund darüber sprechen. Ob es ihm paßte oder nicht, es war eben eine Familienangelegenheit.

Und zweitens hatte er mit Garrick nicht über die Sache gesprochen, da er keinen Vertrauten mehr brauchte. Er hatte jetzt Prudence.

»Apropos betrunken«, sagte Garrick leise, »da kommt Curling. Sieht aus, als könne er sich kaum noch auf den Beinen halten.«

Sebastian beobachtete, wie Curling den Club betrat. Er hatte den typischen übervorsichtigen Gang eines Mannes, der zuviel Alkohol genossen hatte. »Man sieht ihn nicht oft in einem solchen Zustand.«

Garrick streckte seine Hände über dem Feuer aus. »Das letzte Mal, daß ich ihn so erlebt habe, war vor drei Monaten. Nach einer langen, durchzechten Nacht sind wir zusammen am Spieltisch gelandet. Ich weiß nicht mehr allzu viel von diesem Abend, aber ich meine mich zu erinnern, daß er ebenso betrunken war wie ich.«

»Ich glaube, ich erinnere mich.« Sebastian sah zu, wie Curling sich schwungvoll in einen Sessel fallen ließ. »Am Morgen danach hast du mir erzählt, daß du erst einmal eine Weile auf Alkohol verzichten willst.«

Garricks Ausdruck wurde angespannt. »Ich schwöre dir, Angelstone, ich möchte nicht noch einmal einen solchen Zustand erleben wie in jener Nacht. Es mißfällt mir, wenn ich mich nicht mehr daran erinnern kann, was ich gesagt oder getan habe. Und auf keinen Fall möchte ich mich jemals wieder so elend fühlen wie am Tag danach.«

»Du sagst, Curling war in der Nacht genauso betrunken wie du?«

»Ja. Sein Kutscher hat uns beide nach Hause geschafft«, sagte Garrick mit einem Ton, der verriet, daß er sich selbst dafür verachtete.

»Wenn du mich entschuldigst, ich glaube, ich werde mal ein paar Worte mit ihm wechseln.«

»Wie du willst. Bis später dann.«

Sebastian ging hinüber zu Curling, der ganz allein in einer Ecke saß. Auf dem Tisch neben seinem Sessel stand eine Flasche Portwein, aus der er sich bereits ein Glas eingeschenkt hatte. Mit trüben Augen sah er zu Sebastian auf.

»Oh, Sie sind's, Angelstone. Trinken Sie ein Gläschen mit?«

»Danke.« Sebastian nahm Platz und schenkte sich einen Schluck Portwein ein. Er streckte die Beine aus und versuchte, den Eindruck zu erwecken, als richte er sich auf ein längeres gemeinsames Trinkgelage ein. Also nahm er einen kleinen Schluck von dem schweren, süßen Portwein.

»Auf die Ehe«, sagte Curling mit schleppender Stimme. Er erhob sein Glas und kippte die Hälfte des Inhalts hinunter. »Ich nehme an, es gelingt Ihrer Lady noch, Sie zu unterhalten?«

»Durchaus.« Sebastian drehte das Glas in seinen Händen.

»Sagen Sie, geht sie immer noch ihrem kleinen Hobby nach?« Curling hielt sein eigenes Glas so fest, daß die Knöchel seiner Hände weiß hervortraten. Er starrte in den Portwein wie in eine unendliche Tiefe.

»Sie interessiert sich nach wie vor für geisterhafte Erscheinungen. Das Hobby amüsiert sie, und ich habe nichts dagegen einzuwenden.«

»Erinnern Sie sich noch an unsere Unterhaltung über Geister auf meiner Burg?«

»Vage.«

»Ich glaube, ich habe Ihnen erzählt, ich nähme an, es wäre vielleicht ganz unterhaltsam, mal einem echten Geist zu begegnen.«

»Ich glaube, ich erinnere mich daran. Sie meinten, ein solches Erlebnis wäre vielleicht ein geeignetes Mittel, um die Langeweile zu vertreiben, unter der Sie leiden.«

»Das war dummes Geschwätz.« Curling rieb sich die Nase. »Vielleicht interessiert es Sie zu erfahren, daß ich inzwischen meine Meinung geändert habe.«

»Weshalb?« Sebastian lächelte humorlos. »Sind Sie inzwischen einem Geist begegnet?«

Curling ließ sich tiefer in seinen Sessel sinken und starrte ins Leere. »Was würden Sie sagen, wenn ich Ihnen erzählen würde, daß ich mich allmählich frage, ob es wirklich Geister gibt?«

»Ich würde sagen, daß Sie heute abend zuviel Portwein getrunken haben.«

Curling nickte. »Womit Sie zweifelsohne recht haben.« Er schloß die Augen und lehnte seinen Kopf gegen die Rückenlehne seines Sessels. »Ich weiß nicht, wie viele Flaschen ich heute abend geleert habe.«

»Ich bin sicher, daß Sie das Ihrer Rechnung entnehmen werden können.«

Curling verzog das Gesicht. »Bestimmt.«

Für einen Moment herrschte Schweigen. Sebastian versuchte nicht, es zu beenden. Sein Instinkt sagte ihm, daß Curling das früh genug tun würde. Es sei denn, der Baron schliefe vorher ein.

»Haben Sie zufällig von Oxenhams Tod gehört, Angelstone?« fragte Curling nach einem Augenblick, ohne die Augen zu öffnen.

»Ja.«

»Ich kannte ihn recht gut«, sagte Curling.

»Tatsächlich?«

»Wir waren Freunde.« Curling öffnete die Augen.

»Ich verstehe.«

»Ich hätte niemals gedacht, daß er der Typ wäre, der sich eine Pistole an den Kopf setzt.«

Sebastian starrte in sein Weinglas. »Vielleicht gingen seine Geschäfte schlecht. Deswegen bringen sich häufig genug Leute um.«

»Nein. Wenn er eine Menge Geld verloren hätte, hätte ich das gewußt.«

»War er ein Spieler?«

»Er hat nur ab und zu ein wenig gespielt. Auf keinen Fall hat er sein Vermögen am Spieltisch verloren, falls Sie das meinen.« Curling genehmigte sich einen weiteren großen Schluck Portwein. »Und schwermütig war er auch nicht. Ich verstehe das ganze einfach nicht.«

»Ist es denn so wichtig für Sie, einen Grund für seinen Selbstmord zu finden?« fragte Sebastian vorsichtig.

»Ich glaube, ja.« Curling ballte eine Hand zur Faust. »Verdammt, ja. Ich muß wissen, was tatsächlich vorgefallen ist.«

»Weswegen?« fragte Sebastian sanft.

»Weil, wenn ihm und Ringcross so etwas widerfahren kann, dann kann es uns allen passieren.« Curling leerte sein Glas und versuchte, es auf den Tisch zu stellen. Da ihm das nicht gelang, behielt er es einfach in der Hand.

»Ich verstehe nicht ganz, was Sie meinen, Curling. Vielleicht könnten Sie mir das etwas genauer erklären?«

Aber Curling konnte keine umfassendere Erklärung mehr abgeben, selbst wenn er es gewollt hätte. Sein Kopf sank in eine Ecke des Sessels. »Es fällt mir schwer zu glauben, daß nach all der Zeit...« Die Worte verloren sich. Erneut schloß er die Augen. »Gott bewahre. Vielleicht haben wir es nicht anders verdient.«

Sebastian saß einige Minuten ruhig da und beobachtete, wie Curling in tiefen Schlaf fiel. Als dem Baron das Glas aus der Hand glitt, fing er es auf.

Es war nach eins, als Sebastian zurück in sein Stadthaus fuhr. Er hatte genug Zeit zum Nachdenken, während der Kutscher ihn nach Hause brachte. Wieder einmal brachte der kalte Nebel den Verkehr fast zum Stillstand.

Durch das Fenster beobachtete Sebastian die Lampen anderer Fahrzeuge, die in dem grauen Dunst wie Geister auf der Suche nach einer endgültigen Ruhestätte auftauchten und wieder verschwanden.

Als die Kutsche endlich vor seiner Haustür hielt, stieg er aus und ging die Treppe hinauf. Er hatte eine eigenartige Vorahnung. Eilig öffnete Flowers dir Tür.

»Eine unangenehme Nacht, M'lord.« Flowers streckte die Hand aus, um Sebastians Hut und Handschuhe entgegenzunehmen.

»Eine interessante Nacht. Ist die gnädige Frau schon zu Hause?«

»Lady Angelstone ist bereits seit über einer Stunde zurück.«

Prudence lag sicher schon im Bett, dachte Sebastian. Sollte er deswegen erleichtert sein oder nicht? Zumindest müßte er dann nicht die unangenehme Unterhaltung fortführen, auf der sie am Nachmittag bestanden hatte. Andererseits könnte er ihr auch nicht von Curlings ungewöhnlichem Benehmen berichten, wenn sie bereits schlief.

»Löschen Sie die Lichter und gehen Sie zu Bett, Flowers.« Sebastian lockerte seine Krawatte, während er in Richtung der Treppe ging.

»Entschuldigen Sie, Sir.« Flowers räusperte sich bedeutungsvoll. »Die gnädige Frau hat sich noch nicht zurückgezogen.«

Mit einem Fuß auf der untersten Stufe blieb Sebastian stehen. »Ich dachte, Sie hätten gesagt, sie sei zu Hause.«

»Das ist sie auch, Sir. Ich glaube, sie erwartet Sie in der Bibliothek.«

Sebastian lächelte schwach. »Das hätte ich mir denken können.«

Prudence gehörte nicht zu den Frauen, die sich so leicht von einer Sache abbringen ließen. Sie hatte den ganzen Tag über versucht, ihm einen Vortrag zu halten. Es bestand also keinerlei Grund zu der Annahme, daß sie dieses Vorhaben aufgegeben hatte, nur weil es inzwischen nach eins war.

Sebastian nahm den Fuß von der Treppe und durchquerte erneut die Eingangshalle. Ohne ein Wort zu sagen, öffnete Flowers die Tür zur Bibliothek.

Im ersten Augenblick konnte Sebastian Prudence nirgends entdecken. Einzig die kleine Flamme im Kamin flackerte schwach, so daß weite Teile des Raums im Dunkeln lagen.

Ein leises, freundliches Miau begrüßte ihn. Sebastian blickte zuerst zu seinem Schreibtisch und dann zum Sofa vor dem Kamin. Luzifer lag zusammengerollt auf der Lehne. Unter seinem erhabenen Platz ergoß sich eine Flut violetter Seide über die Sofakante bis auf den Teppich.

Sebastian ging weiter, bis er über die Sofalehne blicken konnte. Prudence hatte sich die lavendelfarbenen Satinpantoffeln von den Füßen gestreift. Sie schlief zusammengerollt vor dem Feuer. Ihre Brille lag auf dem Tisch neben einem Buch, in dem sie offensichtlich gelesen hatte.

Eine Zeitlang stand Sebastian einfach da und blickte sie an. Im warmen Licht der Flammen hatte ihr honigfarbenes Haar einen dunklen Goldton angenommen, und zwischen ihren reizvollen Brüsten lag ein verlockender Schatten.

Sie trug eins ihrer lächerlich tief ausgeschnittenen Kleider. Er entschied, daß Violett ihr ebensowenig stand wie Lavendel, konnte jedoch nicht leugnen, daß der tiefe Ausschnitt ihre sanft geschwungenen Brüste auf höchst erotische Weise zur Geltung brachte.

Sebastian spürte, wie die Erregung in ihm aufstieg beim Anblick der Frau, die er geheiratet hatte. Alles an ihr war genau, wie es sein mußte, dachte er. Ihre Intelligenz, ihre Leidenschaft, ihr amüsanter Geschmack in bezug auf Kleider, selbst ihre lästige Neigung, ihn über seine Pflichten aufzuklären. All diese Dinge zusammen machten Prudence aus. Er würde nicht eine einzige Sache ändern. Er lebte erst so kurze Zeit mit ihr zusammen, aber er konnte sich nicht vorstellen, mit irgendeiner anderen Frau verheiratet zu sein. Er fragte sich, ob Prudence sich jemals vorstellte, mit einem anderen Mann verheiratet zu sein. Zum Beispiel Underbrink.

Dieser Gedanke versetzte Sebastian einen Stich. Er wußte, er brauchte nicht zu befürchten, daß Prudence ihn jemals betrügen würde. Da war er sich ganz sicher. Die tief in ihr verwurzelte Rechtschaffenheit würde es ihr unmöglich machen, ihn derart zu entehren.

Aber er konnte sich nicht helfen. Er fragte sich, wieviel er ihr wohl bedeutete.

Gemeinsame Interessen und geteilte Leidenschaft waren sehr nett, aber sie genügten ihm nicht mehr. Er brauchte mehr von Prudence. Er wollte, daß sie ihn liebte.

Das Ausmaß seines Liebesbedürfnisses erschreckte ihn, aber es ließ sich nicht länger leugnen.

Während er sie so ansah, bewegte sie sich, kuschelte sich tiefer in das Sofa. Die überladenen, gerüschten Röcke ihres neuen Kleides schoben sich höher und gaben den Blick frei auf ihre Seidenstrümpfe.

Sebastian schälte sich aus seinem Mantel und warf ihn auf einen Stuhl. Er nahm die Krawatte ab und ließ sie auf den Boden fallen. Während er um das Sofa herumging, begann er, sein Hemd aufzuknöpfen.

Er konnte seinen Blick nicht von Prudence abwenden. Sein Körper war bereits straff vor Verlangen. Als er sein Hemd ausgezogen hatte, ließ er sich auf ein Knie nieder und glitt mit der Hand unter ihre Röcke. Er umfaßte ihren weichen Schenkel. Dann beugte er sich vor und küßte ihren leicht geöffneten Mund.

»Sebastian?« Prudences Lider flatterten, und dann öffnete sie halb die Augen. Sie blickte ihn schläfrig an. »Guten Abend, Graf. Wurde auch Zeit, daß Sie nach Hause kommen.«

»Es freut mich, daß du gewartet hast.«

»Ich wollte mit dir sprechen.«

»Später.« Erneut verschloß er ihren Mund mit seinen Lippen, so daß sie nicht länger protestieren konnte. Nach ein, zwei Sekunden gab sie den Versuch zu sprechen auf. Statt dessen schlang sie mit einem leisen Seufzer die Arme um seinen Hals.

Sebastian ließ seine Hand höher gleiten, bis er die üppigen, festen Kurven ihres Hinterteils erreicht hatte. Sanft zog er mit einem Finger die Spalte nach, die die beiden zarten Hälften trennte.

Diese unerwartete Zärtlichkeit ließ Prudence erzittern, aber sie zog sich nicht zurück. Sebastian fuhr mit seinem Finger tiefer zwischen ihre Schenkel. Als er ihre verborgene weibliche Öffnung fand, drang er vorsichtig ein. Sie wurde bereits feucht.

»Sebastian.«

Die schläfrige Leidenschaft in ihrer Stimme ließ eine neue Welle pulsierenden Verlangens in Sebastian aufkommen. Er schob seine Zunge in ihren Mund und begann, seine Hose zu öffnen.

Gott, wie er sie begehrte. Er brauchte sie nur anzusehen, und schon begann sein Blut zu kochen. Er mußte sie haben. Heute nacht und immer.

Die Fragen, die während des ganzen Nachmittags in ihm gebrannt hatten, flackerten neu auf. *Liebst du mich, Prue? Kannst du mich trotz der Kälte lieben?*

Er würde diese Fragen nicht stellen, schwor er sich. Die Antworten waren nicht wichtig. Schließlich wollte sie ihn. Das war keine Frage. Er spürte es. Sie versuchte noch nicht einmal, ihre körperliche Reaktion auf ihn zu verbergen.

Das reichte. Es mußte reichen.

Sebastian hob sie sanft vom Sofa. Er ließ sich auf den Teppich sinken und zog sie auf sich herab.

Ihr hauchdünnes Kleid war für solche Zwecke nicht gedacht. Als ihre zarten Brüste hervorsprangen, fing Sebastian sie sanft auf.

Er sah zu Prudence auf, die ihn durch ihre schweren Lider hindurch anblickte. Er spürte, wie seine Männlichkeit unter dem verlockenden Gewicht ihres Körpers pochte.

Ohne ein Wort griff er hinab und öffnete seine Hose. Violette Seide ergoß sich über sein steifes Glied. Er faßte nach Prudences Rüschenrock und zog ihn über ihre Taille.

»Sebastian?«

»Nimm mich in dir auf«, sagte er drängend. »Schnell, meine Süße. Ich kann nicht länger warten.«

Nach kurzem Zögern schlossen sich ihre Finger fest um ihn. Sebastian sog scharf die Luft ein. Sie führte ihn in sich hinein. Mit zunehmendem Vertrauen wuchs auch ihre Kühnheit.

»Ja, so. Öffne dich für mich«, flüsterte er. »Laß mich hinein. Ganz tief hinein.«

Sebastian stöhnte, als er ihre feuchte, pulsierende Hitze spürte. Langsam nahm ihn ihr enger Körper in sich auf. Sie war so warm, und er war lange Zeit so kalt gewesen.

Er hielt es nicht länger aus.

»Jetzt, Liebling. Ich muß dich jetzt haben.« Sebastian verstärkte den Griff um ihre Schenkel und zog ihre Beine fester um seine Hüften.

Dann umklammerte er ihre Taille und schob sie zu sich hinunter, während er sich ihr entgegenwarf.

Prudence entfuhr ein leiser Schrei, als er sich in ihre enge, feuchte Öffnung schob. Sie umschloß ihn. Sebastian fühlte, wie sein ganzer Körper sich zusammenzog. Er fand die kleine, geschwollene Knospe zwischen ihren Beinen und begann, sie mit sanften Fingern zu streicheln.

Prudence erstarrte einen Augenblick ob der Tiefe seines Eindringens. Er schloß die Augen, als er spürte, wie die Wärme ihres Körpers auf ihn überging.

Dann begann sie, sich langsam zu bewegen. Sie hob ihren Körper wieder und wieder an und glitt auf seinem schweren Schwert auf und ab. Sebastian öffnete die Augen und genoß ihren Anblick im Licht des Feuers. Sie hatte den Kopf zurückgeworfen. Ihr Haar glühte golden im Schein der Flammen. Die Linie ihres Halses und ihrer Brüste war das Eleganteste und Sinnlichste, was Sebastian je gesehen hatte.

Als sie ihren Höhepunkt erreichte und sanft zusammenzuckte, erschauderte er und ergab sich dem Tosen in seinem Inneren.

Irgendwann rührte er sich wieder. Prudence lag immer noch auf ihm. Er öffnete die Augen und sah, daß sie im Begriff war einzuschlafen.

Die Frage drängte sich ihm erneut mit einer solchen Macht auf, daß er nicht länger an sich halten konnte.

»Prue?«

»Hmm?« Ihre Stimme war rauh, und ihre Augen waren geschlossen.

»Warum hast du mich geheiratet?«

»Weil ich dich liebe.«

Sebastian verharrte reglos. Zum ersten Mal seit Jahren war er vollkommen verwirrt. Einen Augenblick lang konnte er überhaupt nicht denken.

»Prue?«

Keine Antwort. Sie war eingeschlafen.

Nach einer Weile zog Sebastian sich unter ihr hervor, hob sie hoch und trug sie die Treppe hinauf.

Er deckte sie sorgfältig zu und legte sich neben sie. Den Arm um sie gelegt, lehnte er in den Kissen und blickte hinaus, bis der Nebel vor dem Fenster etwas heller wurde.

Im dichten Nebel kaum wahrzunehmen, war die kalte Dämmerung gekommen.

Sebastian schlief ein.

SIEBZEHN

Prudence konnte nur schwer ihre Überraschung verbergen, als sie und Sebastian am folgenden Vormittag in die Eingangshalle von Lord Bloomfields Stadthaus geführt wurden.

Man konnte sich kaum bewegen. Überall stapelten sich Kisten und Kästen. In den Ecken lagerten Berge alter Zeitungen. Die seltsamsten Gegenstände waren in der Halle verstreut. Bücher, Globen, kleine Statuen, Spazierstöcke und Hüte füllten auch den letzten Winkel.

Auf der Treppe sah es nicht anders aus. Nur die Hälfte der

Stufen war sichtbar. Die andere Hälfte wurde von Truhen, Kisten oder Haufen alter Kleider verdeckt.

Das Haus wirkte feucht und muffig, dachte Prudence, so als würden niemals irgendwelche Fenster geöffnet. Außerdem war es ziemlich dunkel. Eine bedrückende Atmosphäre düsterer Schwermut lag über der modrigen Halle.

Unter dem ausladenden, wippenden Rand ihres neuen violetten Strohhuts hervor warf Prudence Sebastian einen Blick zu. Erst als sie die herunterhängenden Enden ihrer riesigen purpurfarbenen Schleife beiseite zog, konnte sie ihn richtig sehen. Mit sorgsam versteckter Neugier musterte er seine Umgebung.

»Seine Lordschaft wirft niemals etwas weg«, verkündete die schlampige Haushälterin in stolzem Ton.

»Das sehe ich«, entgegnete Sebastian. »Wie lange lebt Bloomfield jetzt hier?«

»Oh, schon eine ganze Weile. Aber er hat erst vor drei Jahren angefangen, alle Sachen aufzuheben.« Die Haushälterin kicherte heiser. »Damals hat seine alte Haushälterin ihre Stellung aufgegeben, und ich habe ihren Posten übernommen. Was mich betrifft, so kann der gnädige Herr sammeln, was er will, solange er mich anständig bezahlt.«

Die Tür zu dem, was einst der Salon gewesen sein mußte, stand weit offen. Prudence warf einen schnellen Blick in das Zimmer und stellte fest, daß dort weitere Kisten, Papiere und andere Gegenstände gestapelt waren. Außerdem waren die Vorhänge zugezogen.

»Vorsichtig.« Die Haushälterin führte sie durch die schmale Gasse in die Eingangshalle. »Wir haben nicht oft Besuch. Seine Lordschaft zieht es vor, allein zu sein.« Erneutes Glucksen. Ihr breiter Rücken wackelte fröhlich.

Wieder warf Prudence Sebastian einen Blick zu. Sie war sich nicht ganz sicher, in welcher Stimmung er heute war. Nach dem Aufstehen war er nicht besonders gesprächig gewesen. Er hatte nur von dem Besuch bei Bloomfield gesprochen, aber kein Wort über die vergangene Nacht verloren.

Prudence konnte also beim besten Willen nicht sagen, ob ihr Eingeständnis, daß sie ihn liebte, irgendeine Wirkung auf ihn gehabt hatte.

Er hatte sie überrumpelt. Als er diese überraschende Frage gestellt hatte, hatte sie bereits halb geschlafen. Warm und entspannt von der Liebe war sie nicht auf der Hut gewesen. Sie hatte geantwortet, ohne nachzudenken.

Warum hast du mich geheiratet?

Weil ich dich liebe.

Als sie heute morgen aufgewacht war, war ihr erster Gedanke gewesen, daß sie einen ernsten Fehler gemacht hatte. Die ganze Zeit über hatte sie darüber gegrübelt, wie Sebastian wohl reagieren würde, wenn sie ihm ihre Liebe erklärte. Daß er heute nichts zu ihrem Geständnis gesagt hatte, machte sie um so nervöser. Sie hätte alles darum gegeben, zu wissen, was er dachte. Sie konnte nicht sagen, ob es ihn ärgerte oder ganz einfach langweilte, daß seine Frau ihn liebte.

Prudence kam der Gedanke, daß sie die entscheidenden Worte vielleicht gar nicht laut ausgesprochen hatte. Sie war erleichtert. Unter Umständen hatte sie nur geträumt, Sebastian ihre Liebe gestanden zu haben.

Wenn sie aber geträumt hatte, weshalb hatte sie dann nicht auch geträumt, was er ihr geantwortet hatte? Traurige Wahrheit war, ob sie nun laut gesprochen oder geträumt hatte, sie hatte keine Antwort von Sebastian bekommen. Falls er also wußte, daß sie ihn liebte, mußte er beschlossen haben, diese Tatsache freundlicherweise zu ignorieren.

Vielleicht amüsierte ihn der Gedanke keineswegs.

»Der gnädige Herr wird Sie hier empfangen.« Die Haushälterin blieb neben einem Blumentopf stehen, der die Überreste einer längst vertrockneten Pflanze enthielt. Sie öffnete eine Tür.

Prudence spürte, wie Sebastians Griff um ihren Arm fester wurde, als wolle er sie instinktiv zurückziehen. Sie blinzelte, als sie Bloomfields Bibliothek betrat, und fragte sich, weshalb der Raum um diese Tageszeit in nächtlicher Dunkelheit lag.

Prudence blickte sich um und stellte fest, daß sämtliche Vorhänge zugezogen waren. Eine einzige Lampe brannte auf dem Schreibtisch in der Ecke.

Hinter dem Tisch saß ein übergewichtiger Mann mit hervorquellenden Augen, wirrem, ungekämmtem Haar und einem Bart, der bis auf die Brust reichte. Der Bart war bereits so grau, daß sie annahm, der Mann sei mindestens Ende Vierzig. Er saß, die Hände auf der Tischplatte gefaltet, und machte sich nicht die Mühe, sich zu erheben.

»Sie waren also so freundlich zu kommen, Lady Angelstone. Ich war mir nicht sicher, ob Sie meiner Bitte entsprechen würden. Es kommen nicht mehr viele Leute hierher. Nicht wie in den alten Tagen.«

»Ich nehme an, Sie sind Bloomfield?« fragte Sebastian.

»Ja, ich bin Bloomfield.« Struppige Brauen zogen sich über Bloomfields wäßrigen Augen zusammen. »Nehme an, Sie sind Angelstone.«

»Ja.«

»Hm. Ich wollte Lady Angelstone allein sprechen. Eine berufliche Angelegenheit, wissen Sie.« Trotz der Wärme in dem Zimmer schien Bloomfield zu zittern.

»Ich erlaube es meiner Frau nicht, ihren männlichen Klienten allein Hausbesuche abzustatten. Ich bin sicher, daß Sie das verstehen. Wenn Sie also mit ihr sprechen wollen, müssen Sie das in meiner Gegenwart tun.«

»Pah. Als ob ich jemals irgendwelche Annäherungsversuche machen würde«, krächzte Bloomfield. »Ich habe kein Interesse an Frauen.«

»Worüber wollten Sie mit ihr sprechen, Lord Bloomfield?«

Prudence zwängte sich an einem Stapel alter Ausgaben der *Morgenpost* und des *Amtsblattes* vorbei. Sie entdeckte einen Stuhl gegenüber dem Schreibtisch und nahm Platz. Es hatte keinen Zweck zu warten, bis er sie dazu auffordern würde, dachte sie. Offensichtlich kümmerten Bloomfield die Regeln der Höflichkeit herzlich wenig.

Beim Frühstück hatten sie und Sebastian ihre Vorgehensweise besprochen. Sie waren übereingekommen, daß sie Bloomfields Aufmerksamkeit so gut wie möglich auf sich lenken würde, damit Sebastian den Mann und die Umgebung beobachten konnte. Angesichts des unglaublichen Durcheinanders im Raum nahm Prudence jedoch nicht an, daß Sebastian viel entdecken würde.

Bloomfield richtete seinen starren Blick auf Prudence. »Wie ich höre, sind Sie eine Kapazität auf dem Gebiet geisterhafter Erscheinungen, Lady Angelstone.«

»Ich habe mich recht eingehend mit dem Thema beschäftigt«, erwiderte sie bescheiden.

Bloomfields Ausdruck wurde verschlagen. »Sind Sie jemals einem wirklichen Geist begegnet?«

Aus irgendeinem Grund fiel Prudence ihr unheimliches Erlebnis in dem schwarzen Zimmer auf Curling Castle ein. »Einmal dachte ich, ich hätte vielleicht eine echte geisterhafte Erscheinung erlebt«, sagte sie langsam. »Aber es war mir nicht möglich, einen Beweis zu finden, der meine Annahme bestätigt hätte.«

Aus dem Augenwinkel heraus sah sie, wie Sebastian sie überrascht anblickte.

»Zumindest sind Sie ehrlich, anders als einige der Scharlatane, mit denen ich gesprochen habe. Die behaupten allen Ernstes, sie würden regelmäßig mit Geistern sprechen. Sie erzählen mir einfach das, was ich ihrer Meinung nach hören will, nur um ihr Honorar zu bekommen.«

»Ich nehme kein Geld für meine Dienste«, sagte Prudence.

»Das sagte man mir. Das ist einer der Gründe, weshalb ich Ihnen die Nachricht geschickt habe.« Bloomfield wurde von einem leisen Rasseln unterbrochen. Statt einfach nachzusehen, was die Ursache des Geräusches war, schwang er wild in seinem Sessel herum.

»Was war das?« fragte er mit schriller Stimme. »Was war das für ein Geräusch?«

»Ein paar Zeitungen sind auf den Boden gerutscht.« Sebastian lächelte sein kaltes Lächeln und ging durch den Raum dorthin, wo einige Ausgaben der *Morgenpost* auf dem Teppich herumlagen. »Ich werde sie wieder aufstapeln.«

Bloomfield starrte die Zeitungen an, als ob er sie noch nie gesehen hätte. Er zuckte mit den Schultern. »Lassen Sie sie einfach liegen.«

»Es macht mir nichts aus, sie zurückzulegen.« Sebastian bückte sich, um die Zeitungen aufzuheben.

Bloomfield wandte sich eilig wieder Prudence zu. »Ich will nicht lange drumherumreden, Madam. Ich habe Grund zu der Annahme, daß ich von einem Geist verfolgt werde. Ich will wissen, ob Sie mich von diesem Ding befreien können, ehe es mich umbringt, so wie es den anderen ergangen ist.«

Prudence blickte in Bloomfields Augen und stellte fest, daß er wirklich glaubte, was er sagte. Erneut schob sie das herabhängende Ende der purpurfarbenen Schleife zur Seite. »Wissen Sie, um wessen Geist es sich handelt?«

»Oh, ja. Ja, ich kenne sie.« Bloomfield zog ein Taschentuch hervor und wischte sich den Schweiß von der Stirn. »Sie sagte, sie würde ihre Rache bekommen. Bis jetzt hat sie zwei von uns umgebracht. Früher oder später wird sie auch mich holen.«

»Wie heißt der Geist?« fragte Prudence.

»Lillian.« Bloomfield starrte auf das Taschentuch in seiner Hand. »Sie war ein hübsches kleines Ding. Aber sie hat einfach nicht aufgehört zu schreien. Am Ende mußten sie ihr den Mund mit einem Lappen stopfen.«

Prudence spürte, wie ihre Hände feucht wurden. Sie wechselte einen kurzen Blick mit Sebastian. Er hatte die Zeitungen wieder übereinandergelegt und stand reglos in einer Ecke. Plötzlich war sie sehr froh, daß er darauf bestanden hatte, sie heute zu begleiten.

Sie riß sich zusammen und wandte sich wieder an Bloomfield.

»Was haben sie mit Lillian gemacht?« Eigentlich wollte sie die Antwort gar nicht hören, aber sie wußte, daß sie Bloomfield dazu bringen mußte, ihr die ganze Geschichte zu erzählen, wenn sie mit ihren Nachforschungen weiterkommen wollten.

Bloomfield starrte auf die Lampe, er war ganz in seiner eigenen Welt gefangen. »Wir wollten nur ein bißchen Spaß haben mit der kleinen Hure. Sie war schließlich nichts anderes als ein kleines Schankmädel. Es war nicht so, daß wir nicht für unser Vergnügen bezahlt hätten. Aber sie hat sich trotzdem angestellt. Sie hat einfach nicht aufgehört zu schreien.«

Prudence ballte die Fäuste. »Weshalb hat sie geschrien?«

»Keine Ahnung. Keines der anderen Mädchen hat das jemals getan.« Bloomfields Hände zitterten. »Man hätte meinen sollen, sie sei etwas Besseres, so wie sie sich geziert hat. Also habe ich vorgeschlagen, daß wir uns eine andere, willigere kleine Hure suchen. Aber Curling wollte ausgerechnet diese. Schließlich hatten wir sie in der Kutsche. Und irgendwann gelang es uns auch, sie zu knebeln.« Bloomfield entspannte sich. »Das hat wenigstens der Schreierei ein Ende gemacht.«

Prudence biß die Zähne zusammen, um nicht vor Zorn zu platzen. »Wo haben Sie sie hingebracht?«

»Nach Curling Castle. Curling hat extra einen Raum für diese Art von Vergnügen. Wurde eigens für die *Prinzen der Tugend* eingerichtet.« Bloomfield blickte sie an, als habe er für einen Augenblick vollkommen vergessen, daß sie da war. »So hieß unser Club. Uns gefiel die Ironie des Namens.«

»Ich verstehe.« Prudence wäre ihm am liebsten an die Gurgel gegangen.

Sebastian mußte die Wut spüren, die wie Übelkeit in ihr aufstieg. Er ging ein paar Schritte und blieb direkt hinter ihr stehen. Sie spürte seine Hand auf ihrer Schulter.

»Benutzen *die Prinzen der Tugend* diesen Raum immer noch für ihr Privatvergnügen?« fragte Sebastian nüchtern, so als ob Lüsternheit normal wäre bei hochrangigen Gentlemen.

»Was?« Bloomfield wirkte verwirrt. »Nein, nein. Das ist lange vorbei. Nach jener Nacht haben wir uns nie wieder getroffen. Sie hat alles kaputtgemacht. *Alles*, diese verdammte Hure.«

»Wie konnte sie denn alles kaputtmachen?« gelang es Prudence in relativ ruhigem Ton zu fragen.

»Sie hat sich einfach umgebracht.« Bloomfield zuckte mit den Schultern. Dann starrte er weiter gedankenverloren auf die Lampe.

Prudence kämpfte um ihre Selbstbeherrschung. Ihre Aufgabe bestand darin, Bloomfield die Antworten auf ihre Fragen zu entlocken, und nicht, ihm zu sagen, was sie von ihm hielt. »Hat sie sich umgebracht wegen der Dinge, die Sie mit ihr gemacht haben?«

»Curling hatte sie als erster.« Bloomfield flüsterte beinahe. »Sie hat geblutet. Sie müssen wissen, das haben wir nicht erwartet. Curling hat das gut gefallen. Hat gesagt, sie wäre ihr Geld wert. Dann waren Ringcross und Oxenham an der Reihe.«

»Und was ist mit Ihnen?« fragte Prudence.

»Als ich dran war, hatten sich ihre Fesseln bereits gelockert. Sie konnte sich losmachen und rannte zum Fenster. Curling wollte sie noch festhalten, aber er rutschte aus und fiel hin. Die

Roben, wissen Sie. Wir alle trugen schwarze Roben. Die anderen waren zu betrunken, um sie rechtzeitig festzuhalten.«

Prudence erinnerte sich an einen vagen Traum von schwarzen Vorhängen, die vor einem Fenster hingen, das auf die Dunkelheit hinausging. »Lillian ist also aus dem Fenster gesprungen?«

»Sie stand eine Sekunde auf der Fensterbank. Dann zog sie sich den Knebel aus dem Mund und blickte uns an. Niemals werde ich ihren Blick vergessen, als sie uns verfluchte. Nie im Leben.« Bloomfield schlug mit der Faust auf den Tisch. »Seit drei verdammten Jahren verfolgt mich dieser Blick.«

Prudence erstickte fast an ihrer unterdrückten Wut. Einen Moment lang war sie außerstande, auch nur ein Wort herauszubringen. Also übernahm Sebastian die Befragung.

»Was hat sie gesagt, als sie Sie verflucht hat?« fragte er ohne die Spur eines Gefühls in der Stimme. »Was waren ihre genauen Worte, Bloomfield?«

»Ihr werdet dafür bezahlen. Gott ist mein Zeuge, ich schwöre, ihr werdet dafür bezahlen. Ich werde Gerechtigkeit erfahren.« Bloomfield blickte auf seine zitternden Hände. »Dann ist sie auf die Steine im Hof gesprungen. Hat sich das Genick gebrochen.«

»Und was haben Sie dann gemacht?« fragte Sebastian.

»Curling sagte, wir müßten die Leiche loswerden. Wir sollten den Anschein erwecken, als sei sie ertrunken. Er befahl uns, sie in eine Decke zu wickeln und zum Fluß zu bringen.« Bloomfield runzelte die Stirn. »Sie war so leicht. Hat überhaupt nichts gewogen.«

Prudence straffte die Schultern und sagte sich, sie müsse mit der Befragung fortfahren, so unangenehm sie auch sein mochte. »Und nun glauben Sie, daß Lillian zurückgekommen ist, um sich zu rächen.«

Bloomfields Augen brannten vor kaum verstecktem Entsetzen. »Es ist nicht fair. Es ist einfach nicht fair. Sie war nichts weiter als ein kleines Schankmädchen. Wir wollten doch nur ein bißchen Spaß.«

»Schankmädchen haben die gleichen Gefühle wie andere Frauen«, sagte Prudence steif. »Welches Recht hatten Sie, sie in die Kutsche zu zerren und einfach so fortzuschleppen?« Als Sebastians Finger sich in ihre Schulter krallten, verstummte sie.

Aber sie sah sofort, daß sie sich keine Sorgen machen mußte, weil sie Bloomfield unterbrochen hatte. Sein Blick war erneut auf die Lampe gerichtet, und er schien Bilder zu sehen, die niemand anders wahrnahm.

»Es ist alles so unfair«, murmelte er. »Diese verdammte kleine Hure hat ihre Rache doch schon bekommen. Weshalb will sie mich also umbringen? Hat sie mir noch nicht genug angetan?«

Prudence beugte sich vor. »Was meinen Sie? Wie hat Lillian sich an Ihnen gerächt?«

»Seit jener Nacht habe ich keine Frau mehr gehabt«, heulte Bloomfield. Verzweiflung lag in seinem Blick. Er schien Prudence überhaupt nicht mehr wahrzunehmen. Immer noch schienen grauenhafte Bilder vor seinem inneren Auge vorbeizuziehen. »Ich kann gar keine Frau mehr haben. *Sie hat meine Männlichkeit zerstört.*«

Prudence wollte ihm gerade erklären, daß es ihm recht geschehe, wenn er seit drei Jahren impotent war. Aber Sebastians Hand, die sich erneut in ihre Schulter krallte, brachte sie zum Schweigen.

»Und nun denken Sie, daß sie Sie umbringen wird?« fuhr Sebastian fort.

»Sie hat schon Oxham und Ringcross umgebracht.« Bloomfield klammerte seine zitternden Hände ineinander. »Ich weiß, daß die Leute sagen, Ringcross' Tod sei ein Unfall gewesen und

Oxenham habe Selbstmord begangen, aber das ist nicht wahr. Ich habe diese Nachricht erhalten, sehen Sie.«

Er nahm einen kleinen Zettel vom Schreibtisch und reichte ihn Prudence. Sie las die kurze Nachricht.

Lillian wird gerächt werden.

»Wo haben Sie den her?« fragte Prudence.

»Ich habe den Zettel gestern auf meinem Schreibtisch gefunden. *Sie* muß ihn dahin gelegt haben. Ich will, daß sie verschwindet und mich in Ruhe läßt«, sagte Bloomfield.

»Was genau soll ich Ihrer Meinung nach tun?« fragte Prudence.

»Nehmen Sie Kontakt zu ihr auf. Sagen Sie ihr, daß ich bereits bezahlt habe für das, was geschehen ist.«

Prudence blickte ihn an. »Es dürfte schwierig werden, sie davon zu überzeugen, daß sie sich damit zufrieden geben soll. Schließlich leben Sie noch, wohingegen sie tot ist.«

»Es ist nicht fair«, sagte Bloomfield erneut. »Ich habe für das, was passiert ist, bezahlt. Ich habe das Mädchen ja noch nicht einmal gehabt.«

»Aber Sie haben zugesehen, wie die anderen Sie genommen haben«, sagte Prudence. »Und Sie hätten Lillian auch noch vergewaltigt, wenn sie nicht vorher in den Tod gesprungen wäre.«

»Ich habe es nicht verdient, von ihrem Geist in den Tod getrieben zu werden. Ich habe bereits dafür bezahlt.«

»Ich glaube«, sagte Sebastian äußerst kühl, »es wäre das beste, wenn Sie eine Weile aus der Stadt verschwinden würden.«

»Was soll das schon bewirken?« Bloomfield richtete seinen verängstigten Blick auf Sebastian. »Sie ist ein Geist. Sie hat Ringcross und Oxenham gefunden. Also wird sie auch mich finden, egal, wo ich bin.«

Prudence sah Sebastian an. Offensichtlich wollte er, daß Bloomfield London verließ. Nachdenklich spitzte sie die Lippen. »Es ist meine Meinung als Expertin, daß durchaus die

Möglichkeit besteht, ihr eine Weile zu entgehen, wenn Sie die Stadt noch heute verlassen.«

»Und erzählen Sie niemandem, wohin Sie fahren«, sagte Sebastian. »Wirklich niemandem. Noch nicht einmal Ihrer Haushälterin.«

Bloomfield schüttelte hilflos den Kopf. »Sie verstehen mich nicht. Ich will, daß Lady Angelstone mit Lillians Geist spricht. Sie soll ihr sagen, daß sie ihre Rache bereits bekommen hat.«

»Ich werde Zeit brauchen, um mit ihr in Kontakt zu treten«, erklärte Prudence. »Diese Dinge erfordern eingehende Überlegung und sorgfältige Planung. Angelstone hat recht. Es wäre das beste, wenn Sie eine Weile aus der Stadt verschwinden würden.«

»Aber ich hasse es zu reisen«, winselte Bloomfield. »Ich verlasse kaum jemals das Haus. Ich fühle mich dann unwohl. Sie müssen wissen, daß ich ein Nervenleiden habe.«

»Ich habe den deutlichen Eindruck, daß Sie bald an etwas wesentlich Schlimmerem leiden werden, wenn Sie dieses Haus nicht so schnell wie möglich verlassen«, sagte Sebastian.

Bloomfield riß die Augen auf. »Sie wird mich als Nächsten holen, nicht wahr?«

»Höchstwahrscheinlich«, entgegnete Sebastian leichthin.

»Ich glaube, Angelstone hat recht«, sagte Prudence brüsk. »Selbstverständlich kann ich nicht für Ihre Sicherheit garantieren. Schließlich sprechen wir von einem Geist. Aber wenn Sie umgehend die Stadt verlassen und niemandem erzählen, wohin Sie reisen, kann ich vielleicht etwas ausrichten.«

»Zumindest gibt Ihnen das noch etwas Zeit, Bloomfield«, fügte Sebastian hinzu. «Und mir scheint, daß Zeit in diesem Fall von größter Wichtigkeit ist.«

Bloomfield blickte Prudence an. »Und Sie werden eine Möglichkeit finden, mit Lillians Geist Kontakt aufzunehmen, während ich fort bin? Sie werden mit ihr sprechen?«

»Wenn ich ihr begegne, werde ich ganz bestimmt mit ihr über die Sache sprechen«, sagte Prudence.

»Also gut.« Bloomfield hievte sich schwerfällig aus seinem Sessel. »Ich werde umgehend abreisen. Ich danke Ihnen, Lady Angelstone. Ich wußte nicht, an wen ich mich sonst hätte wenden können. Schon als Ringcross aus dem Turmzimmer stürzte, habe ich mir Sorgen gemacht. Aber als ich dann erfuhr, daß auch Oxenham tot war, begann ich ernsthaft um mein Leben zu bangen.«

»Es war sehr vernünftig von Ihnen, sich an meine Frau zu wenden«, sagte Sebastian. »Sie ist eine echte Expertin auf diesem Gebiet.«

»Seit dieser entsetzlichen Nacht ist alles anders«, flüsterte Bloomfield. »Alles.«

Sebastian ergriff Prudences Arm. »Ich glaube, wir gehen jetzt besser, meine Liebe. Du hast noch viel zu tun, und ich bin mir sicher, daß Bloomfield sich so schnell wie möglich auf den Weg machen möchte.«

Prudence sagte kein Wort, als Sebastian sie durch das Durcheinander hindurch aus der düsteren Bibliothek führte. Von der Tür blickte sie noch einmal zurück.

Bloomfield stand hinter seinem Schreibtisch. Seine innere Qual war deutlich in seinen Augen zu erkennen. Erneut starrte er auf die Lampe.

Sebastian und Prudence gingen eilig durch die Eingangshalle zur Haustür. Keiner der beiden hatte Lust, auf die Haushälterin zu warten. Sebastian öffnete die Tür und schob Prudence hinaus in den kalten Sonnenschein.

»Sage mir, meine Liebe«, fragte Sebastian leise, während er ihr in die wartende Kutsche half. »Was genau wirst du Lillians Geist erzählen, wenn es dir gelingt, mit ihr Kontakt aufzunehmen?«

Prudence umklammerte die Handtasche in ihrem Schoß.

»Ich werde ihr sagen, daß sie meiner Meinung nach durchaus das Recht hat, sich an *den Prinzen der Tugend* zu rächen. Ich werde ihr viel Glück dabei wünschen. Und ich werde ihr sagen, daß Jeremy sie sehr geliebt hat und daß auch er hofft, daß sie gerächt wird.«

»Ja.« Sebastian lächelte sein frostigstes Lächeln, als er ihr gegenüber Platz nahm. »Ich denke, das ist genau richtig. Aber irgendwie glaube ich nicht, daß Lillians Geist hinter dem Tod von Ringcross und Oxenham steckt.«

Prudence atmete tief ein. »Das dachte ich mir bereits, als du Bloomfield nahegelegt hast, die Stadt zu verlassen. War das zu seinem eigenen Schutz, Sebastian? Wolltest du, daß er eine Weile verschwindet, damit die Person, die Ringcross und Oxenham umgebracht hat, ihn nicht auch noch erwischt? Warum warnst du dann nicht auch Curling?«

»Es interessiert mich eigentlich nicht sonderlich, ob Bloomfield oder Curling umgebracht wird. Nach allem, was wir inzwischen wissen, verdienen es *die Prinzen der Tugend*, unter Lillians Fluch zu sterben. Aber ich wollte Bloomfield aus dem Weg haben, um sein Mausoleum einmal genauer unter die Lupe nehmen zu können.«

Diese Erklärung lenkte Prudence von ihrem Ärger ab. Sie konzentrierte sich erneut auf die Untersuchung. »Du willst also sein Haus durchsuchen?«

»Zumindest die Bibliothek.« Sebastian lehnte sich in die Kissen zurück. »Offensichtlich hat Bloomfield in den drei Jahren seit Lillians Tod so gut wie nichts weggeworfen. Es dürfte also ganz interessant sein, herauszufinden, was alles in den Schubladen seines Schreibtisches herumliegt.«

»Ich werde dich begleiten.«

»Also, Prue –«

»Natürlich aus rein beruflichen Gründen.« Sie schob das baumelnde purpurfarbene Band beiseite und blickte ihn entschlossen an. »Ich muß darauf bestehen, Sebastian. Schließlich habe ich Lord Bloomfield versprochen, daß ich versuchen werde, mit Lillian Kontakt aufzunehmen.«

»Das halte ich nicht für besonders vernünftig.«

»Es ist vollkommen ungefährlich, Graf. Wenn man uns erwischt, werde ich einfach erklären, daß ich im Auftrag meines Klienten eine geisterhafte Erscheinung untersuche.«

Sebastians Augen leuchteten. »Also gut, meine Liebe. Für den Fall, daß wir entdeckt werden, überlasse ich dir die Erklärungen. Aber vergiß nicht, daß dein letzter derartiger Versuch mit unserer Verlobung geendet hat.«

»Das werde ich wohl nicht so schnell vergessen, Graf.«

Wenn sie nur wüßte, ob er ihre Liebeserklärung in der letzten Nacht gehört hatte oder nicht!

Um ein Uhr nachts zündete Sebastian die Lampe auf Bloomfields Schreibtisch an, zog ein Stück Draht aus dem Ärmel und steckte es in das Schloß der Schublade.

»Hast du immer so etwas dabei?« fragte Prudence.

»Immer.«

Es war recht einfach gewesen, in das Haus zu gelangen. Bloomfields Schlösser waren groß und abschreckend, aber sie ließen sich leicht öffnen. Sebastian hatte sie ohne Mühe geknackt, und Prudence hatte ihn freundlicherweise ausgiebig dafür bewundert.

»Dieses Haus ist nachts noch schlimmer als tagsüber«, flüsterte Prudence. Sie stand neben Sebastian und blickte ihm über die Schulter, als er das Schreibtischschloß bearbeitete. »Ich verstehe nicht, wie Bloomfield es in so einem dunklen, vollgestopften Haus aushält. Ich würde hier verrückt.«

Sebastian sah nicht auf. »Falls du es noch nicht bemerkt haben solltest, er ist bereits verrückt.«

»Ja, er ist wirklich ein eigenartiger Mensch.«

»Zumindest haben wir jetzt sein Haus für uns. Bloomfield hat die Stadt bestimmt umgehend verlassen. Er hat wirklich Angst vor Lillians Geist.« Sebastian spürte, wie etwas im Innern des Schlosses nachgab. Zufriedenheit durchströmte ihn. »Ah, ja, meine Liebe. So ist's gut. Öffne dich für mich. Jetzt entspann dich. Laß mich ein. Wunderbar.«

Prudence entfuhr ein ärgerlicher Seufzer. »Ist dir klar, daß du mit Schlössern genauso redest wie mit mir, wenn wir uns lieben?«

»Natürlich. Du hast viel gemeinsam mit einem kleinen, feinen Schloß. Ihr seid beide äußerst unterhaltsam.«

»Sebastian, manchmal bist du wirklich unmöglich.«

»Danke. Ich gebe mir auch die größte Mühe.« Sebastian öffnete die erste Schublade und betrachtete das Durcheinander darin. »Verdammt. Da werden wir einige Zeit brauchen.«

Prudences neuer purpurfarbener Umhang fiel über Sebastians Stiefel, als sie sich vorbeugte. »Bloomfield scheint seine Geschäftspapiere auf eine etwas planlose Art abgelegt zu haben.«

»Das war wohl zu erwarten. Hier, nimm du diesen Haufen.« Sebastian reichte ihr eine Handvoll Papiere. »Ich werde diese hier durchsehen.« Er zog drei Journale aus der Schublade.

»Und wonach soll ich suchen?«

»Ich weiß nicht genau. Alles, was mit Ringcross, Oxenham oder Curling zu tun hat. Und alles, was mit großen Geldbeträgen zusammenhängt. Am besten mit beidem.«

Prudence blickte neugierig auf. »Das verstehe ich nicht.«

»Ganz einfach, meine Liebe. Es gibt nur drei Motive für Mord. Rache, Habgier und Verrücktheit. Und ich glaube nicht, daß wir es hier mit einem Verrückten zu tun haben.«

»Wir haben doch bereits darüber gesprochen, daß Rache eine Möglichkeit wäre.«

»Ja, aber der einzige, der außer unserem Geist einen Grund

dafür haben könnte, ist Jeremy. Wenn du recht hast, und er nichts mit dem Tod von Ringcross und Oxenham zu tun hat, dann müssen wir das dritte mögliche Motiv überprüfen.«

Das Licht der Lampe glitzerte auf Prudences Brillengläsern. »Habgier?«

»Genau.«

»Was ist, wenn wir nichts finden, was darauf hinweisen würde?«

Sebastian öffnete das erste Journal. »Dann müssen wir uns erneut über Rache oder Wahnsinn als Motive Gedanken machen.«

Prudence nagte nachdenklich an ihrer Unterlippe. »Was wirst du tun, wenn du entdeckst, daß Jeremy hinter den Morden steckt?«

Sebastian fuhr mit seinem Finger eine Zahlenreihe entlang. »Ich werde ihn mir vorknöpfen und ihm einen strengen Vortrag halten.«

Prudence blinzelte überrascht. »Einen Vortrag über das Unrecht, einen Mord zu begehen?«

»Nein. Einen Vortrag über die Dummheit, Beweismittel zurückzulassen, die ihn als den Mörder überführen. Wenn Jeremy sich unbedingt rächen will, dann muß er sich etwas geschickter anstellen und etwas weniger Melodramatik an den Tag legen.«

Prudence lächelte warm. »Heißt das, du hast beschlossen, daß du ihn nicht im Gefängnis sehen möchtest?«

»Ich bin zu dem Schluß gekommen, daß das nicht sonderlich amüsant wäre.«

Es war bereits nach zwei, als Sebastian endlich das fand, wonach er gesucht hatte. Die altbekannte Zufriedenheit stieg in ihm auf. Sein Instinkt sagte ihm, daß er den Schlüssel zu dem Geheimnis gefunden hatte.

»Ah, ja«, sagte er. »Das muß es sein.«

»Was?« Prudence legte den Stapel alter Quittungen beiseite, den sie gerade durchsah.

Sebastian lächelte, als er den Geschäftsvertrag überflog, den er in der hintersten Ecke der Schublade entdeckt hatte. »Ein Motiv, das hervorragend auf die Morde an Ringcross und Oxenham paßt. Es würde ebenfalls für einen Mord an Bloomfield in Frage kommen.«

»Kein Wahnsinn und keine Rache?«

»Nein, ganz einfach.« Sebastian faltete das Dokument zusammen. »Habgier.«

ACHTZEHN

Zehn Minuten später stieg Sebastian hinter Prudence in die Kutsche. Er zog die Vorhänge zu, als das Gefährt anfuhr. Dann zündete er die Lampe an und faltete das Dokument auseinander, das er in Bloomfields Schreibtischschublade gefunden hatte.

Prudence saß ihm gegenüber, tief eingehüllt in ihren Umhang. Sie beobachtete aufgeregt und erwartungsvoll, wie er die Papiere durchsah. »Erzähl mir sofort, worum es geht, Sebastian. Ich sterbe vor Neugier.«

Mit vor Konzentration gerunzelter Stirn blickte er kurz auf. Als er Prudences Blick begegnete, lächelte er. Ihr gefiel dieses Abenteuer ebenso wie ihm. Was für eine glückliche Wahl hatte er doch mit seiner Frau getroffen. Niemand außer seiner einzigartigen Prudence könnte verstehen oder gar nachempfinden, wie er sich in diesem Augenblick fühlte.

Und sie liebte ihn.

»Nun, Sebastian? Laß mich nicht so lange zappeln.«

Er wandte seine Aufmerksamkeit wieder dem Dokument

zu. »Es ist ein Vertrag über Investitionen in Im- und Exportgeschäfte.« Er lächelte. »Der Firmenvorstand besteht aus Ringcross, Oxenham, Bloomfield und Curling.«

Prudence sah ihn fragend an. »*Die Prinzen der Tugend* haben gemeinsam Geschäfte betrieben?«

»Genau. Dieser Vertrag wurde vor dreieinhalb Jahren abgeschlossen. Sie haben Aktien ausgegeben und das Geld in eine Reihe von Unternehmungen investiert.«

»Und was hat das mit dem Tod von Oxenham und Ringcross zu tun?«

Sebastian ging noch einmal die Einzelheiten des Vertrages durch. »Stirbt einer der Beteiligten, dann fällt sein Anteil den anderen Vorstandsmitgliedern zu.« Er blickte auf. »Sterben also drei der Männer, dann gehört dem vierten das gesamte Unternehmen.«

Prudence verstand sofort. Sie riß die Augen auf. »Curling.«

»Ja.« Sebastian lächelte in grimmiger Zufriedenheit. »Zwar könnte auch Bloomfield der Täter sein, aber ich denke doch eher an Curling. Bloomfield ist ganz offensichtlich viel zu verrückt, um einen derart ausgeklügelten Plan zu entwerfen, geschweige denn durchzuführen.«

»Du denkst also, daß Curling bereits zwei seiner Freunde umgebracht hat?«

»Höchstwahrscheinlich. Bloomfield stand zweifelsohne als nächster auf der Abschußliste.«

Nachdenklich tippte Prudence mit einem Finger auf den Sitz neben sich. »Die ersten beiden Todesfälle waren vollkommen unverdächtig. Alle Welt glaubt, daß Ringcross' Sturz ein Unfall war und daß Oxenham Selbstmord begangen hat. Es wäre ein leichtes gewesen, auch Bloomfields Tod wie Selbstmord aussehen zu lassen. Er gilt sowieso als verrückt. Weshalb also sollte Curling sich die Mühe machen und den Verdacht auf Jeremy lenken?«

»Weil am Ende vielleicht doch irgend jemand Fragen gestellt hätte angesichts des allzu passenden Todes dreier Männer, die mit einem vierten gemeinsame Geschäfte betrieben haben«, erklärte Sebastian. »Vor allem, wenn der vierte zu beträchtlichem Reichtum gelangt, indem ihm die alleinige Kontrolle über das Unternehmen zufällt.«

»Falls also Curling hinter den Morden steckt, hat er Vorsichtsmaßnahmen getroffen?«

»Das ist anzunehmen. Er hat versucht, sich selbst zu schützen, indem er einen anderen Mörder präsentierte. Alles, was er dazu brauchte, war, dieser anderen Person ein Motiv unterzuschieben.«

»Curling muß herausgefunden haben, daß Jeremy Lillian einmal geliebt hat«, sagte Prudence. »Das ist ein perfektes Motiv für die Ermordung *der Prinzen der Tugend*.«

»Er hat einen Spitzel mit der Untersuchung der Todesfälle beauftragt, um wirklich vollkommen unschuldig zu wirken, falls alles herauskommen sollte. Wer würde wohl einen Mann verdächtigen, der selbst die Nachforschungen veranlaßt hat?« Sebastian dachte über Curlings Verhalten in der vergangenen Nacht nach. »Besonders, wenn dieser Mann deutlich gemacht hat, daß er um sein eigenes Leben fürchtet.«

Prudence schlang ihren Umhang enger um sich. Ihr Gesicht lag im Schatten der Hutkrempe. »Wenn es stimmt, daß Curling der Mörder ist, dann gibt es noch eine Sache, die wir bedenken müssen.«

»Was?«

»Die Tatsache, daß du derjenige bist, der die Nachforschungen für Whistlecroft angestellt hat. Findest du nicht, daß es ein ungewöhnlicher Zufall ist, daß ausgerechnet die Person, die die Untersuchungen durchführt, Beweismittel an den Tatorten entdeckt, die ein Mitglied ihrer eigenen Familie belasten?«

Sebastian lächelte zustimmend. »Meine Liebe, manchmal

weiß ich wirklich nicht, was ich am meisten an dir bewundere – deine Cleverneß oder deine Leidenschaft im Bett.«

»*Sebastian.*«

»Ich weiß, es ist eine schwierige Wahl. Glücklicherweise muß ich mich nicht entscheiden, da ich in den Genuß von beidem komme. Nun, du hast vollkommen recht. Wir dürfen wohl kaum annehmen, daß meine Verwicklung in den Fall reiner Zufall war.«

»Und wie meinst du, hat Curling von deinem Hobby erfahren?«

»Wenn er herausgefunden hat, daß Jeremy Lillian geliebt hat, dann muß er über hervorragende Informationsquellen verfügen.«

Prudence runzelte die Stirn. »Aber wer könnte ihm davon erzählt haben?«

Sebastian zuckte mit den Schultern. »Zweifelsohne Whistlecroft. Obwohl ich keine Ahnung habe, weshalb er Curling diese Information gegeben hat. Whistlecroft war immer noch versessener darauf als ich, aus meinem Hobby ein Geheimnis zu machen. Er zieht es vor, allein den Ruhm für die gelösten Fälle einzuheimsen und dann die ganze Belohnung zu kassieren.«

»Nun, ich nehme an, es ist egal, *wie* Curling von deinem Interesse an Nachforschungen erfahren hat. Wichtig ist nur, *daß* er es hat.« Prudence schüttelte angewidert den Kopf. »Er hat also Beweise an den Tatorten zurückgelassen, die implizieren, daß Jeremy dort war, weil er sich sicher war, daß du sie finden und wiedererkennen würdest.«

»Das war ja dann auch der Fall.«

»Ich begreife einfach nicht, wie Curling annehmen konnte, du seist wild darauf, Jeremy hinter Gittern zu sehen.«

»Alle Welt weiß, daß ich meiner Familie keine allzu großen Sympathien entgegenbringe«, sagte Sebastian.

»Ja, aber Curling hätte wissen müssen, daß trotzdem die Familie an erster Stelle kommt. Er hätte wissen müssen, daß du Jeremy beschützen würdest.«

Sebastian zog eine Braue hoch. »Meine Liebe, deine Naivität ist manchmal erschreckend. Curlings Überlegungen waren durchaus begründet. Er wußte, was ich vom Rest der Fleetwoods halte, und er hatte allen Grund zu der Annahme, daß ich keinen Finger rühren würde, um einen von ihnen zu beschützen.«

Prudence blickte ihn finster an. »Nehmen Sie mich in dieser Sache nicht schon wieder auf den Arm, Graf. Sie wissen selbst nur allzu gut, daß Sie es niemals zugelassen hätten, daß man Jeremy hängt.«

Sebastian bedachte sie mit einem Lächeln. »Meine Liebe, dein grenzenloses Vertrauen in meinen Charakter ist wirklich amüsant.«

Prudence runzelte die Stirn. »Und was machen wir jetzt? Wir können nicht beweisen, daß Curling hinter den Morden steckt. Bis jetzt ist es uns lediglich gelungen, die Beweise, die gegen Jeremy sprechen, an uns zu bringen, bevor sie den Behörden in die Hände fallen. Vielleicht haben wir nächstes Mal weniger Glück.«

»Ich nehme an, es ist an der Zeit für ein weiteres Gespräch mit meinem Cousin«, sagte Sebastian.

»Jetzt?«

»Ich könnte mir keinen besseren Zeitpunkt vorstellen«, sagte Sebastian. »Es ist fast drei. Zweifellos ist er jetzt in seinem Lieblingsclub.«

»Ich werde dich begleiten«, sagte Prudence eifrig.

»Du wirst nicht mitkommen«, sagte Sebastian gelassen. »Du weißt genau, daß du nicht in einen Herrenclub hineinkommst.«

»Das ist mir klar.« Prudence lächelte herausfordernd. »Ich

werde mit dir in der Kutsche warten, bis Jeremy den Club verläßt.«

»Verflucht«, murmelte Sebastian. Aber seine Worte klangen nicht wirklich böse. Allmählich lernte er, wann er sich geschlagen geben mußte.

Sie mußten nicht lange im Nebel vor dem Club in der St. James Street warten, bis Jeremy auftauchte. Sebastian beobachtete, wie sein Cousin die Stufen hinabstieg. Zufrieden stellte er fest, daß Jeremy nicht schwankte.

Gerade, als Jeremy an der Angelstoneschen Kutsche vorbeiging, öffnete Sebastian die Tür. »Ich möchte mit dir reden, Cousin.«

»Was, zum Teufel, wollen Sie?« Jeremy blickte in das dunkle Innere des Gefährts. Sein Blick wanderte von Sebastian zu Prudence. »Was tun Sie denn hier, Lady Angelstone?«

Sie schenkte ihm ein beruhigendes Lächeln. »Wir wollten Sie in einer dringenden Angelegenheit sprechen, Mr. Fleetwood. Würde es Ihnen etwas ausmachen, sich für einen Augenblick zu uns zu gesellen?«

Jeremy zögerte, deutlich hin- und hergerissen zwischen gutem Benehmen und seiner Abneigung gegen Sebastian. Die Höflichkeit siegte.

»Nun gut.« Er stieg ein und nahm Platz. »Ich hoffe, es wird nicht allzu lange dauern. Ich bin auf dem Heimweg. Es war eine lange Nacht, und ich beabsichtige, morgen früh zu einem Boxkampf zu gehen.«

»Es geht um Lillian«, sagte Sebastian leise. Er schloß die Tür.

»Lillian?« Jeremy starrte ihn an, während sich die Kutsche in Bewegung setzte. »Haben Sie zu diesem Thema nicht bereits genug gesagt?«

»Ich habe vor kurzem erfahren, wie sie zu Tode kam«, erklärte Sebastian. »Ich dachte, du solltest die Wahrheit wissen.«

»Das verstehe ich nicht. Ich sagte doch bereits, daß Lillian ertrunken ist.«

Prudence berührte Jeremys Arm. »Hören Sie Angelstone zu, Mr. Fleetwood. Ihre geliebte Lillian ist nicht ertrunken. Sie wurde von vier schrecklichen Männern in den Tod getrieben.«

Jeremy starrte sie überrascht an. »Das verstehe ich nicht«, wiederholte er.

»Wir haben es bis heute abend auch nicht gewußt.« Sebastian zündete erneut die Lampe in der Kutsche an. Er lehnte sich in seinen Sitz zurück und erzählte Jeremy in ruhigem Ton die ganze Geschichte einschließlich seiner eigenen Verwicklung in die Sache.

Es war gut, daß er Prudence mitgebracht hatte, dachte er am Ende seines Berichts. Sonst hätte Jeremy ihm womöglich nicht geglaubt. Aber Prudences Gegenwart und ihre ehrliche Besorgnis verliehen der ganzen Erzählung die notwendige Glaubwürdigkeit. Jeremy blickte sie mehrmals fragend an, und immer nickte Prudence traurig.

»Es stimmt, Mr. Fleetwood«, sagte sie schließlich. »Alles. Ich selbst habe Bloomfield befragt.«

»Und Curling ist derjenige, der versucht, dich mit dem Tod von Ringcross und Oxenham in Verbindung zu bringen«, fügte Sebastian hinzu. »Er hat dafür gesorgt, daß ich die Beweise finden würde, die gegen dich sprechen.«

Jeremys Gesicht spannte sich. »Weil er annahm, daß Sie die Gelegenheit nutzen würden, mich wegen Mordes anzuklagen.«

»Ja.«

»Sie sagen, Sie stellen hin und wieder solche Nachforschungen an?« Jeremy sah Sebastian an.

»Ja.«

»Aber warum machen Sie so etwas?«

Sebastian zuckte mit den Schultern. »Es amüsiert mich.«

»Natürlich hat Curling sich böse verrechnet. Offenbar hat er nicht bedacht, daß Sebastian als Familienoberhaupt nicht zögern würde, Sie zu beschützen«, erläuterte Prudence.

»Bitte entschuldigen Sie, Lady Angelstone«, sagte Jeremy gepreßt, »aber es fällt mir ebenso schwer wie Curling, das zu glauben.«

»Unsinn«, sagte Prudence. »Ich sagte Ihnen bereits beim letzten Mal, daß es keine Frage ist, wem gegenüber Sebastian sich im Endeffekt loyal verhält.«

Sebastian blickte sie finster an. »Es besteht keine Notwendigkeit, dieses Thema ausführlich zu erörtern, Madam.«

Jeremy sah zu ihm und dann wieder zu Prudence. »Haben diese vier Männer meine arme Lillian wirklich mißbraucht und in den Tod getrieben?«

Prudence nickte traurig. »Ich glaube, da gibt es keinen Zweifel. Aber das werden wir niemals beweisen können.«

Jeremys Augen verengten sich. »Es ist mir egal, ob Sie es beweisen können oder nicht, Lady Angelstone, solange Sie sicher sind, daß es tatsächlich so war.«

»So sicher, wie ich mir nur sein kann.« Prudence blickte Sebastian an. »Stimmt's, Sir?«

»Ich glaube Bloomfields Geschichte.« Sebastian beobachtete, wie Jeremy die Fäuste ballte. »Aber ich nehme an, daß wir dafür auch noch eine Bestätigung bekommen.«

Jeremy wandte ihm eilig den Kopf zu. »Von wem?«

»Von Curling persönlich«, sagte Sebastian langsam. Er sah Jeremy in die Augen. »Ich schlage vor, daß du und ich mit ihm sprechen.«

Jeremy zögerte, während er versuchte, in Sebastians Gesicht zu lesen. Dann warf er abrupt den Kopf zurück. »Bei Gott, ja.«

»Es ist offenbar an der Zeit, Pläne zu machen.« Prudence blickte Sebastian erwartungsvoll an. »Was sollen wir als erstes tun?«

»Als erstes, meine Liebe, werden Jeremy und ich dich nach Hause bringen.«

»Oh, nein, Graf, Sie können mich nicht einfach ausschließen.«

Jeremy legte die Stirn in Falten. »Sie können uns unmöglich begleiten, Lady Angelstone. Das ist eine Sache zwischen Männern. Stimmt's, Angelstone?«

»Ja«, pflichtete Sebastian ihm bei, überrascht von Jeremys Heftigkeit. »Stimmt vollkommen.«

Prudence öffnete den Mund, um zu protestieren. Dieses Mal würde er standhaft bleiben, schwor er sich.

Aber zu seiner Überraschung schloß sie den Mund, ohne ein Wort zu sagen.

Es war fast vier Uhr morgens, als Sebastian endlich allein mit Jeremy in der Kutsche saß. Sie wollten zu Curlings Haus. Prudence hatte ihr ungewohntes Schweigen bis nach Hause beibehalten, wo Sebastian sie eilig hineingeleitet und ins Bett geschickt hatte. Er wußte, sie würde warten, bis er zurückkam.

»Ich werde Curling natürlich herausfordern«, platzte Jeremy heraus, als die Kutsche wieder anfuhr.

»Ach ja?«

»Das ist alles, was ich tun kann, um die arme Lillian zu rächen. Wenn ich daran denke, was sie in jener Nacht durchgemacht haben muß, könnte ich ihn umbringen.«

»Wenn du dein Leben bei einem Duell aufs Spiel setzt, bringt sie das auch nicht zurück«, sagte Sebastian sanft.

Jeremys Augen funkelten. »Ich habe die Absicht, ihn zu töten.«

»Bist du ein guter Schütze?«

»Ich habe eine Zeitlang bei Manton's trainiert.«

Sebastian lächelte schwach. »Weiß deine Frau Mama davon?«

Jeremy rutschte auf dem Sitz hin und her. »Nein, natürlich nicht. Es wäre ihr nicht recht.«

Sebastian lauschte dem Geklapper der Pferdehufe auf den Pflastersteinen. »Sage mir, Cousin, hast du dich schon einmal duelliert?«

»Hm, nein, aber ich bin sicher, daß ich mein Ziel treffen kann.«

»Es ist schwerer, einem Mann eine Kugel in den Leib zu jagen, der selbst eine Pistole auf einen richtet, als bei Manton's die Zielscheibe zu treffen«, sagte Sebastian ruhig. »Es erfordert Eis, nicht Feuer, in den Adern. Du bist zu heißblütig für ein Duell.«

Jeremy blickte ihn finster an. »Es gibt Gerüchte, denen zufolge Sie zu Ihrer Zeit ein oder zwei Duelle ausgefochten haben.«

Sebastian bedachte ihn mit einem kühlen Blick. »Duelle sind illegal.«

Jeremy wandte den Blick von Sebastians Gesicht ab. »Ja, Sir, ich weiß.« Er räusperte sich. »Wie Sie sicher selbst am besten wissen, sind Sie so etwas wie eine Legende, Sir. Sie sind ein Mann von Welt. Ich würde es zu schätzen wissen, wenn Sie mir einige Tips geben könnten, wie man ein Duell ausrichtet.«

»Damit wäre deine Frau Mama gewiß nicht einverstanden.«

»Zum Teufel mit Mama.« Plötzlich lag Feuer in Jeremys Augen. »Das geht sie nichts an. Ich muß es für Lillian tun. Können Sie das nicht verstehen? Ich habe sie geliebt.«

Jeremy meinte, was er sagte, dachte Sebastian. »Also gut. Falls es zu einem Duell kommen sollte, werde ich die Rolle des Sekundanten übernehmen.«

Jeremy war sprachlos. »Wirklich?«

»Ja.«

»Angelstone.« Jeremy starrte ihn überrascht an. »Das ist sehr freundlich von Ihnen, Sir. Ich weiß es zu schätzen.«

»Dir ist ja wohl klar, daß deine Mutter mir die Schuld geben wird, falls du erschossen wirst. Ebenso wie meine Frau.« Sebastian lächelte schwach. »Mit deiner Frau Mama werde ich schon fertig werden, aber ich denke lieber nicht darüber nach, was geschehen wird, wenn Lady Angelstone zu dem Schluß kommt, daß ich nichts getan habe, um dich davon abzuhalten, dich umbringen zu lassen.«

»Ich habe nicht die Absicht, mich umbringen zu lassen«, sagte Jeremy. »Das Ziel ist, Curling eine Kugel in den Leib zu jagen.«

»Nein, Cousin«, sagte Sebastian leise. »Das Ziel ist, Curling zu zerstören. Ihn zu einem Duell herauszufordern ist nur eine Notlösung.«

»Warum?«

»Der Ausgang eines Duells ist ungewiß. Er könnte beispielsweise überleben, selbst wenn es dir gelänge, ihn zu treffen. Viele Männer überleben eine Schußwunde. Glaube mir, wenn ich sage, daß es andere, geeignetere Methoden gibt, um Lillians Tod zu rächen.«

Jeremy sah ihn nachdenklich an, während die Kutsche die Straße hinunterrumpelte. »Wie soll ich Ihrer Meinung nach Curling fertigmachen?«

Sebastian erklärte ihm den Plan, den er sich in dem Augenblick zurechtgelegt hatte, als er den Geschäftsvertrag *der Prinzen der Tugend* entdeckt hatte.

Eine Stunde vor Beginn der Morgendämmerung erreichten sie Curlings Stadthaus. Der Nebel wurde schnell dichter.

Ärgerlich, um diese nachtschlafende Zeit aus dem Schlaf gerissen zu werden, öffnete Curlings Butler mit zerzaustem Haar die Tür. Er seufzte beim Anblick der beiden Gentlemen.

»Setzen Sie Ihren Herrn davon in Kenntnis, daß Angelstone ihn umgehend zu sprechen wünscht«, sagte Sebastian.

»Seine Lordschaft ist erst vor einer Stunde nach Hause gekommen«, sagte der Butler. »Er wird sicher nicht geweckt werden wollen.«

Sebastian lächelte. »Das interessiert mich nicht besonders, ob er will oder nicht.«

Der Butler beäugte Sebastians Lächeln. »Wie Sie wünschen, M'lord. Wenn Sie und Ihr Freund eintreten wollen. Ich werde seine Lordschaft von Ihrem Besuch unterrichten.« Er stakste davon.

Sebastian blickte zu Jeremy, der starr vor Ärger und Anspannung neben ihm stand. »Beruhige dich, Jeremy. Oder versuche zumindest, gelassen zu wirken. Es gibt nichts, was einen Gegner mehr beunruhigt, als wenn man den Anschein erweckt, amüsiert oder sogar gelangweilt zu sein.«

»Sie müssen es ja wissen«, erwiderte Jeremy trocken. »Sie beherrschen diese Kunst schließlich bis zur Perfektion. Ich würde ein Vermögen dafür geben herauszufinden, wie Sie es anstellen, in einer Situation wie dieser so verdammt amüsiert oder aber tödlich gelangweilt zu wirken.«

»Falls du dich daran erinnerst – mir liegt das schauspielerische Talent gewissermaßen im Blut.«

Jeremy bedachte ihn mit einem nachdenklichen Blick. »Es gibt genug Leute, die sagen, daß Sie einfach von Natur aus kaltblütig sind.«

Sebastian dachte an Prudence, die zu Hause auf ihn wartete. »Und eine Person, die das Gegenteil behauptet.«

Das Geräusch von Stimmen oben an der Treppe lenkte Jeremy ab. »Da kommt Curling.«

»Du gestattest, daß ich die Befragung übernehme«, sagte Sebastian leise.

»Ja, Sir.«

Curling kam in einem silbergrauen Hausmantel die Treppe hinab. Er fuhr sich mit der Hand durch das Haar. Der leicht verärgerte Gesichtsausdruck paßte zu einem Mann, der unsanft geweckt worden war, aber seine Augen waren wach und aufmerksam.

»Was, zum Teufel, wollen Sie um diese unchristliche Zeit von mir, Angelstone?« Er bedachte Jeremy mit einem rätselhaften Blick. »Ich hoffe, es dauert nicht lange.«

»Bestimmt nicht«, versicherte Sebastian. »Sollen wir in die Bibliothek gehen?«

Curling zuckte mit den Schultern und führte sie in den kleinen Raum neben der Eingangshalle. Er winkte lässig in Richtung zweier Sessel, während er sich an die Bar begab. »Trinken Sie ein Glas mit?«

»Nein«, sagte Sebastian. Er nahm Platz und legte lässig die Beine übereinander.

»Nein«, sagte Jeremy in demselben kalten Ton. Er warf einen schnellen Blick auf Sebastian und setzte sich dann ebenfalls. Es gelang ihm zwar nicht, ebenso gelassen zu wirken, aber ganz offensichtlich gab er sich die größte Mühe.

»Wie Sie wollen.« Curling schenkte sich ein Glas Brandy ein und wandte sich dann den beiden Besuchern zu. »Nun? Was ist so wichtig, daß Sie meinen, mich um diese Zeit noch aufsuchen zu müssen?«

»Wir sind hier, um mit Ihnen über den Tod zweier Ihrer Geschäftspartner zu sprechen«, sagte Sebastian.

»Geschäftspartner?«

»Ringcross und Oxenham.«

Curling schluckte seinen Brandy. »Weshalb denken Sie, daß sie Geschäftspartner von mir waren?«

Sebastian lächelte. »Ich habe ein Dokument in Bloomfields Schreibtisch gefunden. Die Vertragsbedingungen machen deutlich, daß Sie nun erheblich reicher sein dürften als noch vor ein paar Tagen. Und wenn es Ihnen gelingen sollte, auch Bloomfield zu töten, werden Sie sogar noch reicher sein.«

Curling stand reglos da. »Großer Gott, Mann. Wollen Sie mich etwa beschuldigen, meine Geschäftspartner umgebracht zu haben?«

»Ja«, sagte Sebastian. »Das will ich.«

»Das ist vollkommener Blödsinn.« Curling warf Jeremy einen hastigen Blick zu. »Ringcross kam durch einen Sturz ums Leben, und Oxenham hat Selbstmord begangen.«

»Geben Sie auf«, sagte Sebastian. »Ich weiß über alles Bescheid, auch darüber, wie Sie versuchen, meinem Cousin die Sache in die Schuhe zu schieben. Mich würde lediglich interessieren, woher Sie wußten, daß ich gelegentlich mit einem Spitzel zusammenarbeite. Aber das spielt im Augenblick keine Rolle.«

»Sie sind verrückt«, schnappte Curling.

»Nein. Und auch Bloomfield nicht. Zumindest nicht vollkommen. Er erzählte mir, was *die Prinzen der Tugend* mit Lillian gemacht haben.«

Jeremy umklammerte die Lehne seines Sessels. »Sie haben sie entführt. Vergewaltigt. In den Tod getrieben.«

Curling wandte sich ihm mit blitzenden Augen zu. »Sie war eine billige kleine Nutte. Ihr Onkel hat sie uns für die Nacht verkauft. Wir haben nicht schlecht für ihre Dienste bezahlt.«

»Sie war keine Prostituierte«, schrie Jeremy. »Sie wäre niemals mit Ihnen gegangen. Sie haben sie entführt, Sie Bastard.«

»Unsinn.« Curling verzog verächtlich den Mund. »Sie war nichts als eine billige kleine Hure mit hübschen Beinen.«

»Sie leugnen die Tat noch nicht einmal?« fragte Jeremy ungläubig.

»Weshalb sollte ich?« fragte Curling. »Ich erkenne gute Ware eben sofort. Und wie gesagt, ich habe gut dafür bezahlt.«

»Fahren Sie zur Hölle.« Jeremy war halb aufgesprungen.

»Setz dich«, sagte Sebastian leise.

Jeremy zögerte, ließ sich dann aber widerwillig zurück in den

Sessel fallen. »Sie haben sie vergewaltigt«, beschuldigte er Curling.

Curling zuckte lässig mit einer Schulter. »Ich gebe zu, daß ich einmal mit ihr geschlafen habe. Wenn Sie die Wahrheit wissen wollen, sie war nicht besonders talentiert. Der alte Herr hat uns versichert, daß sie Jungfrau sei, und ich glaube, er hatte recht.«

Jeremy starrte ihn haßerfüllt an. »Verdammter Hurensohn.«

Curling war ehrlich amüsiert. »Sie haben sich tatsächlich eingebildet, sie zu lieben, nicht wahr?«

»Ja, verdammt, ich habe sie geliebt.«

»Und deshalb haben Sie Ringcross und Oxenham umgebracht, nicht wahr?« schloß Curling kühl. »Sie dachten, Sie könnten so ihre kleine Nutte rächen.«

»Ich habe sie nicht umgebracht«, flüsterte Jeremy. »Weil ich gar nichts von der Sache wußte. Aber ich werde Sie fertigmachen für das, was Sie Lillian angetan haben.«

»Fertigmachen?« Curling grinste vergnügt. »Wie wollen Sie das anstellen?«

Sebastian beschloß, daß es an der Zeit war, wieder die Kontrolle über das Geschehen zu übernehmen. Er hatte gewußt, daß es schwierig werden würde mit Jeremys Hitzköpfigkeit. »Curling, es ist zwecklos, die Unterhaltung in die Länge zu ziehen. Es genügt wohl, wenn ich sage, daß ich glaube, daß Sie Ringcross und Oxenham getötet haben.«

»Das können Sie nicht genau wissen.«

»Sie sind der einzige mit einem Motiv«, erwiderte Sebastian sanft.

»Ihr Cousin hatte ein Motiv. Er wollte sein kleines Schankmädel rächen.«

»Nein, das wollte er nicht, weil er gar nicht wußte, was *die Prinzen der Tugend* Lillian angetan hatten, bevor ich es ihm gesagt habe.«

Curlings Nasenflügel bebten. »Wie können Sie sich da so sicher sein?«

»Sagen wir einfach, ich verlasse mich auf meinen Instinkt.« Sebastian legte lässig eine Hand auf seinen Stiefel. »Aber das ist auch egal. Wenn ich dächte, daß Jeremy Ringcross und Oxenham umgebracht hat, um Lillian zu rächen, dann würde ich mich nicht weiter in die Angelegenheit einmischen.«

»Wir sprechen hier von Mord«, sagte Curling eilig.

»So? Sie haben es verdient, umgebracht zu werden. Wäre Jeremy der Schuldige, dann gälte meine Hauptsorge der Tatsache, daß er beim nächsten Mal kein Beweismaterial zurückläßt.«

Jeremy starrte ihn überrascht an.

In Curlings Augen flackerte kalte Wut. »Verdammt, Angelstone. Wollen Sie damit etwa sagen, daß Sie einen Fleetwood vor den Behörden schützen würden, selbst wenn er einen Mord beginge?«

»Ich ziehe es vor, keine allgemeinen Aussagen zu machen«, sagte Sebastian. »Ich kann Ihnen jedoch versichern, daß ich meinen Cousin wegen dieser Morde auf keinen Fall dem Gericht überantworten würde.«

»Ich kann einfach nicht glauben, daß Sie einen Fleetwood schützen«, krächzte Curling. »Alle Welt weiß, daß Sie den Haufen hassen.«

»Ich gebe zu, daß ich bestimmte Mitglieder meiner Familie nicht sonderlich mag. Aber ich verachte sie nicht annähernd so, wie ich Männer verachte, die hilflose junge Frauen entführen und vergewaltigen.«

Curling ließ die Hand mit einer derartigen Wucht auf den Tisch knallen, daß die Blumenvase zu schwanken begann. »Sie war eine billige kleine Hure. Weshalb, zum Henker, fangen Sie immer wieder von dieser alten Geschichte an?«

»Sie scheinen mich nicht zu verstehen«, sagte Sebastian.

»Lillians Tod ist das einzige, was in dieser Angelegenheit zählt.«

»Ich glaube es einfach nicht«, faucht Curling.

Jeremy ballte die Fäuste. »Ich werde ihr Gerechtigkeit widerfahren lassen.«

Sebastian stellte fest, daß er begann, Jeremy einen gewissen Respekt zu zollen.

»Verdammt, Sie können mir nichts beweisen, Angelstone.« Curling leerte sein Glas und schleuderte es beiseite. »Rein gar nichts.«

Sebastians Mund verzog sich zu einem erneuten humorlosen Lächeln. »Wir brauchen nichts zu beweisen. Sie haben zugegeben, daß Sie Lillian von ihrem Onkel gekauft haben. Sie haben zugegeben, daß Sie sie vergewaltigt haben. Das reicht mir.«

»Das reicht wofür?« fragte Curling spöttisch. »Kein Gericht in der Welt würde mich wegen Vergewaltigung verurteilen. Das alles ist drei Jahre her, und sie war nichts als eine kleine Hure.«

»Es genügt mir, um darauf zu bestehen, daß Sie London noch heute nachmittag verlassen. Innerhalb von zwei Tagen werden Sie aus England verschwunden sein, und Sie werden nicht hierher zurückkehren.«

Curling starrte ihn verblüfft an. »Sie sind mindestens ebenso verrückt wie Bloomfield. Weshalb wohl sollte ich England verlassen?«

Sebastian blickte ihm in die Augen. »Weil ich andernfalls Ihre Gläubiger davon in Kenntnis setzen werde, daß das Unternehmen, das Sie mit den anderen *Prinzen der Tugend* gegründet haben, zahlungsunfähig ist und daß die Aktien wertlos sind.«

»Aber die Firma ist nicht zahlungsunfähig. Die Aktien sind nicht wertlos, verdammt, sie sind ein Vermögen wert.«

»Wenn ich fertig bin, werden sie weniger wert sein als das Papier, auf dem sie gedruckt sind«, sagte Sebastian. »Ich habe die Macht und die Beziehungen dazu, das wissen Sie ebensogut wie ich.«

Curling schüttelte benommen den Kopf. »Das macht alles keinen Sinn. Ich verstehe das nicht. Sie versuchen, mich aus dem Land zu jagen, nur weil ich einmal ein kleines Schankmädel vergewaltigt habe?«

»Ich glaube, Sie beginnen allmählich, die Situation zu begreifen.« Sebastian erhob sich. »Wenn Sie uns jetzt entschuldigen, mein Cousin und ich müssen nun leider gehen.«

Jeremy sprang auf die Füße. Er sah Curling an. »Mißverstehen Sie mich nicht, Curling. Wenn Sie London nicht heute noch verlassen, werde ich Sie zu einem Duell herausfordern. Angelstone hat sich bereit erklärt, als mein Sekundant zu fungieren.«

Umgehend verengten sich Curlings Augen zu neuen Spekulationen. Er blickte Sebastian an. »Ah, jetzt macht das Ganze etwas mehr Sinn. Es würde Sie zweifellos unendlich amüsieren, wenn ich einen Fleetwood für Sie erledigen würde, nicht wahr, Angelstone? Ist das das kleine Drama, das Ihnen vorschwebt?«

»Im Gegenteil, ich fände es unendlich lästig, wenn es Ihnen gelänge, meinem Cousin eine Kugel in den Leib zu jagen.« Sebastian ging in Richtung der Tür. »Weil ich dann nämlich gezwungen wäre, Sie herauszufordern.«

»Verdammt, Angelstone. Weshalb sollten Sie mich herausfordern, um einen Fleetwood zu rächen?« schrie Curling.

»Ich weiß nicht genau, weshalb«, gestand Sebastian. »Muß wohl irgend etwas zu tun haben mit meiner Verantwortung für die Familie oder so. Ich nehme an, meine Frau könnte Ihnen das besser erklären.«

NEUNZEHN

Sebastian kam kurz vor Morgengrauen nach Hause. Als er die Treppe hinaufging, hörte er das gedämpfte Klappern der Pfannen in der Küche. Für die hochrangigen Mitglieder der Gesellschaft neigte sich der Tag dem Ende, für ihre Bediensteten jedoch begann er gerade.

Auf dem Weg zu seinem Schlafzimmer lockerte er seine Krawatte. Tief in seinem Inneren verspürte er die vertraute Spannung. Dies war die Stunde, die er am meisten haßte. Es war der Moment, an dem der neue Tag mit der Nacht kämpfte und weder Licht noch Dunkelheit Hoffnung versprachen.

Um diese Zeit war Sebastian seine innere Kälte immer am deutlichsten bewußt. Das Gefühl, auf ewig in einem eisigen, grauen Nebel gefangen zu sein, war im Morgengrauen am bedrückendsten.

Aber es war nicht mehr ganz so schlimm wie früher. Er wußte, das lag daran, daß Prudence auf ihn wartete. Wie hatte er nur all die langen Jahre ohne sie ausgehalten?

Er öffnete die Tür zu seinem Schlafzimmer und sah seine frohe Erwartung bestätigt. Prudence schlief in seinem Bett. Neben ihr hatte sich Luzifer zusammengerollt. Aus goldenen Augen sah er Sebastian reglos an.

Sebastian ging hinüber zum Bett und betrachtete Prudence. Ihr Haar war lose auf den Kissen ausgebreitet und ihr Nachthemd war über eine Schulter gerutscht. Sie wirkte weich und warm und vollkommen unschuldig. Sie war es, die seine vollkommene Einsamkeit durchbrochen hatte.

Er wandte sich vom Bett ab und begab sich zu dem kleinen Tisch, auf dem die Brandykaraffe stand. Er schenkte sich ein Glas ein und setzte sich ans Fenster, um auf die Dämmerung zu warten.

Luzifer tauchte neben seinem Stuhl auf. Er sprang leichtfüßig auf Sebastians Schenkel und ließ sich dort nieder, um den geräuschlosen Kampf vor dem Fenster zu verfolgen.

Sebastian streichelte die Katze und nippte an seinem Brandy.

»Sebastian?«

»Ich bin wieder da, Prue.«

Er hörte, wie sie das Bett verließ und den Raum durchquerte. Sie legte eine Hand auf seine Schulter.

»Ist alles in Ordnung?« fragte sie sanft. »Ist euer Gespräch mit Curling planmäßig verlaufen?«

»Ja.« Sebastian hörte auf, Luzifer zu streicheln und griff nach ihrer Hand. »Ich glaube, er wird England bald verlassen.«

Prudence drückte seine Finger. »Ich wußte, Sie würden die Sache regeln, Graf.«

»Ach ja?«

»Ja. Du bist ein guter Mann, Sebastian. Ich bin sehr stolz darauf, deine Frau zu sein.«

Diese einfachen Worte berührten sein tiefstes Inneres. Sie brachten das Eis weiter zum Schmelzen. »Ich habe es für dich getan, Prue.«

»Ich glaube, du hättest es auch für Jeremy getan, selbst wenn du mir niemals begegnet wärst.«

Er wollte nicht mit ihr streiten, also schwieg er und nippte erneut an seinem Brandy.

Nach einer Weile fragte Prudence: »Meinst du, daß es dir irgendwann einmal gelingen wird, um diese Zeit zu schlafen?«

»Niemals. Ich hasse das Morgengrauen. Ganz gleich, wie hell der Tag auch wird, der kalte Nebel wartet doch immer auf mich.«

»Er wartet auf jeden Menschen, Sebastian. Das Geheimnis besteht einfach darin, zu versuchen, nicht allein damit fertig zu werden.«

Er drückte ihre Hand fester. Gemeinsam beobachteten sie,

wie das Licht mit der Dunkelheit focht. Nach einer Zeit stellte Sebastian fest, daß der Nebel wesentlich heller geworden war. Der neue Tag war angebrochen.

Sebastian setzte Luzifer auf den Boden. Dann erhob er sich, nahm Prudence in die Arme und trug sie zum Bett. Er zog sie fest an sich und sog ihre einladende Wärme ein.

Die Neuigkeit, daß Curling London verlassen hatte, interessierte die Gäste auf der Soiree bei den Brandons herzlich wenig. Das bemerkte Prudence gegenüber Sebastian, mit dem sie am Fenster stand.

Sebastian lächelte. »Niemand hat einen Grund, sich über Curlings plötzliche Abreise sonderlich zu wundern. Das ist schließlich nichts Ungewöhnliches.«

»Wird es die Leute denn interessieren, wenn sie erfahren, daß er das Land verlassen hat?«

»Ja«, stellte Sebastian mit kalter Zufriedenheit fest. »Das wird zweifellos die Aufmerksamkeit der Leute erregen.« Er sah sich um. »Wie ich sehe, ist Lady Pembroke soeben angekommen.«

Prudence hob ihr baumelndes Lorgnon vor das Gesicht. Da stand Hester. »In der Tat.« Begeistert winkte sie ihrer Freundin mit dem Fächer zu. »Ich frage mich, ob sie irgendwelche neuen Klienten für mich hat. Jetzt, da deine Untersuchung abgeschlossen ist, wäre es an der Zeit, daß ich ein interessantes Projekt für uns an Land zöge.«

»Ich für meinen Teil hätte nichts gegen ein wenig Ruhe und Frieden im Moment.« Sebastians Augen verengten sich. »Verdammt. Da kommt Jeremy.«

»Wo? Dieses blöde Lorgnon ist wirklich lästig.« Prudence hielt sich erneut das modische Glas vor das Gesicht und suchte in der Menge nach Sebastians Cousin. Er schien versessen darauf zu sein, in Sebastians Nähe zu gelangen, da er sich direkt zu ihnen durchkämpfte. »Ich habe den Eindruck, als seien Sie in den Augen Ihres Cousins eine Art Held geworden, Graf, genau wie in Trevors Augen.«

»Ich kann mir durchaus interessantere Arten der Unterhaltung vorstellen, als vor jungen Männern den Helden zu spielen.« Sebastian leerte sein Champagnerglas, als Jeremy bei ihnen anlangte.

»Guten Abend, Lady Angelstone.« Jeremy beugte sich elegant über Prudences ausgestreckte Hand.

»Guten Abend, Jeremy.« Prudence lächelte ihn an.

Jeremy bedachte Sebastian mit einem Blick von Mann zu Mann. »Nehme an, Sie haben gehört, daß Curling heute nachmittag die Stadt verlassen hat.«

»Ich habe es vernommen.«

»Zweifelsohne wird er bald auf den Kontinent übersetzen.« Jeremy schnappte sich ein Glas Champagner von einem der Tabletts. »Ich nehme an, ich sollte mich damit zufrieden geben, daß er gezwungen ist, das Land zu verlassen, aber ich bin immer noch der Meinung, daß der Mann teuer bezahlen sollte für das, was er getan hat.«

»Glaube mir, für Curling wird es die Hölle sein, nicht mehr in England leben zu können«, sagte Sebastian. »Besonders, wenn er feststellt, daß sein neuer Reichtum sich sehr schnell in nichts auflöst.«

Prudence blickte ihn überrascht an. »Weshalb sollte er das? Ich dachte, du hättest ihm erlaubt, die Investmentgesellschaft zu behalten, wenn er das Land verläßt.«

»Stimmt.« Sebastian lächelte sein kältestes Lächeln. »Aber das wird ihm nichts nützen. Wenn es sich erst einmal herumspricht, daß er England verlassen hat und daß der einzige andere Geschäftsführer der verrückte Bloomfield ist, dann werden die Aktien rapide sinken. Innerhalb weniger Monate werden sie wertlos sein, und das Unternehmen ist bankrott.«

Jeremy starrte ihn an. »Darüber habe ich noch gar nicht nachgedacht, Sir. Sie meinen also, Curling wird sein Vermögen nicht halten können?«

»Zumindest nicht lange. Das Gerücht, daß Bloomfield die Leitung des Unternehmens hat, wird das Vertrauen der Gläubiger zunichte machen.«

»Hervorragend.« Jeremy lächelte zufrieden. »Das also haben Sie gemeint, als Sie davon sprachen, ihn zu zerstören. Äußerst clever, wenn ich so sagen darf, Angelstone.«

Prudence grinste stolz. »Angelstone ist eben ein äußerst kluger Mann.«

Sebastian zog spöttisch die Brauen hoch. »Vielen Dank, meine Liebe.«

Jeremy runzelte die Stirn. »Ich frage mich, ob Curling sich darüber im klaren ist.«

»Ich nehme an, er wird das Ausmaß seiner Bestrafung früh genug erkennen«, entgegnete Sebastian. »Seine Bank wird ihn zweifellos auf dem laufenden halten.«

Jeremy blickte ihn alarmiert an. »Meinen Sie etwa, daß er dann versuchen wird, nach London zurückzukehren?«

»Um sich einer Reihe wütender Gläubiger und der Möglichkeit gegenüberzusehen, wegen seiner Schulden im Gefängnis zu landen?« fragte Sebastian. »Das wage ich zu bezweifeln. Wenn er es trotzdem tun sollte, werden wir uns der Sache annehmen.«

»Also ist die Angelegenheit erledigt.«

»Ich glaube schon«, sagte Sebastian.

Prudence kicherte. »Ich hoffe, ihr beide seid euch der Blicke bewußt, die auf euch gerichtet sind.«

Jeremy grinste. »Ich weiß. Die Leute sind es nicht gewöhnt, daß Angelstone sich freundlich mit einem Mitglied der Familie unterhält. Ich habe Mama übrigens erzählt, daß Sie mich vor einer Anklage und Verhaftung wegen Mordes bewahrt haben.«

Sebastian hätte sich beinahe an seinem Champagner verschluckt. »Verflucht. Ich hoffe doch, du hast ihr nicht die ganze Geschichte erzählt?«

»Natürlich nicht«, erwiderte Jeremy ernst. »Ich wußte, daß sie der Schlag treffen würde, wenn ich ihr alles erzähle. Ich habe ihr also lediglich erklärt, daß alle Welt von der Fehde zwischen Ihnen und uns wußte und daß ein Mörder versucht hat, daraus Kapital zu schlagen, um seine eigenen Spuren zu verwischen.«

»Was hast du ihr sonst noch erzählt?« fragte Sebastian unheilvoll.

»Nur, daß Sie Ihre Machtposition genutzt haben, um sicherzustellen, daß die Behörden kein Interesse an mir zeigen.«

»Hm.«

Prudence sah die verschwommenen Umrisse einer vertrauten Gestalt, die sich durch die Menge zu ihnen durchkämpfte. Erneut hob sie ihr Lorgnon vor das Gesicht. »Da wir gerade von Mrs. Fleetwood sprechen, hier kommt sie.«

»Gütiger Himmel«, entfuhr es Sebastian. »Bin ich jetzt etwa verpflichtet, den ganzen Abend in der Gesellschaft meiner Verwandten zu verbringen?«

»Ich bin mir sicher, daß Mama sich nur bei Ihnen entschuldigen will, Sir«, beruhigte ihn Jeremy.

»Ganz bestimmt will sie das.« Prudence bedachte Sebastian mit einem warnenden Blick. »Das mindeste, was Sie tun können, Angelstone, ist, sich gnädig zu zeigen.«

Sebastian lächelte grimmig. »Falls sich Tante Drucilla wirklich zu einer Entschuldigung durchringt, dann fresse ich einen Besenstiel.«

Drucilla baute sich vor Sebastian auf. »Da sind Sie ja, Angelstone.«

»Ja, Madam, hier bin ich. Und?«

»Nimm dich zusammen«, knurrte Prudence.

Drucilla ignorierte dieses Nebenspiel. Düster blickte sie Sebastian an. »Mein Sohn hat mir berichtet, daß Sie Ihre Pflicht gegenüber der Familie erfüllt haben, indem Sie sich einer bestimmten Angelegenheit angenommen haben, die möglicherweise recht unangenehm geworden wäre.«

Sebastians Augen blitzten amüsiert auf. »Sie dürfen beruhigt sein, Madam. Jeremy ist außer Gefahr.«

»Das will ich auch hoffen. Schließlich ist er ein Fleetwood. Seit Cromwell wurde kein Fleetwood mehr vor Gericht geschleppt.« Mit einer eleganten Bewegung ließ Drucilla ihren Fächer zuschnappen. »Außerdem hat Jeremy gesagt, daß Sie nicht derjenige waren, der versucht hat, ihn mit dem Tod dieser beiden Männer in Verbindung zu bringen.«

»Das hat Jeremy gesagt?« fragte Sebastians.

»Ja.«

»Und Sie glauben ihm, Madam?«

Prudence stieß ihm ihren Ellbogen in die Rippen und lächelte Drucilla an. »Angelstone nimmt Sie nur auf den Arm, Madam. Wie Sie wissen, hat er einen sehr ungewöhnlichen Sinn für Humor.«

»Autsch.« Behutsam befühlte Sebastian seine Rippen. »Ich mache keine Witze, Madam«, stieß er zwischen zusammengebissenen Zähnen hervor.

Drucilla bedachte Prudence mit einem tadelnden Blick. »Also wirklich, meine Liebe, derartige Spielchen sind wohl kaum passend in einem Ballsaal.«

»Es war kein Spielchen«, murmelte Prudence. Sie war sich der Tatsache bewußt, daß sich mehr und mehr Köpfe zu ihnen umdrehten.

Prudence spürte, wie sich um sie herum gespannte Erwartung breitmachte. Außerdem spürte sie, daß Sebastian sich auf die nächste Stichelei vorbereitete. Sie betete um Erlösung, und die kam in Gestalt von Hester.

Nachdem sie, ebenso wie alle anderen Gäste, offensichtlich zu dem Schluß gelangt war, daß sich eine Katastrophe anbahnte, unternahm Hester den Versuch, diese abzuwenden. Sie blickte Prudence fragend an und wandte sich dann mit gespielter Überraschung an Drucilla.

»Oh, hallo, Drucilla. Ich habe Sie gar nicht hier stehen sehen. Wie geht es Ihnen?«

»Gut, danke, Hester. Ich wollte gerade mit Prudence über ihr Kleid sprechen.«

»Wunderhübsch, nicht wahr?« sagte Hester, froh, über ein Thema zu sprechen, das ihrer Meinung nach recht unverfänglich war. »Dieser einzigartige Lavendelton ist wirklich hochmodern, nicht wahr.«

»Sie sieht damit aus wie ein ausgewrungener Waschlappen«, sagte Drucilla. »Und diese ganzen Rüschen wirken einfach lächerlich an ihr.« Stirnrunzelnd blickte sie Prudence an. »Wie ich sehe, haben Sie noch keine neue Schneiderin gefunden.«

Prucende merkte, wie sie rot wurde. Hilflos blickte sie Sebastian an, doch der machte keinerlei Anstalten, ihr zur Seite zu stehen. »Nein, Madam, ich hatte noch nicht die Zeit dazu. Aber ich beabsichtige, mich so bald wie möglich auf die Suche zu machen.«

»Ich werde wohl nicht darum herum kommen, Sie bei meiner Schneiderin einzuführen«, verkündete Drucilla großmütig. »Ich nehme an, sie wird in der Lage sein, etwas für Sie zu tun. Aus Ihnen sollte doch etwas zu machen sein.«

Prudence sank der Mut. Sie war sich des Funkelns in Sebastians Augen nur allzu bewußt. Es gelang ihr, höflich zu lächeln. »Das ist wirklich sehr freundlich von Ihnen, Madam.«

»Irgendwer muß sich ja wohl um Sie kümmern. Mir scheint, daß ich Ihre Erziehung selbst in die Hand nehmen muß. Gewisse Dinge werden nun einmal erwartet von der Frau des Familienoberhauptes.«

»Ja, natürlich«, sagte Prudence matt.

»Ich werde bei der ersten sich bietenden Gelegenheit mit Ihnen einkaufen gehen.« Drucilla machte auf dem Absatz kehrt und segelte davon.

Aufgeregt fächerte Hester sich Luft zu. »Meine Güte, Prue, vielleicht hat sie recht. Wenn ich mir die Sache überlege, bin ich mir gar nicht mehr so sicher, ob Lavendel und Violett dir sonderlich gut stehen.«

»Du selbst hast die Farben doch ausgesucht«, sagte Prudence erbost.

»Ja, ich weiß, und sie sind auch hochmodern. Trotzdem würde ich mich an deiner Stelle an Drucillas fachmännischen Rat halten.« Hester betrachtete Sebastians schlichten, doch eleganten schwarzweißen Anzug. Dann blickte sie hinüber zu dem ebenfalls tadellos gekleideten Jeremy. »Die Fleetwoods haben einen gewissen natürlichen Sinn für Stil. Das kannst du dir ebensogut zunutze machen.«

Sebastian lächelte sarkastisch. »Ganz recht, meine Liebe. Vertraue meiner Tante und mach dir keine Sorgen wegen der Kosten. Kein Preis ist zu hoch, wenn ich dich dafür auf einem Einkaufsbummel mit ihr sehe.«

Prudence bedachte ihn mit einem finsteren Blick. Er wußte nur zu gut, daß sie schon jetzt bei dieser Vorstellung erschauderte. »Wagen Sie es ja nicht, sich über mich lustig zu machen, Angelstone. Sonst sehe ich mich gezwungen, drastische Maßnahmen zu ergreifen, das schwöre ich.«

»Verzeih mir, meine Liebe.« In Sebastians Augen flackerte teuflische Heiterkeit. »Aber mir scheint, daß sich mir eine vollkommen neue Form der Unterhaltung bietet.«

»Also wirklich, Sebastian.«

»Sie waren diejenige, die den Familienfrieden unbedingt wollte, Madam. Nun, Ihr sehnlichster Wunsch hat sich erfüllt. Es wird gewiß höchst amüsant zu sehen, wie du mit der alten

Hexe – entschuldige, ich meine mit Tante Drucilla – zurechtkommst.«

Jeremy schnitt eine Grimasse. »Mama meint es nur gut, Lady Angelstone. Ich fürchte nur, sie hat einen sehr ausgeprägten Sinn für Verantwortung, besonders gegenüber der Familie.«

»Ich bin sicher, daß sie den hat«, bedauerte Prudence.

»Genau wie du, meine Liebe«, sagte Sebastian glatt. »Ihr beide werdet euch sicher hervorragend verstehen.« Er begann zu lachen.

Als Prudence ihn böse anblickte, lachte er nur noch heftiger. Er besaß noch nicht einmal den Anstand, seine Heiterkeit zu unterdrücken, als die Leute anfingen, ihn anzustarren.

Prudence sah Jeremy herausfordernd an. »Würde es Ihnen sehr viel ausmachen, mit mir zu tanzen, Jeremy? Wenn ich hier bei Angelstone bleibe, werde ich mir zweifellos die Blöße geben und ihn vors Schienbein treten.«

Erneut brach Sebastian in Gelächter aus.

Jeremy blickte ihn neugierig an. Dann grinste er und reichte Prudence einen Arm »Es ist mir ein Vergnügen, Madam.«

»Vielen Dank.«

Erst auf der Tanzfläche kam Prudence der Gedanke, daß sie den Leuten schon wieder einen Grund gegeben hatte, sich zu wundern. Sämtliche Augen waren jetzt auf sie gerichtet.

»Man starrt uns an.«

»Können Sie es den Leuten verübeln?« kicherte Jeremy, während er sie im Walzertakt herumwirbelte. »Die Lady des Gefallenen Engels tanzt mit einem Fleetwood. Und es gibt kein Anzeichen dafür, daß der Teufel seinen Zorn darüber an mir auslassen wird. Er ist viel zu sehr damit beschäftigt, über einen Witz zu lachen, den niemand außer ihm versteht.«

»Sie werden denken, daß Angelstone übergeschnappt ist«, sagte Prudence »Und vielleicht haben sie damit sogar recht.«

»Morgen früh wird die ganze Stadt wissen, daß die Fehde zwischen den Fleetwoods beendet ist«, dachte Jeremy laut nach.

»Ich nehme an, von Ihrer Mutter unter die Fittiche genommen zu werden ist kein allzu hoher Preis dafür«, versuchte Prudence optimistisch zu sein.

»Da wäre ich mir an Ihrer Stelle lieber nicht so sicher.«

Prudence murrte immer noch über den drohenden Einkaufsbummel, als Sebastian sie eine Stunde später hinausführte in die kalte, neblige Nacht.

»Es ist wirklich ärgerlich, Sebastian. Auf dem Land hat nie jemand etwas über meine Kleidung gesagt, aber hier in der Stadt scheine ich es niemandem recht machen zu können. Und was soll ich jetzt mit den ganzen Kleidern machen, die ich bestellt habe, als Hester mit mir einkaufen war, he?«

»Ich nehme an, am besten verschenkst du sie einfach.« Sebastian winkte eine Kutsche heran. Ihre eigene war in dem Gedränge vor dem großen Haus nirgends zu entdecken.

»An wen denn, bitte?«

Sebastians Mund verzog sich. »An jemanden, dem die Farben Violett und Lavendel stehen.« Er ergriff ihren Arm und ging ungeduldig die Treppe hinunter. »Komm. Die Kutsche braucht noch mindestens zwanzig Minuten, bis sie hier ist. Da können wir ebensogut gehen.«

»Sehr gut. Ich habe keine große Lust, allzu lange hier herumzustehen. Es ist recht kühl heute nacht.« Wenigstens hatte sie heute abend einen Umhang mitgenommen, dachte Prudence. Sebastian hatte darauf bestanden.

In dem dichten Nebel waren die Kutschen kaum zu unterscheiden. Die schwarze Angelstonesche Kutsche wartete am Ende einer langen Fahrzeugschlange. Ein Page in der vertrauten schwarzgoldenen Livree erschien, um Prudence die Tür zu öffnen.

Irgend etwas an ihm war anders als sonst. Sie blickte auf und stellte fest, daß sie den Mann nicht kannte. Ehe sie jedoch ihr Lorgnon anheben konnte, um ihn genauer in Augenschein zu nehmen, hörte sie, wie Sebastian leise fluchte.

»Wer, zum Teufel –«

Ein leiser, ekelhafter Schlag unterbrach ihn. Sebastian stöhnte. Prudence wirbelte herum, als sie spürte, daß er ihren Arm losließ.

»Sebastian.« Instinktiv packte sie ihn, als er auf dem Gehweg zusammensackte. Aber er war zu schwer. Also kniete sie neben ihm nieder. »Großer Gott, Sebastian, was ist los?«

Aus dem Nebel tauchte die drohende Gestalt eines Mannes auf. Sein Gesicht war verschwommen, aber Prudence erkannte deutlich den großen, stumpfen Gegenstand in seiner Hand.

»Keine Angst, Ma'am. Er wird schon wieder. Ich kenn' mich da aus. Los jetzt, rein in die Kutsche. Ich werde seine Hoheit schon auch noch reinschieben.«

Prudence erhob sich eilig. Als sie schreien wollte, legte sich eine grobe Männerhand über ihren Mund.

»Halten Sie bloß die Klappe, Lady«, zischte ihr der seltsame Page ins Ohr.

Prudence begann sich zu wehren. Sie trat wild um sich, aber ihre Bewegungen wurden erheblich durch den schweren Umhang behindert. Jemand packte ihre Knöchel. Sie stellte fest, daß sie es einschließlich des Kutschers mit drei Männern zu tun hatten.

»Nehmen Sie sich zusammen, oder Ihrem Mann geht's gleich noch schlechter«, murmelte der falsche Page. »Wissen Sie, wir ham's ziemlich eilig. Wir ham schließlich nich' die ganze Nacht Zeit. Wir ham versprochen, daß wir Sie rechtzeitig abliefern. Sonst kriegen wir unser Geld nich'.«

Prudence blickte verzweifelt in Richtung des Kutschbocks, als sie in die Kutsche gehievt wurde.

»Rein mit Ihnen«, sagte der Mann auf dem Bock, der bestimmt nicht Sebastians normaler Kutscher war. »Ich hab' keine Lust, mir die ganze Nacht um die Ohren zu schlagen.«

Prudence wurde auf den Boden der Kutsche gestoßen. Ein leises Knacken verriet ihr, daß ihr Lorgnon zerbrochen war.

Sie strampelte, um sich aus den Falten ihres Umhangs zu befreien.

»Geben Sie sich keine Mühe«, sagte einer der Männer barsch. Er schob Prudence auf einen der Sitze. »Sparen Sie sich Ihre Energie. Nehme an, unser Kunde hat bestimmte Pläne mit 'nem hübschen kleinen Ding wie Ihnen.«

Der Mann, der die Angelstonesche Livree trug, mühte sich mit dem reglosen Körper des zweiten Gefangenen ab. Schließlich landete Sebastian mit dem Gesicht nach unten auf dem Boden der Kutsche. Er bewegte sich nicht.

Prudence starrte ihn entsetzt an und versuchte verzweifelt zu sehen, ob er blutete und ob seine Augen wenigstens geöffnet waren. Unmöglich zu sagen. Selbst wenn sie an die Augengläser in ihrer Handtasche gekommen wäre, hätte sie nicht erkennen können, wie schwer Sebastian verletzt war. Es war einfach zu dunkel in der Kutsche.

Der livrierte Entführer sprang in die Kutsche und setzte sich Prudence gegenüber. Das Licht reichte gerade, um die Pistole in seiner Hand erkennen zu lassen.

»Tja, nun, nehme an, wir müssen irgendwas finden, worüber wir uns in der nächsten Stunde unterhalten können, Ma'am. Ihr Mann wird wohl kaum in der Stimmung sein, ein Gespräch zu führen.« Er stieß Sebastian mit der Spitze seines Stiefels an.

»Rühren Sie ihn nicht an«, sagte Prudence.

»Keine Bange, er wird in einer annehmbaren Verfassung sein, wenn ich ihn auf Curling Castle abliefere. Das hab' ich seiner Lordschaft auf jeden Fall versprochen. Sie beide werden wohlbehalten dort abgeliefert.«

Prudence stockte der Atem. »Sie bringen uns nach Curling Castle?«

»Stimmt genau. Wegen diesem verdammten Nebel dauert die Fahrt bestimmt 'n bißchen länger, aber das macht nichts. Jack da oben is 'n wirklich guter Kutscher. Wir brauchen bestimmt nich' mehr als 'ne Stunde.«

Das schwarze Zimmer war genauso kalt, wie Prudence es in Erinnerung gehabt hatte. Die dunkle, schwere Kälte schien ganz von selbst zu kommen. Sie kam direkt aus den Steinen und nicht von der Nachtluft außerhalb des Gemäuers. Nebelgleich verschleierte sie alles im Raum.

Prudence wandte den Kopf. Die Männer, die sie und Sebastian vor ein paar Minuten hier hereingebracht hatten, hatten eine einzige Kerze auf dem Tisch zurückgelassen. Die schwache Flamme konnte nicht viel ausrichten gegen die bedrückenden Schatten, die das Zimmer erfüllten.

Sie lag reglos auf dem Bett und lauschte dem Geräusch verhallender Fußtritte im Flur. In gewissem Sinne war sie erleichtert. Zumindest waren ihre Entführer verschwunden.

Steif setzte sie sich auf. Ihre Hände und Füße waren nach wie vor gefesselt, aber zumindest hatte man sie nicht geknebelt. Nicht, daß sie anfangen wollte zu schreien. Auf keinen Fall hatte sie vor, die Aufmerksamkeit von einem der Männer zu wecken.

Kettengerassel auf Stein.

Prudence hob eilig den Kopf und blinzelte in die Dunkelheit. »Sebastian? Bist du wach?«

»Verflucht.«

Der barsche Klang seiner Stimme ließ sie wieder aufleben.

»Sie haben dir diese gräßlichen Handfesseln an der Wand angelegt.«

»Das habe ich bereits bemerkt.« Erneut hörte man das leise

Rasseln der Ketten, so als würde Sebastian sie leise ausprobieren. »Bist du in Ordnung?«

»Ja.« Es gelang Prudence, sich auf die Bettkante zu setzen. »Und du?«

»Ich fühle mich, als hätte ich hundert Runden mit Witt persönlich geboxt, aber zumindest scheine ich noch alle Knochen im Leib zu haben.«

»Du warst ziemlich lange bewußtlos. Ich habe mir schreckliche Sorgen um dich gemacht.«

»Ich war nicht bewußtlos. Lediglich benommen.« Jetzt klang Sebastian wirklich wütend. »Anscheinend konnte ich mich eine Weile nicht bewegen, zumindest nicht schnell genug, um dem Mann in der Kutsche die Pistole zu entreißen. Also beschloß ich, Zeit zu gewinnen.«

»Wir sind auf Curling Castle«, erklärte Prudence.

»Ob du es glaubst oder nicht, das habe ich bereits ganz alleine herausgefunden.«

Prudence runzelte die Stirn. »Es besteht keinerlei Notwendigkeit, sarkastisch zu werden. Ich habe lediglich versucht, dir eine Orientierungshilfe zu bieten.«

»Verzeihen Sie, Madam. Ich bin momentan nicht gerade bester Laune.« Wieder Kettenrasseln. »Verdammt.«

»Was ist los?« fragte Prudence.

»Was los ist? Diese ganze Sache war von Anfang an ein abgekartetes Spiel. Verflucht.«

»Ich meine, was ist jetzt los?« wiederholte Prudence geduldig. »Warum fluchst du?«

»Weil ich nicht an die Schlösser von diesen Handfesseln komme. Es fehlen ein paar Zentimeter.«

Prudences Gesicht leuchtete auf. »Du versuchst, die Schlösser aufzukriegen?«

»Ja.« Leises Kettengerassel. »Verdammt und zugenäht.«

»Kann ich vielleicht irgend etwas tun?«

»Du kannst mal nachsehen, ob der Nachttopf, den ich letztes Mal unter dem Bett entdeckt habe, noch dort ist«, sagte Sebastian.

»Ein Nachttopf? Meinst du nicht, du könntest vielleicht noch eine Weile an dich halten? Dies ist vielleicht nicht ganz der geeignete Moment, Sebastian.«

»Ich brauche den verdammten Nachttopf, um mich draufzustellen, damit ich den Draht in die Schlösser schieben kann«, knurrte Sebastian. »Wenn du ihn findest, schieb ihn mir herüber.«

»Oh. Ja, natürlich.«

Prudence war gekränkt. Trotzdem ließ sie sich vom Bett fallen, und da sie weder ihre Arme noch ihre Beine bewegen konnte, landete sie ziemlich unsanft auf den Knien. »Au.«

»Beeil dich.«

Sie beugte sich hinab und sah unter das Bett. Verschwommen sah sie die Umrisse des Nachttopfs. »Er ist noch da.«

»Schieb ihn mir herüber«, befahl Sebastian.

Das war leichter gesagt als getan, dachte Prudence. Aber es nützte nichts, wenn sie sich über die Schwierigkeit dieser Aufgabe beschwerte. Sie hatte das ungute Gefühl, daß ihrer beider Leben davon abhängen könnte, ob es ihr gelang, den Topf unter dem Bett hervorzuholen.

Sie rollte auf die Seite und schlängelte sich so weit wie möglich unter das eiserne Bettgestell. Mit dem dritten Versuch gelang es ihr, ihre gefesselten Knöchel um den Nachttopf zu legen.

»Ich habe ihn«, flüsterte sie.

»Schieb ihn hierher.«

»Ich versuche es.«

Prudence probierte drei verschiedene Stellungen aus, ehe sie sich schließlich auf den Rücken rollte und den Topf mit ihren Füßen vor sich herschob.

»Ich fühle mich wie ein Wurm.« Zentimenter für Zentimeter schob sie den Nachttopf über den kalten Steinfußboden.

Es schien ewig zu dauern. Trotz der entsetzlichen Kälte schwitzte sie. Sie hörte, wie ihre hauchdünnen Seidenröcke von den Steinen zerrissen wurden.

»Noch etwas näher, Prue«, sagte Sebastian leise. »Du hast es fast geschafft.«

Sie schlängelte sich vorwärts und schob den Nachttopf noch ein paar Zentimeter weiter.

»Ich habe ihn«, sagte Sebastian triumphierend. Er angelte mit der Spitze seines Stiefels nach dem Gefäß und zog es zu sich heran.

Prudence setzte sich auf und beobachtete, wie Sebastian sich auf den umgedrehten Nachttopf stellte. Sie blinzelte bei dem Versuch zu sehen, was er tat.

»So ist's gut, meine Liebe«, flüsterte Sebastian zärtlich. »Gib mir, was ich will. Öffne dich für mich, meine Süße. Laß mich hinein. Ganz tief hinein.« Ein leises Klacken. »Ja. Ah, ja. Wunderbar.«

»Hast du die Schlösser aufgekriegt?« fragte Prudence.

»Eins. Das andere fehlt noch.«

Das zweite Schloß gab wesentlich schneller nach, und eine Sekunde später war Sebastian frei.

Er stieg von dem Nachttopf und machte sich daran, Prudences Fesseln zu lösen. Sie stellte fest, daß ihre Oberarme vollkommen taub waren.

Doch dann kam das Gefühl zurück.

Prudence biß sich auf die Lippe, um nicht zu schreien, als ein schmerzhaftes Kribbeln durch ihre Arme zog. Sie stopfte sich eine Ecke ihres Umhangs in den Mund und biß darauf.

»Himmel. Das hätte ich mir denken müssen.« Sebastian begann hastig, ihre Arme zu massieren. »Halt durch, Prue. In einer Minute geht es dir wieder gut. Spürst du meine Hände?«

Sie nickte, wagte es jedoch noch nicht, den Stoffetzen auszuspucken. Immer noch hatte sie das Gefühl, schreien zu müssen.

»Gut.« Sebastian klang erleichtert. »Das heißt, sie haben die Fesseln nicht zu stramm gezogen. Gleich ist es vorbei.«

Prudence war sich da nicht so sicher. Aber nach kurzer Zeit hatte sie zumindest keine Angst mehr aufzuschreien, wenn sie die Arme bewegte. Sie ließ sich von Sebastian auf die Füße ziehen.

»Mein Gott«, flüsterte sie.

»Wir müssen hier raus«, sagte Sebastian. »Wir können nicht länger warten.«

»Ich weiß.« Prudence atmete tief ein. Sie blickte hinab auf ihr zerbrochenes Lorgnon, das an einem Ende des modischen Samtbandes baumelte. Es war jetzt nutzlos. Zumindest hing ihre kleine, perlenbesetzte Handtasche immer noch an ihrem Handgelenk. Sie öffnete sie und nahm ihre Augengläser heraus. Das Drahtgestell war verbogen, aber die Gläser waren unbeschädigt. Schnell schob sie sich die Brille auf die Nase.

»Ich bin bereit«, verkündete sie.

»Du bist eine erstaunliche Frau, meine Liebe.« Sebastian packte sie und zerrte sie eilig hinter sich her zur Tür.

Prudence hörte die Schritte im Flur im gleichen Augenblick wie Sebastian.

»Verflucht und zugenäht.« Er blieb stehen. »Klappt denn heute abend gar nichts?«

Prudence fühlte, wie sich sein Griff um ihr Handgelenk verstärkte. Mit einem Ruck drückte er sie gegen die Wand auf der anderen Seite der Tür.

»Beweg dich nicht«, flüsterte er.

Sie preßte sich an die Steine. Sebastian eilte durch den Raum, schnappte sich den Nachttopf und drückte sich dann neben ihr flach gegen die Wand.

Die Tür ging auf. Ein Mann stolperte in das Zimmer. Seine Hände waren auf dem Rücken gefesselt, und als er einen Stoß von hinten bekam, verlor er das Gleichgewicht und fiel auf den Boden.

Das Licht der Kerze fiel auf Garrick Suttons Gesicht. Seine Augen trafen Prudences Blick in der Dunkelheit.

Noch ehe sie reagieren konnte, trat einer der Männer, die sie und Sebastian entführt hatten, in den Raum. In einer Hand hielt er seine Pistole.

»Nun, das wär's wohl«, verkündete er zufrieden. »Gute Arbeit, wenn ich so sagen darf.«

Dann fiel sein Blick auf das leere Bett. Prudence sah, wie er die Augen aufriß, als er die lose herabhängenden Handfesseln entdeckte. »Verdammt, sie sind uns entwischt.«

Er öffnete den Mund, um nach Hilfe zu rufen.

Sebastian machte einen Satz vor und ließ den Nachttopf auf den Schädel des Entführers krachen. Die Pistole fiel zu Boden und rutschte unter das Bett.

Mit einem leisen Stöhnen sank der Mann zusammen und blieb reglos liegen.

Sebastian blickte auf Garrick hinab. »Das verkompliziert die Sache natürlich.«

»Tut mir leid«, sagte Garrick reumütig. »Sie haben mich abgefangen, als ich meinen Club verließ.«

»Binde ihn los«, sagte Sebastian zu Prudence. »Ich hole die Pistole. Die brauchen wir bestimmt.«

Aber noch ehe Prudence sich bewegen konnte, flog die Tür des massiven schwarzen Schrankes auf. Das stand Lord Curling mit einer Pistole in der Hand. Hinter ihm gähnte die schwarze Öffnung einer Geheimtreppe. Zu spät erinnerte Prudence sich an die falsche Rückwand, die Sebastian in dem Schrank entdeckt hatte. Jetzt wußte sie, was dahinter versteckt gewesen war.

»Bitte rühren Sie sich nicht von der Stelle, Angelstone.« Curling stieg aus dem Schrank. »Oder ich muß Ihrer Lady eine Kugel in den schönen Leib jagen.«

Sebastian erstarrte. »Das alles ist weit genug gegangen, Curling.«

»Nicht ganz.« Curling zeigte mit der Waffe auf Prudence. »Kommen Sie her, meine Liebe.«

Prudence bewegte sich nicht.

Curlings Blick wurde kalt. »Ich sagte, Sie sollen herkommen. Wenn Sie es nicht tun, könnte es passieren, daß ich meine Meinung ändere und Ihrem heißgeliebten Gefallenen Engel die erste Kugel verpasse.«

Zögernd machte Prudence einen Schritt vorwärts. Sobald sie in seiner Reichweite war, legte Curling ihr einen Arm um den Hals und zog sie wie einen Schild vor sich.

»So«, sagte er. »So ist es schon viel besser.«

ZWANZIG

Sebastian kämpfte um seine Selbstbeherrschung. Der Drang, sich in blinder Wut auf Curling zu stürzen, war nahezu überwältigend. Beim Anblick von Prudence als Geisel verspürte er einen wilden Schmerz. Er wußte, wenn er seine Gefühle nicht unter Kontrolle brachte, könnte das für sie alle tödlich sein.

»Was hoffen Sie, mit diesem Theater zu erreichen, Curling?« Sebastian zwang sich, in dem gelangweilten Ton zu sprechen, den er gewöhnlich so perfekt beherrschte.

Curlings dünnes Lächeln war drohend. »Sie wissen genau, was ich damit zu erreichen beabsichtige. Hatten Sie tatsächlich angenommen, ich würde es hinnehmen, daß Sie versuchen, mich aus England zu vertreiben und mein Vermögen zu zerstören?«

»Ihr Vermögen?«

»Tun Sie nicht so. Sie wissen ganz genau, wovon ich spreche.« Curling zog seinen Arm fester um Prudences Hals. »Ich bin schließlich kein Narr. Ich weiß, was mit meinen Geschäften passieren wird, wenn ich England verlasse. Die Investoren werden glauben, daß der verrückte Bloomfield die Geschäftsleitung übernommen hat. Es wird Panik ausbrechen. Das gesamte Unternehmen wird innerhalb kürzester Zeit Bankrott machen, wenn ich nicht hier bin.«

Sebastian zuckte mit den Schultern. »Ich nehme an, das ist durchaus möglich.«

»Verdammt. Sie wissen, daß das genau das ist, was Sie im Sinn hatten«, stieß Curling wütend hervor. »Haben Sie allen Ernstes angenommen, Sie würden damit durchkommen? Ich hatte alles aufs sorgfältigste geplant, und ich habe nicht die Absicht, mir von Ihnen meine Pläne zerstören zu lassen.«

Garrick rührte sich auf dem Fußboden. »Es ist alles meine Schuld, nicht wahr?«

Curling machte sich nicht die Mühe, zu ihm hinabzusehen. Er hielt seinen Blick starr auf Sebastian gerichtet. »Wenn Sie so wollen, haben Sie zumindest Ihren Teil dazu beigetragen. Ich brauchte Informationen über Angelstone. Alle Welt sprach davon, wie sehr er den Rest der Fleetwoods haßte, aber ich war mir nicht sicher, wie weit dieser Haß ging.«

»Sie meinen, Sie wußten nicht, ob ich meine Stellung nicht vielleicht doch nutzen würde, um meinen Cousin vor einer Mordanklage zu schützen?« fragte Sebastian.

»Genau«, erwiderte Curling. »Mir war nie ganz klar, weshalb Sie Ihre Macht nicht bereits genutzt hatten, um Ihre Verwandten fertigzumachen, wenn Sie sie doch so haßten.«

»Das haben Sie nicht verstehen können«, sagte Prudence streng, »weil Sie wußten, daß Sie an Angelstones Stelle die Familie bereits erledigt hätten.«

»Stimmt.« Curling hatte die Augen immer noch auf Sebastian gerichtet. »Ich mußte mehr über Angelstones Motive herausfinden und darüber, wie er reagieren würde, wenn ich Jeremy Fleetwood in meine Pläne einbezöge.«

»Also haben Sie mich betrunken gemacht und die Informationen aus mir herausgelockt«, warf Garrick in wilder Selbstverachtung ein.

»Das war einfach genug«, sagte Curling. »Und äußerst lohnenswert. Sie haben mir versichert, daß Angelstone wirklich froh wäre, wenn einer seiner Verwandten endlich dran glauben müßte, und daß er es wahrscheinlich höchst amüsant fände, einen von ihnen wegen Mordes vor dem Richter zu sehen. Und dann gab es da noch einen besonderen Leckerbissen.«

Garrick fluchte verzweifelt. »Ich habe Ihnen von seinem Hobby erzählt, nicht wahr?«

»Ja, das haben Sie.« Curling lächelte breit. »Sie haben mir alles über Angelstones interessantes kleines Hobby erzählt und mir sogar den Namen seines Spitzels verraten.«

»Verdammt.« Garrick blickte zu Sebastian hinüber. »Ich erinnere mich einfach nicht mehr daran, Angelstone. Ich schwöre bei Gott, daß ich davon nichts mehr weiß. Ich habe zu der Zeit dermaßen viel getrunken, daß ich mich an kaum etwas erinnere.«

»Ich weiß.« Sebastian ließ Curling nicht aus den Augen. »Es ist jetzt egal.«

»Also habe ich meine Pläne geändert«, fuhr Curling fort. »Ich beschloß, daß es ideal wäre, wenn Angelstone selbst die Untersuchung der Fälle übernähme. Er würde auf jeden Fall die Beweisstücke erkennen, mit denen ich seinen Cousin belasten wollte.«

»Eine interessante Überlegung«, sagte Sebastian leise. »Ein anderer hätte die Gegenstände vielleicht übersehen oder sie zumindest niemandem zuordnen können. Ich nehme an, Sie haben auch in der Nacht von Oxenhams Tod die Nachricht in meiner Kutsche deponiert?«

»Natürlich.« Curling runzelte die Stirn. »Ich wollte, daß Sie als erster am Tatort sind, um sicherzugehen, daß Sie das Beweisstück auch finden würden, das gegen Ihren Cousin sprach. Wissen Sie, ich brauchte den jungen Fleetwood unbedingt.«

»Weil Sie wußten, daß Sie unmöglich Ihre drei Partner umbringen konnten und die alleinige Kontrolle über das Unternehmen übernehmen konnten, ohne sich verdächtig zu machen«, sagte Sebastian. »Ein Toter, vielleicht auch zwei, wären eventuell noch als Unfälle durchgegangen. Aber drei Tote wären schwer zu erklären gewesen, besonders, da Sie so deutliche Vorteile durch ihr Ableben hatten. Sie mußten also jemand anderen finden, der ein Motiv hatte, die drei Männer umzubringen.«

»Ihr Cousin bot sich einfach an«, sagte Curling. »Er hatte ein Motiv, von dem nur ich etwas wußte, was er aber unmöglich vor Gericht hätte beweisen können. Ich hatte vor, alles über Lillians Tod zu erzählen. Schließlich hatte ich nichts zu verbergen. Das blöde Flittchen ist einfach aus dem Fenster gesprungen, während ich und meine Freunde uns ein bißchen mit ihr vergnügt haben.«

»Sie hätten also ausgesagt, daß mein Cousin, der sie liebte, die Umstände ihres Todes nach Jahren in Erfahrung brachte, *den Prinzen der Tugend* die Schuld daran gab und auf Rache sann«, sagte Sebastian.

»Genau.« Curling zuckte mit den Schultern. »Es wäre der Eindruck entstanden, daß ich als letztes Opfer auserkoren war, er jedoch glücklicherweise rechtzeitig gefaßt wurde.«

»Und um ganz sicher zu gehen, daß er als der Schuldige dastand, haben Sie Beweismittel an den Tatorten zurückgelassen, die ihn mit der Sache in Verbindung brachten.« In Prudences Worten lag deutliche Geringschätzung. »Lord Curling, Sie waren wirklich dumm. Haben Sie allen Ernstes geglaubt, Sie könnten Angelstone für ein solches Vorhaben benutzen?«

»Der Gedanke schien mir durchaus vernünftig.«

»Ha.« Prudence schnaubte verächtlich. »Sie wissen nichts über meinen Mann.«

Curlings Gesicht spannte sich. »Nach allem, was mir berichtet wurde, und nach all den Gerüchten nahm ich an, daß Angelstone nur allzu froh sein würde, die Beweise gegen seinen Cousin zu verwenden.«

Prudences Brauen zogen sich zu einer strengen Linie über ihrer Brille zusammen. »Da haben Sie sich aber gründlich geirrt, was den Charakter meines Mannes betrifft, nicht wahr?«

Sebastian sah, wie sich Curlings Arm noch fester um Prudences Hals legte. »Uh, Prue...«

»Angelstone wußte, was er seiner Familie schuldig war, und er hat sich dementsprechend verhalten«, fuhr sie unerschrokken fort.«

»Halten Sie den Mund«, befahl Curling. »Sie beginnen mich zu langweilen, Lady Angelstone.« Er drückte ihr warnend den Hals zu.

Sebastian fluchte.

»Sie haben Angelstone falsch eingeschätzt«, hauchte Prudence. »Alle haben ihn falsch eingeschätzt.«

Allmählich befürchtete Sebastian ernsthaft, Curling würde die Geduld verlieren und Prudence tatsächlich erwürgen. »Es reicht, Prue.«

Sie blinzelte ihm zu. Irgend etwas in seinem Blick ließ sie verstummen.

Sebastian zog eine Braue hoch. »Eine Sache interessiert mich, Curling. Woher wußten Sie, daß mein Cousin Lillian geliebt hatte?«

»Ich wußte es von Anfang an.« Curling kicherte. »Lillians Onkel hatte mir erzählt, daß der junge Fleetwood sich einbildete, in das Mädchen verliebt zu sein. Er wußte verdammt gut, daß die Fleetwoods dem wertvollen Sproß niemals erlauben würden, ein Schankmädel zu heiraten, also hat er sie an mich verkauft.«

»Was haben Sie gemacht, nachdem das Mädchen tot war?« fragte Sebastian.

Curling zuckte mit den Schultern. »Ich habe ihrem Onkel gegenüber behauptet, sie sei ertrunken, und habe ihn für den Verlust entschädigt. Ich habe ihm genug Geld gegeben, um sicher zu gehen, daß er keine Fragen stellen würde.«

Sebastian kreuzte die Arme vor der Brust und lehnte sich gegen den eisernen Bettpfosten. »Es dürfte Ihnen wohl kaum gelingen, uns drei heute nacht loszuwerden, ohne daß ein paar Fragen gestellt werden.«

»Im Gegenteil«, entgegnete Curling sanft. »Es wird alles ganz hervorragend klappen. Ich werde allen Leuten erzählen, daß Sie auf einer kleinen Wochenendparty hier Ihre junge Braut in den Armen Ihres besten Freundes überrascht haben.«

»Wie können Sie es wagen«, schnappte Prudence wütend. »Ich würde Angelstone niemals betrügen.«

»Ich glaube, ich verstehe, was Curling meint«, sagte Sebastian kühl.

»Es ist ganz einfach.« Curling blickte ihn amüsiert an. »Sie werden sowohl Ihre Frau als auch Ihren besten Freund erschießen. Als ich komme, um nach dem rechten zu sehen, bedrohen Sie auch mich. Ich bin also leider gezwungen, Sie zu erschießen, um mein eigenes Leben zu retten. Ein passendes Ende für den Gefallenen Engel.«

»Es wird niemals funktionieren«, sagte Garrick eilig.

»Es wird funktionieren.« Curling richtete die Pistole auf Sebastian. »Nun denn, ich fürchte, Sie werden als erster daran glauben müssen, Angelstone, weil Sie am gefährlichsten sind. Als nächster ist dann Sutton an der Reihe.«

Sebastian machte sich bereit. Er würde sich direkt auf Curling werfen müssen. Mit ein wenig Glück würde ihn die Kugel nicht sofort zu Fall bringen. Er mußte nur lange genug auf den Beinen bleiben, um Curling zu erwischen, dachte Sebastian.

»Bastard«, kreischte Prudence. Sie umklammerte die Überbleibsel ihres zerbrochenen Lorgnons. »Wagen Sie es ja nicht, Sebastian zu erschießen.«

Curling lächelte. »Vielleicht interessiert es Sie zu erfahren, daß ich Ihren Tod noch bis zum Morgengrauen hinausschieben werde, Lady Angelstone. Wissen Sie, es interessiert mich schon eine ganze Weile, was für einer Art von Frau es gelingt, den Gefallenen Engel im Bett bei Laune zu halten. Heute nacht werde ich es wohl endlich herausfinden.«

Sebastian sah, wie Prudence ihre Hand langsam in Richtung von Curlings Arm hob, der um ihren Hals gelegt war. Er wußte, was sie vorhatte.

Mit den Scherben ihres modischen Lorgnons schnitt sie ihrem Peiniger tief in den Arm.

Curling schrie auf. Instinktiv lockerte er den Griff um Prudence und faßte nach seinem Arm. Blut rann durch seine Finger. »*Verdammte Hexe.*«

Prudence brachte sich mit einem Sprung in Sicherheit. Curling wirbelte zu Sebastian herum, aber es war zu spät. Sebastian war bereits in Bewegung. Curling versuchte, die Pistole auf ihn zu richten, aber er hatte keine Chance. Mit dem Fuß trat Sebastian ihm die Waffe aus der Hand.

Dann machte er einen Satz vor. Er ließ seine Faust gegen Curlings Kiefer krachen. Curling taumelte rückwärts auf das Turmfenster zu. Anscheinend war es nicht verriegelt gewesen, denn unter seinem Aufprall öffnete es sich.

Wind heulte durch das Zimmer. Die Kerze flackerte kurz auf und erlosch, so daß das Zimmer fast gänzlich im Dunkeln lag. Die Scharniere der Fenster knarrten.

Sebastian hechtete vor. Das Licht reichte gerade, um Curlings Umrisse zu erkennen, als er sich vor dem Fenster zusammenkauerte. Der Wind pfiff.

»Nein«, schrie Prudence durch das Getöse. »Sebastian, warte. Laß ihn.«

Das Drängen in ihrer Stimme ließ ihn innehalten. Er warf einen Blick über die Schulter zurück. Ihr bleiches Gesicht war kaum auszumachen, aber er bemerkte, daß sie über ihn hinwegsah.

Curling schrie. Es war ein klagender, lähmender Angstschrei.

»Mein Gott«, flüsterte Garrick.

Sebastian schwang herum. Curling schrie immer noch.

»Rühr mich nicht an«, heulte er. Aber er sprach nicht zu Sebastian. Er blickte in Richtung des Bettes, die Arme ausgestreckt, so als wolle er das, was er dort sah, von sich fernhalten. »Nein, rühr mich nicht an. *Rühr mich nicht an.*«

Sebastian wurde von einem mächtigen Grauen erfüllt. Er beobachtete Curlings dunkle Gestalt, wie sie sich krebsartig rückwärts schob, bis sie gegen den Fenstersims gequetscht war.

»Du bist es«, keuchte Curling. Er kletterte auf die Fensterbank und stand in der Öffnung. »Du bist es, nicht wahr? Nein, rühr mich nicht an. Ich wollte nicht, daß du stirbst. Verstehst du das denn nicht? Du bist von allein gesprungen. Du mußtest nicht springen. Ich wollte doch nur ein bißchen Spaß haben. Du warst doch nur ein billiges Schankmädel... *Rühr mich nicht an.*«

Curling schrie erneut auf und zog sich vor etwas zurück, das nur er sah. Er stürzte rückwärts aus dem Fenster in die Dunkelheit, die ihn erwartete.

Sein gellender Schrei erfüllte die Nacht.

Dann herrschte Stille. Totenstille. Selbst der eigenartige

Wind, der sich aus dem Nichts erhoben hatte, legte sich. Der Nebel umhüllte Curling Castle wie ein Leichentuch.

Sebastian bemerkte, daß sich keiner von ihnen bewegte, auch er nicht. Er atmete tief ein und schüttelte die Lähmung ab, die ihn befallen hatte. Er drehte sich um und ging eiligen Schrittes durch den Raum. Mit einiger Mühe gelang es ihm, die Kerze anzuzünden.

Als die Flamme schließlich aufflackerte, war sie hell und stetig. Sebastian wandte sich an Prudence. Er erwartete, Überraschung und Entsetzen in ihrem Blick zu sehen.

Sie stand mitten im Zimmer. Ihre Brauen waren nachdenklich zusammengezogen, und sie sah nicht eben aus wie eine Frau, die gerade einem Geist begegnet war.

»Sebastian, fällt dir auch auf, daß es nicht mehr annähernd so kalt ist wie eben noch?« fragte sie.

Er starrte sie an. »Ja«, hörte er sich leise sagen. »Es ist jetzt viel wärmer.«

Garrick kämpfte sich in eine sitzende Haltung und verzog schmerzhaft das Gesicht. Er blickte auf den Mann, der neben ihm auf dem Fußboden lag. »Es waren insgesamt drei Entführer. Alle in den Elendsvierteln angeheuert. Die beiden anderen sind nach London zurückgekehrt, nachdem sie ihr Geld bekommen hatten.«

Sebastian hob die Pistole auf. »Dann stellen sie also heute nacht kein Problem für uns dar.« Er ging zum Fenster und blickte hinab. Der Nebel wirbelte auf und gab einen kurzen Blick auf Curlings Leiche frei, die auf den Steinen unter dem Turm lag.

»Wir werden den Richter verständigen müssen«, sagte Garrick.

»Und wer wird ihm von Lillians Geist berichten?« fragte Prudence.

»Ich denke, wir lassen den Geist besser raus«, sagte Sebastian. »Ich für meinen Teil habe ihn gar nicht zu Gesicht bekommen. Und Ihr beide wohl auch nicht.«

»Da bin ich mir nicht so sicher«, sagte Prucende. Sie blickte nachdenklich. »Ich glaube, ich habe eben einen wichtigen Beweis für eine geisterhafte Erscheinung gefunden.«

»Ich fürchte, da irrst du dich, meine Liebe«, sagte Sebastian. »Dies ist mein Fall, und ich bin derjenige, der mit dem Richter sprechen wird. Und ich habe keinen Geist gesehen.«

Prudence zog die Brauen hoch. »Wie Sie wünschen, Graf. Ich kann mir jedoch nicht helfen – Lillians Fluch hat sich erfüllt. Alle vier *Prinzen der Tugend* sind zugrunde gerichtet. Selbst Bloomfield hat für das, was er ihr angetan hat, bezahlt.«

Sebastian wollte ihr gerade widersprechen, doch dann besann er sich eines besseren. Schließlich ließ sich nicht leugnen, daß Lillians Tod in gewisser Weise gerächt worden war.

Es war fast drei Uhr morgens, als sie dem Richter endlich alles erklärt hatten. Mr. Lewell war ein hünenhafter, rauher, aber herzlicher Mann, der seine Pflicht sehr ernst nahm. Die Tatsache, daß er es mit einem Grafen zu tun hatte, ließ ihn vor Ehrfurcht fast erstarren. Er stellte nur wenige Fragen, was Sebastian sehr gelegen kam, da er beschlossen hatte, die Fakten etwas nach seinen Vorstellungen zu verändern.

Wie er Prudence und Garrick erklärt hatte, gab es keinen Grund, Jeremy an dieser Stelle in die Sache hineinzuziehen. Und es bestand ebenfalls keine Veranlassung, sich darüber auszulassen, daß die Tode von Ringcross und Oxenham kein Unfall beziehungsweise Selbstmord gewesen waren.

»Also hat Curling Selbstmord begangen.« Lewell schüttelte den Kopf, als Sebastian mit seinem Bericht fertig war. »Nun, er war ein seltsamer Mensch. Es gab so manches Gerücht über seltsame Vorfälle auf der Burg.«

»Ach ja?« fragte Sebastian höflich.

»Ja. Dienstbotenklatsch, Sie verstehen. Trotzdem fragt man sich manchmal, ob nicht etwas dran ist. Vor ein paar Jahren zum Beispiel ist einmal ein junges Mädchen verschwunden. Es gab Leute, die behauptet haben, Curling und seine Freunde hätten...« Lewell beendete den Satz nicht. »Nun, das ist im Moment nicht so wichtig. Schließlich ist der Mann tot.«

»Mausetot«, sagte Sebastian.

Lewell nickte verständnisvoll. »Es tut mir leid, Ihnen sagen zu müssen, daß man ihn hier wohl kaum vermissen wird.«

»Wegen der seltsamen Vorfälle auf der Burg?« fragte Sebastian.

»Nicht unbedingt«, gestand Lewell. »Ich fürchte, Curling hatte die Angewohnheit, bei jeder sich bietenden Gelegenheit seine noblen Freunde aus London mitzubringen. Zum Bedauern der Geschäftsleute im Dorf brachte er dann alle Vorräte mit. Er behauptete, er bekäme hier keine gute Qualität. Er hat nicht einen Pfennig hier im Dorf gelassen.«

»Ich verstehe.« Sebastian lächelte.

Nachdem das Gespräch beendet war, verkündete Garrick, daß er den Rest der Nacht in einem Gasthaus in der Nähe verbringen wollte. »Mein Kopf dröhnt viel zu sehr, um auch nur an eine Fahrt mit der Kutsche zu denken. Ich werde morgen in die Stadt zurückkehren. Wie steht's mit Euch beiden?«

Prudence unterdrückte ein Gähnen. »Ich könnte im Stehen einschlafen.«

Sebastian sah sie an. Er wollte sie nach Hause bringen, wo er wußte, daß sie in Sicherheit war. Er wollte sie in seinem Bett haben, wo er sie so fest halten konnte, daß nichts, nicht einmal ein Geist, sie ihm fortnehmen konnte. Er wollte sie beschützen, sie abschirmen, sie für den Rest seines Lebens an sein Herz drücken.

»Du kannst unterwegs in der Kutsche schlafen«, sagte er ruhig.

»Natürlich, Graf«, erwiderte sie gleichmütig.

Innerhalb kürzester Zeit hatte Sebastian alle notwendigen Vorkehrungen getroffen. Eine halbe Stunde später machten er und Prudence sich in einer gemieteten Kutsche auf den Rückweg nach London.

»Ich glaube, der Nebel lichtet sich.« Prudence gähnte noch einmal herzzerreißend und rückte die Decke auf ihren Knien zurecht. »Wir sollten schnell vorankommen, Sebastian.«

Sebastian legte seinen Arm um sie und zog sie an sich. Er blickte hinaus in die Nacht. »Im Morgengrauen werden wir zu Hause sein.«

»Höchstwahrscheinlich. Das ganze war schrecklich aufregend, aber ich schwöre, ich kann meine Augen keine Minute mehr offen halten.« Prudence kuschelte sich in seine Armbeuge.

»Prue?«

»Hm?« Ihre Stimme war schläfrig.

»Ich wünschte, meine Eltern hätten dich kennengelernt. Sie hätten dich sehr gemocht.«

»Ich wünschte, meine Eltern hätten *dich* kennengelernt«, flüsterte sie. »Sie wären hocherfreut gewesen, dich als Schwiegersohn zu haben.«

Sebastian bemühte sich, Worte zu finden für das, was er sagen wollte. Ängstlich forschte er in seinem Inneren nach dem tiefen, verborgenen Platz, an dem so lange eisige Kälte geherrscht hatte.

Das Eis war wirklich geschmolzen, aber er wagte es immer noch nicht, allzu genau nachzusehen, was an seine Stelle getreten war. Es war, als versuche er, durch den Nebel draußen hindurchzusehen. Er war nicht sicher, was er entdecken würde. Die Furcht, gar nichts zu finden dort, wo zuvor die Kälte war, hatte ihn immer zögern lassen.

»Ich habe dich heute nacht nicht besonders gut beschützt,

Prue«, sagte er schließlich. »In Zukunft werde ich es besser machen.«

Keine Antwort. Sebastian blickte hinab und sah, daß ihre Augen geschlossen waren. Sie schlief tief und fest. Er fragte sich, ob sie ihn überhaupt gehört hatte.

Sie kamen sehr gut voran. Als die Kutsche vor dem Stadthaus zum Stehen kam, hob Sebastian Prudence aus dem Sitz und trug sie direkt ins Schlafzimmer. Dort legte er sie sanft auf das Bett. Sie wurde noch nicht einmal wach, als er neben sie schlüpfte.

Sebastian zog sie fest an sich. Zum ersten Mal seit vier Jahren fiel er in tiefen Schlaf, ehe das erste Grau der Dämmerung erschien.

Einen Monat später legte Sebastian den Geschäftsbericht beiseite, den er gerade durchgeblättert hatte, streckte die Beine aus und lehnte sich in seinem Stuhl zurück. Luzifer erhob sich von der Sofalehne, sprang auf den Tisch und spazierte über einen Stapel Papiere. Dann sprang er auf Sebastians Schoß.

Sebastian schaute zur goldbronzenen Standuhr, während er die Katze streichelte. »Sie muß jeden Augenblick kommen, und dann werden wir sehen, was meine Tante mit ihr angestellt hat.«

Luzifer schlang seinen Schwanz um sich und schnurrte als Antwort.

»Ich hoffe, meine arme Prudence hat diesen Tag überlebt.« Sebastian lächelte. »Auf alle Fälle hat sie sich ziemlich davor gefürchtet. Weißt du, sie hat diesen Einkaufsbummel so lange wie möglich hinausgezögert. Aber am Ende hat Tante Drucilla sie doch erwischt.«

Luzifer zuckte mit den Ohren und schnurrte erneut.

Ein paar Minuten später kündete lautes Durcheinander in der Eingangshalle von Prudences Rückkehr.

»Ah, da ist sie.« Sebastian sah erwartungsvoll in Richtung des Eingangs. »Ich wette, meine Tante hat ihr Smaragdgrün und Dunkelgelb verordnet.«

Die Tür zur Bibliothek wurde aufgerissen und Prudence kam hereingestürzt. Sie trug immer noch das mit zahlreichen Volants besetzte lavendelfarbene Kleid, in dem sie das Haus verlassen hatte. Ihr Hut, ein lächerliches Ungetüm mit riesigen lavendelfarbenen Blumen, wippte wild auf und ab. Die Augen hinter ihren Brillengläsern leuchteten vor Aufregung.

»Sebastian, du wirst niemals erraten, was passiert ist.«

Sebastian ließ Luzifer auf den Boden gleiten und erhob sich, um seine Frau zu begrüßen. »Bitte nimm doch Platz, meine Liebe. Ich bin schon gespannt zu erfahren, wie Euer Einkaufsbummel war.«

»Unser Einkaufsbummel?« Sie blickte ihn verwirrt an, während sie sich auf einen Stuhl fallen ließ.

»Vielleicht erinnerst du dich noch daran. Ich glaube, du bist vor etwas mehr als drei Stunden zusammen mit meiner Tante aufgebrochen.« Sebastian setzte sich wieder. »Du solltest von Kopf bis Fuß neu eingekleidet werden.«

»O ja. Der Einkaufsbummel.« Prudence nahm den Hut ab und warf ihn achtlos beiseite. »Ich glaube, er war recht erfolgreich. Zumindest wirkte deine Tante durchaus zufrieden. Ich hoffe, du magst Grün und Gelb, weil ich nämlich fast nur noch diese Farben tragen werde.«

Sebastian lächelte.

»Aber das war es gar nicht, was ich dir erzählen wollte.« Prudence blickte ihn zufrieden an. »Ich habe einen neuen Klienten für uns, Graf.«

Sebastians Lächeln erstarrte. »Verdammt.«

»Also bitte, Sebastian. So darfst du das nicht sehen. Vielleicht sollte ich klarstellen, daß es sich um eine Untersuchung aus meinem Fachgebiet handelt. Ich werde einer Sache nachgehen, in der es um geisterhafte Erscheinungen geht. Ich dachte, es würde dir vielleicht Spaß machen, mir dabei behilflich zu sein.«

Sebastian sah sie argwöhnisch an. »Ich will nicht, daß Sie irgendwelche Risiken eingehen, Madam. Das ist mein letztes Wort.«

»Falls du dir Sorgen machst um deine Erben, keine Angst.« Prudence klopfte sich auf den immer noch flachen Bauch. »Ich bin sicher, daß er ein äußerst robuster Kerl ist. Ein oder zwei Geister werden ihn nicht so leicht aus der Ruhe bringen.«

»Also, Prue...«

»Beruhigen Sie sich, Graf.« Sie lächelte feierlich. »Die ganze Sache ist vollkommen ungefährlich. Offensichtlich haben sich in der letzten Zeit im Landhaus der Cranshaws seltsame Dinge zugetragen. Und nun wollen sie wissen, ob es sich tatsächlich um einen Geist handelt, der dort sein Unwesen treibt.«

»Und wenn dem so ist?«

»Nun, dann erwarten sie offensichtlich, daß ich eine Möglichkeit finde, den Geist zu vertreiben. Offenbar erschreckt er die Angestellten. Die Cranshaws waren gezwungen, allein in den letzten zwei Monaten drei neue Mädchen und einen neuen Koch einzustellen. Ein solch häufiger Personalwechsel ist äußerst lästig, wie mir Mrs. Cranshaw versicherte.«

Sebastian hörte die freudige Erwartung in ihrer Stimme. Er sah das Funkeln in ihren Augen. Darüber hinaus konnte er nicht leugnen, daß er selbst in seinem Innersten die altbekannte Erregung verspürte. »Ich nehme an, es macht nichts, wenn wir eine kleine Untersuchung durchführen.«

»Überhaupt nichts«, stimmte Prudence begeistert zu.

Sebastian erhob sich erneut und ging hinüber zum Fenster. »Und du bist dir ganz sicher, daß es lediglich um eine geisterhafte Erscheinung geht?«

»Absolut.«

»Kein Mord, keine Körperverletzung, nichts Kriminelles?«
»Selbstverständlich nicht.«
»Rein gar nichts, was auch nur im entferntesten gefährlich werden könnte?«
Prudence lächelte nachsichtig. »Also wirklich, Sebastian. Der Gedanke, daß diese Untersuchung irgend etwas mit gefährlichen kriminellen Handlungen zu tun haben könnte, ist einfach lächerlich. Wir sprechen hier von einem sehr alten Geist.«
»Nun«, sagte Sebastian vorsichtig. »Ich nehme an, es ist in Ordnung, wenn du dir die Sache einmal ansiehst. Ich werde dich selbstverständlich begleiten. So habe ich zumindest die Möglichkeit, deine Methoden zu beobachten.«
»Natürlich.«
Er lächelte. »Vielleicht wird es ja sogar ganz unterhaltsam.«
»Ich habe gehofft, daß Sie es so sehen würden, Sir«, erwiderte Prudence ernst.
Sie machte sich über ihn lustig, dachte er. Das kleine Luder hatte genau gewußt, daß er der Versuchung, einem weiteren interessanten Rätsel nachzugehen, nicht widerstehen konnte. Sie kannte ihn einfach zu gut. Das war nicht weiter überraschend, überlegte er. Schließlich war sie seine zweite Hälfte.
Sebastian blickte hinaus in den sonnendurchfluteten Garten. »Eine Bedingung, ehe ich meine Zustimmung zu dieser Untersuchung gebe.«
»Ja, Graf?«
»Ich will, daß du mir noch einmal sagst, daß du mich liebst«, sagte er sehr leise.
In dem nachfolgenden Schweigen hätte man eine Feder fallen hören können. Sebastian hielt den Atem an. Er riß sich zusammen und wandte sich langsam zu Prudence um.
Sie war aufgestanden und hatte die Hände gefaltet. Ihre Au-

gen leuchteten ein wenig ängstlich. »Du hast also gehört, was ich damals in der Nacht zu dir gesagt habe.«

»Ich habe es gehört. Aber ich habe diese Worte nie wieder von dir gehört. Hast du deine Meinung geändert?

»Nein, Graf. Ich habe Sie seit dem Augenblick geliebt, in dem ich Ihnen zum ersten Mal begegnet bin. Und ich werde Sie bis ans Ende meiner Tage lieben.« Sie lächelte wehmütig. »Ich habe diese Worte nicht wiederholt, weil ich dachte, daß Sie sie vielleicht bestenfalls unterhaltsam fänden.«

»Zu wissen, daß du mich liebst, ist keine Quelle der Unterhaltung für mich.« Sebastian merkte, daß seine Hände zitterten ob der Heftigkeit der Gefühle, die in ihm aufwallten. »Daß du mich liebst, ist meine Rettung.«

»Oh, *Sebastian.*« Prudence flog in seine Arme.

»Ich liebe dich, Prue.« Er zog sie eng an sich. »Immer. Ewig.«

Endlich war es möglich, auf die dunkle Stelle in seinem Inneren zu sehen, die einst so kalt gewesen war, dachte Sebastian. Dort herrschte keine Leere, wie er befürchtet hatte. An die Stelle des Eises war Liebe getreten.

Eine lange Zeit hielt er Prudence einfach fest. Ihre Wärme durchströmte ihn und füllte ihn ganz aus.

»Vielleicht sollte ich noch ein paar Kleinigkeiten in bezug auf unseren neuesten Fall anmerken«, murmelte Prudence schließlich in sein Hemd.

»Kleinigkeiten?« Sebastian hob den Kopf.

Prudence lächelte ihr betörendes Lächeln. »Nun, meiner Klientin zufolge ist in ihrem Haus kürzlich eine Diamantkette verschwunden.«

»Diamanten? Wir sprechen von verschwundenen Diamanten? Einen Moment mal. Meine Erfahrung hat mir gezeigt, daß immer etwas faul ist, wenn es um verschwundenen Schmuck geht.«

Prudence räusperte sich mit einem diskreten Hüsteln.

»Nun, anscheinend gibt es ein oder zwei kleine Sachen, die darauf hinweisen, daß jemand versucht haben könnte, das Haus der Cranshaws zu durchsuchen.«

»Verdammt, Prue. Ich habe gesagt, nichts Gefährliches dieses Mal.«

»Ich bin sicher, daß diese Untersuchung nicht das geringste Risiko in sich birgt, Graf. Nur ein paar interessante Aspekte, von denen ich weiß, daß Sie sie durchaus unterhaltsam finden werden. Ich möchte schließlich nicht, daß Sie sich mit mir langweilen.«

Sebastian lächelte dünn. »Du denkst, du könntest mich einfach um den kleinen Finger wickeln, nicht wahr, meine Süße?«

»Ebenso, wie du mich um den kleinen Finger wickeln kannst.« Sie stellte sich auf die Zehenspitzen und schlang ihre Arme um seinen Hals. »Ich denke, mein teuerster Sebastian, daß wir beide einfach füreinander geschaffen sind.«

Er sah in ihre glühenden Augen und spürte, wie in seinem Inneren das warme Feuer der Liebe brannte. »Das ist gar keine Frage.«

Er fuhr mit der Hand durch ihr Haar und verschloß ihren Mund mit seinen Lippen. Er wußte, nie wieder würde es kalt.

Linda Lael Miller:

Silbernes Mondlicht, das Dich streichelt
Wer ein Lächeln des Glücks einfängt
Wer dem Zauber der Liebe verfällt

3 Bände, insgesamt 880 Seiten,
Format 13,0 x 19,0 cm, gebunden
Best.-Nr. 236 505
Sonderausgabe komplett nur DM 10,–

Johanna Lindsey:

Stürmisches Herz
Herzen in Flammen
Geheime Leidenschaft

3 Bände, insgesamt 994 Seiten,
Format 13,0 x 19,0 cm, gebunden
Best.-Nr. 265 983
Sonderausgabe komplett DM 29,80

Madge Swindells:

Die Zeit der Stürme

560 Seiten, Format 15,0 x 21,0 cm,
gebunden
Best.-Nr. 297 648
Aktuelle Neuausgabe nur DM 19,80

Madge Swindells:

Die Ernte des Sommers

608 Seiten, Format 15,0 x 21,0 cm,
gebunden
Best.-Nr. 275 263
Sonderausgabe nur DM 19,80

Joy Smith Aiken:
Solos Reise
320 Seiten, Format 15,0 x 22,0 cm, gebunden
Best.-Nr. 278 762
Sonderausgabe nur DM 19,80

Mary Sheepshanks:
Sommer der Eisvögel
320 Seiten, Format 13,0 x 22,0 cm,
gebunden mit Schutzumschlag
Best.-Nr. 285 569
Deutsche Erstausgabe nur DM 19,80

Annegrit Arens:
Herz oder Knete?
352 Seiten, Format 12,0 x 18,0 cm,
gebunden mit Schutzumschlag
Best.-Nr. 295 543
Sonderausgabe nur DM 16,80

Jude Deveraux:
Die Ascotts
4 Bände, insgesamt 1180 Seiten,
Format 12,0 x 19,0 cm, gebunden
Best.-Nr. 303 685
Sonderausgabe komplett nur DM 29,80

Cynthia Wright:
Stark wir dein Herz ist die Liebe
Duell aus Leidenschaft
Die verschlungenen Pfade der Liebe
3 Bände, insgesamt 1232 Seiten,
Format 12,0 x 19,0 cm, gebunden
Best.-Nr. 327 148
Sonderausgabe komplett nur DM 29,80